イギリスの城廓事典

英文学の背景を知る

三谷康之 著

日外アソシエーツ

To My Sisters
Noriko, Fuji, and Mari

keepless castle（キープ無しの城廓）。奥が inner ward（内廓）、手前が outer ward（外廓）、手前右側が大広間（Great Hall）の跡。Caernarvon Castle: Gwynedd [W]

左手中央に裏門塔（postern tower）とその下の水路門（water gate）。Bodiam Castle: East Sussex [E]

全長約5kmにわたる市防壁（city wall）の歩廊（wall walk）と狭間胸壁（battlemented parapet）。York, North Yorkshire [E]

モット (motte) の上の shell-keep (シェル・キープ)。円形の貝殻型防壁 (shell wall) の典型。
Restormel Castle: Cornwall [E]

同心円型城廓 (concentric castle) における外幕壁 (outer curtain) の周囲の moat (水堀)。
Beaumaris Castle: Isle of Anglesey [W]

castle rock（城の岩山）。Edinburgh Castle と並んで、スコットランドの王城（royal castle）のひとつ。Stirling Castle: Central [S]

barbican(バービカン)の守備兵像(defenders)。
Alnwick Castle: Northumberland [E]

攻城兵器の trebuchet (トレビュシェット)。
King John's Castle: Limerick [I]

curtain walls (幕壁) と wall towers
(壁塔) と turrets (小塔)。
Caernarvon Castle: Gwynedd [W]

entrance gatehouse（一番外側の門塔）。本来は 2 基の吊り上げ橋（drawbridge）を備えていた。
Caerphilly Castle: Mid Glamorgan [W]

The Great Tower（11 世紀）。4 基の小隅塔（angle turret）を持つ。その内の 3 基は方形（rectangular）、1 基は円形（round）。Tower of London [E]

まえがき (Preface)

　一般に外国文学を研究したり翻訳したりする上では当然のことであるが、単に味読し鑑賞する場合ですら、その国の文化的背景に関する知識を必要とすることは論を俟たない。その主旨で本事典はイギリスの文学および文化の理解に必要不可欠である広範な背景的知識として、「中世建築」の中から「城廓」を、それに併せて「攻城兵器」を取り上げ、建築・歴史・文化の観点から詳細な記述を試みたものである。

　中世城廓建築と、その周辺用語は多岐にわたる。それがさまざまな形で文学作品に登場するが、英和辞典は元より英々辞典にさえ掲載されていない場合が少なくないのが実情である。

　例えば、'murder hole'と呼ばれるこしらえがある。城の防備に触れる際には必ず言及されるものであり、イギリスではあちらこちらに残存していて、実物を目の当たりにすることも容易であるにもかかわらず、OEDやWebster辞典にすら、見出し語として取り扱われていない。

　また、'walk'ないしは'wall walk'などとくると、その単語の基本的意味のみの手掛かりでは、むしろ見当違いのものを想像しかねない。中世物語の数々の文学や映画にも登場して来るもので、城廓建築の基本用語のひとつに当たるが、英和辞典類ではその説明すら付せられていない。'oilett'もまた然りである。

　あるいはまた、'concentric castle'という表現があるが、'concentric'の持つ語の意味から考えて、「集中型の城」というより「同心円を成す城」であることは見当が付くが、果たして単なるその語義の解釈のみでは、まさに「隔靴掻痒」の感を覚えずに済まされ得ようか。

　実際に「異文化」というものは、単なることばのみの説明では、なかなか釈然としないところが残るものである。そもそも風土や習慣の違いから我が国に存在しないものは、たとえ幾千語の文字で解説を試みたとしても、そのものの持つイメージを彷彿させ得るまでには至らない場合が少なくないからである。

　しかもまた、そのような中世文化用語の単なる語義の問題だけにとどまることでもない。

具体的に概略すると——これは本事典の続編の範囲ではあるが——W. スコットの『アイヴァンホー』の中で、ロビン・フッドが敵方のスペイン製の甲冑に対し、それがイギリス製であったなら弓矢で射抜くのもたやすいのだがと、悔しがる場面があるが、実はそれも、当時のヨーロッパに於ける武具の発達の歴史を背景にして、初めて理解されるべき台詞である。あるいは、W. シェイクスピアの『ヘンリー四世』の中で、'sword and buckler'（剣と盾）が'ruffianly'（無法な）の意味で使われているが、当時の武術進歩の歴史の裏の事情も知らねば、その理由は不明のままであろう。

　そこで、上記の分野について、その文化史を詳説し、それに数多くの写真やイラストを添えた上で、詩・童謡・童話・小説・戯曲・エッセイ・紀行文など実際の文学作品からの引用を示した事典の執筆を思い立った次第である。しかしながら、著者は元より文学以外では門外漢である。従って、辞事典類をも含めて、城郭建築を初め、各分野を専門とする方々の著作を参考とする以外ほかに方法はなかった。ただし、ひとつの用語の説明にも、甲の著作に記されていないことが乙にはあり、乙の著作にも見られない内容が丙では述べられていて、また、丙でも触れられていない事柄が先の甲では指摘されている、といった具合であることから、本事典ではあくまでイギリスの文学および文化を理解する上で必要と思われる範囲内に限って、その「最小公倍数」を記述するように心がけたつもりである。

　また、その引用文に付した和訳は、翻訳というよりはむしろコンテクストが把握できる程度の日本語訳にとどめてある。その際に、例えば、'turret'などは、英和辞典類の訳語では「小塔」とあるが、通常の塔に対してどの程度のサイズの「小」になるのかは、読者にはなお不得要領とするものである。つまり、規模の小さな塔を想像してみたところで、その実体とは相当に隔絶したものになる恐れが生ずるもので、これは注釈を付すなどしなければ、翻訳としては配慮のなさが残ることを承知の上で、解説に用いた語をそのまま当て嵌めてある。それは、解説に示した語と一致させるために過ぎないもので、本書の引用文は見出し語である用語理解の補助を目的のひとつにしているためであるからである。

　その他の点について、本事典の特色の概要を列記すると、以下の通りである。ただし、（　）内の数字は続編を含めた場合である。

＊取り上げた項目［見出し語］の数は203（460）、その「名称」の数では454（1,070）余

りに達する。

* ひとつの用語の解説に、他の用語を幾つも使わざるを得ないため、クロス・レファレンスを密にした。

* 異文化の解説では、どうしても「百聞は一見に如かず」という面があるため、609(1,000余)点に及ぶ図版を掲載し、写真にはそれぞれ撮影場所の城や都市の名前などをキャプションとして入れた。

* 見出し語として取り上げた用語が、実際の文学作品などに於いて如何に表現されているかを示すために、引用文を入れ、和訳も添えたが、その作家51(65)人の82(130)作品から引用数は延べ512(1,031)編に及ぶ。

* その引用文については、【用例】【文例】と2種に分類した上で、特に重要な用語の場合は幾例も挙げて、その語法への留意を促す計らいとした。さらに、敢えて「和訳」を添えるほどの例文ではないが、用語が登場するシチュエーションや、その用語の前後の言い回しなどを示すだけにとどめて済む場合は、【参考】として原文のみを入れて、研究者の便宜を計った。

* 同じ引用文でも、例えば、'keep'などの場合は、その用語の使われている例文のみにて終わりとせず、その間取りにも言及して逐一例文を示してある。延べ35編に及ぶ。'dungeon'では、関連項目まで含めると延べ66編に達する。文学作品ではどう表現されているかを見るためである。

* それぞれの項目の解説でも、文学作品に最も頻繁に登場するもの、例えば、'curtain'、'gatehouse'、'keep'、'manor house'、'motte-and-bailey castle'などは、特に精細な記述を心掛けた。

* 見出し語の配列は、通常の辞事典類のそれのようには必ずしもなっていない。例えば、第Ⅰ部で、城廓の構造を理解する際には、その入口となる「門塔」から、それを繋ぐ「防壁」、さらには奥の「天守閣」へ、第Ⅱ部では、城廓の型の歴史

的発達の順序としてある。「引く事典」であると同時に、「読む事典」でもあるからである。

＊「英和辞典」や「和英辞典」に用例を示す際にも役立つ言い回しを、イギリス及びアメリカの多数の城廓建築などの専門書の表現から活かし、用語の解説文の中に入れた。

＊見出し語の解説文や写真のキャプションの中で、その項目を説明する上でのキーワード及びそれに準ずる用語は、出来得る限り日本語と共に原語も示すようにした。読者が後に他の解説書の原典に当たる際に、有益と考えるからである。1例を挙げれば、'manor'を説明する際には、「直接授封者」(tenant-in-chief)、「荘園差配人」(bailiff)、あるいは「直営地」(demesne)、といった具合である。

本事典がイギリスの文学のみにとどまらず、その文化全般を理解する上での一助とでもなることが出来れば、著者としては望外の幸せとするものである。ただし、L.スターンの『トリストラム・シャンディ』の中で、主人公がつくづくと述懐しているように、「こういう用語は専門の執筆家たちでさえ、とかく混同しがちなもの」('Writers themselves are too apt to confound these terms')なのである。ましてや、異国の風物・文化について書き記すとなると、思わぬ錯誤が残っていないとも限らない。何卒、大方のご叱正とご教示をこいねがうものである。

2013年8月13日

著　者

凡　例（Guide to the Encyclopaedia）

(1)　全体の構成について

(1)-1.　本事典は3部から成る。

第Ⅰ部は「城廓建築」について、その各部の名称と特徴、およびその歴史的文化的背景の解説。

第Ⅱ部は「城廓の発達」として、城の発達とその歴史を「城廓の型」を中心に詳述し、それに城そのものではなく、都市防壁についても付加。

第Ⅲ部は「攻城兵器」として、中世に於ける戦争に用いられた兵器の種類について。

(1)-2.　本事典の見出し語は、通常の辞事典類のような配列には必ずしもなっていないため、ひとつの用語を単に検索する場合は、先ず最初に「索引」を参照することが望ましい。全体の構成は、「引く事典」であると同時に「通読する事典」ともなるよう配慮したからである。

(2)　見出し語について

(2)-1.　第Ⅰ部～第Ⅲ部では、基本となる用語は「大見出し語」として扱い、黒地に白抜きで入れ、頭文字は大文字にしてある。

（例）　**Gatehouse**

(2)-2.　「大見出し語」に関連する項目は「中見出し語」として扱い、行の左端に入れて下線を引いてある。

（例）　<u>castle gate</u>

(2)-3.　「中見出し語」に関連する項目は「小見出し語」として扱い、行の左端に入れて✿印を頭に付してある。

（例）　✿ castle door

(2)-4　見出し語のつづりはイギリスの現行の辞事典を基本にしてあるが、引用文の中では実際の作品に用いられてあるつづりのままにしてある。従っ

て、アメリカ英語は見出し語のつづりとは異なるが、そのままにしてある。

(3) 解説文について
(3)-1. 今解説している見出し語ではなく、別の「大中小の見出し語」の中で既に説明されたことは、「既述した〜」としてあり、その用語を「索引」で検索することが可能である。今解説している見出し語ではなく、それと関連するためにその上の配列となる「大中小の見出し語」の中で既に説明されたことは「上述の〜」としてあり、また、今解説している見出し語の説明文の中で、既に述べられたことは「上記の〜」としてある。

   （例） drawbridge: 既述したゲートハウス(gatehouse)などに〜

   （例） batter: 上述の幕壁(curtain)のみならず〜

   （例） keep: 上記の一覧表の「大広間」(great hall)は〜

(4) 文学作品からの引用について
(4)-1. 見出し語の下には、文学作品からの引用例を挙げてある。

(4)-2. その際に、その用語にはどういう前置詞や動詞が使われるか、といった語法を中心として、比較的短い表現は【用例】とし、シチュエーションの中での使われ方を考慮し、比較的長い表現は【文例】として区別してあるが、必ずしも明確な基準に従って分類されたものではない。

(4)-3. (4)-2の場合、出典も示してあるが、【用例】では、作家の姓の名1字、作品名はその中の代表的1語（イタリックにもせず）のみにとどめたが、用例そのものよりも出典の記述が長くなることを避けるためである。正確には「巻末」の一覧表（「本事典に引用した作家と作品の一覧」）を参照されたい。

   （例） W. Scott: *The Lay of the Last Minstrel* ☞ (Scott: Minstrel)

(4)-4. 引用文には原則として和訳を付したが、紙幅を考慮して、敢えて原文のみを単に資料として入れるにとどめた場合は、【参考】の表示を付して、研究者の便宜を計るものとした。

(4)-5. 引用文では、解説した用語がどのように表現されているかを示すために、その部分に下線を付して留意を促す計らいにしてある。その際に敢えてイタリックを用いていない理由は、原文の中に元々イタリックの語句が

含まれている場合があり、混同を招く恐れがあるからである。

(4)-6. 引用した作品については、【文例】では単行本のタイトルの場合はイタリックで示し、その中に収められている作品のタイトルは引用符で囲んである。また、それは全て巻末に一覧表としてまとめてある。

   （例） *The Lord of the Rings*
   （例） 'The Return of the King'

(4)-7. 見出し語として挙げたつづり字以外にも、解説文の中で言及したつづり字の【用例】や【文例】もあるが、それは解説文を参照されたい。

(5) その他の表記法について

(5)-1. 見出し語その他の用語の発音には、難しい場合に限って、カタカナで表記してみた。英語学習者にはそれでおおよその見当がつくと思われるからである。その際、例えば、'oubliette'の場合、［ウーブリエット］となるが、最強アクセントは「ウ」でも「リ」でもなく、小文字の母音を添えた「エッ」に置かれることも示してある。比較的容易な語ではこの限りではない。

(5)-2. 英語表現に用いた（ ）は、語法上省略可能であることを示し、[ ]は前置された語と置換可能であることを示す。日本語の場合もこれに準ずるものとする。

   （例） (great) hall; peel [pele]-tower
   （例） (鎖付き) 足枷; タレット [小塔]

(5)-3. 本文中の英単語の右肩に付してある＊印は、独立した見出し語として取り上げてあるか、あるいは他の項目の解説の中でも使われていることを示すもので、索引を利用すべき語であることを示す。

   （例） ram*; siege castle*

(5)-4. 人名、城の名称、その他の主要語は、ひとつの見出し語の解説文では初出の際に英語表記を付し、その後には日本語表記としてある。

(5)-5. 写真やイラストのキャプションでも、上記(5)-4に準じてある。

(5)-6. この種の辞事典類では、写真のキャプションに、城の所在地名を入れるのが通例であるので、それに倣い、名称の後に[E][I][S][W]の記号を付してある。それぞれ、England、Ireland、Scotland、Walesを略したもの

である。ただし、城の名称の場合は'Castle'を省略してある。

（例） Dover[E];　Edinburgh[S]

(5)-7. 見出し語の解説文の中では、城などの所在地に関しては、読む時の煩わしさを考慮して略してあるが、それは巻末の「本事典に引用した城およびマナー・ハウスの所在地一覧」に入れてある。但し、第Ⅱ部などでは、説明の便宜上から本文の中に記したものもある。

(5)-8. また、建築物あるいは地名では、本来定冠詞を付すものでも、誤解を招く恐れのない場合は、キャプションではそれを省略してある。

（例）　Tower of London;　Isles of Mull

(5)-9. ☞印は、参照すべき見出し語や項目、あるいは図版を示す。

（例）　☞ dungeon;　☞ 図版: 350

(5)-10. キャプションで用いられる'CU'の記号は'close-up'（近接写真）の略語を示す。

目　次　(Contents)

まえがき (Preface) …………………………………………………………… 1

凡例 (Guide to the Encyclopaedia) ………………………………………… 5

I　Castellated Architecture　城廓建築 ……………………………………… 17
　　Gatehouse; Gate-House「ゲートハウス; 門塔; 門楼」…………………… 18
　　　castle gate; gate of the castle（城門）……………………………… 25
　　　　❋ castle door（城門の扉）………………………………………… 26
　　　　❋ doornail; door-nail（(扉用)鋲釘）……………………………… 28
　　　　❋ porter; warder（門衛; 城門の番人）…………………………… 29
　　　　❋ studded door; nail[iron]-studded door（鋲釘を打ってある扉）… 31
　　　　❋ studded gate; nail[iron]-studded gate ………………………… 33
　　　　❋ wicket; wicket door; wicket-door（潜り戸）…………………… 33
　　　　❋ yatt; yett（鉄格子門; イェット）………………………………… 35
　　　entrance(-)tower; gate(-)tower（城門塔）…………………………… 37
　　　inner gatehouse（インナー・ゲートハウス; 内門塔; 内門楼）……… 39
　　　　❋ outer gatehouse（アウター・ゲートハウス; 外門塔; 外門楼）… 41
　　　keep-gatehouse（キープ・ゲートハウス）…………………………… 43
　　　portcullis（落とし門; 落とし格子戸）………………………………… 47
　　　postern; postern(-)gate（(1) 裏門; 搦手 (2) 裏門 (3) sallyport）… 51
　　　　❋ main entrance; main gate; main gateway（表口; 大手門; 追手）… 55
　　　　❋ postern(-)gatehouse（裏門塔; 搦手門楼）……………………… 56
　　　　❋ sallyport; sally port; sally-port（(1) 出撃用裏門[口];
　　　　　　出撃用非常口　(2) postern(1)）……………………………… 57
　　　　❋ water gate; water-gate（水路門）……………………………… 59
　　　ramp（ランプ;（城の前の）傾斜路）………………………………… 61
　　　　❋ approach（アプローチ; 城正面の路）…………………………… 62

　　Curtain; Curtain Wall「(城廓)幕壁; (城廓)防壁」…………………… 64

― 9 ―

batter（バター）……………………………………………………… 69
 ✤ plinth（(塔の)土台）……………………………………… 71
 ✤ spur（塔の蹴爪）………………………………………… 73
exterior wall（(1) 外壁　(2) 防壁）………………………………… 74
inner curtain; inner curtain wall（内幕壁; 内防壁）……………… 76
 ✤ inner bailey; inner ward（内廓; インナー・ベイリー）…… 78
 ✤ inner court; inner courtyard（内廓）……………………… 82
outer curtain; outer curtain wall（外幕壁; 外防壁）……………… 85
 ✤ base court ………………………………………………… 86
 ✤ middle bailey; middle ward（中央廓）…………………… 87
 ✤ outer bailey; outer ward（外廓; アウター・ベイリー）…… 89
 ✤ outer court[courtyard; yard]; outward court …………… 93
 ✤ outer wall; outward wall（(1) 防壁; 幕壁　(2) 外幕壁; 外防壁
  (3) 外壁）………………………………………………… 95
putlog hole（足場の組み穴）………………………………………… 96
 ✤ hoard; hoarding（仮設歩廊）……………………………… 97
stone-walled bailey（石造りの防壁で囲まれた地所）……………… 99
walk; wall walk; wall-walk（幕壁歩廊; 防壁歩廊; 監視歩廊）…… 100
 ✤ allure; alure ……………………………………………… 103
 ✤ roof walk（屋上歩廊）…………………………………… 105
 ✤ tower walk（塔上歩廊）………………………………… 105

Wall Tower; Mural Tower「壁塔; 幕壁塔; 防壁塔」…………… 106
angle tower; corner tower（隅塔）………………………………… 109
flanking tower（側堡塔）…………………………………………… 112
 ✤ drum tower（円塔; 筒形塔）……………………………… 116
open-gorged tower; open-backed tower（(1) 半開放型塔
 (2) 背面開放型塔）………………………………………… 117
 ✤ gorge（ゴージ）…………………………………………… 119
watch tower; watch-tower（監視塔; 見張りの塔）………………… 120
 ✤ crow's nest; crow's-nest（烏の巣）……………………… 122
 ✤ defender（守備兵像; 守備武者像）……………………… 123

- ✿ look-out; look-out point（監視所; 見張り所）……………… 125
- ✿ sentinel; sentry（哨兵; 歩哨; 番兵）………………………… 126
- ✿ swallow's nest（燕の巣）……………………………………… 128
- ✿ wakeman; watcher; watchman; ward; warder（(夜間の)哨兵; 番兵; 見張り; 不寝番の兵士）……………………………… 129
- ✿ watch and ward ……………………………………………… 131

Turret「タレット; 小塔」……………………………………… 134
- angle turret; corner turret（小隅塔）……………………… 137
- bartisan; bartizan（(1)バルティザン; 張出し櫓 (2)バルティザン）… 139
- candle-snuffer turret（蝋燭消し型タレット; 蝋燭消し型小塔）…… 142
- pepper-box turret（胡椒入れ型タレット; 胡椒入れ型小塔）… 143
- turret chamber（タレット[小塔]の部屋）………………… 144
- vice（螺旋階段）……………………………………………… 144
- wall turret（幕壁タレット; 幕壁小塔）……………………… 147
- watch turret（監視用タレット[小塔]; 見張り用タレット[小塔]）… 148

Parapet「胸壁; パラペット」………………………………… 149
- battlement（狭間(さま; はざま)胸壁; 銃眼付き胸壁）……… 151
  - ✿ battled [crenellated; embattled] tower（狭間胸壁のある[を備えた]塔）……………………………………… 154
  - ✿ cop; merlon（凸壁）……………………………………… 155
  - ✿ crenel; crenelle（狭間(さま; はざま); 銃眼）…………… 157
  - ✿ embrasure（隅切狭間; 朝顔形銃眼; 斜角付き狭間[銃眼]）… 158
  - ✿ finial（胸壁頂華; 胸壁忍び返し）………………………… 160
- battlemented [crenellated; embattled] parapet（狭間胸壁）…… 161
- copestone; cope-stone; coping; coping (-) stone（笠石; 冠石）…… 161
- crenelation; crenellation（(1)狭間胸壁; 銃眼付き胸壁。）…… 162
  - ✿ adulterine castle ………………………………………… 163
- flying parapet（飛び胸壁）…………………………………… 163
- looped parapet（矢狭間付き胸壁）…………………………… 164
- machicolation（マチコレーション; 刎ね出し狭間; 刎ね出し狭間胸壁）… 164

― 11 ―

murder hole; meurtrière（殺人孔; マーダー・ホール） ………… 169
　　parados（背壁(はいへき); パラドス）………………………………… 171
　　parapet walk（胸壁(きょうへき)付き監視歩廊）……………………… 172

Loop; Loophole; Loop-Hole「狹間（さま；はざま）; (通風・採光用の)細長い孔(あな)」……………………………………………… 174
　　arrow(-)loop; arrow(-)slit（矢(や)狹(ざ)間(ま)）………………… 179
　　　　❋ balistraria; arbalestina; arbalisteria
　　　　　　（(1) 弩(おおゆみ)狹(ざ)間(ま)　(2)（弩の）収納室　(3) 張出し櫓(やぐら)）……… 181
　　　　❋ bowloop; bow(-)loop; bowslit; bow(-)slit（大矢(おおや)狹(ざ)間(ま)） ……… 181
　　　　❋ cross-loop; crosslet（十字形矢(や)狹(ざ)間(ま)）…………… 181
　　eyelet; eyelet-hole; oillet; oilet; oillet-hole（監視穴）………… 183
　　gunloop; gun-loop; gunport; gun-port（鉄砲(てっぽう)狹(ざ)間(ま); 銃砲狹間; 銃眼）… 184

Keep「キープ; 天守; 天守閣」…………………………………… 189
　　donjon; donjon-keep; donjon-tower ………………………… 203
　　inner keep ……………………………………………………… 204
　　tower keep; tower-keep（塔型キープ; 塔型天守(閣)）………… 205
　　　　❋ cross wall; cross-wall（仕切り壁）…………………… 206
　　　　❋ forebuilding（フォービルディング）………………… 206
　　　　❋ great tower（グレート・タワー）……………………… 207
　　hall keep; hall-keep（ホール型キープ; ホール型天守(閣)）……… 208
　　round keep（円形キープ; 円筒形キープ; 円(筒)形天守(閣)）……… 210

Dungeon「地下牢; 牢獄」………………………………………… 213
　　dungeon-grate（地下牢の鉄格子; 牢獄の鉄格子）…………… 217
　　dungeon-vault ………………………………………………… 218
　　irons; iron（(鎖付きの)枷(かせ)）………………………………… 219
　　　　❋ chains ……………………………………………… 221
　　　　❋ fetters; fetter（(鎖付き)足枷(かせ)）………………… 221
　　　　❋ Gibbet irons（曝(さら)し枷(かせ)）……………………… 223
　　　　❋ rack, the …………………………………………… 224

－ 12 －

- ❉ scold's bridle[bit]; scolding bridle; branks ……………… 225
  - ❉ thumbscrew ……………… 226
- shackles; shackle ((鎖付き)手枷足枷) ……………… 226
- oubliette (秘密(地下)牢) ……………… 227
  - ❉ trapdoor; trap door; trap-door (落とし戸; 撥ね上げ戸; 引き開け戸) ……………… 228
- ward ……………… 230
  - ❉ prison cell; prison-cell (独房) ……………… 232
- warder ……………… 233
  - ❉ gaoler; jailer; jailor; keeper ……………… 234

Ditch「堀」……………… 235
- drawbridge ((1)「吊り上げ橋; 引き上げ橋」(2)「跳ね橋」) ……… 238
- scarp; escarp (スカープ; エスカープ) ……………… 241
  - ❉ berm; berme (バァーム) ……………… 243
  - ❉ counterscarp (カウンタースカープ) ……………… 243
- foss; fosse; fossè ……………… 244
- glacis (斜堤) ……………… 245
  - ❉ esplanade ……………… 246
- moat (水堀; 堀) ……………… 248
- water defence ……………… 252

Outwork「外堡」……………… 253
- barbican (バービカン) ……………… 254
- counterguard; counter-guard (堡障; 外塁堡) ……………… 258
- hornwork (角堡) ……………… 259
- ravelin (半月堡) ……………… 260
  - ❉ demilune; demi-lune; half-moon (三日月堡) ……………… 262

Rampart「ラァンパート」……………… 263
- bastion (稜堡) ……………… 267
  - ❉ demibastion; demi-bastion (半稜堡) ……………… 273

battery（(1) 砲台　(2) 砲列）……………………………… 273
　　✿ mask-battery（遮蔽砲台; 覆面砲台）………………… 277
　　✿ platform（プラットフォーム）………………………… 277
brattice ……………………………………………………… 280
　　✿ pal(l)isade; pal(l)isado ………………………………… 280
bulwark（ブルワーク）……………………………………… 281
castle rock; castled rock（城の岩山）……………………… 283
covered(-)way; covert(-)way（覆道; 遮蔽廊）…………… 286
　　✿ banquette（射撃用足場）……………………………… 286
embankment（土塁; 塁壁）………………………………… 287
enceinte（稜堡付きラァンパート）………………………… 287
rampart walk ………………………………………………… 288

II　Castle Development　城廓の発達 ……………………… 289

1. History of the Castle「城廓の成立ち」…………………… 290

castellation（城廓造り）…………………………………… 292
　　✿ master-builder（建築工事の総頭領）………………… 294
fortress; fortalice（(1) 要塞; 城塞　(2) 要塞都市）……… 296
　　✿ citadel（(1) 都市要塞; シタデル　(2) 防衛上の最後の拠点
　　　　　(3) 要塞）……………………………………………… 299
　　✿ fort（防備の施された建築物・要塞・砦）…………… 301
　　✿ royal fortress; royal fortalice（国王（直属）の要塞（都市））… 305
　　✿ strength ………………………………………………… 305
royal castle（王城; 国王直属の城）………………………… 305
　　✿ baronial castle（諸侯の城）…………………………… 309
　　✿ castellan:（(1) 城主　(2) 城代）……………………… 313
　　✿ constable（城代）……………………………………… 313
　　✿ steward（家老）………………………………………… 314

2. Motte(-)and(-)Bailey Castle「モット・ベイリー型城廓」……… 315

ringwork; ring-work（リングワーク）…………………… 323

3. Shell(-)Keep Castle「シェル・キープ型城廓」………… 325

4. Keep(-)and(-)Bailey Castle「キープ・ベイリー型城廓」………… 332
　　keepless castle（キープ無しの城廓; 天守閣無しの城廓）………… 339

5. Concentric Castle「同心円型城廓」………… 343
　　concentric walls（同心円型幕壁[防壁]; 二重幕壁[防壁]）………… 353
　　linear castle（連鎖型城廓）………… 353

6. Courtyard Castle「中庭型城廓」………… 358
　　courtyard（城の中庭; ベイリー）………… 361
　　inner courtyard ………… 362
　　quadrangle（方庭）………… 362

7. Tower House; Tower-House「タワー・ハウス; 塔型領主館」………… 364
　　peel[pele]tower; peel[pele]-tower（ピール・タワー）………… 368

8. Manor; Manor House; Manor-House「荘園領主の館;
　　マナー・ハウス; マナー」………… 370
　　dais; deas（(1) 高座; 食卓壇; デイイス　(2) 高卓; デイイス）… 384
　　minstrels'[minstrel's; minstrel]gallery（吟遊詩人用桟敷）………… 388

9. City(-)Wall; Town(-)Wall「市壁; 市防壁; 都市防壁」………… 391
　　city(-)gate; town(-)gate（市門; 市壁門; 城下町出入口）………… 397
　　✤ bar ………… 401
　　intra-mural castle（市壁内城廓; 市防壁内城廓）………… 403
　　✤ extra-mural castle（市壁外城廓; 市防壁外城廓）………… 404
　　walled city; walled town（防壁都市; 城廓都市）………… 404

Ⅲ Siege Engine　攻城兵器 ………… 407
　Artillery「投擲(兵)器」………… 408

― 15 ―

artiller; artilleryman ……………………………………… 409

ballista; balista（バリスタ；弩砲_{どほう}）………………………… 409

 ✿ balester; balister; balistrier ………………………… 411

mangonel; mangon（マンゴネル(型投擲_{とうてき}(兵)器)）…………… 411

 ✿ catapult（カタパルト(型投擲_{とうてき}(兵)器)）…………… 413

 ✿ onager; scorpio; scorpion ………………………… 415

missile（投射物）……………………………………………… 416

perrier; petrary [petraria]; pedrero（投石(兵)器）………… 417

springal; springald; springle（スプリンガル(型投槍(兵)器)；
 スプリンガルド(型投槍(兵)器)）……………………………… 417

trebuchet; trebucket（トレビュシェット(型投擲_{とうてき}(兵)器)）…… 418

Battering Ram; Battering-Ram「雄羊型破壁槌_{はへきつち}；ラム」 ………… 420

bear; belfry [belfrey]; siege tower（(熊型)攻城塔[櫓_{やぐら}]；ベア）……… 424

bore（ボア）……………………………………………………… 425

cat; cat-house; sapper's cat; sapper's tent; sow（キャット；猫小屋）… 426

 ✿ mouse; sapper's mouse（マウス）……………………… 427

scaling ladder; scaling-ladder（攻城(用)梯子_{はしご}）……………… 427

 ✿ escalade; scale ……………………………………… 429

siege castle（攻城；城攻め）……………………………………… 430

siege engine（攻城兵器）………………………………………… 431

付　録

本事典に引用した作家と作品の一覧
 （A List of Authors Quoted in the Encyclopaedia）……………… 434

本事典で言及した城およびマナー・ハウスの所在地（Gazetteer）……… 441

参考書目（Select Bibliography）……………………………………… 448

索引（Index）………………………………………………………… 457

あとがき（**Postface**）………………………………………………… 473

I
Castellated Architecture
城 廓 建 築

I　Castellated Architecture・城廓建築

Gatehouse; Gate-House
ゲートハウス; 門塔; 門楼

　後述するキープ (keep: 天守閣) を備えた初期城廓は、周囲に木造の柵 (wooden palisade*) を巡らせてあったが、そこに設けた門 (gate) の防備を目的として構築した塔 (tower) のこと、つまり、「門塔」(gate-tower) を、そもそもは指していう。
　その門塔は12世紀後半から発達を見るようになったが、初期には方形の小さな塔であった。この塔もヘンリー3世 (Henry III: 1216-72) の時代には、幕壁(curtain*)から張り出す形の壁塔 (wall-tower*) になった。しかも、横断面が半円形の塔 (half-round tower: 横断面がU字型の塔) から成る「左右一対の門塔」(double [twin]-towered gatehouse*) に発達した。さらに進むと、その2つの塔は連結されてひとつの塔になった。最終発達段階には、塔の他に、吊り上げ橋 (drawbridge*) や落とし格子戸 (portcullis*)、鋲釘を打ってある扉 (studded door*) や殺人孔 (murder hole*) なども備えられていた。例えば、先ず吊り上げ橋を通過しても、次は落とし格子戸とその背後の鋲釘を打ってある扉で遮断され、仮にそこを通っても、今度は天井の殺人孔が控えていて、さらにはまた、同じ造りの扉とその背後の落とし格子戸で防備されていて、その奥へは進み難い仕掛けになっていた。あるいはそれだけではなく、マチコレーション (machicolation*) やバービカン (barbican*) といったものまでも組合せて、一層堅固な防備が施されるようになり、「門塔」あるいは「ゲートハウス」といっても、こういう機構全体をも意味するようになったのである。

1. 半円形のdouble-towered gatehouse（左右一対の門塔）。Skipton　[E]

2. 左右一対の門塔に3つのgateway（出入口）。Stirling　[S]

Gatehouse; Gate-House／ゲートハウス; 門塔; 門楼

3. 2.の門塔の脇の出入口のひとつ。

4. 半円形で左右一対の門塔(右端)。Chepstow [W]

　その頃には、ゲートハウスの型はほぼ固定化し、3階建てになった。1階にはアーチ形の入口(archway)が貫通していて、広間(hall ☞manor)や衛兵詰所(guard-room*)があり、2階は城主(castellan*)もしくは城代(constable*)の居間および落とし格子戸を操作する部屋(portcullis chamber)で、3階は武器・兵器の類を格納する部屋となるのが通例であった。そして、各階は螺旋階段(spiral staircase*)などで連絡されていた。市壁(city wall*)に設けられた場合のゲートハウスは、頑丈な造りになっているために、牢獄(prison*)として用いられることも少なくなかった。

　横断面が半円形の塔を左右に持つ型の門楼としては、イングランドのロッキン

I Castellated Architecture・城廓建築

ガム城(Rockingham Castle*)、ウェールズのチェプストゥ城(Chepstow Castle*)、クリキェス城(Criccieth Castle*)、キッドウェリー城(Kidwelly Castle*)、アプトン城(Upton Castle*)、あるいはホワイト城(White Castle*)などがその典型である。

その後にこの半円形の塔は多角形の塔(polygonal tower*)となるが、その例としては、イングランドのウェルズ城(Wells Castle*)、ウェールズのラグラン城(Raglan Castle*)などが挙げられる。

また、13世紀に入る頃には、「キープを持たない城廓」(keepless castle*)が出現するようになり、キープに代わってこのゲートハウスが、従来のキープの機能をも兼ねるようになった。14世紀のエドワード1世様式の城廓(Edwardian castle*)では、このゲートハウスが正に防御の中心的存在となった。ひとつの城に数基のゲートハウスが設けてある場合、その内のひとつが最も重要な防御の備えになっていたのである。

5. 多角形で左右一対の門塔。
Caernarvon ［W］

6. 多角形で左右一対の門塔(内側から)。
Warwick ［E］

Gatehouse; Gate-House／ゲートハウス; 門塔; 門楼

7. 門塔の頂部にmachicolation（マチコレーション）。Bodiam [E]

8. 門塔（13世紀）。Constable's Tower, Dover [E]

9. entrance gatehouse（一番外側の門塔）。本来は2基の吊り上げ橋（drawbridge）を備えていた。Caerphilly [W]

15世紀から16世紀の中葉にかけて、城の持つ軍事的意味が薄れて行く（☞ history of the castle）に従って、つまり、防御の必要性の弱まるにつれて、ゲートハウスの造りそのものは次第に凝ったものになって行き、特にテューダー朝

I　Castellated Architecture・城廓建築

(1485-1603)のそれは高さも増し、左右に八角形の塔を構え、装飾性に富んだこしらえになった。既に中世の時代から見られたこのゲートハウスは、城(castle)はもとより、市壁(city wall*)や大修道院(abbey)の出入口に用いられて来たが、この時期には宮殿(palace)はもちろんのこと、大学の方形の中庭(quadrangle: 方庭)への出入口にも構えられるようになっていた。例えば、ケンブリッジ大学(Cambridge University)の聖ヨハネ学寮(St. John College)やトリニティ学寮(Trinity College)のそれである。

しかし、16世紀の中葉以降は新たに建てることは行なわれなくなって行った。

'a massive oak gatehouse'といえば、「オーク材を用いた大きな造りの門塔」を指し、'pass through the gatehouse'となると、「門塔(のゲート)を通り抜ける」ことになる。また、'the magnifient gatehouse formerly approached by a drawbridge spanning a moat'とすると、「その昔は水堀に掛かっていた吊り上げ橋を渡って近づいた、豪壮なこしらえの門塔」が思い浮かび、'The three entrances into the town were to be fortified by double-towered gatehouses.'と表現されると、「その町を囲む防壁に設けられた3箇所の入口は、当初は左右一対の門塔を備えて守りを固める計画になっていた」ことが分かる。☞drum-tower; 図版:496

【用例】

'the mighty wooden doors opened in the gatehouse'(門塔に設けてある頑丈な木造の扉が開いた)(Follett: Pillars)/ 'there was a slovenly sentry on duty at the gatehouse'(門塔にはひとりが見張りについてはいたが気を抜かしていた)(Follett: Pillars)/ 'the massive stone gatehouse that formed the entrance to the castle'(城への入口を成す石造りの大きな門塔)(Follett: Pillars)

【文例】

次の2例は解説に述べたように、門塔に設けられた螺旋階段や吊り上げ橋の描写である。

* He...ran up the spiral staircase to the gatehouse tower. On the upper level was a winding room for pulling up the drawbridge.

――K. Follett: *The Pillars of the Earth*

Gatehouse; Gate-House／ゲートハウス; 門塔; 門楼

10. 9.の門塔の通路(外側から内側へ)。

11. 門塔の両脇にある衛兵詰所(guardroom)のひとつ。Warkworth [E]

12. 門塔の鉛製屋根(lead roof)の例。Carlisle [E]

13. 木骨造りの門塔(timber-framed gatehouse: 17世紀)。荘園領主の館(manor house)。Stokesay [E]

(彼は(中略)門塔へ通じている螺旋階段を駆け上がった。上の階には吊り上げ橋を引き上げる操作の出来る部屋があったからだ。)

* To reach the gatehouse we crossed the now dry moat by a wooden structure that has taken the place of the drawbridge.
　　　　　　　　　　——J. J. Hissey: *Through Ten English Counties*

- 23 -

I　Castellated Architecture・城廓建築

（門塔へ行こうと、我々は今では水のない堀を木橋で渡ったが、それは当時の吊り上げ橋に取って代って造られたものである。）

【参考】

次は城ではなく修道院（priory: 小修道院）の場合である。

* The gate stood open, and the young monk in the gatehouse waved as Philip trotted through.

———K. Follett: *The Pillars of the Earth*

次はアメリカの作家の小説からであるが、舞台はイギリスの城である。

*...we can't, it seems, without selling the castle. The tenants complain about leaking roofs and no modern improvements and I don't know where to look for the money for that sort of thing. No, the museum's best. We'll turn it over to the American and retire to the gatehouse.

———P. S. Buck: *Death in the Castle*

14. 宮殿の門塔のひとつ。Hampton Court ［E］

15. 大学の門塔。
Trinity College, Cambridge Univ. ［E］

－ 24 －

Gatehouse; Gate-House／ゲートハウス; 門塔; 門楼

castle gate; gate of the castle

城門

'castle portal'として用いることもある。

　上述の'gatehouse'やその入口(gateway)を指していう場合が通例だが、さらにその背後に設けられた'gate'をいうこともある。また、それはアーチ形の入口(archway)を持つのが通例。中には、「家紋を戴いた城門」(the castle gate surmounted by the family arms)もある。

　イングランドなどでは、この城門の外側の壁面や、あるいはその上の狭間 胸壁(battlement*)にも角笛(horn)が鎖で固定してあることもあって、城内に合図が出来るようになっていた。以下の用例にも示したが、「ジャックと豆の木」('Jack and the Beanstalk')のジャックが、巨人の城の入口で吹いた角笛はこれである。

【用例】

'the castle gates were barred'（城門には全て門が掛けられた）(Scott: Marmion) /'lock the gate of the castle'（城門に錠を下ろす）(Walpole: Otranto) /'a brazen trumpet which hung without the gate of the castle'（城門の外に吊り下げてある真鍮製のラッパ）(Walpole: Otranto) /'they waited before the castle gate for the exchange of passwords'（彼らは合い言葉を取り交わすために城門の前で待っていた）(Scott: Dangerous) /'he began to thunder with his axe upon the gate of the castle'（彼は雷鳴のような音をたてて城門に戦斧を打ち下ろし始めた）(Scott: Ivanhoe)

16. castle gate（城門）。Dunster　[E]

I Castellated Architecture・城郭建築

【文例】

＊ He advanced and blew the horn which hung at the castle portal. The door was opened in a moment by a frightful giantess with one great eye in the middle of her forehead.

——B.B.Sideman (ed.):'Jack and the Beanstalk'

(彼は巨大な城門の前まで行くとそこに吊してあった角笛を吹き鳴らした。するとたちまち扉が開いて、額の真中に大きな一つ目の見るも恐ろしい女の巨人が現われた。)

17. 最初の城門。門塔(gatehouse)を通過して後にここから入る。Portcullis Gate、Edinburgh [S]

18. 最後の城門。Foog's Gate, Edinburgh [S]

✤ **castle door**(城門の扉)　上述の'castle gate'の扉を指す。通例はオーク(oak)の板材を使用した2枚扉(double-leaf door)から成る外開き式(out-swinging)であった。扉には交差した筋違が入れられ、さらに鉄製の当て金(iron strap)や鋲釘(stud*)で補強してあった。2枚扉の内の1枚には潜り戸(wicket*)が付けてあった。閉める際には錠(lock)の他に閂(bar)も掛けられた。

− 26 −

Gatehouse; Gate-House／ゲートハウス; 門塔; 門楼

【用例】

'The great ironbound door in the archway was shut tight.'（アーチ形の入口にある鉄製の帯を当てた大きな扉は固く閉ざされていた。）(Follett: Pillars)

【参考】

*   'Tis said that five good miles he rade,
      To rid him of his company;
  But where he rode one mile, the Dwarf ran four,
  And the Dwarf was first at the castle door.
　　　　　　　——W. Scott: *The Lay of the Last Minstrel*, II. xxxi. 367-70

次は城ではなく市防壁(city wall*)のゲートの場合である。

* Several outlaws attacked the north gate with clubs. Aliena knew the thickness of that ironbound oak door: it would take all night to break through.
　　　　　　　——K. Follett: *The Pillars of the Earth*

19. double-leaf castle door（城門の2枚扉）。Alnwick [E]

20. 2枚扉の片側。鋲釘(stud)が打ってある。Skipton [E]

I Castellated Architecture・城廓建築

21. 当て金(iron strap)と鋲釘で補強されている。Alnwick [E]

✱ **doornail; door-nail**（(扉用)鋲釘_{びょうくぎ}）　上述の'castle door'などに、補強および装飾のために打つ頭の大きな釘を指す。☞studded door

　C. ディケンズ(C. Dickens)の「クリスマス・キャロル」の冒頭に出て来る有名な一文、'Old Marley was as dead as a door-nail'（マーレイ老人は鋲釘の如く死んだのだ。）の中の、'as dead as a door-nail'は「完全に死んで」の意味の言い回しで、14世紀の中頃から用いられているものである。ディケンズもそれに続けて、概略すれば、「これは昔から使われて来た直喩で、鋲釘のどこに「死」が拘っているのか知らぬ」（...I don't mean to say that I know, of my own knowledge, what there is particularly dead about a doo-nail...but the wisdom of our ancestors is in the simile....）と述べている。

　それに対して、H. モートン(H.V. Morton)は『スコットランド探訪』(*In Search of Scotland*)の第2章で、スコットランドの昔に使用されていた鋲釘を知っていたら、ディケンズもそのような書き方はしなかったであろうといいつつ、キャノンゲート(Canongate)にある宗教改革者ジョン・ノックスの家(John Knox's House)の扉のこの釘に、次のように言及している。

− 28 −

Gatehouse; Gate-House／ゲートハウス; 門塔; 門楼

* Here, fixed to an oak door, is an old Scottish 'door-nail'. It is a rough-cast, heavy chunk of iron with a small hammer-like head.... When lifted and dropped against this boss the 'door-nail' makes the deadest of all dead sounds: it is a chill, unechoing crash.

（この家ではオーク材の扉に昔のあの「スコットランドの鋲釘」が留めてあるのです。それは粗鋳りの鉄の武骨な造りで、頭は小型の金槌のそれ位はありました（中略）。金槌を振り上げて打ち下ろすと、この鋲釘はこの上も無く鈍い音を立てるのですが、それは衝突から生ずる音ながら、冷ややかで何ら反響することもなく、音そのものが死んでいるとでも他にいいようのない音なのです。）

【参考】

* Old Marley was as dead as a door-nail.
Mind! I don't mean to say that I know, of my own knowledge, what there is particularly dead about a door-nail. I might have been inclined, myself, to regard a coffin-nail as the deadset piece of ironmongery in the trade. But the wisdom of our ancestors is in the simile.... You will therefore permit me to repeat, emphatically, that Marley was dead as a door-nail.

——C. Dickens: 'A Christmas Carol'

✻ **porter; warder**（門衛; 城門の番人）　'door[gate]-ward' ともいう。上述の 'castle gate' の番人を指す。日中は城門の鍵を預かるが、夜間は閉門後にその鍵を城主に返して、門楼の上などから見張りを行なう。非常の際には角笛（horn: ☞castle gate）を吹き鳴らして衛兵（garrison*）を起こした。番犬を従えている場合もある。「鍵の束を身につけ、巨大な棍棒（club）を携えた大男」というのが一般的なイメージとなっている。

　例えば、スコット（W. Scott）の『ケニルワースの城』（Kenilworth）に描かれている門番は、ケニルワース城の外門（outer gate*）の番人であるが、「突起が幾つも付いた鉄棒を手にして、昔物語に登場する巨人そのもの」である。☞ dungeon の warder; wakeman

I Castellated Architecture・城廓建築

【用例】

'the warder demanded of him his name and errand'（城門の番人は彼の名前とその用向きを尋ねた）（Scott: Ivanhoe）/ 'the gigantic warder dropped his club, resigned his keys'（巨人のような門番は棍棒を捨てて、鍵の束を差し出した）（Scott: Kenilworth）/ 'the porter denying him entrance, Bevis with his crook gave him a blow'（ベヴィスは通行を拒んだ門衛に、その羊飼いの杖で一撃を食らわせた）（Thoms: Bevis）/ 'attempt to enter this Dangerous Castle of Douglas without giving the password to the warders'（門衛に合い言葉を告げずにダグラスのこの危険城に入ろうとする）（Scott: Dangerous）

【文例】

＊ This tremendous warder was appropriately armed with a heavy club spiked with steel. In fine, he represented excellently one of those giants of popular romance, who figure in every fairy tale, or legend of knight-errantry.

——W. Scott: *Kenilworth*

22. porter（城門の番人）。腰の角笛と鍵の束にも留意。

（この巨漢の門衛に打ってつけの武器は、鋼鉄製の突起だらけの重い棍棒であった。要するに、妖精物語や遍歴の騎士の伝承物語など、よく知られた空想物語には決まって登場するあの巨人たちにどこから見てもそっくりと来ていた。）

【参考】

次は'gate-ward'の語を用いている例。

＊ Now loud the heedful gate-ward cried——
'Prepare ye all for blows and blood!
——W. Scott: *The Lay of the Last Minstrel*, IV. iv. 38-9

＊ They turned away and hastened along the road to the Closed Door. It stood wide open, and the porter lay before it. He was slain and his key had been taken.
——J.R.R. Tolkien: 'The Return of the King'

✼ **studded door; nail［iron］-studded door（鋲釘(びょうくぎ)を打ってある扉）** 上述の'doornail'を、補強および装飾として全面に打ってある扉を指す。上述の'gatehouse'で落とし格子戸（portcullis*）と併せて備えられる場合、この扉は内開き式（in-swinging）が通例で、閉める際には閂(かんぬき)（draw-bar）で支えられた。その閂は左右の壁面に開けた穴へ両端を差し込む方式になる。'a studded door into the keep'といえば、「天守閣へ通ずる入口の扉でこの鋲釘が打ってある頑丈な造り」が連想される。☞castle gate

【用例】

'a heavy and very thick oak door studded all over with big-headed iron nail'（オーク材の重く分厚い扉で、頭の大きな鉄釘が全面に打ってあった）（Hissey: Counties）/ 'the drawbridge was down, and one leaf of the iron-studded folding-doors stood carelessly open'（吊り上げ橋は下ろされていて、鉄の鋲釘を打ってある折り戸の扉の1枚が、不用心にも開いたままになっていた）（Scott: Kenilworth）

I   Castellated Architecture・城廓建築

23. studded door（鋲釘を打ってある扉）。
キープ（keep: 天守）への入口。Bamburgh ［E］

24. 鋲釘（doornail）で補強された扉。
Pendennis ［E］

25. 頭の大きな鋲釘と潜り戸（wicket）にも留意。
Edinburgh ［S］

- 32 -

Gatehouse; Gate-House／ゲートハウス; 門塔; 門楼

【文例】

＊ Here was the door. Heavy oak, with iron studs and a circular iron handle.
　　　　　　　　　　　　　　　——J. Wain: 'Darkness'

（扉があった。重いオーク材のこしらえで、鉄の鋲釘を打って、鉄の円い取っ手が付いていた。）

＊ Here (＝ undercroft) there were no windows, just a big wooden door with iron studs. The door stood slightly ajar.
　　　　　　　　　　——K. Follett: *The Pillars of the Earth*

（地下室には窓はひとつもなく、鉄の鋲釘を打ってある大きな木製の扉だけであった。その扉は僅かに開いたままになっていた。）

✽ **studded gate; nail [iron]-studded gate**　上述の'studded door'から成る門を指す。

【参考】

＊ By narrow drawbridge, outworks strong,
　Through studded gates, an entrance long,
　　To the main court they cross.
　　　　　　　　——W. Scott: *Marmion*, V. xxxiii. 981-3

＊ The iron-studded gates unbarred,
　Raised the portcullis' ponderous guard,
　The lofty palisade unparred,
　　And let the drawbridge fall.
　　　　　　　　——W. Scott: *Marmion*, I. iv. 54-7

✽ **wicket; wicket door; wicket-door**（潜り戸）　この'wicket-door'から成る門を指して、'wicket(-)gate'という。

- 33 -

I Castellated Architecture・城廓建築

(1) 一般に大きな扉それ自体の中にさらに組み込まれた小さな扉、あるいは、大きな出入口の脇に並んで設けられた小さな出入口の扉をいう。上述の城門の扉(castle door*)の場合は、通例2枚扉(double-leaf door*)になるが、その内の1枚には小さな潜り戸が設けてあったもので、それを指す。

26. 大きな出入口の脇のwicket(1)（潜り戸）。
Cambridge Univ. [E]

27. 大きな扉の中の潜り戸(1)。Carlisle [E]　28. 大きな扉の中の潜り戸(1)。Cambridge [E]

Gatehouse; Gate-House／ゲートハウス; 門塔; 門楼

【参考】

* While yet they gaze, the bridges fall,
  The wicket opes, and from the wall
  Rides forth the hoary seneschal.
  ──W. Scott: *The Lay of the Last Minstrel*, IV. xx. 353-5

次の一節の概要は、城門は早々に閉ざされ翌日も遅くまで開けられないため、その間はこの潜り戸がその代役をするというのである。

* That long is gone,──but not so long
  Since, early closed and opening late,
  Jealous revolved the studded gate,
  Whose task, from eve to morning tide,
  A wicket churlishly supplied.
  ──W. Scott: *Marmion*, Intro to IV. 47-51

(2) 地下牢(dungeon*)の大きな入口の前には、小さな木造の潜り戸が備えてあるのが通例で、それを指す。

【文例】

* The bolts screamed as they were withdrawn──the hinges creaked as the wicket opened, and Reginald Front-de-Bœuf...entered the prison.
  ──W. Scott: *Ivanhoe*

(差し錠は鋭く尾を引くような音を発して外され、蝶番(ちょうつがい)は軋むような音を立てると潜り戸が開けられ、レジナルド・フロン・ド・ブーフ(中略)が牢獄へ入って来た。)

❋ **yatt; yett** (鉄格子門; イェット)　'gate'の意味のスコットランド古語に由来する。鉄棒を縦横十文字に交差させた造りになる扉を指す。
　蝶番(ちょうつがい)で開閉し、閂(かんぬき)(bar)、もしくは、差し錠(bolt)を掛けた。特にスコットランドやイングランドの北部でよく用いられた扉である。

- 35 -

I　Castellated Architecture・城廓建築

'A dramatic iron yett guards the doorway to the courtyard.'とすれば、「物々しい造りの鉄格子門扉が内廓への入口の備えを成して」いることになる。

29. yett（鉄格子門）。
壁塔（wall tower）への入口の扉。
　　Pickering［E］

30. 地下牢（dungeon）の扉。Dumbarton［S］

Gatehouse; Gate-House／ゲートハウス; 門塔; 門楼

31. 縦と横の接合部に留意。Pickering ［E］

entrance (-) tower; gate (-) tower

城門塔

(1) 通例は上述の'gatehouse'を成す塔を指す。

　この塔は1基とは限らず、最も重要なそれは'main entrance*'（表口）の備えになるものである。

　W. スコット（W. Scott）の『ケニルワースの城』（*Kenilworth*）では、モーティマーの塔［門］（Mortimer's Tower [Gate]）——gatehouseに相当——のさらに前方、つまり、橋道（causeway）を挟んでその先にある桟敷の塔（the Gallery Tower）と呼ばれる門塔を指して'entrance tower'という。ちなみに、橋道というのは、バービカン（barbican*）とゲイトハウスの中間点に、両者を繋ぐべく設けられた台状のスペースで、屋根など覆うものはないのが通例で、しかも、ここに入った敵は前後の塔からの攻撃に曝されることになる。☞図版：131

【用例】

　'they now crossed the entrance tower'（2人はこうして城門塔を通過した）

- 37 -

I Castellated Architecture・城廓建築

(Scott: Kenilworth) / 'similar entrance-towers were visible on the second and third bounding wall' (同様の城門塔が第2および第3の防壁にも設けられていた) (Scott: Durward)

(2) 'gatehouse'のすぐ背後にある別の門塔を指すこともある。

ケニルワース城は方形の塔 (rectangular gate-tower) が'main entrance tower'になって、この塔の前面に上記のモーティマーの塔と呼ばれる左右一対の塔から成るゲートハウス (double-towered gatehouse*) が付加されたものである。☞ (Kenilworthの図面:131)

32. entrance tower (1) (城門塔)。Bamburgh [E]

33. 城門塔(1)。Henry VIII Gateway, Windsor [E]

- 38 -

Gatehouse; Gate-House／ゲートハウス; 門塔; 門楼

inner gatehouse

インナー・ゲートハウス; 内門塔; 内門楼

'inner gate'といって、これを指すこともある。そして、ここの入口は'inner gateway'という。

同心円型城廓(concentric castle*)やその他の型の城廓——例えばカーライル城(Carlisle Castle*)——の内廓(inner ward*)への入口の防備を目的として設けた、上述の'gatehouse'を指す。

'The inner gatehouse has two portcullises.'といえば、「その内門塔には落とし格子戸が2枚備えてある。」などという意味になる。

34. inner gatehouse(内門塔)(外側から)。
King's Gate, Dover ［E］

35. 34.の門塔の内側。

I Castellated Architecture・城廓建築

36. 内門塔。South Gatehouse, Beaumaris [W]

37. 典型的な同心円型ではないが、内門塔の通路。
Octagonal Towers, Alnwick [E]

38. 内門塔。右手にキープ(keep; 天守)、手前が外廓(outer bailey)。Carlisle [E]

Gatehouse; Gate-House／ゲートハウス; 門塔; 門楼

39. 38.の内側。手前が内廓(inner bailey)。

✻ **outer gatehouse**（アウター・ゲートハウス; 外門塔; 外門楼）'outer gate' といって、これを指すこともある。そして、ここの入口は'outer gateway'という。

同心円型城廓(concentric castle*)やその他の型の城廓の外廓(outer ward*)への入口の防備を目的として設けた、上述の'gatehouse'を指す。

W. スコット(W. Scott)の『ケニルワース城』(Kenilworth)では、ゲートハウスに当たるモーティマーの塔[門](Mortimer's Tower [Gate])のさらに前方で、上述の橋道(causeway)を挟んでその先にある桟敷の塔(the Gallery Tower)と呼ばれる門塔を、'outer gate'、あるいは'outer entrance-tower*'の意味で'outer tower'ともいう。☞図版:131

40. outer gatehouse(外門塔)。橋は外堀(outer ditch)に掛かる。
Carlisle [E]

I Castellated Architecture・城廓建築

41. 外門塔。橋は元来は吊り上げ橋(drawbridge)であった。
Beaumaris [W]

42. 手前の低い方が外門塔、背後の高い方が内門塔。
Caerphilly [W]

43. gatehouseを持たないouter gate(外門)。Stirling [S]

Gatehouse; Gate-House／ゲートハウス; 門塔; 門楼

【文例】
　次の2例は、解説に述べたケニルワース城の「桟敷の塔」(the Gallery Tower) の描写である。

* ...they approached a strong tower, at the south extremity of the long bridge we have mentioned, which served to protect the outer gate-way of the Castle of Kenilworth.
　　　　　　　　　　　　　　　　　　——W. Scott: *Kenilworth*

　(2人は頑丈なこしらえの塔へ差し掛った。それは先に言及したあの長い橋の南端に立ち、ケニルワース城の外門塔の入口の備えとなるものであった。)

* The broad and fair gallery, destined for the ladies who were to witness the feats of chivalry presented on this area, was erected on the northen side of the outer tower, to which it gave name.
　　　　　　　　　　　　　　　　　　——W. Scott: *Kenilworth*

　(幅の広い美しい観覧席、これはこの競技場で騎士たちの妙技が繰り広げられるのを見物することになる貴婦人方の席だが、外門塔の北側に建てられていて、そこからその塔の名になった訳である。)

【参考】
　次の例も上に同じく「桟敷の塔」に言及したものである。

* When the Countess Leicester arrived at the outer gate of the Castle of Kenilworth, she found the tower, beneath which its ample portal arch opened, guarded in a singular manner.
　　　　　　　　　　　　　　　　　　——W. Scott: *Kenilworth*

keep-gatehouse

キープ・ゲートハウス

　同心円型城廓(concentric castle*)に於いては、従来の塔型のキープ(tower-keep*)は姿を消すが、それに代わってキープとしての役割をも有する'gatehouse*'

I Castellated Architecture・城廓建築

が出現するようになった。特に、1250〜1300年の間に発達を見たが、それを指す。

それが3階建ての場合、2階が後述する落とし門(portcullis*)を操作するための、あるいは後述する殺人孔(murder hole*)から下へ物を落とすための備えをする部屋で、3階が領主(lord)とその家族の私[寝]室(chambers*)および広間(hall*)、1階は出入りの通路(entrance passage)などという具合になる。

44. keep-gatehouse（キープ・ゲートハウス）（外側）。North Gatehouse, Beaumaris [W]

45. 44.の内側。内廓(inner ward)から。

46. 左右一対で3階建てのキープ・ゲートハウス。Caerlaverock [S]

47. 46.の全体。当初は吊り上げ橋(drawbridge)で、水堀(moat)も2重であった。

Gatehouse; Gate-House／ゲートハウス; 門塔; 門楼

　同心円型城廓以外でこれを備えている城としては、例えばスコットランドでは、カーラヴェロック城(Caerlaverock Castle*)がある。これは13世紀の城で、左右一対の塔から成るゲートハウスは3階建てだが、2階に領主とその家族用の広間、3階にその私[寝]室を持つ造りである。同じくスコットランドのドゥーン城(Doune Castle*)は14世紀の末葉の4階建てになり、2階に領主とその家族用の広間、3階にその私[寝]室を持ち、その他にも礼拝室(chapel)や家来・使用人(retainers)用の広間、衛兵詰所(guard-room*)、貯蔵室(storerooms*)、井戸を設けてある所(well-chamber)、および牢獄(prison*)などを備えたこしらえである。また、同じくロスシィー城(Rothesay Castle*)の場合も16世紀のこのタイプになる。

　'the high twin towers of the keep-gatehouse'といえば、「キープ・ゲートハウスを成す左右一対の高い塔」を指すことになる。

48. キープ・ゲートハウス。Rothesay [S]

49. 48.の残存部分。周囲は水堀。

I Castellated Architecture・城廓建築

50. 49.の入口通路 (entrance passage)。

51. キープ・ゲートハウス。
Great Tower, Ludlow [E]

52. 51.の内部構造、地階もある。

Gatehouse; Gate-House／ゲートハウス; 門塔; 門楼

portcullis

落とし門; 落とし格子戸

発音は[ポートカァリス]に近く、アクセントは[カァ]にある。語源は中期フランス語の'porte coleïe'にあり、'sliding gate'(スライドさせて開閉するゲート)の意味。

53. portcullis (1) (落とし格子戸)。Bodiam [E]

54. 門塔(gatehouse)と落とし格子戸(1)。Bodiam [E]

55. 落とし格子戸(1)を滑らせる壁面の溝。Alnwick [E]

I Castellated Architecture・城廓建築

単に'drop gate'といって、これを意味することもある。また、「落とし門で出入りを遮断する」の意味の動詞にも用いる。

(1) 上述の'gatehouse'などの入口に備えられる格子組みの戸を指す。

　入口の両脇の壁面の溝(groove)にはめ込み、鎖や綱で垂直に吊るし、滑車(pulley)や平衡錘(counterweight)などを利用して上げ下ろしする。敵方の侵

56. 門塔の通路(手前)とその奥のバービカン(barbican)にそれぞれ落とし格子戸(1)。Warwick [E]

57. 門塔の通路の天井に落とし格子戸と殺人孔(murder hole)。Warwick [E]

Gatehouse; Gate-House／ゲートハウス; 門塔; 門楼

入および退却を断つためのもである。その操作を行なうための部屋(portcullis chamber)は、ゲートハウスの1階を貫通するアーチ形の入口の上に設けてあった。

吊り上げ橋(drawbridge*)と組合せて備えることによって、つまり、両者が相互に平衡錘の働きをして、吊り上げ橋が下りると落とし門が上がり、またその逆という風な仕掛けになることもあった。この格子戸は鉄製(iron)か、あるいは、オーク材(oak)などの木製の戸を鉄で補強したもので、その縦の組み柱1本1本の下端部は四角錐で、しかも先端が尖っている。

ゲートハウスの通路(passage)を挟んで入口と出口、あるいはその中間、という具合に2箇所以上に設けることもあった。例えば、イングランドのボゥディアム城(Bodiam Castle*)では、表口のゲートハウス(main gatehouse)には3箇所に備えてあった。

この仕掛けは、早くも紀元前4世紀にはヨーロッパの市門(city gate*)の出入口(gate)に備えられていたが、12世紀初頭にイギリスの城廓に導入された。

防備としては、この落とし門の背後には、鉄製の当て金(iron strap)で補強した木製の扉(door)がさらに備えられ、その扉の後からは太い棒(drawbar)——閂(かんぬき)——を横に掛け渡して開けられない仕組みにもなっていた。

'raise the portcullis'といえば、「落とし門を上げる」の意味で、'drop [lower] the portcullis'とすると、「落とし門を下ろす」ことになる。'cross the moat and pass beneath the portcullis'となると、「水堀を渡って落とし格子戸の下を通過する」ことがわかり、'The gate was defended by a drawbridge and portcullis.'と表現すれば、「その門は吊り上げ橋と落とし格子戸の組合せによって、備えを固めていた。」という訳である。

【用例】

'Let the portcullis fall'（落とし門を下ろせ）(Scott: Marmion) / 'the portcullis' iron grate'（落とし門の鉄格子）(Scott: Marmion) / 'a leather-jerkined archer at vigilance behind the portcullis'（落とし門の背後で不寝番についている革製ジャーキンを着た弓兵）(Kelly: Sentry) / '(the knight) gave strict orders for letting down the portcullis, and elevating the drawbridge'（騎士は落とし門を下ろし、吊り上げ橋を上げるよう厳命した）(Scott: Dangerous)

I　Castellated Architecture・城廓建築

【文例】

＊ Above whose (= port) arch, suspended, hung
　Portcullis spiked with iron prong.
　　　　　　　　　　　　——W. Scott: *Marmion*, Intro. to V. 45-6

（城門に高く吊り下げてある
　　尖った鉄の先端部を持つ落とし格子戸）

次は解説に述べたように、動詞として、しかも比喩的に用いた例である。

＊　*Mowbray.*　　　　Within my mouth you have engaol'd my tongue,
　Doubly portcullis'd with my teeth and lips;
　　　　　　　　　——W. Shakespeare: *King Richard II*, I. iii. 166-7

（モーブレー：　　この口の中に陛下はこの舌を閉じ込めてしまわれたのです、
　　　　　　しかも二重に、この歯とこの唇との落とし門で以て、）

＊ Up with every drawbridge, and down with every portcullis——Let the gates of the town be trebly guarded....
　　　　　　　　　　　　——W. Scott: *Quentin Durward*

（吊り上げ橋は全て上げ、落とし門は全て下ろし、町の防壁の入口という入口の守りを幾重にも固めよ...）

次はヒキガエル氏 (Toad) が車を盗んだかどで、城の牢獄へと引立てられて行く途上の描写である。

＊ ...across the hollow-sounding drawbridge, below the spiky portcullis, under the following archway of the grim old castle....
　　　　　　　　　　——K. Grahame: *The Wind in the Willows*

（(中略)空ろな響きを立てる吊り上げ橋を渡り、先端の鋭く尖った落とし格子戸の下を潜り、見るも恐ろしげな古城の入口を通り...)

(2) この格子戸の図柄は、ランカスター王家 (the House of Lancaster)、特にテュー

- 50 -

Gatehouse; Gate-House／ゲートハウス; 門塔; 門楼

58. 門塔に付けられた落とし格子戸(2)の図柄の紋章。
St.John's College, Cambridge Univ. [E]

ダー王家(the House of Tudor)のバッジ(badge)として用いられた。また、サマーセット家(the House of Somerset)の大紋章(achievement)の内のクレスト(crest)にも使用された。

postern; postern(-)gate

'postern(-)door'といって、これを指すこともある。それを設けてある塔は'postern tower'という。

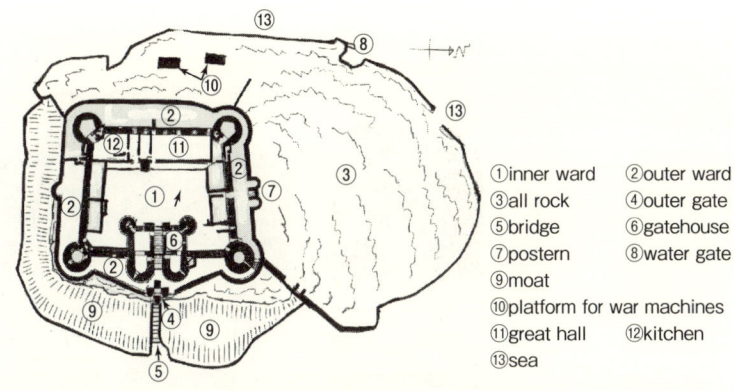

①inner ward　②outer ward
③all rock　④outer gate
⑤bridge　⑥gatehouse
⑦postern　⑧water gate
⑨moat
⑩platform for war machines
⑪great hall　⑫kitchen
⑬sea

59. postern(1)(裏門)。Harlech [W]

- 51 -

I Castellated Architecture・城廓建築

(1) 裏門; 搦手(からめて)

　表口(main entrance)に対し、いざという時の逃げ道に通ずる裏門・裏口に相当する門口で、夜陰に乗じてこっそり抜け出す際に利用された。

　この出入口は、表口からは離れた所に構えられ、秘密の地下道など防備の施された通路を経て、外堡(がいほう)(outwork*)や堀(ditch*)、あるいは、城の背後にある川などに至るようになっているのが通例である。そして、人の出入りのみならず、物資の出し入れにも使われるため、台所(kitchen*)にも近い位置にあった。ただし、ひとつの城にひとつのみとは限らず、複数設けられていることもある。例えば、ウォークワース城(Warkworth Castle)には東西2箇所にある。

　また、市防壁(city[town] wall*)にも設けられた。例えば、コンウェイ(Conway*)やカナーヴァン(Caernarvon*)のそれにも見られる。

60. 東側の裏門(外側)(1)。Warkworth [E]

61. 60.の内側(1)。

Gatehouse; Gate-House／ゲートハウス; 門塔; 門楼

【用例】

'assail the postern-door'（搦手を攻める）(Scott: Ivanhoe) / 'pass from a postern door'（裏門から出る）(Scott: Marmion) / 'command the defence at the postern'（裏門の防御の指揮を執る）(Scott: Ivanhoe) / 'leave the Castle by the postern-gate'（裏門から城を出る）(Scott: Kenilworth) / 'they won the Castle's postern gate'（彼らはその城の搦手を攻め取った）(Scott: Marmion) / 'I may dismiss thee by the postern'（その方を裏門から出してやろう）(Scott: Ivanhoe) / 'he was edging away toward the postern'（彼は裏門の方へじりじりと後退して行った）(Blackmore: Doone)

【文例】

* And, though she passes the postern alone,
  Why is not the watchman's bugle blown?
  ——W. Scott: *The Lay of the Last Minstrel*, II. xxvi. 306-7

（そして彼女が裏門をひとりで通り抜けるというのに、
何故に不寝番の兵士の角笛は鳴らされないのか？）

* The postern was closed again, the iron door was barred and piled inside with stones.
  ——J.R.R. Tolkien: 'The Two Towers'

62. 裏門(外側)(1)。Dacre Postern Gate, Carlisle ［E］

I Castellated Architecture・城廓建築

（裏門は再び閉じられ、その鉄の扉には閂(かんぬき)が掛けられて、内側から石が積まれた。）

* Leicester...taking a lamp in his hand, went by the private passage of communication to a small secret postern-door....
　　　　　　　　　　　　　　　　　　　　——W. Scott: *Kenilworth*

（レスターは(中略)ランプを手に、小さな秘密の裏門へ通ずる隠し通路から進んで行った...）

【参考】

* She was going to open the casement, when they heard the bell ring at the postern gate of the castle....
　　　　　　　　　　　　　　　　　　——H. Walpole: *The Castle of Otranto*

* There was a small postern-door that opened in an angle of the burg-wall on the west, where the cliff stretched out to meet it.
　　　　　　　　　　　　　　　　　　——J.R.R. Tolkien: 'The Two Towers'

* De Bracy hastily drew his men together, and rushed down to the postern-gate, which he caused instantly to be thrown open.
　　　　　　　　　　　　　　　　　　　　　　——W. Scott: *Ivanhoe*

(2) 裏門

上記(1)の城廓以外でも、宮殿(palace)や修道院(monastery)のそれを意味する。

【参考】

次の2例は大修道院(abbey)の場合である。

* *Silvia.*　　Amen, amen! Go on, good Eglamour,
　　Out at the postern by the abbey-wall:
　　I fear I am attended by some spies.
　　　　　　　　——W. Shakespeare: *The Two Gentlemen of Verona*, V. i. 8-10

Gatehouse; Gate-House／ゲートハウス; 門塔; 門楼

＊ ...if Prior Aymer was seen, at the early peep of dawn, to enter <u>the postern of the abbey</u>, as he glided home from some rendezvous which had occupied the hours of darkness, men only shrugged up their shoulders....
――W. Scott: *Ivanhoe*

(3) 後述する'sallyport'に同義。

✽ **main entrance; main gate; main gateway** (表口; 大手門; 追手)　上述の'postern'に対して、表口・表門を指す。それがゲートハウス (gatehouse＊) の造りになる場合が通例。

【用例】
'they went out of the castle <u>by the main gate</u>' (2人は表口から城を後にした) (Follett: Pillars)

63. main entrance (表口)。
Constable's Tower [Gate], Dover [E]

64. main gate (内側)。
gatehouse (門塔), Warwick [E]

― 55 ―

I　Castellated Architecture・城廓建築

【文例】

＊ There are but two men who occupy the float, fling them into the moat, and push across the barbican. I will charge from the main gate, and attack the barbican on the outside....

——W. Scott: *Ivanhoe*

（浮橋には2人しかいないから、そちらは奴らを水堀へ放り込んでバービカンへ押し出すのです。こちらは表門から撃って出て、バービカンを外から攻めるとしよう。）

✽ **postern (-) gatehouse**（裏門塔; 搦手門楼）　単に'postern (-) tower'といって、これを指すこともある。

　上述の'postern gate'の防備を目的として設けたゲートハウス(gatehouse*)を指す。

　'a small gatehouse to protect postern gate'（裏門を防御するための小さな門塔）といえば、これを指すことになる。

65. 中央がpostern tower（裏門塔）。当初はその下部から水堀(moat)を渡る橋が出ていた。Bodiam ［E］

Gatehouse; Gate-House／ゲートハウス; 門塔; 門楼

66. 裏門塔。West Postern Tower, Warkworth ［E］

67. 裏門塔（左端）。Alnwick ［E］

✺ sallyport; sally port; sally-port

(1) 出撃用裏門［口］；出撃用非常口　'sally'は「籠城軍が敵方の包囲陣へ突如撃って出る」(sortie)の意味であるが、その出撃の際に使う門口を指す。

【文例】

* Believe me, brother Toby, no bridge, or bastion, or <u>sally-port</u>, that ever was constructed in this world, can hold out against such artillery.
　　——L. Sterne: *The Life and Opinions of Tristram Shandy, Gentleman*

（いいかね、トゥビィー、これまでこの世に築かれた如何なる橋も、如何なる稜堡(りょうほう)も、また如何なる出撃用裏門といえども、あのような大砲に狙われたら持ち堪えることは不可能というものだよ。）

— 57 —

Ⅰ Castellated Architecture・城廓建築

＊ ...passing the moat on a single plank, they reached a small barbican, or exterior defence, which communicated with the open field by <u>a well-fortified sallyport</u>.
　　　　　　　　　　　　　　　　　　　　　　　——W. Scott: *Ivanhoe*

(1枚の厚板の橋で水堀を渡り、2人は外堡のひとつである小型のバービカンに着いたが、それは防備の施された出撃用裏口で外部と繋がっていた。)

＊ The gate was already closed, but the people on the battlements had seen and recognized them, and as they approached, <u>a small sally port</u> was opened.
　　　　　　　　　　　　　　　　　　　　——K. Follett: *The Pillars of the Earth*

((市防壁の)門は既に閉ざされていたが、狭間胸壁にいた人たちは、それが彼らであると見て分かっていたので、彼らが近づくと、小さな非常門が開けられた。)

(2) 上述の'postern (1)'に同義。

68. sallyport (1)(出撃用裏口)へ通ずる地下通路。Dover [E]

69. 68.の通路を進んで、奥のドアが出撃用裏口。

- 58 -

Gatehouse; Gate-House／ゲートハウス；門塔；門楼

✾ **water gate; water-gate（水路門）** 攻撃を受けている時の城からの脱出・逃亡、援兵の導入、あるいは、食糧の運び入れなどに便宜を計って造ってある門口で、川や海へ通じていて、そこには私的にこしらえた埠頭が設けてある場合もある。

例えば、イングランドのボゥディアム城(Bodiam Castle*)は堀(moat*)に囲まれているが、裏の城門にはこの水路門がある。また、ウェールズにあるカナーヴァン城(Caernarvon Castle*)のイーグル塔(the Eagle Tower)の裏にもこれが設けてある。同じくウェールズのコンウェイ城(Conway Castle*)では、バービカン(barbican*)からコンウェイ川(River Conway)へ出られるように、これが備えられていた。

ロンドン塔(the Tower of London*)の場合も、ヘンリー3世(Henry III: 1216-72)の時は、ウェイクフィールド塔(the Wakefield Tower)の横にある有名なブラディー塔(the Bloody Tower)の下の通路(passage)がそれで、テムズ川(River Thames)へ通ずるようになっていた。エドワード1世(Edward I: 1272-1307)の時に、現在見られるような新しいそれが、新しい幕壁(curtain*)や新しい埠頭(wharf)と共に、もっと外側の聖トーマスの塔(St Thomas's Tower)に築かれ、同じくテムズ川へ通じている。これは逆賊門(the Traitor's Gate)と呼ばれるが、国事犯(state prisoner)を監禁(imprisonment)する際にここを通して送り込んだことからの命名である。さらにエドワード3世(Edward III: 1327-77)の時になって、国王の私的な目的のためにクレィドゥル塔(the Cradle Tower)にも設けられた。☞図版：531

70. water gate（水路門）。手前は湖(lake)。Caerphilly ［W］

- 59 -

I Castellated Architecture・城廓建築

71. 水路門。Menai Strait（メナイ海峡）へ通ずる。
Eagle Tower, Caernarvon ［W］

72. 水路門。Portchester Harbour（ポーチェスター港）へ通ずる。
Portchester ［E］

73. 72.のCU（内側）

Gatehouse; Gate-House／ゲートハウス; 門塔; 門楼

74. Traitor's Gate(逆賊門)。Tower of London ［E］

ramp

ランプ; (城の前の)傾斜路

上述の'outer gatehouse'などに備えてある吊り上げ橋(drawbridge*)を下ろすと、堀(ditch*)を挟んで、橋の先端は勾配のある路に接続することになるが、その路を指す。

石造りのものは'stone ramp'といい、外部から城へ接近する場合などは、傾斜があるために、'climb the ramp'（傾斜路を上る）などと表現する。その傾斜の度合いだが、頂部の高さは通例8m前後はある。ここに立つ者は城側からの攻撃に曝される立場に置かれることになる。

'The drawbridge connected the castle to the end of a twenty-foot-high stone ramp.'といえば、「石造りのランプの高い方の端部は高さ20フィートで、城門から下ろされた吊り上げ橋の先端がそこに届く」という意味である。

【用例】

'The enemy surged...towards the causeway and the ramp led up to the Hornburg-gates.'（敵は角笛城の門へ通ずる橋道およびランプへと波のように押し寄せて来た。）（Tolkien: Towers）

【文例】

* The king and his Riders passed on. Before the causeway that crossed the stream they dismounted. In a long file they led their horses up the ramp and passed within the gates of the Hornburg.

——J.R.R. Tolkien: 'The Two Towers'

（王とその騎士たちはさらに進み、流れを横切る橋道の手前で馬を下りた。長い列になってそれぞれ馬を引いてランプを上ると、角笛城の門を潜って行った。）

75. ramp（ランプ）。

✱ **approach**（アプローチ; 城正面の路）　上述の'ramp'の場合と同じように、外部から城へ接近する場合、吊り上げ橋（drawbridge✱）などの手前にある路を、勾配のあるなしにかかわらず一般にこう呼ぶ。また、城のみならずカントリー・ハウス（country house）などの門（gate）から大邸宅の正面入口へ至る通路を指している。

【用例】

'the old mansion...was surrounded by a deep moat. The approach and drawbridge were defended by an octagonal tower'（その古い館は深い堀に囲まれていて、アプローチも吊り上げ橋も8角形の塔に守られていた）(Scott: Kenilworth)

【文例】

＊ The approach was like a turnpike road full of great ruts, clumsy mendings; bordered by trampled edges and incursions upon the grass at pleasure.

Gatehouse; Gate-House／ゲートハウス; 門塔; 門楼

———T. Hardy: *The Hand of Ethelberta*

（そのアプローチは有料道路を思わせるもので、大きな轍や粗雑な修復の跡だらけで、しかも、その両端は踏み付けられ、芝生に勝手次第に入り込んだ跡で縁取られているといった具合であった。）

＊ Our travellers passed slowly along the bridge or tilt-yard, and arrived at Mortimer's Tower, at its farthest extremity, through which the approach led into the outer, or base court of the castle.

———W. Scott: *Kenilworth*

（この旅人たちは馬上槍試合場ともなるその橋をゆっくりと渡り、橋の向こう側のモーティマーの塔に達した。この塔から先はアプローチが城の外廓、つまり、前廓へ通じていた。）

76. approach（アプローチ）。Longleat House ［E］

77. アプローチ。Glamis ［S］

- 63 -

I　Castellated Architecture • 城廓建築

Curtain; Curtain Wall
(城廓)幕壁；(城廓)防壁

　　古くは'curtin'あるいは'curtine'ともつづる。

　　塔(tower*)と塔、城門(gate)と城門、稜堡(bastion*)と稜堡の間を連結する石造りの防壁を指す。塔などをも含めて防壁全体を意味することもある。ただし、広義では、後述する'motte-and-bailey castle'の木造の柵(wooden palisade*)をも指していう場合がある。また、防壁の意味では'walls'と複数形が通例。

　　この防壁の構築は、内側と外側の両方の縁(ふち)から先ず石を組んで積み上げる。1m前後の高さに達したところで、「中詰め」といって、粗石(rubble: 荒石)と燧石(flint: 火打ち石)とモルタル(mortar)の混合に成るものをその間に詰込み、上からスレート(slate: 粘板岩)を被(かぶ)せる。そして、さらにその上に同様にして積み上げを重ねて行って、完成する。また、補強のため、中詰めの中に長大な鉄の鎖(chains)を埋め込むこともなされた。ちなみに、中世のモルタルは石灰(lime)と砂(sand)と水の混合になるのが通例。

　　全体の高さは、攻城(siege castle*)の際に、敵方のバリスタ(ballista*)やトレビュシェット(trebuchet*)などの投擲兵器(artillery*)で飛ばされた石塊(stone)が越

①wall walk
②latrine
③cesspit
④corbels
⑤inner curtain
⑥outer curtain
⑦outfall

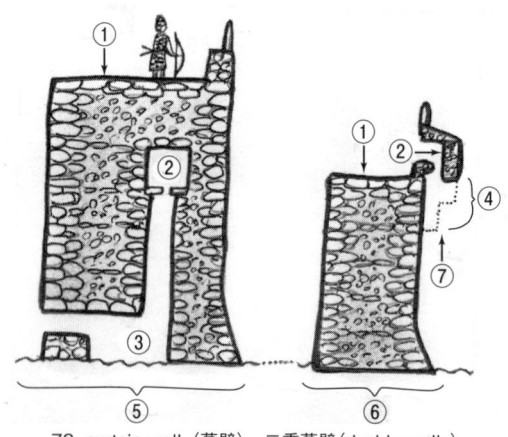

78. curtain wall (幕壁)。二重幕壁(double walls)。

− 64 −

Curtain; Curtain Wall／(城廓)幕壁; (城廓)防壁

79. 幕壁。Stirling [S]

えられない高さを保ち、かつ、狭間胸壁(battlemented parapet*)も備えていた。

キープ(keep*: 天守閣)の周囲に一重に巡らせたそれは「一重幕壁」(single curtain wall*)といい、同心円型城廓(concentric castle*)の場合のそれは、「二重幕壁」(double wall(s)*)、あるいは、「同心円型幕壁」(concentric walls*)と呼ぶ。つまり、後述する内幕壁(inner curtain*)と外幕壁(outer curtain*)で二重になるわけである。その場合も、壁の厚さや高さには、城により立地条件により違いが出るが、外幕壁では厚さ約2m、高さ約6mが標準である。従って、内幕壁の方は必然的に厚さも高さもそれ以上ということになる。ちなみに、カナーヴァン城(Caernarvon Castle*)は同心円型ではないが、その幕壁の厚さは約5mになる部分もある。

また、城自体の防壁ではなく、後述する市防壁(city wall*)の方を指していうこともある。市防壁に対し、城の周囲のそれは'castle wall'と呼んで区別する場合もある。

ちなみに、トイレ(latrine*; privy*; garderobe*)は隅塔(angle tower*)の中にも設けられたが、内幕壁の壁の中に通した縦穴(shaft*)をその用途に充て、穴の底には便壷(cesspit)が備えてあり、清掃人(gong farmer)によって定期的に汲み出しもなされていた。また、それが外幕壁に造られた場合は、外側の壁面から外へ突出し、持送り(corbel*)に支えられていた。そこに設けられた落とし口(outfall*; latrine vent*)から下の堀(ditch*)へ排出していたわけである。そして、便座は木や石のこしらえになった。その場合、そこからの敵の侵入を妨害するために、その落とし口は小さくしてあるのみならず、簡単には下から届かない高い位置に設けてあった。

またちなみに、中世の城廓建築で「トイレ」を指す用語は、'latrine'が最も一般

- 65 -

Ⅰ　Castellated Architecture・城廓建築

的で、'garderobe ［guardrobe］'は、'the great chamber'（領主の私室）と 'latrine' との間に設けられた「小部屋」(wardrobe)の意味でも時に使われる。その小部屋は、衣服を収納したり、着替えや縫い物をしたりする部屋のことである。その当時は、トイレの臭い(smell)と隙間風(draught)は、イガ(clothes moth: 衣蛾) などの虫除けに効果があると信じられ、衣類の収納にも用いられていた。今日の「衣裳箪笥」「衣裳部屋」の意味の 'wardrobe' はその 'garderobe' に由来。

　'a cliff-like curtain wall' とすると、「断崖絶壁のようにそそり立つ幕壁」が思い浮かぶし、'the eleventh-century castle with a stone curtain wall' といえば、「石造りの幕壁を備えた11世紀の城」を指し、'Along the tops of these curtains, sentries could walk up and down, protected with parapets.' と表現すれば、「こういう幕壁の頂部を、歩哨は胸壁に守られながら行ったり来たりすることが出来た。」という意味である。

80. 幕壁。Portchester ［E］

81. 門塔(gatehouse)と塔(tower)を連結する幕壁。Caernarvon ［W］

- 66 -

Curtain; Curtain Wall／(城郭)幕壁; (城郭)防壁

【文例】
　解説にも述べたが、次の2例は'city wall*'に対し、城の'curtain wall'を指し、'castle walls'といっている。'walls'(複数形)の語法は解説に記した。

* <u>The castle walls</u> were built on top of massive earth ramparts and surrounded by a dry moat.
　　　　　　　　　　　　　　　——K. Follett: *The Pillars of the Earth*

(城の幕壁はどっしりとした土塁の上に築かれ、周囲には空堀を巡らせてあった。)

* He imagined enemy horsemen thundering over the grass towards the castle....

82. 市防壁(town wall)。Caernarvon [W]

83. 幕壁の中詰め。Conisbrough [E]

I　Castellated Architecture・城廓建築

84. トイレ(latrine)への入口。Bodiam ［E］

85. 84.の中のトイレ。

86. 塔から張り出した造りのトイレ。
Diate Hill Tower, Pickering ［E］

87. 壁塔(wall tower)のトイレ。上に窓、下に落とし口(outfall)。Warkworth ［E］

Curtain; Curtain Wall／（城廓）幕壁;（城廓）防壁

All around the castle walls, standing in the tall window slits and on the turrets, would be the archers, waiting.
——S. Hill: *I'm the King of the Castle*

（彼は空想した。敵の騎馬武者たちが雷鳴のような響きを立てて、芝地を城へと押し寄せて来る(中略)。城の幕壁(の歩廊)にはぐるりと巡って、壁面の縦に細長い切れ目の背後にも、小塔という小塔の上にも、弓兵たちが構えて立っているのだ。）

次の例では'curtin'のつづりの語を用いている。

* But the Curtin, Sir, is the word we use in fortification, for that part of the wall or rampart which lies between the two bastions and joins them——Besiegers seldom offer to carry on their attack directly against the curtin, for this reason, because they are so well flanked.
——L. Sterne: *The Life and Opinions of Tristram Shandy, Gentleman*

（しかしながら幕壁というのは、先生、築城用語でして、2基の稜堡の間にあってそれらを連結する防壁——塁壁といってもよいのですが——のその部分をいいます——城の攻め手がこの幕壁に真正面から攻撃を仕掛けるまねは先ずしないのも、つまりは側面からの防御の備えが行き届いているからなのです。）

batter

バター

上述の幕壁（curtain*）のみならず塔（tower*）なども垂直に築かれるが、その基部では外側の壁が急勾配の傾斜になる。その傾斜のついた壁面を指していう。

'battered base'というと「その傾斜のついた基部」を指し、'battering wall'となると、「そのこしらえのある壁」を意味する。

構築を補強する意味のみならず、城攻め（siege castle*）にあった際に、上から落とした石塊（stone）などを、その勾配を利用して敵方へバウンドさせて攻撃する目的をも持つ。さらには、後述するラム（ram*）やマウス（mouse*）と名づけられた攻城兵器（siege engine*）による攻撃に対して、その効力を弱めたり、あるい

Ⅰ　Castellated Architecture・城廓建築

は、敵方が幕壁や塔の下を掘り崩して侵入を図るのに備える目的もある。

【参考】

＊ The Dun-lendings and many men of the garrison of the Burg were at work on the Dike or in the fields and about the battered walls behind....
　　　　　　　　　　──J.R.R. Tolkien: 'The Return of the King'

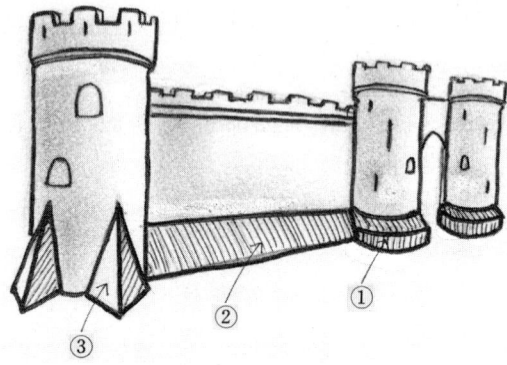

① plinth
② batter
③ (pyramid) spur

88. batter（バター）; plinth（土台）; spur（塔の蹴爪）。

89. 幕壁（curtain）のbatter（バター）。
　　Rothesay [S]

Curtain; Curtain Wall／(城廓)幕壁; (城廓)防壁

90. 塔(tower)のバター。
Pigeon Tower（13世紀), Rothesay [S]

91. 塔のバター。Clifford's Tower, York [E]

�է **plinth**（(塔の)土台）　城攻め(siege castle*)にあった際に、敵方から塔(tower*)などの下を掘り崩されることを防ぐ目的で、その基底部に石造りの土台を築くが、それを指す。

通例はそれが'battered plinth'といって、外側へ傾斜した形(☞batter)になる。例えば、イングランドのドゥヴァー城(Dover Castle*)やコニスブラ城

92. (battered) plinth((傾斜付き)土台)。Portchester [E]

- 71 -

I Castellated Architecture・城廓建築

(Conisbrough Castle*)のキープ(keep*: 天守閣)、あるいは、ウォーリック城(Warwick Castle*)のシーザーの塔(Caesar's Tower*)はこの土台の上に立っている。

土台そのものの高さは城によりさまざまであるが、例えば、ケニルワース城(Kenilworth Castle*)のそれは、約4m、コニスブラ城では約6mになる。

93. 傾斜付き土台。Alnwick ［E］

94. 傾斜付き土台。キープ(keep: 天守)、Conisbrough ［E］

Curtain; Curtain Wall／(城廓)幕壁; (城廓)防壁

95. 傾斜付き土台。Dover ［E］

'a steeply sloping plinth'といえば、「急勾配の傾斜を持つ土台」になるし、'this plinth was so solid that no enemy could hack his way through'という表現は、「この土台は如何なる敵もそこから先へは侵攻不可能なほど堅固なものである」ということで、'Most keeps have a splayed-out plinth of solid stone designed to prevent undermining.'となると、「大抵の天守には外側へ広がった堅固な石造りの土台が付き、地下に坑道を掘られるのを防ぐ設計になっている」という意味である。

✳ **spur**（塔の蹴爪(けづめ)）　塔(tower*)の基底部で外側の壁の一部が突き出した石の造りを指す。ピラミッドを半分にしたような形のそれは'pyramid spur'と呼ぶ。

96. spur(塔の蹴爪)。Marten's Tower, Chepstow ［W］

I Castellated Architecture・城廓建築

97. 塔の蹴爪。Caerphilly [W]

　円形の塔 (round tower*) に四角形の底部を備えることによって、構築の補強の上で一層の安定を図り、城攻め (siege castle*) にあった際に、敵方により塔の底部から掘り崩されるのを防ぐと同時に、塔の上から落下させた石塊 (stone) などが、この爪状の部分に当たって敵方へバウンドして飛んで行くようにした工夫でもある。また、敵方からの投射物に対する防御の目的も持つ。

　フランスの城廓建築に多く見られるが、イギリスでも稀にある。例えば、ウェールズのカーフィリー城 (Caerphilly Castle*) やチェプストゥ城 (Chepstow Castle*)、あるいはグッドリッチ城 (Goodrich Castle*) などに見られる。

exterior wall

(1) 外壁。

ひとつの建物、例えば塔 (tower*) などの厚い造りの壁の外側を指していう。ちなみに、その反意語は 'interior wall' という。

【文例】

* <u>On the exterior walls</u> frowned the scutcheon of the Clintons, by whom they were founded in the reign of Henry I....

——W. Scott: *Kenilworth*

　（その外壁には、ヘンリー1世の御世にそれを築いたクリントン家の盾形紋章が辺りを睥睨していた...）

Curtain; Curtain Wall／(城廓)幕壁; (城廓)防壁

(2) 防壁。

'external wall'ともいい、後述する'outer wall'に同義。

【文例】

* Around the exterior wall was a deep moat, supplied with water from a neighbouring rivulet.
——W. Scott: *Ivanhoe*

(その防壁の周囲には深い堀が巡らせてあり、近くの細流から水を引いていた。)

* There were three external walls, battlemented and turreted from space to space...the second enclosure rising higher than the first....
——W. Scott: *Quentin Durward*

(その城を囲む三重の防壁は狭間胸壁を持ち、間隔を置いて小塔を備え(中略)、しかも一番外側の防壁より次のそれがより高いという具合...)

98. 塔(tower)のexterior wall(1)(外壁)。Conisbrough [E]

- 75 -

I　Castellated Architecture・城廓建築

99. (1) 貝殻型防壁(shell wall)の外側。Restormel ［E］

100. 貝殻型防壁のinterior wall(内壁)。Clifford's Tower, York ［E］

inner curtain; inner curtain wall

内幕壁; 内防壁

同心円型城廓(concentric castle*)の二重幕壁(double walls*)の内、内廓(inner bailey*)を囲む方の幕壁を指す。

この幕壁を側面から防御する目的で、隅塔(corner tower*)などの側堡塔(flanking tower*)が通例は4基設けられる。

後述する外幕壁(outer curtain*)よりは「高く」、かつ「厚い」造りになっている。それは、城攻め(siege castle*)にあった際に、外幕壁の外側にいる敵を、外幕壁の頂部にいる味方の援護をしつつ、内側から攻撃可能にするためである。また、

Curtain; Curtain Wall／(城廓)幕壁; (城廓)防壁

101. inner curtain(内幕壁)とouter curtain(外幕壁)。手前は当初は水堀(moat)であった。Beaumaris [W]

102. 内幕壁。Beaumaris [W]

103. 内幕壁。その向こうの塔はキープ(keep: 天守)。Dover [E]

I   Castellated Architecture・城廓建築

外幕壁が敵の手に落ちた場合の防御を考慮に入れたためでもある。そして、主幕壁(main curtain wall)といえば、外幕壁ではなく、こちらの内幕壁の方をいう。ただし、必ずしも同心円型でなくても、内廓と外廓を共に持つ城の場合にもいう。

【文例】
　次のプレシ・レ・トール城(the Castle of Plessis-les-Tours)は防壁(external wall)が三重になる場合だが、解説に述べた事情にも触れている。

＊ There were three external walls...<u>the second enclosure rising higher than the first</u>, and being built so as to command the exterior defence in case it was won by the enemy....

——W. Scott: *Quentin Durward*

(城を囲む防壁は三重になり(中略)、一番外側の防壁より次のそれがより高く築かれているが、外側が敵の手に落ちても内側から瞰制(かんせい)するためのこしらえになる...)

✲ **inner bailey; inner ward**(内廓(ないかく); インナー・ベイリー)　'ward'は'bailey'と同義になるが、後の時代の用語である。また、'inner court'もしくは'inner courtyard'といって、これを指すこともある。☞'dungeon'の'ward'
(1) モット・ベイリー型城廓(motte-and-bailey castle＊)の場合は、土塁(motte＊)の頂部で木造の柵(wooden palisade＊)に囲まれた地所を指す。☞motte and baileyの図

104. 右側Ⓐがinner ward(2) (内廓)、左側Ⓑがouter ward(外廓)。Caernarvon [W]

Curtain; Curtain Wall／(城廓)幕壁; (城廓)防壁

105. 手前が内廓(2)、奥が外廓。
Caernarvon [W]

(2) 同心円型城廓(concentric castle*)とは異なり、むしろ、モット・ベイリー型城廓の配置に似て、'bailey'が同心円的構造にはならずに、縦に連なる連鎖型城廓(linear castle*)の場合、奥の方の幕壁(curtain wall*)に囲まれた地所を指す。例えば、ウェールズのカナーヴァン城(Caernarvon Castle*)に見られる。
☞keepless castle

(3) 同心円型城廓の場合は、二重幕壁(double walls*)の内、内幕壁に囲まれた地所を指す。

例えば、ウェールズのカーフィリー城(Caerphilly Castle*)の内廓は方形であり、約64m×48mの広さがある。

この地所には内幕壁に接する形で屋舎が建てられ、城内の全員を収容可能な大広間(great hall*)を初め、駐屯軍(garrison*)のための兵舎(barrack*)、台所(kitchen*)、鍛冶屋の仕事場(smithy*)などの他に、犬小屋(kennel)や、狩猟に用いる鷹(hawk)などの鳥類(hunting birds)を飼育する鳥小屋(mew)も備えてあり、井戸(well*)も掘ってあった。

その兵舎は木骨造り(half-timber house)になっていて、2階は居住の間

I Castellated Architecture・城廓建築

(living quarters)、1階は厩(stables*)、あるいは、武器や食料の貯蔵室(storage rooms*)に充てられていた。

106. 内廓(3)。正面が門塔(South Gatehouse)。Beaumaris [W]

107. 内廓(3)。Dover [E]

(4) キープ・ベイリー型城廓(keep-and-bailey castle*)の中でも、イングランドのペヴェンズィー城(Pevensey Castle*)やポーチェスター城(Portchester Castle*)の場合は、外廓(outer bailey*)の中の一角に、さらに防壁で囲んだ地所が設けてあるが、それを指す。

Curtain; Curtain Wall／(城廓)幕壁; (城廓)防壁

'the square inner bailey flanked by several rounded towers'といえば、「数基の円塔で側面から防御されている四角い内廓」を指し、'There were only two entrances to a tower. The first was at the base and opened into the inner ward.'となると、「塔の出入口は2箇所だけで、その内のひとつは塔の基部にあり、内廓へ通じていた」という意味である。

①keep
②inner bailey
③outer bailey

108. 内廓(4)と外廓の位置関係。
Portchester [E]

109. 108.の内廓のCU。

- 81 -

Ⅰ Castellated Architecture・城廓建築

110. 内廓に設けられた井戸(well)の跡。Ludlow [E]

✻ inner court; inner courtyard (内廓)
ないかく

(1) 同心円型城廓(concentric castle*)ではないために、上述の'bailey'(☞inner bailey)はひとつしかなくても、それを指して敢えていうことがある。「石造りの防壁に囲まれた地所」(stone-walled bailey)の意味である。また、その意味で'inner bailey [ward]'ともいう。☞courtyard castleのinner courtyard

【用例】

'passing through the gateway we reached a grass-grown inner court'(城門を通ると芝草の生えた内廓へ出た)(Hissey: Counties) / 'it (＝keep) is situated on a mount at one angle of the inner court'(天守は内廓の一角に築かれた土塁の上にある)(Scott: Ivanhoe)

①keep
②inner court (1)
③gatehouse
④ditch

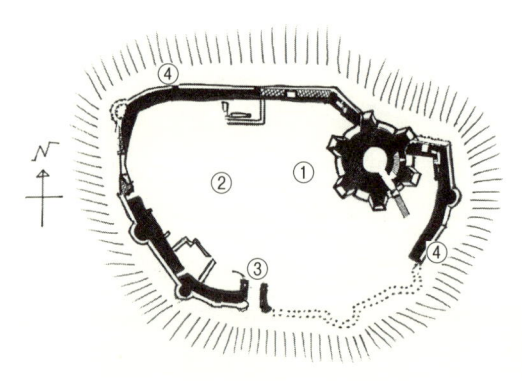

111. inner court (1)(内廓)。Conisbrough [E]

Curtain; Curtain Wall／(城廓)幕壁; (城廓)防壁

【文例】

* It (= Torquilstone Castle) was a fortress of no great size, consisting of a donjon, or large and high square tower, surrounded by buildings of inferior height, which were encircled by an inner court-yard.
——W. Scott: *Ivanhoe*

(それはさほど大きくはない城塞で、大きく高い方形の塔の天守閣と、天守閣を囲むようにして立つそれより低い建物群とから成っていて、その建物群の周囲にはまた内廓が広がっていた。)

(2) 上述の'inner bailey'に同義でも用いる。☞Kenilworth Castleの平面図

【文例】

W. スコットは次のようにケニルワース城(Kenilworth Castle)の用語としてこの表現を用いている。

* ...soon after there was a summons to the banquet. In order to obey this signal, the company were under the necessity of crossing the inner court of the Castle....
——W. Scott: *Kenilworth*

((中略)間もなく饗宴への召集が知らされた。この合図に従うには、一行は城の内廓を横切って行く必要があった...)

112. 111.のコニスブラ城。

I Castellated Architecture・城廓建築

113. inner courtyard(1)(内廓)。
正面は大広間(Great Hall)、左手は領主とその家族の住まい。
Bodiam [E]

114. 荘園領主の館(manor house)の内廓。
正面は門塔(gatehouse)、下端に井戸(well)。
Stokesay [E]

115. 114.の井戸のCU。

outer curtain; outer curtain wall
外幕壁; 外防壁

'list wall'（☞outer bailey(3)）ともいう。

同心円型城廓(concentric castle*)の二重幕壁(double walls*)の内、後述する外廓(outer bailey*)を囲む方の幕壁を指す。

内幕壁(inner curtain*)よりは「低く」、かつ「薄い」造りになる。城攻め(siege castle*)にあった際に、外幕壁の外側にいる敵方を、外幕壁の頂部にいる味方を援護しつつ、内幕壁から攻撃可能にするためでもある。そして、内幕壁の場合と同様に側堡塔(flanking tower*)が幾つか設けられている。ただし、必ずしも同心円型でなくても、内廓と外廓を共に持つ城の場合にもいう。

また、'chemise'といって、これを指すこともある。発音は[シャミィーズ]に近く、アクセントは[ミィー]にある。ただし、これは、イングランドでは、中世の城廓よりはむしろ16世紀の'artillery fort*'（大砲で備えを固めた要塞）の場合でもある。
☞outer wall

116. 二重幕壁(double walls)の内のouter curtain wall（外幕壁）。Caerphilly[W]

I Castellated Architecture・城廓建築

117. 同心円型（concentric castle）ではない場合の外幕壁。Bamburgh ［E］

118. 同心円型ではない場合の外幕壁。Ludlow ［E］

�֍ **base court**　後述する'outer bailey'および'lower ward'に同義。☞approachの文例

【文例】

* The outer wall of this splendid and gigantic structure enclosed seven acres, a part of which was occupied by extensive stables, and by a pleasure-garden, with its trim arbours and parterres, and the rest formed the large <u>base-court</u>, or outer yard, of the noble Castle.

——W. Scott: *Kenilworth*

（この壮麗にして巨大なこしらえの外防壁は7エーカーの敷地を囲んでいて、一部は広い廐、それに手入れの行き届いた樹木や花壇から成る庭園に充てられ、残りの部分はこの立派な城の広大な前廓、つまり外廓を成していた。）

✻ middle bailey; middle ward （中(央)廓） 通例は'ward'は'bailey'と同義になるが、後の時代の用語である。☞dungeonのward；図版：59

(1) 同心円型城廓(concentric castle*)の場合、上述の内幕壁(inner curtain*)と外幕壁(outer curtain*)とで挟まれた地所を指して、'outer bailey*'（外廓）というのが通例である。しかし、岩山の上に建つウェールズのハーレック城(Harlech Castle*)の場合のように、そこを'middle bailey'と呼ぶことがあり、その時は外幕壁の外側で、さらに幕壁に囲まれた岩山の斜面全体が'outer bailey'になる。

もっとも、ハーレック城の場合、通常の同心円型城廓と同じように、内幕壁で囲まれた地所を'inner ward*'、内幕壁と外幕壁とで挟まれた地所を'outer ward*'、そしてさらにその外側を'outer bailey'と呼んで区別することもある。

(2) 上記(1)の場合とは異なり、'bailey'が同心円的構造にはならずに、縦に連なる連鎖型城廓(linear castle*)の場合、内廓(inner [upper] bailey*)と外廓(outer [lower] bailey*)の中間に位置する地所を指していう。その際に、'upper bailey'（上廓）と'lower bailey'（下廓）は、その位置関係の高低を示す呼び方になる。

こういう中央廓を持つ城には、例えば、ウェールズのチェプストゥ城(Chepstow Castle*)がある。

①gatehouse
②outer bailey
③middle bailey
④inner ward

119. middle bailey(2)（中廓）とouter bailey（外廓）。Alnwick ［E］

I Castellated Architecture・城廓建築

120. 119.の外廓。白い尖頭屋根は礼拝所(chapel)。

121. 119.の中廓。左がConstable's Tower、右がRecord Tower。

122. 119.の内廓(inner ward)。

また、イングランドのアニック城(Alnwick Castle)の場合、キープ(keep*)を中央にしてその左右にある地所を外廓、中廓と呼び、中央にある当初のシェル・キープ(shell keep*)の内側を、特別に'inner ward'（内廓）としている。

✣ outer bailey; outer ward （外廓; アウター・ベイリー）　'ward'は'bailey'と同義になるが、後の時代の用語である。☞dungeonのward; base court; outward court

(1) モット・ベイリー型城廓(motte-and-bailey castle*)の場合は、土塁の'motte'に対して、'bailey'の方の木造の柵に囲まれた地所を指す。☞moote and baileyの図

【文例】

次に描かれているコーヴズゲート城(Corvsgate Castle)は、今日では廃墟となっているドーセット州のコーフ城(Corfe Castle)のことで、モット・ベイリー型城廓から発達したものであるので、ここに引用したものである。

＊ Accordingly Ethelberta crossed the bridge over the moat, and rode under the first archway into the outer ward.
　　　　　　　　　　　　——T. Hardy: *The Hand of Ethelberta*

（そこでエセルバータは橋を渡って堀を越えると、ロバに乗ったまま最初のアーチ形の入口から外廓の中へ入った。）

(2) 同心円型城廓(concentric castle*)とは異なり、むしろ、モット・ベイリー型城廓の配置に似て、'bailey'が同心円的構造にはならずに、縦に連なる連鎖型城廓(linear castle*)の場合、奥に対して外の方の幕壁(curtain wall*)に囲まれた地所を指す。

例えば、ウェールズのカナーヴァン城(Caernarvon Castle*)に見られる。

(3) 同心円型城廓の場合、二重幕壁(double walls*)、つまり、内幕壁(inner curtain*)と外幕壁(outer curtain*)とで挟まれた地所を指す。

例えば、ウェールズのカーフィリー城(Caerphilly Castle*)の外廓は方形であるが、縦横の寸法は約97m×82mになる。

従って、'The outer ward is defended by comparatively low battlemented walls.'

Ⅰ Castellated Architecture・城廓建築

123. 奥がinner ward（内廓）、手前がouter ward（2）（外廓）、手前右側が大広間（Great Hall）の跡。Caernarvon ［W］

124. 手前が外廓(2)、正面奥がキープ（keep: 天守）で、そのすぐ前が内廓。Warkworth ［E］

Curtain; Curtain Wall／(城廓)幕壁;(城廓)防壁

125. 北側の外廓(3)。左手に北門塔(North Gatehouse)。
Beaumaris [W]

126. 125.の反対側から。

127. 外廓(3)。Caerphilly [W]

といえば、「外廓は、狭間胸壁を備えた低い方の幕壁で防御されている。」ということになる。

もっとも、この地所を'middle bailey*'と呼んだ場合、外幕壁のさらに外側を指して'outer bailey'ということもある。

また、この二重幕壁に挟まれた空地では、駐屯軍(garrison*)によって「馬上

— 91 —

I Castellated Architecture・城廓建築

槍試合」(joust)などが行なわれたことから、その「試合場」の意味の'lists'とも呼ばれた。

(4) キープ・ベイリー型城廓(keep-and-bailey castle*)の中でも、イングランドのペヴェンズィー城(Pevensey Castle*)やポーチェスター城(Portchester Castle*)の場合は、防壁の外周に堀(ditch*)を巡らせた内廓(inner bailey*)があり、ローマ時代の市防壁(city weall*)を利用した防壁が、さらにその堀を含めて内廓を包み込む形で囲っている。その外側の地所を指す。☞ 図版:108

128. 外廓(4)。Portchester [E]

129. 外廓(4)。奥正面にキープ・ゲートハウス (keep-gatehouse)を望む。Portchester [E]

Curtain; Curtain Wall／（城廓）幕壁;（城廓）防壁

130. 外廓(4)。手前に内廓への入口の橋。Portchester ［E］

✻ **outer court[courtyard; yard]; outward court**　上述の'outer bailey'に同義。

W. スコット（W. Scott）は『ケニルワースの城』（*Kenilworth*）の中でケニルワース城の用語として、また、『アイヴァンホー』（*Ivanhoe*）の中ではアシュビー・ド・ラ・ズーシュ城（Ashby-de-la-Zouch Castle*）に言及して、これらの表現を用いている。

【用例】

'But I hear my comrades assembling, and the steeds stamping and neighing in the outer court.'（だが外廓に同志が集い、軍馬が勇んで地を踏み鳴らし嘶くのが私には聞こえる。）（Scott: Ivanhoe）/ 'they entered accordingly, in silence, the great outward court of the castle'（そこで彼らは静かに城の広大な外廓へと入った。）（Scott: Kenilworth）

【文例】

＊ The outer wall of this splendid and gigantic structure enclosed seven acres, a part of which was occupied by extensive stables, and by a pleasure-garden, with its trim arbours and parterres, and the rest formed the large base-court, or outer yard, of the noble Castle.

———W. Scott: *Kenilworth*

I Castellated Architecture・城廓建築

（この壮麗にして巨大なこしらえの外防壁は7エーカーの敷地を囲んでいて、一部は広い厩（うまや）、それに手入れの行き届いた樹木や花壇から成る庭園に充てられ、残りの部分はこの立派な城の広大な前廊、つまり外廓を成していた。）

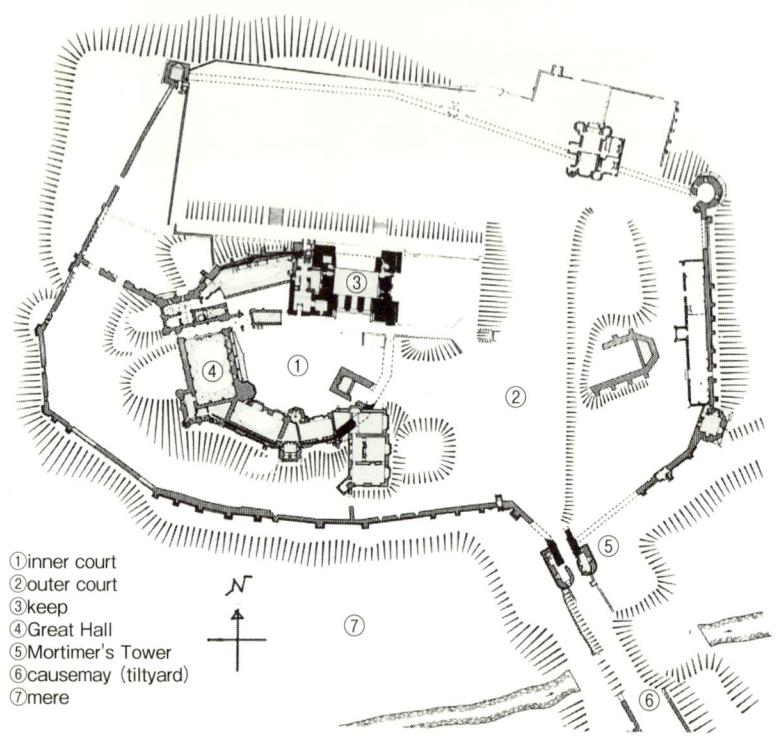

①inner court
②outer court
③keep
④Great Hall
⑤Mortimer's Tower
⑥causemay (tiltyard)
⑦mere

131. outer court（外廓）。Kenilworth ［E］

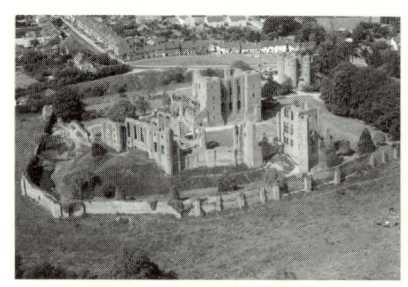

132. 131.の写真で、中央部が内廓（inner court）、右手が外廓。

133. 外廓。Caerlaverock ［S］

- 94 -

Curtain; Curtain Wall／(城廓)幕壁; (城廓)防壁

�֍ outer wall; outward wall

(1) 防壁; 幕壁(まくかべ)。　キープ(keep*: 天守閣)の周囲に巡らせた一重の幕壁(single curtain wall*)を指す。

【用例】

'they press the besieged hard upon <u>the outer wall</u>' (寄せ手は防壁の上の篭城兵たちに猛攻を仕掛けている) (Scott: Ivanhoe)

【文例】

＊ Front-de-Boeuf...had made considerable additions to the strength of his castle, by building towers upon <u>the outward wall</u> so as to flank it at every angle.
　　　　　　　　　　　　　　　　　　　　　　　　　――W. Scott: *Ivanhoe*

(フロン・ド・ブーフは(中略)自分の城の強度を増す狙いで、防壁を側面から守るための塔をその角々に建てていた。)

(2) 外幕壁; 外防壁。　同心円型城廓(concentric castle*)などの'outer curtain'に同義。

【用例】

'a long sweeping line of <u>outward walls</u>, ornamented with battlements, and

134. outer wall(3)(外壁)。Bodiam ［E］

Ⅰ Castellated Architecture・城廓建築

turrets, and platforms'（狭間胸壁（はざまきょうへき）や小塔やプラットフォームを配し、長い線を描いて伸びる外防壁）(Scott: Kenilworth) / 'the outer wall of this splendid and gigantic structure enclosed seven acres'（この壮麗にして巨大なこしらえの外防壁は7エーカーの敷地を囲んでいた）(Scott: Kenilworth)

(3) **外壁**。　中庭型城廓(courtyard castle*)で、その中庭に面している側の建物の壁ではなく、外側の壁を指す。その他キープ(keep*)など塔(tower)の外壁もいう。従って、'The outer walls are on all sides flanked by towers, so that the defenders could fire along the face of the wall at scaling parties.'といえば、「外壁はいずれの面も塔によって側面から防御されていて、外壁を梯子でよじ登る攻め手に対しては、守り手は壁面に沿って銃を撃つことが可能である。」という意味である。

putlog hole

足場の組み穴

内幕壁（まくかべ）(inner curtain*)や外幕壁(outer curtain*)、あるいは塔(tower*)を構築

135. putlog hole（足場の組み穴）。Restormel [E]　　136. 足場の組み穴。Launceston [E]

Curtain; Curtain Wall／(城廓)幕壁; (城廓)防壁

137. キープ(keep: 天守)の足場の組み穴。Portchester ［E］

する際に、仮設足場(scaffolding)を組む目的で、木材［腕木］(putlog)を差し込むための穴を、その壁に下から上へ段々に設けて行くが、それを指す。

この穴は、後述する仮設歩廊(hoarding)を構える時にも、あるいは、塔などに漆喰(whitewash)を塗る際に足場を組む時にも、必要になるため、幕壁や塔の完成後も残して置く。穴の形は通例は四角である。

【文例】

次の例は足場の組み穴ではないが、そこへ差し込む腕木(putlog)に言及している。

* ...I caught up the...cannon with both hands and dashed it, breech first, at the doorway. The solid oak burst with the blow, and the gun stuck fast, like a builder's putlog.
  ──R.D. Blackmore: *Lorna Doone*

(...私はその(中略)大砲を両手で掴み上げると、砲尾を先にして戸口へ思い切り打ち付けた。堅固なオーク材の扉もそれで張り裂けて、まるで仮設足場の腕木のように砲身がしっかりと突き刺さった。)

❖ **hoard; hoarding**(仮設歩廊)　'hourd'ともつづる。また、後代には'brattice*'とも呼ばれた。城攻め(siege castle*)にあった際に、内幕壁(inner curtain*)や外幕壁(outer curtain*)、あるいは、塔(tower*)にある狭間胸壁(battlement*)

I Castellated Architecture・城廓建築

の凸壁(merlon*)の下の組み穴(putlog hole*)に、腕木を差し込んで木造のバルコニーもしくはヴェランダのようなものを仮設するが、それを指す。

当然ながら、そのような城壁の外側へ張り出すこしらえになる。張り出した木造の歩廊(walk*)ともいうべきもので、前面や上部は板で囲ってある。その前面の部分には矢狭間(arrow loop*)も備えていた。上部は屋根に相当するもので、火矢(flaming arrow)から守るために、動物の濡らした生皮(wet hides)などを貼りつけた。

床には落とし戸(trapdoor*)の仕掛けもあり、そこから岩石(boulder)や生石灰(quicklime*)の粉末や熱した液体などを、攻めて来る敵の頭上に落としたのである。生石灰は触れると皮膚を火傷させる(to burn skin)効力があったのである。また、「磁砲」(firepot)と呼ばれる物も落としたり投げたりした。これは、今日の「火炎ビン」に似たところがあって、土器の壺の中にタール(tar)などの液体を入れ燃やしたり、爆発物などを詰めてあったりして、当たると壊れて着火する仕掛けである。

しかし、これは木造のため、敵方の放った火矢で焼け落ちたり、あるいは、その他の投擲兵器(artillery*)の攻撃によって破壊され易いために、14世紀以降は、マチコレーションを備えた石造りの胸壁(machicolated stone parapet*)がこれに取って代るようになった。

従って、'install hoardings around the top of all the walls and towers'といえば、「幕壁や塔の頂部に仮設歩廊を備え巡らす」ことである。☞machicolation

138. hoard（仮設歩廊）。

Curtain; Curtain Wall／(城廓)幕壁; (城廓)防壁

stone-walled bailey
石造りの防壁で囲まれた地所

キープ・ベイリー型城廓(keep-and-bailey castle*)や同心円型城廓(concentric castle*)に見られる。モット・ベイリー型城廓(motte-and-bailey castle*)では、木造の柵(wooden palisade*)で囲まれていたが、のちに石造りの防壁になったわけである。

従って、'The great tower would often be set on the level fenced in by a stone-walled bailey and lesser outbuildings.'といえば、「天守閣は、石造りの防壁を巡らせた地所と他の低い建物群とに囲まれた平地に、建つことも少なくなかった。」という意味になる。

139. 当初のモット・ベイリー型(motte-and-bailey castle)からシェル・キープ(shell keep)へ移行する過程で、石造りになったもの。Pickering [E]

140. 同心円型(concentric castle)の場合で、その内廓(inner ward)。Beaumaris [W]

I Castellated Architecture・城廓建築

walk; wall walk; wall-walk
幕壁歩廊; 防壁歩廊; 監視歩廊

'sentry walk'といって、これを指すこともある。

　幕壁(curtain wall*)などの内側で、しかも、その頂部に設けた監視のための歩廊を指す。'roofed walk'は屋根付きのもの、'battlemented walk'は狭間胸壁を備えたものをいう。'the walk along [around] the top of the curtain'といえば、「幕壁の頂部に沿って設けてある監視歩廊」のことを指す。☞roof walk

　この歩廊の上にいる兵士は、そこに備えつけた狭間胸壁(battlement*)により保護されながら往来し、監視を行なうことができるのが通例である。

　内幕壁(inner curtain*)の歩廊の場合は、隅塔(corner tower*)などの中に設けられた螺旋階段(spiral staircase)により、上り下りができる。外幕壁(outer curtain*)のそれは、幕壁の内側の壁面に接続する形で設けられた、螺旋ではない通常の階段で、上り下りが可能となる。

　また、歩廊の表面は石板(slab)や鉛板(lead)でふいてあるのが通例である。ちなみに、ここに雨水などが溜まるのを防ぐ目的で、排水のための穴が設けてあるが、それは'weeper'という。☞parapet walk; rampart walk; city [town] wall

141. wall walk(幕壁歩廊)。
Eagle TowerとWell Tower間。
Caernarvon [W]

Curtain; Curtain Wall／(城廓)幕壁; (城廓)防壁

142. battlemented walk（狭間胸壁付き歩廊）。Warwick ［E］

143. 狭間胸壁付き歩廊。手摺りは現代のもの。Carlisle ［E］

144. 内廓(Nether Bailey)を囲む幕壁歩廊。Stirling ［S］

I Castellated Architecture・城廓建築

145. 144.に同じ。

146. 歩廊へ上る階段。左はConstable's Tower, Alnwick [E]

147. 土塁(earthwork)の上の歩廊(13世紀)。
Bishop's Palace [E]

Curtain; Curtain Wall／(城廓)幕壁; (城廓)防壁

148. 市防壁(city wall)の歩廊。York [E]

149. 市防壁の歩廊。Canterbury [E]

❋ **allure; alure**　発音は[アリュァー]に近い。語源はフランス古語の'aleure' (発音は[アルール])にあり、後に'alure'を経て'allure'になった。'aluring'もしくは'alure-work'とすると、その「造り」・「構築」・「備えること」などをいう。

　上述の'walk'に同義。仮設歩廊(hoarding*)を設けた場合、その中の通路をもいう。ただし、城廓のみならず、教会の塔(church tower)に狭間胸壁(battlement*)が設けられている場合、同様の歩廊があって、それも指していう。

I　Castellated Architecture・城廓建築

　従って、'All defence was conducted from the alure as there were no openings in the towers.' といえば、「塔には開口部はひとつもないために、防衛は全てその歩廊のみから行なった」ということである。

150. roof walk（屋上歩廊）。
　　　Bodiam ［E］

151. 屋上歩廊。
　　　キープ(keep: 天守)、
　　　Dover ［E］

153. 塔上歩廊からの眺め。Ludlow ［E］

− 104 −

Curtain; Curtain Wall／(城廓)幕壁;(城廓)防壁

✿ **roof walk**（屋上歩廊）　城(castle)や教会(church)の塔(tower*)などの、その屋上に設けられた上述の'walk'を指す。☞roofed walk ; tower walk

✿ **tower walk**（塔上歩廊）　隅塔(corner tower*)などの塔の頂部に設けられた、上述の'walk'を指す。☞roof walk

　従って、'The spiral staircase continued above the level of the tower walk to the top of the turret.'といえば、「螺旋階段は塔上歩廊のさらに上にある小塔の頂部まで伸びていた。」という意味になる。

152. tower walk（塔上歩廊）。
　　 Well Tower（井戸の塔）, Caernarvon [W]

— 105 —

Ⅰ　Castellated Architecture・城廓建築

Wall Tower; Mural Tower
壁塔; 幕壁塔; 防壁塔

　上述の幕壁(curtain wall)のところに張り出す形で設けられた塔を広く指していう。

　この塔は幕壁などを側面から防御することを目的としている。つまり、城攻め(siege castle*)にあった際に、敵方が幕壁の下を掘り進んだり、あるいは、乗り越えたりして侵入を計るのに備える目的を持つ。ゲートハウス(gatehouse*)を成す左右一対の塔(double tower*)も、この塔のひとつに当たる。従って、'to have the entrance to the castle between a pair of wall-towers'とすれば、「城への入口を一対の幕壁塔の間に設ける」という意味になる。

　この塔は12世紀末葉までは、横断面が方形の塔(rectangular tower*)であったが、やがて、同世紀の末葉～13世紀末葉には、横断面が多角形の塔(polygonal tower*)になり、さらに後には、円形の塔(round tower*)に変化する。それは、円形の方が上からの監視が容易であると同時に、敵方に塔の底部から掘り崩されるのを防御し易かったからである。

　しかし、円形の塔の内部、つまり、円形の部屋には、ベッドやその他の家具を設置し難いなどという理由から、14世紀の末までには、再び方形の塔が復活を見ることになった。例えば、1378年以降の築城になるイングランドのボゥルトン城(Bolton Castle*)や、1386年以降のこしらえのボゥディアム城(Bodiam Castle*)などは、いずれも中庭型城廓(courtyard castle*)のタイプに属するものだが、前者では4基の隅塔(corner tower*)、後者はゲートハウスを含めてこの壁塔が、やはり方形に築かれている。

　この塔を型に分類すれば以下の3種に分かれる。

(1) 開放型塔(open tower*): 塔の背面、つまり、城側から見て、塔の内側が開いている場合。

(2) 閉鎖型塔(closed tower*): そこが閉じている場合。

Wall Tower; Mural Tower／壁塔；幕壁塔；防壁塔

(3) 半開放型塔(open-gorged tower*)：幕壁歩廊(wall walk*)の高さまでは閉じているが、そこから上の胸壁(parapet*)の部分は開いている場合。☞open-gorged tower

上記(2)の閉鎖型塔の場合は、2階建て、ないしは3階建てが通例で、居住も可能である。衛兵詰所(guard-room*)、礼拝室(chapel*)、牢獄(prison*)もあり、暖炉(fireplace)やトイレ(latrine*; garderobe*)も備えられている。☞wall turret

154. rectangular wall tower（方形の壁塔）。Abbot's Tower, Alnwick [E]

155. 方形の壁塔。Godsfoe Tower, Dover [E]

156. polygonal wall tower（多角形の壁塔）。Caernarvon [W]

157. 多角形の壁塔。Treasurer's Tower, Dover [E]

I Castellated Architecture・城廓建築

158. round wall tower(円形の壁塔)。Beaumaris [W]

159. half-round wall tower(半円形[U字形]の壁塔)。South Gatehouse, Beaumaris [W]

160. 半円形[U字形]の壁塔。Portchester [E]

161. open tower(開放型塔)。市防壁(town wall)、Caernarvon [W]

Wall Tower; Mural Tower／壁塔; 幕壁塔; 防壁塔

163. 壁塔のひとつEagle Towerの中の私室（chamber）。Caernarvon ［W］

162. closed tower（閉鎖型塔）。Bodiam ［E］

angle tower; corner tower

隅塔

(1) 同心円型城廓（concentric castle*）の内幕壁（inner curtain*）や、中庭型城廓（courtyard castle*）の四隅に設けられる塔を指す。

塔の屋根は木材を張り渡して、その上を鉛板（leads）やスレート（slate）でふいたもので、その屋根全体は円錐形になる。

塔への入口は2箇所あった。ひとつは塔の下部にあり、内廓(ないかく)（inner ward*）へ開く所で、もうひとつは塔の上部にあり、幕壁歩廊（wall walk*）へ通ずる所になる。当然ながら、どちらも城の外側からは通じていない。

塔の中は3階建てが通例で、各階1部屋ずつになっていた。そして、各階の連絡は、塔の中に備えてある螺旋(らせん)階段（spiral staircase）によった。1［地］階（ground fllor）の部屋は'the basement'と呼ばれ、通例は岩盤を床とした貯蔵室（storeroom*）になり、他の階は板張りの床で居住に充てられた。従って、2階、3階の部屋には暖炉（fireplace*）が設けられ、その煙道（flue）は壁の中を通って、塔上歩廊（tower walk*）へ抜ける仕組みになっていた。部屋の壁は漆喰(しっくい)（plaster）などで塗ってあっ

- 109 -

I Castellated Architecture・城廓建築

た。また、床には、1階の場合も含めて、アシ(reed)やイグサ(rush)などの香のよい草(herb: ハーブ)が敷かれ、月毎に取り替えられていた。

4基ある塔の内のひとつには、1階のさらに下の地下に牢獄(dungeon*: 地下牢)が設けてあり、そこは1階の床——つまり牢獄の天井に当たるところ——にしつらえた落とし戸(trapdoor*)による以外は出入りが不可能なこしらえ(oubliette*)になっていた。しかも、そこへは、矢狭間(arrow slit*)などの小さな開口部からしか採光出来なかった。

礼拝室に充てた塔(chapel tower)もあって、2階、3階を吹き抜けにして天井の高い1部屋にし、ステンド・グラス(stained glass)も用いてあった。'castle chapel'といって、これを指すこともある。

また、トイレ(latrine*; garderobe*)は幕壁以外では、この塔の中にも備えてあった。

ちなみに、イングランドのハースモンシュー城(Herstmonceux Castle*)は、15世紀のレンガ造りの中庭型城廓として知られているが、横断面が八角形(octagonal)の隅塔を備えている。

次の2例は解説で述べた「鉛板の屋根」(leads; lead roof)についてであるが、必ずしも'angle tower'の場合とは限らない。

①second floor （3階）
②first floor （2階）
③ground floor （the basement）（1階）
④trapdoor
⑤dungeon [oubliette]
⑥rock
⑦conical roof

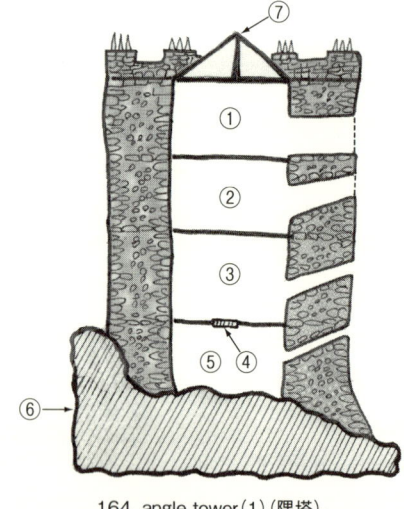

164. angle tower(1)（隅塔）。

Wall Tower; Mural Tower／壁塔; 幕壁塔; 防壁塔

165. 八角形の隅塔(1)。Herstmonceux [E]

166. 中庭型城廓(courtyard castle)の隅塔(1)。Bodiam [E]

167. 同心円型城廓(concentric castle)の隅塔(1)。South-West Tower, Beaumaris [W]

【用例】

'the roofers were unrolling great sheets of lead and nailing them to the rafters'（屋根職人たちが大きな鉛版を広げては、垂木に釘で打って止めているところであった）(Follett: Pillars)

【文例】

* 'On to the leads; will you come and see the view from thence?' I followed still, up a very narrow staircase to the attics, and thence by a ladder and through a trap-door to the roof of the hall.

——C. Brontë: *Jane Eyre*

- 111 -

Ⅰ Castellated Architecture・城廓建築

(「鉛葺きの屋上へ出るのです。そこからあなたも景色をご覧になりませんか？」といわれて、私は黙って後について、とても幅の狭い階段を上って屋根裏へ行き、そこから梯子で引き上げ戸を抜け、館の屋上へ出ました。)

(2) 後述する塔型キープ(tower keep*)の四隅を形成する塔をも指している。
☞angle turret

168. 円錐形の屋根(15世紀)に留意。Caerlaverock [S]

169. 円錐形の屋根。King John's [I]

flanking tower
側堡塔
幕壁(curtain*)や市壁(city wall*)などの防壁に設けられ、その防壁を側面から

- 112 -

Wall Tower; Mural Tower／壁塔; 幕壁塔; 防壁塔

さらに防御するための塔をいい、上述の隅塔(angle tower*)やその他の壁塔(へきとう)(wall tower*)を指す。

ゲートハウス(gatehouse*)を成す左右一対の塔(double tower*)も、その入口(gateway*)を側面から防御するという意味で、これに該当する。

12世紀の後半に出現し、13世紀の初頭には特に発達を見た。横断面が円形の塔(round tower*)や半円形の塔(half-round tower: U字形の塔)がある。

また、方形のキープ(rectangular keep*)の角から、あるいは、円形のキープ(round keep*)の場合はその外壁から、突き出す形でついている塔のことをもいう。例えば、イングランドのロチェスター城(Rochester Castle*)は方形のキープで、その角に計4基の側堡塔がつき、3基が角形で、1基だけが丸形になるが、これは後代に修復されたためである。

同じくイングランドのコニスブラ城(Conisbrough Castle*)は円形の塔型キープ(tower-keep*)を持つが、6基のこの塔がある。また、フラムリンガム城(Framlingham Castle*)は、13基のこの塔を繋ぐ幕壁を持つことでも知られる。

イングランドのウォーリック城(Warwick Castle*)の場合をいま少し詳細に述べれば、ゲートハウスおよびバービカン(barbican*)を防御する目的で、2基のこの塔がその両側につく。いずれも14世紀のつくりになる。ひとつは、シーザーの塔(Caesar's Tower)と呼ばれ、横断面が三葉形(tri-lobed)になり、高さは40mを越える。全体としては6階に隔てられ、一番下が地下牢(dungeon*)で、2階、3階、4階が家族用の部屋、5階が弾薬庫(ammunition store)、6階が衛兵詰所(guard-room*)になる。もうひとつはガイの塔(Guy's Tower)で、横断面は十二角形になり、各階の中央に大部屋ひとつと小部屋が2つずつある。

'the cylindrical tower keep with six rectangular flanking towers'といえば、「方形の側堡塔6基を備えた円筒形の塔形キープ」を指し、'flanking towers have been added to protect the walls'とすると、「数基の側堡塔が幕壁を防御する目的で付加されている」の意味になる。

ちなみに、'flank'は「側面を[から]防御する」の意味の動詞にも用い、'a tower flanking the curtain wall'となると、「幕壁を側面から防御する塔」のことで、'the projecting turrets which flank the gateway on each side'と来ると、「入口を両側面から防御するために張り出した小塔」であることが分かり、また、'The gateway is flanked by a pair of towers.'と表現されると、「入口は一対の塔によって両側面

I Castellated Architecture・城廓建築

から防御されている」の意味になる。

【文例】

* The great gateway here with its flanking towers makes an effective picture, and is indeed the feature of the place....
——J.J. Hissey: *Untravelled England*

(側堡塔を備えたこの壮大な入口は極めて印象的で、実にここの特色を成すものである...)

次は'flank'を「側面を防御する」の意味の動詞に用いた例である。

* Front-de-Bœuf...had made considerable additions to the strength of his castle, by building towers upon the outward wall, so as to flank it at every angle.
——W. Scott: *Ivanhoe*

(フロン・ド・ブーフは(中略)、自分の城の強度を増す狙いで、防壁を側面から守るための塔をその角々に建てていた。)

【参考】

* True, Caledonia's Queen is changed
  Since on her dusky summit ranged,
  Within its steepy limits pent

170. flanking tower(側堡塔)。Rochester [E]

― 114 ―

Wall Tower; Mural Tower／壁塔; 幕壁塔; 防壁塔

By bulwark, line, and battlement,
And flanking towers, and laky flood,
Guarded and garrisoned she stood,
　　　　——W. Scott: *Marmion*, Intro. to V. 37-42

171. 側堡塔。Conisbrough ［E］

172. 側堡塔。Caesar's Tower, Warwick ［E］　　173. 側堡塔。Guy's Tower（外側）, Warwick ［E］

- 115 -

I Castellated Architecture・城廓建築

174. 173.の内側。

�֍ **drum tower**（円塔; 筒形塔）　上述の'flanking tower'の内、横断面が円形のそれをいう。

　上述の隅塔（angle tower*）やゲートハウス（gatehouse*）を成す塔に見られ、通例は低くてずんぐりしたものになる。例えば、イングランドのボゥディアム城（Bodiam Castle*）やウェールズのカーフィリー城（Caerphilly Castle*）およびチャーク城（Chirk Castle*）の隅塔、あるいは、同じくウェールズのチェプストゥ城（Chepstow Castle*）やイングランドのスキプトン城（Skipton Castle*）のゲートハウス、および壁塔（wall tower*）はその典型である。

175. drum tower（円塔）。入口の塔（entrance towers: 13世紀），King John's ［I］

176. 円塔。Central Gatehouse, Stirling ［S］

- 116 -

Wall Tower; Mural Tower／壁塔; 幕壁塔; 防壁塔

従って、'the narrow gateway flanked by twin drum towers'といえば、「左右一対の円塔に側面から防御される狭い入口」ということである。

177. 円塔。壁塔(wall tower), Skipton [E]

178. 円塔。Murdoch's Tower, Caerlaverock [S]

open-gorged tower; open-backed tower

横断面がU字形[半円形]で、その背面、つまり、城側から見て塔の内側が開いたままの造りのものを指す。

このタイプの塔は、背後が閉ざされていないだけ構造上は比較的弱いが、構築の際の労力や資材や時間を節約することになる。例えば、イングランドのフラムリンガム城(Framlingham Castle*)はキープを持たない城廓(keepless castle*)で、その幕壁(curtain*)には13基の側堡塔(flanking tower*)が備えられているが、そのほとんどがこのタイプの造りになる。また、ウェールズのコンウェイ城(Conway Castle*)の市防壁(town walls*)は、全長約1,280mだが、約46m間隔で計21基の側堡塔と3基のゲートハウスが設けてあった。そしてその側堡塔の内、1基を除いて他は全てこのタイプである。

また、この塔はさらに以下の2種類の型に分かれる。

- 117 -

Ⅰ　Castellated Architecture・城廓建築

(1) 半開放型塔。

上述の幕壁歩廊(wall walk*)の高さまでは閉じているが、そこから上の胸壁(きょうへき)(parapet*)の部分が開いているタイプ。

179. open-gorged tower(1)（半開放型塔）。
市防壁(city wall), Canterbury ［E］

180. 半開放型塔。幕壁歩廊(wall walk)と壁塔(wall tower)。
Dover ［E］

Wall Tower; Mural Tower／壁塔; 幕壁塔; 防壁塔

(2) 背面開放型塔。

　底部から頂部まで通して開いているタイプで、市防壁(city wall*)によく設けられている。その場合、幕壁歩廊はこの塔で中断されるため、その連絡には取り外しの可能な厚い板材(wooden plank)を用いて懸け橋とする。敵が城壁へ上がって来たら、この板材を取り外すわけである。

①tower
②wall walk
③battlement
④wooden plank

181. open-gorged tower(2)（背面開放型塔）。

182. 背面開放型塔。Portchester [E]

❈ **gorge**（ゴージ）
　(1) 稜堡(bastion*)などの外堡(outwork*)に於いて、後方［背面］からの入口の部分を指す。☞図版:389

- 119 -

I Castellated Architecture・城廓建築

【文例】

* The common men, who know very little of fortification, confound the ravelin and the half-moon together...for they always consist of two faces, making a salient angle, with the gorges not straight, but in form of a crescent....
　　　　——L. Sterne: *The Life and Opinions of Tristram Shandy, Gentleman*

（素人というのは、築城に関して知識が余りないので、半月堡と三日月堡とを混同するのです(中略)、というのも両者とも2つの外向斜面を持つことで凸角をつくり、ゴージは直線的にならずに新月の形になるからです...）

(2) 城側から見て塔の手前、もしくは内側、つまり、塔の背後、もしくは背面部を指す。☞図版：179; 180; 181; 182

watch tower; watch-tower

監視塔; 見張りの塔

上述の'wall tower'の中でも、監視・見張りを目的として設けられた塔を指す。後述する張り出し櫓(bartizan*)もそのひとつになる。

【用例】

'the sentries on the watchtowers'（見張りの塔の哨兵たち）（Follett: Pillars）/ ' Next we inspected the Watch and Beacon tower, which rises grandly from the rocky crags below.'（次に我々は監視兼信号塔を調べたが、それは眼下の切り立つ岩山を土台に立ち上がっていて、壮大なこしらえであった。）（Hissey: Counties）

【文例】

* Then suddenly the cry of brazen-throated trumpets was heard: from the watch-towers they blared, and far away from hidden holds and outposts in the hills came answering calls....
　　　　——J.R.R. Tolkien: 'The Two Towers'

（その時突如としてけたたましいラッパの音が鳴り響いて来たが、見張りの

Wall Tower; Mural Tower／壁塔; 幕壁塔; 防壁塔

塔からであった。すると、遥かな丘の並びにある隠し砦や前哨地からも、応答のそれが聞こえて来た。）

【参考】

* Sense failed in the mortal strife:
Like the watch-tower of a town
Which an earthquake shatters down,
　　　　　——C. Rossetti: 'Goblin Market'

183. watch tower（監視塔）。
その右はQueen's Gate, Caernarvon ［W］

184. 183.のCU。

185. 中央が監視塔。
左手に入口(castle entrance), Skipton ［E］

Ⅰ Castellated Architecture・城廓建築

186. 185.の塔の2階。最上階に見張りの兵がいて、ここでは交代兵が仮眠をとった。

❇ **crow's nest; crow's-nest**（烏の巣）　城壁（wall）の上など高い位置に設けられた監視所（look-out point*）を指していう。

　見張り番は危険に身を曝すことなしに、常時そこに詰めていることが出来る。例えば、イングランドのウォーリック城（Warwick Castle*）にあるそれが知られている。そこの見張り番は'Jim Crow'というニックネームで呼ばれたもので

187. crow's nest（烏の巣）。Warwick ［E］

188. 187.のCU。左はGuy's Tower

189. 188.の内側。

- 122 -

Wall Tower; Mural Tower／壁塔; 幕壁塔; 防壁塔

ある。☞look-out; swallow's nest

【文例】

* 'A very good, useful boy this is, Ellen, and a very good look-out. ...he often sits in the top of a chimney and look round, just as though it was <u>a crow's nest</u>. He's a chimney-sweep.'
——R.A. Sisson: *The Impractical Chimney-Sweep*

(「とってもよく働くよ、この子は、エレン、その上、見張り役にもうってつけなんだ。(中略)この子はしょっちゅう煙突の天辺に座って辺りを見回しているだ、丁度そこがお城の「カラスの巣」であるかのように。だって、この子は煙突掃除人なのだから。」)

✱ **defender**（守備兵像; 守備武者像）　弓の射手（archer）などに似せた等身大の石像で、ゲートハウス（gatehouse*）や塔（tower*）の狭間胸壁（battlement*）に据えられる。夜間には敵の目を欺き、矢（arrow）を浪費させることも出来ると考えられる。

イングランドのアニック城（Alnwick Castle*）のバービカン（barbican*）には、いろいろな格好をした石像が見られ、中には14世紀に造られたものも現存している。また、ヨーク市の市門（city gate*）の上にも備えられている。

従って、'battlements manned by decoy defenders'といえば、「作り物の守備兵像が備えについている狭間胸壁」を指し、'A defender manning the barbican is poised to hurl a rock on the heads of attackers.'とすると、「バービカンの守備についている武者像は、攻め手の頭上に大きな石を投げ付ける構えを取っている」という意味になる。

【文例】

次はケニルワース城（Kenilworth Castle）の桟敷の塔（the Gallery Tower*）の狭間胸壁に、本物の番兵に混ぜて並べられた、ボール紙とバックラム（buckram: 膠などで固めた粗い布地）でこしらえた武者人形の描写である。これは、時の女王エリザベス1世（Elizabeth I: 1558-1603）を歓迎する意図で据えて置かれたものとあるが、一時的な守備像としての意味もないわけではない。

- 123 -

I Castellated Architecture・城廓建築

* Upon the battlements were placed gigantic warders, with clubs, battle-axes, and other implements of ancient warfare, designed to represent the soldiers of King Arthur.... Some of these tremendous figures were real men, dressed up with vizards and buskins; others were <u>mere pageants composed of pasteboard and buckram</u>, which, viewed from beneath, and mingled with those that were real, formed a sufficiently striking representation of what was intended.

———W. Scott: *Kenilworth*

（狭間胸壁のところには巨人の如き哨兵たちが、棍棒や戦斧や、古代の戦に用いられた他の武器を手にして、アーサー王の時代の兵士宜敷く位置に着いていた（中略）。こういった巨漢の中には、面頬や編み上げ靴やらで身仕度を整えた本物の人間もいたが、他は全てボール紙やバックラムで出来た作り物の兵士たちに過ぎなかったが、下から見ると、本物と混じり合っていて、その出来は大層見事なものに仕上がっていた。）

190. defender（守備兵像）。バービカン（barbican）, Alnwick ［E］

191. 190.のCU。

Wall Tower; Mural Tower／壁塔; 幕壁塔; 防壁塔

192. 190.の内のひとつ。

193. 守備兵像。市防壁(city wall)の正門 (Micklegate Bar), York [E]

✤ **look-out; look-out point**（監視所; 見張り所）　上述の'watch tower'などにある見張りをする場所を指していう。☞crow's nest; swallow's nest

194. look-out point(監視所)。
　　 King George's Battery, Dumbarton [S]

- 125 -

Ⅰ　Castellated Architecture・城廓建築

195. 監視所。市防壁 (city wall), York ［E］

✤ **sentinel; sentry**（哨兵; 歩哨; 番兵）　上述の'watch tower'のみならず、城門（castle gate*）や内廓（inner bailey*）や外廓（outer bailey*）で見張りをする兵士をいう。また、彼らが風雨を避けて見張りに立つことの可能な小屋は、'sentry (-) box'（哨舎; 番兵小屋）という。

　ちなみに、W. シェイクスピア（W. Shakespeare）の『ハムレット』（*Hamlet*）に登場する哨兵たちは、互いの合い言葉（watchword）として、「国王陛下万歳!」（Long live the king!）を用いている。

【用例】

　'the sentries on the battlements'（狭間胸壁のところにいる哨兵）（Follett: Pillars）/ 'the sentinels on guard at the castle'（城の見張りについている哨兵）（Scott: Dangerous）/ 'the sentries on the watchtowers'（見張りの塔にいる番兵）（Follett: Pillars）/ 'sentinels waiting for some procession to go by'（何かの行列が通り過ぎるのを待っている歩哨）（Hardy: Veto）/ '(He) resumed the grave and solemn manner of a sentinel upon his post.'（彼は持ち場についている時の哨兵の真面目で謹厳な態度に再び立ち返った）（Scott: Dangerous）/ 'the red sentry pacing smartly to and fro before the door like a mechanical figure'（まるで機械仕掛けの人形のように、入口の前を歩調正しく行ったり来たりしている赤い服の歩哨）（Stevenson: Calton）/ 'There were two sentries at the gate, and both looked alert.'（ゲートには2人の歩哨がいて、どちらも油断無く見張っていた。）（Follett: Pillars）

― 126 ―

Wall Tower; Mural Tower／壁塔; 幕壁塔; 防壁塔

196. sentinel（哨兵）と
その哨舎（sentry box）。
Edinburgh ［S］

197. 哨舎。Edinburgh ［S］

【文例】

* And you might hear, from Branksome hill,

　　No sound but Teviot's rushing tide;

　Save when the changing sentinel

　The challenge of his watch could tell;

　　　　　　　——W. Scott: *The Lay of the Last Minstrel*, V. ix. 144-7

（そしてブランクサムの丘からは何も聞こえない

　　ティーヴィオットの急流の音のほかには

　　ただ見張りを交替する歩哨が

　　代わる相手へ向ける誰何(すいか)の声は別にして）

【参考】

*　　　*Charles.*　　I was employ'd in passing to and fro,

　About relieving of the sentinels:

　　　　　　——W. Shakespeare: *King Henry VI Part I*, II. i. 69-7

I Castellated Architecture・城廓建築

198. 哨舎のCU。Edinburgh [S]   199. 哨舎の内側。Stirling [S]

* A faceless woman's shadow kneels on the ground near the sentry-box, weeping. A faceless shadow of a young man on horseback is beheld galloping toward a gulf.
　　　　　　——G. Meredith: 'The Case of General Ople and Lady Camper'

* The sentinel who was stationed there, armed with a brown-bill, or species of partisan, reported that he had heard no motion in the apartment during the whole night.
　　　　　　——W. Scott: *Castle Dangerous*

�֍ **swallow's nest**（燕の巣）　上述の'crow's nest'と同じ目的で、城壁(wall)の上など高い位置に設けられた監視所(look-out point*)を指していう。鉄製のものもある。哨兵は危険に身を曝すことなしに、常時そこに詰めていることが出来る。

- 128 -

【用例】

'I love the open air better than being shut up in a cage or a swallow's nest yonder'（あんな高い所の燕の巣に閉じ込められているよりか、広々とした外の方がいい）(Scott: Durward)

【文例】

* ...upon the walls were constructed certain cradles of iron, called <u>swallows' nests</u>, from which the sentinels, who were regularly posted there, could, without being exposed to any risk, take deliberate aim at any who should attempt to enter without the proper signal or pass-word....
　　　　　　　　　　　　　——W. Scott: *Quentin Durward*

（城壁の上には「燕の巣」と呼ばれる鉄製のがっしりした架台が建造されていて、哨兵は常時そこの持ち場についていて、正しい合図や合言葉も示さずに入り込もうとする者には誰であれ、自分たちは何ら危険に身を晒すことなく、そこから悠々と狙いを定めることが出来た。）

✤ **wakeman; watcher; watchman; ward; warder**（((夜間の))哨兵; 番兵; 見張り; 不寝番の兵士）　常設の監視・見張りの兵士をいう。特に'wakeman'〜'watchman'の3語は「夜間の見張り番」を指す。また、その意味では'night-watch'あるいは'night watchman'ともいう。☞porter

城(castle)に近づく者が敵か味方か、あるいはその他の者かを判断して、城内に知らせるのに角笛(horn*)を色々に吹き分けた。また、火などを利用して遠方へ信号を送ったり、もしくは信号を受け取ったりもした。

ちなみに、角笛はイングランドでは城門(castle gate*)の上の狭間胸壁(battlement*)などに、鎖で固定されていることもあった。例えば、H. ウォルポール(H. Walpole)の『オトラントーの城』(*The Castle of Otranto*)には、「城門の外に吊り下げてある真鍮製のラッパ」(a brazen trumpet which hung without the gate of the castle)という表現がある。☞crow's nest; swallow's nest; watch and ward

I Castellated Architecture・城廓建築

【用例】

'the warder's challenge'（番兵の誰何^{すいか}）(Scott: Marmion) / 'the watchers on the walls'（城壁の上にいる見張りの兵たち）(Tolkien: Towers) / 'the warder kept his guard'（哨兵は見張りを続けた）(Scott: Marmion) / 'the seven watchmen upon the tower'（塔の上の7人の監視兵）(Sterne: Shandy) / 'watch-word from the sleepless ward'（不寝番から発せられる合言葉）(Scott: Minstrel) / 'Why is not the watchman's bugle blown?'（見張りの角笛が鳴らなかったのは何故か？）(Scott: Minstrel) / 'watchmen on the walls saw afar a new sight of fear'（城壁の上の哨兵たちは、遥か彼方に新たな恐ろしい光景を見た）(Tolkien: King)

【文例】

* All night watchmen on the walls heard the rumour of the enemy that roamed outside....
　　　　　　　　　　　　　——J.R.R. Tolkien: 'The Return of the King'

（城壁の上で不寝番についている兵たちは誰もが城外を徘徊する敵の噂を耳にした...）

* If I were he, I'd make the wall stronger and higher, build a barbican, and appoint a night watchman.
　　　　　　　　　　　　　——K. Follett: *The Pillars of the Earth*

（私が彼であれば、城壁を今以上に堅固にかつ高くし、バービカンも備え、さらに不寝番の兵を置くのだが。）

* And at daybreak Peredur could hear a shrieking.... And when he came, there was a witch overtaking the watchman, and he shrieking.
　　　　　　　　　　　——G. Jones & T. Jones (trans.): 'Peredur Son of Efrawg'

（そして夜明けにパァーデュアは悲鳴を聞き、行ってみるとひとりの魔女が不寝番に襲い掛かっていて、その不寝番が悲鳴を上げていたのだった。）

* Upon the battlements were placed gigantic warders, with clubs, battle-axes,

— 130 —

Wall Tower; Mural Tower／壁塔; 幕壁塔; 防壁塔

and other implements of ancient warfare, designed to represent the soldiers of King Arthur....

——W. Scott: *Kenilworth*

（狭間胸壁のところには、巨人の如き哨兵たちが、棍棒や戦斧や、古代の戦に用いられた他の武器を手にして、アーサー王の時代の兵士宜敷く位置についていた。）

200. wakeman（夜間の哨兵）。

【参考】

* Thin curling in the morning air,
　The wreaths of failing smoke declare
　To embers now the brands decayed,
　Where the night-watch their fires had made.

——W. Scott: *Marmion*, IV. xxvii. 549-52

✤ watch and ward

(1) 'watch'は特に「夜間の見張り」(night-watch)、'ward'は「昼間の警衛」をいう。結局は両方合わせて「**昼夜の警戒・監視**」を意味する。

― 131 ―

I   Castellated Architecture • 城廓建築

【文例】

* Thus through the Scottish camp they passed,
 And reached the city gate at last,
 Where all around, a wakeful guard,
 Armed burghers kept their watch and ward.
 ——W. Scott: *Marmion*, V. vi. 136-9

（かくしてスコットランド野営陣地を通過し、
 遂に彼らは市防壁の入口に到達したが、
 その辺りは隈無く不寝の見張りが行き届き
 武装した市民たちが昼夜を置かず監視していた。）

* Then rest thee here till dawn of day;
 Myself will guide thee on the way,
 O'er stock and stone, through watch and ward,
 Till past Clan-Alpine's utmost guard,
 As far as Coilantogle's ford;
 ——W. Scott: *The Lady of the Lake*, IV. xxxi. 783-7

（では夜の明けるまで貴殿はここで休むがよい
 道案内はこの私が引き受けようではないか
 切株や石だらけの地を越え、昼夜を置かぬ監視の目を潜り、
 アルパイン氏族の水も漏らさぬ警備を抜けて、
 コイラントグルの渡し場に行き着くまでは。）

(2) 上記(1)の「**昼夜の[を置かず]警戒・監視**」をする**兵士**を指す。

【文例】

* Speak it but thus, in a deep grave tone,——*Pax vobiscum!*——it is irresistible ——Watch and ward, knight and squire, foot and horse, it acts as a charm upon them all.
 ——W. Scott: *Ivanhoe*

Wall Tower; Mural Tower／壁塔; 幕壁塔; 防壁塔

(そうおっしゃるのです、でもこういう風に、重々しい口調で——パックス・ヴォゥビスカム！（＝御身らに平安のあらんことを！）——この言葉には神通力が備わってますから——夜間の見張りと日中の番兵にも、騎士と従者のいずれにも、歩兵と騎兵の別なく、この言葉は呪文のような効き目があるのです。)

(3) 上記(1)を動詞に用いて、「**昼夜の[を置かず]警戒・監視をする**」(keep watch and ward)の意味でも使う。

【文例】

* ...take over from us this vile Toad, a criminal of deepest guilt and matchless artfulness and resource. <u>Watch and ward</u> him with all thy skill....
　　　　　　　　　　　　——K. Grahame: *The Wind in the Willows*

(この忌まわしいヒキガエルめを引き渡したぞ、無類の狡猾さとずる賢さでやってのけたとんでもない重罪犯だ。こやつを昼も夜もしっかりと見張ってろよ...)

I Castellated Architecture・城廓建築

Turret
タレット; 小塔

　大きな塔(main tower)に、例えば、上述の隅塔(corner tower*)に付属する形で、しかも、地上から一定の高さをもって張り出した、比較的小型で細い塔を指す。中には地上から直立する場合もある。あるいは、大きな塔(main tower)の屋上からさらに上へ突き出した、小型で細い塔(roof turret)になる場合もあり、通例は螺旋階段(spiral staircase ☞vice)を備えている。

　見張りという防備のため(watch turret)のみならず、建築上の装飾の意味もある。ウェールズにあるカナーヴァン城(Caernarvon Castle*)のイーグル塔(the Eagle Tower*)の頂部には、この小塔が3基も備えてある。

　円錐形の屋根を持つ円筒形のもの(cylindrical turret)が多いが、横断面が正方形のもの(square turret)や、八角形のもの(octagonal turret)もある。動詞にも用いて、'multi-turreted castle'というと、「いくつものタレットを備えた城」を意味する。

　従って、'four-story tower crowned with a hexagonal turret'といえば、「6角形のタレットを戴いた4階建ての塔」のことで、'From the wings an array of six finely proportioned octagonal turrets reach up into the wide Suffolk sky.'とすると、「翼の部分からは、均整美を備えた8角形のタレットがサフォーク州の広大な空へ6基並んで聳えている」という意味になる。

【用例】
　'firtified turrets'（防備の施されたタレット）(Jennings: Parsival) / 'the warriors on the turrets'（小塔の上にいる兵士たち）(Scott: Marmion) / 'an arched barbican, or outwork, which was terminated and defended by a small turret at each corner'（アーチ形の出入口のある外堡バービカンは、端部の両角に小型のタレットを持ち、備えとしていた）(Scott: Ivanhoe) / 'when thou shalt see a red flag wave from the turret on the eastern angle of the donjon'（天守閣の東角の小塔から赤い旗が振られるのを見た時）(Scott: Ivanhoe)

Turret／タレット; 小塔

【文例】

* My castles are my king's alone,
  From turret to foundation-stone――
  　　　　　　　　　　――W. Scott: *Marmion*, VI. xiii. 404-5

(我が城は我が国王だけのもの
　上はタレットから下は礎石まで全てだ――)

次は解説にも述べたが、動詞に用いた例である。

* ...these (= the gates) are towered and turreted and decorated with heraldic animals and a workable portcullis.
  　　　　　　　　　　――E. Waugh: *Decline and Fall*

(門は全て塔および小塔を備え、紋章の中の動物や、いつでも動かせる落とし格子戸を装飾としていた。)

* Finding his way along the gully, he was brought up sharp against an octagonal turret, that clearly marked the end of the building. The moat was directly below him.
  　　　　　　　　　　――L.P. Hartley: 'The Killing Bottle'

((城の屋上の)側溝に沿って彼はどうにか進んで行くと、不意に8角形のタレットに出会した。それは取りも直さず、そこがその建物の端部ということである。眼下には堀が見えた。)

* Beset with these thoughts, she rolled on the hard and irregular bed until dawn began to show through the lancet window of the Victorian-baronial turret. She loved that turret for all its discomfort.
  　　　　　　　　　　――E. Waugh: 'Winner Takes All'

(こういったさまざまな思いに捕われた彼女は、硬いだけでなく凸凹したベッドの上で煩悶し、幾度となく寝返りを打っていたが、ヴィクトリア朝の豪壮な造りのタレットの尖頭窓から、とうとう夜明けの光が射し始めたので

― 135 ―

I Castellated Architecture・城廓建築

あった。そこの居心地の悪さにも拘らず、彼女はそのタレットが気に入っていた。)

【参考】

＊ ——"Ho! who are you that dare invade
　　My turrets, moats, and fences?"
　　　　　——T.L. Peacock: *Sir Hornbook; or, Childe Launcelot's Expedition*, VI. 21-2

＊ What in the midst lay but the Tower itself?
　　The round squat turret, blind as the fool's heart,
　　Built of brown stone, without a counterpart
　　　　　——R. Browning: 'Childe Roland to the Dark Tower Came', 181-3

201. roof turret(屋上タレット)。Queen's Tower, Caernarvon [W]

202. 3基の屋上タレット。Eagle Tower, Caernarvon [W]

203. 円筒形タレット(cylindrical turret)。Conway [W]

- 136 -

Turret／タレット；小塔

204. 八角形タレット(octagonal turret)。
この中に螺旋階段を通してある塔(stair turret)。
Pendennis ［E］

205. タレットの出入口。Bodiam ［E］

angle turret; corner turret

小隅塔

　塔型キープ(tower keep*)の四隅を形成する塔全体、あるいは、その塔型キープの頂部の四隅に各々設けられている小塔を指す。後者の場合は、見張り(の兵)の庇護を目的とした塔になる。

　キープは一般に3階建て、ないしは4階建てであったが、この4基の小隅塔の内のひとつに備えてある螺旋階段(spiral staircase)によって、各階の連絡は保たれていた。そして、その階段は頂部にあるこの小塔(stair turret)まで達していた。例えば、イングランドのヘディンガム城(Castle Hedingham*)のキープや、タターシャル城(Tattershall Castle*)のこしらえに見られる。

　13世紀に入る頃には、それまでの方形のキープ(rectangular keep*)とは違って、円形(round)や多角形(polygonal)のキープが導入されるようになるが、アイルランドでは、'turreted tower'と呼ばれる独特のタイプのキープが築かれるようになった。それは、2階もしくは3階建ての方形の塔の四隅に、地上階から胸壁

- 137 -

I Castellated Architecture・城廓建築

（parapet*）の高さまで達する円形の小塔（round corner turret*）がついているもので、典型的な例としては、ファーンズ城（Ferns Castle*）のキープに見られる。
☞ angle tower（2）；図版：204

従って、'a tower keep dominated by two angle [corner] turrets'といえば、「2基の小隅塔がその上に高々と建つ塔型キープ[天守閣]」を指す。

【用例】
'thou shalt see a red flag wave from the turret of the eastern angle of the donjon'（貴殿はこの城の天守閣の東の小隅塔から赤い旗が振られるのが見えるであろう）（Scott: Ivanhoe）

206. 塔型キープ（tower keep）のangle turret（小隅塔）。Rochester ［E］

207. 塔型キープの四隅の頂部に突き出す小隅塔。Dover ［E］

208. 207.の4基の小隅塔の内の1基。

- 138 -

Turret／タレット；小塔

209. キープ・ゲートハウス(keep-gatehouse)の小隅塔。
Ludlow〔E〕

210. 209.の小隅塔の細部。

bartisan; bartizan

(1) バルティザン；張出し櫓(やぐら)

'watch tower*'、もしくは'watch turret*'といって、これを指すこともある。

方形の塔(rectangular tower*)の角から、あるいは、胸壁(きょうへき)(parapet*)から張り出した、監視用の小塔(turret*)を指す。通例は、持送り(corbel*)で支えられ、狭間胸壁(ま)(battlement*)を備えている。マチコレーション(machicolation*)を備えたタイプもあるが、それは仮設歩廊(hoarding*)の石造り版とも考えられる。

城廓以外にも、町の通りの家の角から張り出していることもあって、それは非常の際の防備を目的としたものであった。

イングランドとスコットランドとの国境地方(border countries)や、アイルランドの城廓に多く見られるが、むしろ、イギリスよりもフランスに例が多い。スコットランドのダノッター城(Dunnottar Castle*)のタワー・ハウス(tower house*)や、

− 139 −

Ⅰ　Castellated Architecture・城廓建築

ドゥーン城(Doune Castle*)のキープ・ゲートハウス(keep-gatehouse*)の頂部にかつては備えられていた。

【用例】

'an isolated bartisan, or balcony, secured, as usual, by a parapet, with embrasures'（よくあるように、隅切りの造りを持つ胸壁で、備えを固めて孤立した張り出し櫓）(Scott: Ivanhoe)

【文例】

* On battlement and bartizan
 Gleamed axe, and spear, and partisan;
　　　　　　　——W. Scott: *The Lay of the Last Minstrel*, Ⅳ. xx. 344-5

（狭間胸壁や張り出し櫓には
　戦斧や槍やパルティザンが光っていた）

211. bartizan(1)（バルティザン）。Blair ［S］　　212. 狭間胸壁のあるバルティザン(1)。Norwich ［E］

- 140 -

Turret／タレット；小塔

* The heavy, yet hasty step of the men-at-arms...resounded on the narrow and winding passages and stairs which led to the various bartisans and points of defence.

———W. Scott: *Ivanhoe*

（あちらこちらにある張り出し櫓や防御地点へ通ずる、狭く曲がりくねる廊下や階段には、武装兵士たちの重いがせわしく歩く足音が（中略）響き渡った。）

【参考】

* A bartizan, or projecting gallery, before the windows of her parlour, served to illustrate another of Rose's pursuits; for it was crowded with flowers of different kinds, which she had taken under her special protection.

———W. Scott: *Waverley*

213. バルティザン (1)。Edinburgh ［S］

I Castellated Architecture・城廓建築

(2) バルティザン

城廓の幕壁(curtain*)や塔、あるいは、教会の塔(church tower)などの、「狭間胸壁付きパラペット」(battlemented parapet*)をいう。

candlesnuffer [candle-snuffer] turret
蝋燭消し型タレット; 蝋燭消し型小塔

上述の'turret'の一種で、円錐形の屋根が「蝋燭消し」(candle-snuffer)のキャップに似ているのでそう呼ばれる。

従って、'the castle with its "candle-snuffer" turrets'といえば、「いわゆる〈蝋燭消し型タレット〉を備えた城」の意味になる。

214. candle-snuffer turret(蝋燭消し型タレット)。タワー・ハウス(tower-house),Craigievar [S]

215. 蝋燭消し型タレット。タワー・ハウス, Crathes [S]

216. 蝋燭消しの例。

- 142 -

pepperbox [pepper-box] turret
胡椒入れ型タレット; 胡椒入れ型小塔

　上述の'turret'の一種で、胡椒入れ(pepper-box)を思わせる円筒形のタイプを指す。通例は「軽蔑」の意味を言外に含む。

　W. スコット(W. Scott)の『ケニルワースの城』(*Kenilworth*)の中で言及されるリドコゥトの館(Lidcote Hall)には、レンガ造りの古色蒼然たる八角塔がある。その塔の角々に備えてある装飾的な小塔は、形も大きさもそれぞれ異なるが、近代ゴシック建築に見られる「胡椒入れ型の単調なこしらえのもの」とは似ても似つかぬと、以下の引例に示したように、やはり軽蔑の意を込めて描写されている。

　従って、'The great square tower, rising to 80 feet and capped with pepper-box turrets, is disturbingly top-heavy.'といえば、「その壮大な角塔は、80フィートの背丈で、胡椒入れ型タレットを戴き、不釣り合いなくらい頭でっかちだ。」ということになる。

【文例】

* The angles of this tower were each decorated with a turret, whimsically various in form and in size, and, therefore, very unlike the monotonous stone pepperboxes, which, in modern Gothic architecture, are employed for the same purpose.

　　　　　　　　　　　　　　　　　——W. Scott: *Kenilworth*

217. pepper-box turret (胡椒入れ型タレット)。Balmoral [S]

(この塔の四隅は、それぞれに飾りとしてタレットを備えてはいるが、それが奇妙なことに形も大きさもまちまちであって、しかも、それ故に、近代ゴシック建築に同じ目的で採用されている、あの見るからに退屈な、石造りの胡椒入れ型タレットとは似ても似つかぬものになっていた。)

turret chamber

タレット[小塔]の部屋

上述の'turret'の中に設けてある部屋を指す。

【文例】

* The prisoner trembled, however, and changed colour, when a step was heard on the stair, and the door of the turret-chamber slowly opened, and a tall man...slowly entered, and shut the door behind him....
——W. Scott: *Ivanhoe*

(階段に足音がして、タレットの部屋の扉がゆっくりと開き、ひとりの背の高い男がゆっくりと入って来て扉を閉めた時には、さすがのこの囚われ人といえども、身を震わし顔色を変えた...)

vice

螺旋階段（らせん）

'turret-stair'、あるいは、'vyce stair'といって、これを指すこともある。
上述の'turret'の中に設けてある螺旋階段(spiral staircase)を指す。
1本の軸柱(central newel: 親柱)が下から上まで通っていて、その柱の周りを階段が螺旋状に伸びて行く。上がる際は、時計回りに左から右へ旋回する形になる。それは、城側の者が、敵に追われて上へ後退する時には、剣(sword*)を右手に持つことが出来るが、攻める敵方には親柱が邪魔になって、剣を右手に持ったままでは切り結ぶのが難しく、かといって、左手に持ち替えるわけにも行かないということを、考慮に入れた造りである。
ちなみに、そういう階段を備えてあるタレット[小塔]は'stair turret'という。

Turret／タレット; 小塔

また、'trip stair'（躓き階段）と呼ばれる造りもあって、段々のこしらえを故意に不規則不揃いにしてあって、その階段に慣れていない敵方を躓かせ転倒させるのが狙いになる。

【文例】

次の2例は'vice'の語は用いてはいないが、それを指す表現である。

* The turret held a narrow stair,
 Which, mounted, gave you access where
 A parapet's embattled row
 Did seaward round the castle go.
 ——W. Scott: *Marmion*, VI. ii. 37-40

（タレットの中には狭い階段があって
 それを上って行けば出られるのだ
 狭間胸壁が海に面して
 城をぐるりと巡っているところへ。）

218. vice（螺旋階段）。時計回り。Pendennis [E]

219. 螺旋階段と軸柱（central newel）。Portchester [E]

I Castellated Architecture・城廓建築

* She (= the old woman) locked the door behind her, and Rebecca might hear her curse every step for its steepness, as slowly and with difficulty she descended the turret-stair.

――W. Scott: *Ivanhoe*

(その老婆は部屋を出て行くと、扉に鍵を掛けた。そしてタレット内の階段をゆっくりと難儀しつつも下りて行く時に、ひと足ごとにその階段の急勾配を呪う言葉は、レベッカの耳にも入ったかも知れない。)

【参考】
次の例は城ではなく大聖堂(cathedral)の'turret stair [staircase]'である。

* She decided to climb to the clerestory. She returned to the turret staircase and went on up.... She heard footsteps on the turret stairs. She found herself breathing bad, as if she had been running.

――K. Follett: *The Pillars of the Earth*

220. 螺旋階段。キープ(keep: 天守), Dover [E]

221. 例外的に右回りの螺旋階段。Clifford's Tower, York [E]

wall turret

幕壁タレット; 幕壁小塔

上述の'turret'の一種で、幕壁(curtain*)から張り出す形のタイプをいう。☞ wall tower

222. wall turret（幕壁タレット）。マチコレーション(machicolation)付き。Warwick ［E］

223. 222.の内側。

224. 幕壁タレット。Alnwick ［E］

Ⅰ　Castellated Architecture・城廓建築

watch turret

監視用タレット［小塔］；見張り用タレット［小塔］

'garret'、'garite'、'garrette'、'guèrite'といって、これを指すこともある。上述の'turret'の一種で、監視用に設けられたものをいう。☞bartisan

225. watch turret（監視用タレット）。
Hotspur's Seat, Alnwick ［E］

Parapet
胸壁; パラペット

敢えて'parapet wall'とも表現される。

上述の幕壁や塔(tower*)などの頂部で、それに沿って設けられた低い防御壁を指す。

敵方に自分の姿を曝さないために、あるいは、攻撃から身を守るためのもので、通例は石造りになり、また、その内側に既述した歩廊(wall walk)が設けてある。凹凸の付けられたものは'battlemented parapet*'などと表現される。

従って、'Behind the tops of walls and towers were parapets manned by archers.'とすると、「防壁や塔の頂部にある胸壁の背後では、弓兵たちが守りについていた。」ということになる。

【用例】

'it (= the town) had a stout stone wall with a castellated parapet'（その町は城廓に用いられるような胸壁のある、石造りの堅固な防壁を備えていた）
(Follett: Pillars)

【文例】

* Lady Percy.　　　　And thou hast talk'd
Of sallies and retires, of trenches, tents,
Of palisadoes, frontiers, parapets,
　　　　——W. Shakespeare: *King Henry IV Part I*, II. iii. 53-5

（パースィー夫人: そしてあなたの口にされるのは
出撃と退却のこと、塹壕のこと、陣幕のこと、
防御柵のこと、前堡のこと、胸壁のこと、）

* They reached the north wall of the city and climbed the ladder to the parapet. There were heaps of stones, for throwing down on attackers, placed at regular

I Castellated Architecture・城廓建築

intervals.

——K. Follett: *The Pillars of the Earth*

(彼らは市防壁の北側へ着いて、梯子を掛けると胸壁へ上った。そこには攻め手へ投げ落とすための石が、一定の間隔を置いて積んであった。)

* He (= Kingshaw) peered over the edge of the parapet. Hooper was wandering about among the pillars at the entrance. He looked up, catching Kingshaw's eye, and looked away again quickly.

——S. Hill: *I'm the King of the Castle*

(キングショーは胸壁越しに目を凝らして下を見た。フーパーは入口の柱の間あたりをぶらついていた。彼は見上げてキングショーと目が合うや、たちまちまたそっぽを向いた。)

226. parapet(胸壁)。キープ(keep: 天守), Dover [E]

227. 胸壁。市防壁(city wall), York [E]

228. 水の落とし口(waterspout)。塔の胸壁が雨水の排水の妨げになるので、これが必要になる。Warwick [E]

battlement; battlements

狭間(さま；はざま)胸壁; 銃眼付き胸壁

上述の'parapet'の中でも、特に凹凸(indentation*)をつけたものを指す。複数形で用いることが多い。

通例はその内側に歩廊(walk*)が設けてある。防御を目的として幕壁(curtain*)や塔(tower*)に備えられた。また、この胸壁を巡らせた屋根(roof)やプラットフォーム(platform*)のこともいう。そこで、'walk on the battlements'といえば、「そういう屋根の上などを、例えば哨兵が歩く」という意味である。'filigree battlement'というと、透かし細工による造りのものをいう。また、動詞にも使われ、'battlemented tower'(狭間胸壁を備えた塔)などという。

古代ローマの要塞に既に備えてあったが、11世紀のヨーロッパの城廓に再び導入されようになった。そして、13世紀～14世紀には、その凹凸の数が増す傾向になって行った。15世紀以降には、教会の塔(church tower)などにも、軍事的目的のみならず装飾的意味でも用いられている。

従って、'battlements flaunting heraldic banners'といえば、「紋章入りのバナー旗が風に翻っている狭間胸壁」を指し、'Some archers were already taking up positions on the battlements.'となると、「数名の弓兵たちが既に狭間胸壁のところで位置についていた」ことの意味である。☞crenelation

【用例】
　'the far-projecting battlement'（ずっと前方へ張り出した狭間胸壁）(Scott: Marmion) / 'swarm over the battlement'（狭間胸壁をよじ登る）(Buck: Death) / 'the sentries on the battlements'（狭間胸壁のところにいる哨兵たち）(Follett: Pillars) / 'Steel gleamed dimly on the battlement.'（狭間胸壁のところでは鋼鉄製の甲冑が鈍い光を放っていた。）(Tolkien: Towers) / 'two of them are walking the battlements'（2人は狭間胸壁のところを歩いている）(Buck: Death) / 'they hurl the defenders from the battlements'（攻め手は籠城兵たちを狭間胸壁から放り出す）(Scott: Ivanhoe) / 'the battlements on top of the gatehouse were in bad condition'（門塔の頂部の狭間胸壁は傷んでいた）(Follett: Pillars) / 'black battlements against a sky still red with sunset'（入日

にまだ赤く染まっている空を背景に黒々とした狭間胸壁）（Davie: Keeper）/ 'a flourish of the Norman trumpets <u>from the battlements</u>'（狭間胸壁から響き渡るノルマン軍のラッパのファンファーレ）（Scott: Ivanhoe）/ 'spread <u>from its battlements</u> the broad banner of St. George'（聖ジョージの大きなバナー旗を狭間胸壁から翻らせる）（Scott: Dangerous）/ 'It is the wind...whistling <u>through the battlements</u> in the tower above.'（頭上の塔の狭間胸壁でヒューヒュー鳴っているのは風だ。）（Walpole: Otranto）/ 'arrows thick as the rain came whistling <u>over the battlements</u>'（狭間胸壁を越えて、矢が雨霰と音をたてて飛んで来た）（Tolkien: Towers）

【文例】

* <u>Leaning over the battlements</u> and looking far down, I surveyed the grounds laid out like a map....

——C. Brontë: *Jane Eyre*

（狭間胸壁から身を乗り出すようにして遠くを見下ろしながら、私は1枚の地図のように広がる大地を概観しました...）

* It(＝the Castle) dominates for miles on every side; and people on the decks of ships, or ploughing in quiet country places over in Fife, can see the banner <u>on the castle battlements</u>....

——R.L. Stevenson: 'The Old Town'

（城は数マイル四方を見下ろすように聳え、船の甲板に立つ人にも、ファイフ州一帯の静かな田園を耕す人にも、城の狭間胸壁に翻るバナー旗が目に入った...）

【参考】

* Not many yards away grey <u>battlements</u> rose above the tree-tops, and after a minute's more walking they came out in an open grassy space.

——C.S. Lewis: *The Last Battle*

Parapet／胸壁; パラペット

229. battlement（狭間胸壁）。
市防壁（city wall）, York ［E］

230. 矢狭間（arrow loop）付きの胸壁。
Alnwick ［E］

231. 狭間胸壁を備えた塔（battlemented tower）（内側）。Clarence Tower, Warwick ［E］

232. 教会の例。St Peter & St Paul Church, Suffolk ［E］

- 153 -

I　Castellated Architecture・城廓建築

✱ battled [crenellated; embattled] tower（狭間胸壁のある[を備えた]塔）

'battle[crenellate; embattle]'は上述の'battlement'（狭間胸壁）を備えるの意味の動詞に用い、その過去分詞形は同じ意味の形容詞になる。従って、'battled [crenellated; embattled] wall'というと、「狭間胸壁を備えた幕壁[城壁]」を指す。

【文例】

＊ As to the port the gallery flew,
　Higher and higher rose to view
　The castle with its <u>battled walls</u>,
　　　　　　　——W. Scott: *Marmion*, II. ix. 162-4

（港へ向けて帆船が飛ぶように進むにつれ
　次第に高々と立ち上がって見えて来たのは
　狭間の付いた防壁を備えた城）

＊ <u>This tower is embattled on the top</u>, and has a staircase built in the thickness of the walls that leads from one story to another, and to the roof above.
　　　　　　　——J.J. Hissey: *Through Ten English Counties*

（この塔の頂部には狭間胸壁が備わり、そして厚い壁の中には階段が設けてあり、階から階へと連絡していて、屋上まで通じている。）

【参考】

233. battled tower（狭間胸壁のある塔）。
手前がClarence Tower, 奥がBear Tower, Warwick　[E]

Parapet／胸壁; パラペット

* 'Look at yon City Cross!
　See on its battled tower appear
　Phantoms, that scutcheons seem to rear
　　And blazoned banners toss!'

　　　　　　——W. Scott: *Marmion*, V. xxiv. 705-8

❋ **cop; merlon**（凸壁）　上述の'battlement'に設けられた凹凸の内、凸部を指す。
　凸部ひとつの幅は1.5〜2m、高さは約2mが標準である。凹凸は隣り合わせに連続して設けられるが、その凸部には矢狭間(やざま)(arrow loop*)がひとつずつ付き、その頂部には笠石(coping*)が載るのが通例である。そして、その凸壁の下部の外側の壁面には、足場の組み穴(putlog hole*)も見られる。
　凝った造りのものには、「花飾り付き凸壁」(floriated merlon)や「燕尾型凸壁」(えんび)(swallow-tail merlon)がある。前者は、凸壁の中を刳(く)り貫いて「葉形飾(はがたかざ)り」(foliate form)をあしらったゴシック様式(Gothic style)で、後者は凸壁の上端部をV字形に貫いた「燕(つばめ)の尾」を思わせる造りで、イタリアのルネサンス様式(the Renaissance)になる。また、「アイルランド式凸壁」(Irish merlon)と呼んで、ひとつの凸壁が「段を成すもの」(stepped merlon)もある。
　従って、'each merlon contains an arrow-loop'といえば、「どの凸壁にも矢狭間が設けてある」の意味になる。

234. cop（凸壁）。Alnwick ［E］

I Castellated Architecture・城廓建築

235. 頂部の笠石(coping)。
　　 市防壁(city wall), York ［E］

236. 段を成す凸壁(stepped merlon)。
　　 教会(church) ［I］

237. 段を成す凸壁。
　　 聖マリア大聖堂(St Mary's Cathedral),
　　 Limerick ［I］

238. 燕尾型凸壁(swallow-tail merlon)。

Parapet／胸壁；パラペット

✣ **crenel; crenelle**（狭間（さま；はざま）；銃眼） 上述の'merlon'に対し、凹部を指す。その低い方の胸壁（breast wall）の幅と高さは、1m前後になり、頂部には笠石（coping*）が載るのが通例である。

　城攻め（siege castle*）にあった際は、ここから矢（arrow*）を射たり、銃砲を撃ったり、投石したりして反撃したのである。この部分には鉄（iron）で補強した木製のシャッター（swinging shutter）が取りつけてある場合もあって、戦時には開閉して攻防にあたった。つまり、その下部を向こうへ押して開け、手を離せばまた元通りに閉まり、突っ支い棒をして開けたままにして置くことも出来る工夫である。☞embrasure

　従って、'missiles could be dropped on the enemy from the crenels'といえば、「狭間からは敵の頭上に石などを落とすことが可能であった」の意味である。

239. crenel（狭間）。壁塔（wall tower）, Caernarvon ［W］

240. シャッター（swinging shutter）。市防壁（city wall）, York ［E］

- 157 -

I　Castellated Architecture・城廓建築

❉ **embrasure**（隅切り狭間; 朝顔形銃眼; 斜角付き狭間[銃眼]）　上述の 'crenel'は、城側から見て、壁の奥の側[外側]より手前の側[内側]の方が大きく広い「朝顔形」（splay）の造りになっている。その造り自体のこともいうが、その造りになる'crenel'をも指す。また、'crenel'以外では、矢狭間（loop*）などの部分にもその造りが見られる。

【用例】

'every arrow had its individual aim, and flew by scores together against each embrasure'（1本1本の矢ごとに個々の狙いがあって、しかもそれが束になって、隅切り狭間ひとつひとつへ飛んで来た）（Scott: Ivanhoe）

【文例】

* With the butt of his spear he struck on the gate. Thereupon, lo, a lean tawny-haired youth in the embrasure above him.
　　　　　——G. Jones & T. Jones (trans.): 'Peredur Son of Efrawg'

（槍の石突きで彼は門を叩いた。すると、見よ、彼の頭上の隅切り狭間から、黄褐色の髪の痩せた若者の顔が覗いたではないか。）

次の例は解説にも述べたが、「その造り自体」の意味の場合である。

* This was the only entrance to the tower; but many tall windows were cut with deep embrasures in the climbing walls: far up they peered like little eyes in the sheer faces of the horns.
　　　　　——J.R.R. Tolkien: 'The Two Towers'

241. 矢狭間（loop）のembrasure（隅切り）。Corfe ［E］

Parapet／胸壁; パラペット

242. 矢狭間の隅切り。Caernarvon ［W］    243. 矢狭間の隅切り。Skipton ［E］

244. 市防壁（city wall）の門（gate）の隅切り。York ［E］

(これが塔への唯一の入口であったが、上へ伸びる壁面に設けられた幾つもの縦長の窓には、深い隅切りが付けてあった。それがずっと上の方では、角の形をした4基の塔の切り立った壁面に開けられた、小さな目とも見えた。)

- 159 -

Ⅰ Castellated Architecture・城廓建築

【参考】

＊ That noght upon the rocks and bay
　The midnight moonbeam slumbering lay,
　And poured its silver light and pure
　Through loophole and <u>through embrasure</u>
　　Upon Tantallon tower and hall;
　　　　　　——W. Scott: *Marmion*, Ⅵ. xi. 311-5

✻ **finial**（胸壁頂華; 胸壁忍び返し）　上述の'merlon'の頂部には、忍び返し（spike）のような、先の尖った細長い垂直の石が、凸壁ひとつにつき2つないしは3つずつ取り付けられることもあるが、それを指す。

　攻城（siege castle＊）の際に、敵方が城壁を登るのに、梯子（scaling ladder: 攻城梯子）の上端についた鉤を、その凸壁に引っ掛けるのを妨害することなどが、その目的ではないかと推測される。

　従って、'Every merlon was capped by three finials.'といえば、「ひとつの凸壁の頂部ごとに3本ずつの忍び返しが付いていた。」ということになる。

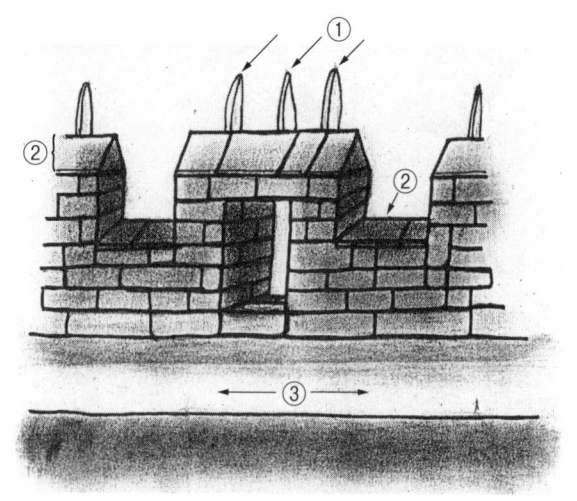

①finial　②copestone　③parapet walk
245. finial（胸壁頂華）。

Parapet／胸壁; パラペット

246. 胸壁頂華。Caernarvon ［W］

battlemented [crenellated; embattled] parapet
<ruby>狭間<rt>はざま</rt></ruby> <ruby>胸壁<rt>きょうへき</rt></ruby>

'bartizan*'といって、これを指すこともある。上述の'battlement'を備えた'parapet*'をいう。

従って、'Through the battlemented parapet, the defenders could shoot at the besiegers.'といえば、「狭間胸壁から籠城軍は攻囲軍を狙って矢を射ることが出来た。」の意味になる。

copestone; cope-stone; coping; coping(-)stone
<ruby>笠石<rt>かさいし</rt></ruby>; <ruby>冠石<rt>かむりいし</rt></ruby>

上述の'parapet'の頂部の覆いとして載せる石のこしらえを指す。雨などの水切りをよくするために、通例は傾斜がつけてある。☞図版：235; 239; 245

以下にも引例したが、W. スコット(W. Scott)の『アイヴァンホー』(*Ivanhoe*)の中には、敵の城門(castle gate*)を開けようと戦斧(battle-axe)で打ちかかる黒騎士(the Black Knight)の頭上を目掛けて、籠城軍が狭間胸壁(battlement*)の頂部のこの笠石を落とそうとする場面がある。

【文例】

＊ "Heave over the coping stones from the battlement.... Get pick-axe and levers,

I Castellated Architecture・城廓建築

and down with that huge pinnacle!" pointing to a heavy piece of stone carved-work that projected from the parapet.

——W. Scott: *Ivanhoe*

(「狭間胸壁の笠石を投げ落してやれ(中略)鶴嘴と梃子を持って来て、あのでかい小尖塔飾りも落としてやれ！」と(ド・ブラシイは)いって、胸壁から張り出している彫刻の施された重い1個の石を指差した。)

crenelation; crenellation

(1) 狭間胸壁；銃眼付き胸壁。

敢えて、'crenelated [crenellated] battlement' ともいう。

上述の'battlement'に同義。12世紀の末葉までには、この狭間胸壁で防備を施してあるか否かで、「城塞」(castle)か、それとも単なる「荘園領主の館」(manor house*)か、の区別がなされていたと思われる。そして、既存の荘園領主の館にその防備を施したり、あるいは、新たに城を建てたりするには、国王の認可(a royal licence to crenellate)を受ける必要があった。

ちなみに、その認可状(licence)は羊皮紙(parchment)に書かれ、巻いてリボンで止め、封蝋(wax seal)を押してあった。

従って、'Archers discharged their arrows down through the gaps between the square teeth of the crenellations.' といえば、「弓兵たちは、歯並びを思わせる胸壁のその狭間から矢を射下ろした。」ということになる。

(2) 上記(1)の防備を施すことも意味する。

【文例】

次は動詞に用いた例である。

* From this central block rose the twin towers, ancient, crenellated, and pierced with many loopholes.

——A. C. Doyle: *The Hound of the Baskervilles*

(この中央の棟から一対の塔が立ち上がっていたが、それは時代を経ていて、狭間胸壁を備え、多数の矢狭間が開けられていた。)

✲ **adulterine castle**　前者の発音は[アダァルタリーン]に近く、アクセントは[ダァ]にある。上述の'crenelation'に関して、「国王の認可を受けていない城」(unlicensed castle)をいう。換言すれば、'a castle erected without a royal licence to crenellate'ということになる。

　ちなみに、ヘンリー1世(Henry I: 1100-35)は、私的な要塞(private fortress*)の増加に対して鋭意歯止めを掛けたが、その後のスティーヴン王(Stephen: 1135-54)の無秩序ともいうべき時代になると、この、無認可の城が雨後の筍のこのように誕生した。もっとも、ヘンリー2世(Henry II: 1154-89)はその徹底的な破壊に努めた。国王の認可は、ジョン王(John: 1199-1216)の時代からは、大法官庁の記録簿(the Chancery Rolls)に記載されてはいる。

flying parapet
飛び胸壁

上述の'parapet'の内で、ゲートハウス(gatehouse*)を成す左右一対の塔(twin tower*)を連結するものをいう。

狭間胸壁(battlement*)を備えていて、入口の防御力を強める働きがある。後述するマチコレーション(machicolation*)の前身と考えられる。

例えば、イングランドのウォーリック城(Warwick Castle)、ウェールズのチェプストゥ城(Chepstow Castle*)や、ペンブローク城(Pembroke Castle*)にある。

247. flying parapet(飛び胸壁)。Main Gate, Skipton　[E]

I Castellated Architecture・城廓建築

【文例】
　次の場合は、'flying parapet'の語は用いていないが、結局は同じものを指すと考えてよい。

* Ahead of them as they crossed the bridge was a stone gatehouse, <u>like two towers with a connecting walkway.</u>
　　　　　　　　　　　　　　——K. Follett: *The Pillars of the Earth*

（彼らが橋を渡って行くと前方に石造りの門塔が見えたが、まるで2基の塔が歩廊で連結されているようなものに見えた。）

248. 飛び胸壁。内門塔（inner gatehouse）, Beaumaris ［W］

looped parapet
矢狭間付き胸壁

上述の'parapet'の内で、矢狭間（loophole*）の設けてあるものを指す。
　従って、'The wide wall-walk has a looped parapet.'といえば、「幅の広いその幕壁歩廊は矢狭間付き胸壁を備えている。」の意味になる。☞図版：271; 273

machicolation
マチコレーション; 刎ね出し狭間; 刎ね出し狭間胸壁

　'machicoulis'、'machecoulis'、'machicoule'、あるいは'machicouli'ともつづり、その場合の発音は［マーシィクゥーリィ］に近く、アクセントは［クゥー］にある。

- 164 -

Parapet／胸壁; パラペット

城攻め(siege castle*)に会った際には、幕壁(curtain*)や塔(tower*)などはその真下から掘り崩される危険(☞round keep)があった。そこで、対応策として、木造の仮設歩廊(hoarding*)が設けられ、そこから下の敵を狙って、生石灰(quicklime)の粉末(皮膚を火傷させる効力)や岩石などを落とした。しかし、この歩廊は敵方の火矢(flaming arrow)で燃え落ちたり、あるいは、その他の投擲兵器(artillery*)による攻撃に破壊され易かったので、次の対策として考案されたのが、石造りの持送り(corbel)に支えられて外へ張り出すこしらえの胸壁(parapet*)であった。その底部は持送りと持送りとの間が開口部になっていて、下を見通すことが可能であり、そこから石塊・熱湯・熱油・溶かした熱い鉛、あるいは火をつけた物などを敵の頭上に落とすのが狙いであった。しかも、胸壁の背後に隠れて、敵からはこちらの姿を見られずに済むという利点もあった。これは城の入口(castle gate*)の頭上にも備えられたりする。「その開口部」および「その造りを備えた胸壁」を指していう。後者の意味で、敢えて'machicolated parapet'ともいう。

イングランドでは、13世紀の末から築城に導入されるようになり、従来の木造の仮設歩廊に取って代る物となって行った。ただし、スコットランドでは、15世紀に至るまではさほど導入されてはいなかった。

例えば、イングランドのウォーリック城(Warwick Castle*)では、側堡塔

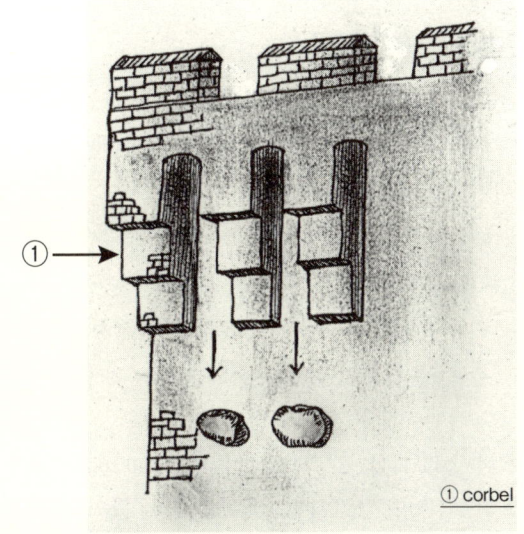

249. machicolation(マチコレーション)。

— 165 —

I Castellated Architecture・城廓建築

(flanking tower*)であるシーザーの塔(Caesar's Tower*)とガイの塔(Guy's Tower*)に、14世紀の見事な造りのものが見られる。

'machicolate'は「マチコレーションを備える」の意味の動詞である。'machicolated tower'、あるいは'tower crowned with a ring of machicolations'といえば、「これを備えた塔」を指し、'tower machicolations'とすると、「塔についているこの造り」を意味する。また、'machicolation around the heights of towers and gatehouses'となると、「塔やゲートハウスの頂部に巡らせたこの胸壁」のことである。

【文例】

次は'machicolle'の綴りが用いられた例である。レベッカ(Rebecca)が、その開口部から下へ身を投げる覚悟のあることを、相手のボア・ギルベールへ示す場面である。

* ...and she descended from the verge of the battlement, but remained standing close by one of the embrasures, or *machicolles*....
　　　　　　　　　　　　　　　　　　　　　　　——W. Scott: *Ivanhoe*

(...そして彼女は狭間胸壁の頂部から下りたが、マチコレーションの口のひとつに身を寄せて立ったままでいた...)

次は動詞に用いられた例である。

* It was a curious, machicolated, imitation castle of dark red brick——somebody's Folly, built about 1870——and fortunately almost hidden among dense shrubberies.
　　　　　　　　　　　　　　　——G. Orwell: *A Clergyman's Daughter*

(それは城を真似てこしらえたもので、奇妙で、マチコレーションを備え、暗赤色のレンガ造りになり——1870年頃に誰かが建てた庭園用模造建築で——幸運なことに密に茂った潅木の間にほとんど隠されていたのだ。)

次の3例はマチコレーションと直接は関係がないが、W.スコットの『最後の吟遊詩人の歌』の第4曲には、ブランクサム城(Branksome Castle)の塔の上で、敵の頭上へ落とすためのピッチ(pitch)や鉛(lead)を溶かして備えをしている様子、K.フォレットの『地の柱』では、市防壁への寄せ手に対し、熱湯を注ぎ落

Parapet／胸壁; パラペット

とすところ、また、同じスコットの『アイヴァンホー』では、攻め手の頭上に石や梁材(beam)などが、雨霰と降り注ぐ場面が描かれている。

* Where upon tower and turret-head,
  The seething pitch and molten lead
  Reeked, like a witch's cauldron red.
  　　　　　　——W. Scott: *The Lay of the Last Minstrel*, IV. xx. 350-2

（塔やタレットの上では、
　煮えたぎるピッチや溶かした鉛が
　魔女の赤く熱した大鍋のように、悪臭を放っていた。）

* There were screams of pain from the north gate a moment later, as the boiling water poured on the heads of the men attacking the door.
  　　　　　　——K. Follett: *The Pillars of the Earth*

（一瞬後に北門から呻き声が上がったが、それは門扉を攻撃している連中の

250. 門塔(gatehouse)のマチコレーション。Bodiam ［E］

251. 250.の真下から。

I Castellated Architecture・城廓建築

頭の上から、煮えたぎった湯が注ぎ落とされたからである。)

* "...some plant ladders, some swarm like bees, and endeavour to ascend upon the shoulders of each other——down go stones, beams, and trunks of trees upon their heads...."

——W. Scott: *Ivanhoe*

(「攻め手の中には攻城梯子を掛ける人たち、それに蜂のように群がって、互いの肩を台にしてよじ登ろうとする人たち——落とされる、石が、梁が、木の幹が、その頭の上へ...」)

murder hole; meurtrière

252. 側堡塔(flanking tower)のマチコレーション。Caesar's Tower, Warwick [E]

253. 252.の真下。

254. 252.のCU。

- 168 -

Parapet／胸壁; パラペット

255. 252.の頂部。

256. 塔のマチコレーション(tower machicolation)。
Guy's Tower, Warwick ［E］

257. 塔のマチコレーションの跡。
Caerlaverock ［S］

殺人孔; マーダー・ホール

後者のフランス語の発音は［ムルトリエール］に近い。

既述したゲートハウスの通路(gatehouse* passage)などには、その天井や側壁に四角形や円形の穴［孔］がひとつならず設けてあった。そして、敵の進攻を食い止める手立てとして、その穴から溶かした熱い鉄や鉛(lead)、熱湯や生石灰(quicklime)の粉末、あるいは熱した砂(sand)などを、この通路に入って来た敵の頭上に落としたり、槍(pike)を突き入れたり、もしくは、弓矢(arrow)や銃(gun)で攻撃したりしたが、その穴を指していう。

ちなみに、生石灰は触れると皮膚を火傷させる(to burn skin)効力があった。その一方で、上記の通路に敵が放った火を消すために、この穴から水をかける場合にも利用される。

I Castellated Architecture・城廓建築

　また、それ以外でも、一般に殺傷を目的として設けた開口部、例えば、鉄砲狭間(gun-loop*)や上述のマチコレーション(machicolation*)をも意味する場合がある。

　従って、'murder holes in the brick vault of the gatehouse'といえば、「門塔のレンガ造りの円筒形天井に開けられた殺人孔」を指し、'a single gateway commanded by murder holes'とすると、「殺人孔が制しているひとつしかない入口」のことで、'a line of eight murder-holes is above the stone archway'となると、「石造りのアーチ形入口の上には、8個の殺人孔が一列に並んでいる。」というわけで、'the main door impossible to attack without passing under five murder holes'とされると、「5つの殺人孔の下を通らずには侵攻不可能な表口」であることが分かり、'The entrance to the keep is equipped for portcullis defences and overhead fire through a murder hole.'と表現されると、「天守への入口には、落とし門による防備と、頭上の殺人孔からの銃撃による防備とが施してある。」という意味になる。

258. murder hole(殺人孔)。バービカン(barbican)の天井、左端は落とし格子戸(portcullis)。Warwick [E]

259. 殺人孔の真下。門塔(gatehouse)の通路の天井。Bodiam [E]

Parapet／胸壁；パラペット

parados
背壁；パラドス

　上述の'parapet'は、幕壁（curtain*）や塔（tower*）などの頂部に設けられ、その外側の敵に備えて、つまり、前方からの攻撃に備えて構えた防御壁であるのに対し、これは内側からの、つまり、背後からの危険に備えたものである。通例は、その間に既述した歩廊（wall walk*）が設けてある。

　従って、'A curtain with parapet and parados runs from the rectangular tower to a tower at the south-west corner of the castle.'といえば、「胸壁および背壁を備えた幕壁が、その方形の塔から城の西南の角にある塔まで伸びている。」という意味である。

260. 右側がparados（背壁）、左側が胸壁（parapet）。King John's [I]

261. 右は胸壁、左が背壁。Bamburgh [E]

I Castellated Architecture・城廓建築

262. 右が背壁、左は狭間胸壁（battlemented parapet）。Bamburgh ［E］

parapet walk
胸壁付き監視歩廊

既述した幕壁（curtain*）や塔（tower*）などの頂部に設けた監視歩廊（walk*）で、胸壁（parapet*）を備えたものを指す。

胸壁に保護されながら往来し、監視を行なうことが出来る。また、この歩廊に屋根がついていれば、'roofed parapet walk'などと呼ぶ。☞図版：245

Parapet／胸壁; パラペット

263. parapet walk（胸壁付き監視歩廊）。
Eagle TowerとWell Towerの間。
Caernarvon ［W］

264. 胸壁付き監視歩廊。市防壁（city wall）。York ［E］

Ⅰ　Castellated Architecture・城廓建築

Loop; Loophole; Loop-Hole
狭間（さま；はざま）；（監視・通風・採光用の）細長い孔

　既述した幕壁(curtain*)や塔(tower*)などには、敵から矢を射掛けられないように、窓は設けないのが通例である。その代わり、敵が近づくのを監視する目的で、壁面に「縦の細い切れ目」(vertical narrow slit*)を1本つけてあったが、これを指す。

　その長さは90cm、幅は5cmくらいが標準である。'loopholed wall'とすると、「この切れ目を設けた城壁」をいう。

　しかし、縦の切れ目だけでは敵の前進後退の動きしか判別出来ないので、左右の動きも見るために、12世紀末にはそれに「横の切れ目」(cross arm)もつけ加えて、「十字形の切れ目」(cross-slit*)にするようになった。13世紀には、その切れ目の両端に丸い穴の形(oillet* ☞eyelet)がつけられるようになり、さらには、横の切れ目が1本のみならず複数本つけ加えられるようにまでなった。

　また、この切れ目は単に監視だけではなく、通風・採光、あるいは、弓矢を射たり鉄砲を撃つ意味もあったと考えられる。しかし、この狭い開口部からの攻撃は現実には不可能に近く、射撃はもっぱら胸壁(parapet*)からなされたのではないかという推測も成り立つ。そして、この切れ目の内側の造りは、射手が敵の攻撃に身を曝すことを避けるために、隅切り(embrasure*)になっているのが通例である。つまり、城側から見て切れ目の奥よりも手前の方が、大きな広い朝顔形(splay)の構造を持つこしらえになっている。特に、既述した狭間胸壁(battlement*)の凸壁(merlon*)に見られる。

　ちなみに、縦の切れ目の最下端に丸い穴ではなく、三角形の穴がつけられることがあるが、それは'fish-tail base'（魚の尾形の底部）といい、最上端と最下端の2箇所につけば、'fish-tail slit'（魚の尾形付きの切れ目）と呼ばれる。

【用例】

　　'to increase the number of loop-holes for the archer'（弓兵用に矢狭間の数を増やす）(Hissey: Counties) / 'there was no opening, saving a very narrow

Loop; Loophole; Loop-Hole／狭間（さま；はざま）;（監視・通風・採光用の）細長い孔

loop-hole'（極めて幅の狭い狭間の他には開口部は設けていなかった）(Scott: Ivanhoe) / 'The only light was received through one or two loop-holes far above the reach of the captive's hand.'（明かりといえば、囚人の遥か手の届かぬ高みにある1つ2つの細長い孔から差し込むだけであった。）(Scott: Ivanhoe)

【文例】

* The fairy bade them follow her to the castle, and they marched there in a body. When they arrived, Jack blew the horn and demanded admittance. The old giantess saw them coming from the turret loophole.
　　　　　　　——B.B. Sideman (ed.): 'Jack and the Beanstalk'

（妖精は自分について城まで来るように彼らにいったので、彼らは一団となってそこへ向かった。城に着くとジャックは角笛を鳴らして入城を求めた。年取った女の巨人がタレットの狭間からそれを見ていた。）

【参考】

* Through narrow loop and casement barred,
　The sunbeams sought the Court of Guard,
　　　　　　——W. Scott: *The Lady of the Lake*, VI. ii. 23-4

* That night upon the rocks and bay
　The midnight moonbeam slumbering lay,
　And poured its silver light and pure
　Through loophole and through embrasure
　　　Upon Tantallon tower and hall;
　　　　　　——W. Scott: *Marmion*, VI. xi. 311-5

I Castellated Architecture・城廓建築

265. loophole（狭間）。
Chamberlain Tower, Caernarvon ［W］

266. 狭間付き塔（loopholed tower）。
Alnwick ［E］

267. 縦細の切れ目（vertical narrow slit）。
Dover ［E］

268. 十字形の切れ目（cross-slit）。Skipton ［E］

Loop; Loophole; Loop-Hole／狭間(さま；はざま); (監視・通風・採光用の)細長い孔

269. 魚の尾形付きの切れ目(fish-tail slit)。
Alnwick ［E］

270. 魚の尾形付き十字形の切れ目。
バービカン(barbican), Beaumaris ［W］

271. 丸い穴(oillet: 監視穴)の付いた狭間。
the Mound, Warwick ［E］

I Castellated Architecture・城廓建築

272. 縦方向に長く切った狭間(elongated loop)。
5m以上あってより下方を狙うことが可能。
Grey Mare's Tail Tower, Warkworth [E]

273. 隅切り(embrasure)の造りの凸壁
(merlon)。Eagle Tower, Caernarvon [W]

274. 隅切りの造りの十字形の切れ目。
市防壁(city wall), York [E]

Loop; Loophole; Loop-Hole／狭間（さま；はざま）；（監視・通風・採光用の）細長い孔

arrow(-)loop; arrow(-)slit
矢狭間（やざま）

'bow(-)loop'ともいう。上述の'loophole'に同義。

【用例】

'Dim figures moved behind the arrow-slit windows in the gatehouse'（門塔の矢狭間の背後に何人かの人影が動くのがぼんやりと見えた）（Follett: Pillars）/ 'a cool and gloomy chamber lighted with narrow loop-holes or arrow-slits'（幅の狭い矢狭間から採光している、ひんやりとして陰気な部屋）（Hissey: Counties）/ 'the occasional flare of a torch behind the arrow-slit windows' of the stone keep'（石造りの天守閣に設けられた矢狭間の背後に時々揺らめく松明の炎）（Follett: Pillars）/ 'The dim light of a gray winter morning leaked into the room through the arrow-slit windows.'（冬の灰色の朝の微かな光が矢狭間から部屋の中へ漏れて来た。）（Follett: Pillars）

【文例】

* At dawn the falling drawbridge rang,
　And from a loophole while I peep,
　Old Bell-the-Cat came from the keep,
　　　　　　　——W. Scott: *Marmion*, VI. xvi. 484-6

（夜明けに吊り上げ橋が下ろされる音が響き
　矢狭間から私が覗いて見ると
　「ベル・ザ・キャット」老人が天守閣から現れました。）

* As she had expected, not a soul was here. The arrow-slits, portcullis-grooves, and staircases met her eye as familiar friends, for in her childhood she had once paid a visit to the spot.
　　　　　　　——T. Hardy: *The Hand of Ethelberta*

（彼女が思っていた通りで、ここには人っ子ひとりいなかった。矢狭間や、落とし門用の縦溝や、階段などは親しい友のように彼女の目には映った、

- 179 -

Ⅰ Castellated Architecture・城廓建築

というのも子供の頃に一度この場所へ来たことがあったからである。)

275. arrow-loop（矢狭間）。
上端は葉形飾り(foliate form)付き。
King's Gate, Caernarvon [W]

276. 中央の矢狭間をはさんで、左右はそれぞれ斜め方向へ射てる。Caernarvon [W]

277. 1本の矢狭間から左右の斜め方向へ射てる。King's Gate, Caernarvon [W]

278. 縦方向が長いので、地面に近い下方まで狙い易い。門塔(gatehouse), Warkworth [E]

Loop; Loophole; Loop-Hole／狭間(さま；はざま)；(監視・通風・採光用の)細長い孔

❖ **balistraria; arbalestina; arbalisteria**
(1) 弩狭間(おおゆみざま)。　語源は'crossbow man'(弩[十字弓]の射手)の意味のラテン語 'balistrarius'にある。

　上述の'loophole'の中でも、特に弩の類(arbalest; crossbow)を射るために、狭間胸壁(はざまきょうへき)(battlement*)などに設けられた「十字形の切れ目」(cross-slit*)を指す。そこに射手の身体を入れることが可能なほどの凹所の造りになっている場合もある。

(2) 'arbalest'や'crossbow'という**弩の類の収納室**をいう。

(3) 張出し櫓(やぐら)。　胸壁(parapet*)から張り出す小塔(turret*)で、中には弓の射手(archer)が入る。城塞(fortress*)のみならず、非常時の防備を目的として、町の通りの家々の角からもこれが張り出していることが少なくなかった。特に、イングランドとスコットランドの国境地方に多く、'bartizan*'と通例は呼ばれたもの。

❖ **bowloop; bow(-)loop; bowslit; bow(-)slit**（大矢狭間(おおやざま)）　上述の'loophole'の中でも、特に十字弓(crossbow: 弩(おおゆみ))や長弓(longbow)を射るためのものを指す。

　従って、'Each of the octagonal towers is provided with both gun-loops and bowslits.'といえば、「8角形の塔はいずれも鉄砲狭間と大矢狭間を備えている。」という意味である。☞図版：279; 280

❖ **cross-loop; crosslet**（十字形矢狭間(やざま)）　上述の'loophole'の中でも、十字形の切れ目(cross-slit*)を持つものを指す。

　縦の切れ目(vertical slit*)は長弓(longbow)を、横の切れ目(cross arm*)は十字弓(crossbow: 弩(おおゆみ))を射るためのものである。

　従って、'the normal three cross-loops at wall-walk height'といえば、「幕壁歩廊の高さにある通常の3つの十字形矢狭間」を指す。

I　Castellated Architecture・城廓建築

279. bowloop（大矢狭間）。射手（crossbow man）が中に入れる凹所の造り。Caernarvon ［W］

280. 射手が中に入れる隅切り（embrasure）の造り。Skipton ［E］

281. cross-loop（十字形矢狭間）（内側）。Bishop's Palace ［E］

282. 十字形矢狭間（外側）。丸い穴（eyelet: 監視穴）は葉形飾り（foliate form）の造り。the Palace in Edinburgh ［S］

- 182 -

Loop; Loophole; Loop-Hole／狭間（さま：はざま）；（監視・通風・採光用の）細長い孔

eyelet; eyelet-hole; oillet; oilet; oillet-hole

監視穴

上述の'loophole'の両端ないしはその中央部などにつけられた小さな穴を指す。

'loophole'のような切れ目のところにではなく、監視を目的として、単に穴だけが壁面に開けられている場合もある。☞gunloop

従って、'the cross-loop with a round oillet at the intersection'といえば、「縦横の交差点に丸い監視穴の付いた十字形矢狭間」を指し、'All the arrow-slits have round oillets at head and foot.'となると、「どの矢狭間も上下両端に丸い監視穴が付いている。」の意味である。

283. eyelet（監視穴）（内側）。
Caesar's Tower, Warwick ［E］

Ⅰ Castellated Architecture・城廓建築

gunloop; gun-loop; gunport; gun-port
鉄砲狭間(てっぽうざま); 銃砲狭間; 銃眼

'gunhole'といってこれを指すこともある。

上述の'loophole'の中で、弓矢ではなく鉄砲類を撃つためのものを指す。

鍵穴形の狭間の丸い穴(keyhole gun-port; oillet*)から、鉄砲(handgun)の先端を出し、上の切れ目((sighting) slit*)から砲手(gunner)が外を覗けるようになっていた。丸い穴の直径は最大で5cmほどである。例えば、イングランドのボディアム城(Bodiam Castle*)のゲートハウス(gatehouse*)の最下部に見られるし、カンタベリー(Canterbury)の西の市門(city gate*)や、サウサンプトン(Southampton)の町の防壁(town wall*)にもその典型がある。

大砲(artillery; cannon)は14世紀の初頭に導入され、15世紀にはイングランドの城廓にも備えられていた。ヘンリー8世(Henry VIII: 1509-47)によりフランス軍の進攻に備えて、イングランドの沿岸に築かれた、大砲を用いるための要塞(artillery fort*)のディール城(Deal Castle*)、ウォールマー城(Walmer Castle*)、キャンバー城(Camber Castle*)、ペンデニス城(Pendennis Castle*)、あるいは、セイント・モーズ城(St. Mawes Castle*)にはそのためのものが見られる。

同じ鉄砲狭間でも、防壁の外から見て、穴を中心にその周囲の壁の切り口が、外へ向かって大きくなる、あるいは広くなる朝顔形(splay)の造りの場合、その造りを指して、'gun embrasure'という。☞embrasure

また、同じものでもスコットランドでは'shot-hole'と呼ばれ、往々にして「四葉飾り」(quatrefoil)などの装飾的な造りになったり、木製のシャッター(shutter*)で開閉することも可能なものもある。

ちなみに、'cannon'は'tube'(管)の意味の'cane'に由来する。1370年頃までは真鍮(しんちゅう)(brass)もしくは銅(copper)で造られていたが、その後は錬鉄(wrought iron)製になる。中でも大きいサイズのものは'bombard'(射石砲)、小さく手[腕]に(抱えて)持てるタイプは'handgun'(手砲)と呼ぶ。そして、弾丸には'stone ball'(石製の弾)や'lead shot'(鉛製の弾)が用いられた。

従って、'circular gunports commanding the moat'といえば、「堀を制する円形の銃眼」を指し、'From the gunloops of the rampart, the garrison could cover all angles with their cross-fire.'となると、「ランパートの銃砲狭間からの十字砲火で、

Loop; Loophole; Loop-Hole／狭間（さま；はざま）；（監視・通風・採光用の）細長い孔

守備兵はあらゆる角度を瞰制(かんせい)することが可能であった。」という意味である。

【用例】

次は解説でも述べたが、スコットランドで用いられる'shot-hole'の語を用いている。

'One turret was now in bright flames, which flashed out furiously from window and shot-hole'（タレットのひとつは今や真赤な炎に包まれ、窓や銃眼からは炎が猛烈な勢いで吹き出していた。）（Scott: Ivanhoe）

284. keyhole gun-port（鍵穴形銃眼）。門塔（gatehouse）, Bodiam ［E］

285. 284.の内側。

- 185 -

Ⅰ　Castellated Architecture・城廓建築

286. 銃砲狭間。Stirling ［S］

287. 銃砲狭間（16世紀）。
門塔（gatehouse）, Caerlaverock ［S］

288. 銃砲狭間。Clarence Tower, Warwick ［E］

- 186 -

Loop; Loophole; Loop-Hole／狭間（さま；はざま）;（監視・通風・採光用の）細長い孔

289. ずらり並んだ銃眼。Edinburgh ［S］

290. 大砲用の狭間。Stirling ［S］

291. 大砲用の狭間。Argyle Battery, Edinburgh ［S］

- 187 -

I Castellated Architecture・城廓建築

292. 隅切りのある大砲用狭間(gun embrasure)。Portland [E]

293. 292.のCU。

294. 大砲(cannon)。Carlisle [E]

Keep
キープ; 天守; 天守閣

　敢えて'castle keep'ともいう。城廓の中でも、「最後の守り」あるいは「最後の避難所」(the ultimate refuge)とでもいうべき最も重要な意味を持つ建物で、我が国の城の天守閣に相当する。16世紀の用語で、今日まで使われている。☞ donjon; great tower

　語源は、城廓の中で最も堅固にして、かつ、最も安全な場所を「確保・保持する」(keep)もの、にある。

　キープは横断面が正方形の塔(square tower)か、もしくは方形の塔(rectangular tower)で、1辺の長さは15～30m、高さは30～37mくらいで、一般に3階建てないしは4階建てである。その四隅は小塔(angle turret*)から成るのが通例で、その小塔の頂部は屋上より上に突き出す形になる。

　また、キープの壁の厚さは通例3～6mを保ち、通例は薄い控え壁(buttress)がつく。各階の窓の造りは、外敵の侵入に備えて小さく、木製の雨戸(shutter*)はあるが、ガラスは初期の頃には未だ入っていなかった。しかも、初期には下の階では「窓」(window)というよりは、単なる採光用の縦長の切れ目(slit)が開けてあるだけであった。

　各階の造りは、城によって多少異なるが、おおむね以下の通りである。

	3階建てのキープ	4階建てのキープ
third floor（4階）		sleeping chambers（城主とその家族の寝室: 壁の厚みを利用してその中にこしらえた）
second floor（3階）	(private) chambers（城主とその家族の私室と寝室）	great chamber（城主の私室）+（great hall（大広間）が付く場合も）
first floor（2階）[entrance floor（入口のある階）]	great hall（大広間）	great hall（大広間）or garrison quarters（衛兵の詰所）+ well-head（井戸）
basement（1階）[ground floor（地階）]	storeroom（食料や武器の貯蔵室）	storeroom（食料や武器の貯蔵室）

I Castellated Architecture・城廓建築

　上記の一覧表の「大広間」(great hall*)はキープの中心で、城主およびその家族(lord and his family)から使用人(servant)に至るまで全員の居間とも食堂ともいうべき場所で、夜間は衛兵の詰所になったりもした。比較的広い場合で、面積は縦横それぞれ13.5m、高さは9mくらい(☞manorのgreat hall)であった。
　単に'chamber'といえば、'great hall'に対して、城主とその家族の'private room'の意味になり、「寝室」でも「その他の目的で使う私室」でもよい。しかし、'great chamber'というと、同じ'private room'ではあるが、「寝室」にはならず「その他の目的で使う城主の私室」の意味に限定される。
　ちなみに、単なる'chamber*'は'solar*'ともいうが、後者は'bower*'と同じように城主夫人など女性(ladies)専用の私室(withdrawing-room)を意味することもある。
　城によっては2階が衛兵(garrison*)の詰所(guard-room)および使用人の部屋、3階が城主とその家族の私室や大広間、4階が女性の私室(bower)や台所(kitchen*)になっている場合もある。衛兵たちの寝所には、大広間や他の部屋が充てられたが、人数が増えてくると兵舎(barrack*)を設けた。また、'mural chamber'といって、厚い壁の中に私室が設けてあることもあった。そして、城主とその家族はベッドを用いたが、使用人たちは'pallet'を敷いて寝た。これはワラ(straw)や羽毛(feather)を詰めてこしらえた「マットレス」で、朝になればクルクルと巻いて片付けた。
　牢獄(dungeon*)はキープの地下、あるいは1階(basement)の厚い壁の中に造られ、トイレ(latrine*; garderobe*)も、厚い壁の中に通した縦穴(shaft)を排泄物の溜め場(cesspool)に充てたり、あるいは、壁の外へ落とす工夫になっていた。井戸(well)はキープの1階に掘って2階で汲み出す形か、もしくは内廓(inner bailey*)に掘ってあった。礼拝室(chapel)も比較的大きな城の場合には設けてあるが、それもフォービルディング(forebuilding*)の中か、あるいは、やはり壁の厚みを利用してその中に造られるのが通例であった。ロンドン塔(the Tower of London*)の聖ヨハネ礼拝堂(St. John's Chapel)が現存する例である。
　一般に部屋は各階にひとつずつあったが、ロチェスター城(Rochester Castle*)などは例外で2つずつあった。また、各階の部屋は、キープの四隅のうちのひとつに設けてある螺旋階段(spiral staircase*)で連絡され、通路は壁の厚みを利用してその中に通してあるのが通例であった。ちなみに、厚い壁の中に設けた階段は

'wall-stair'と呼ぶ。

　1階以外は暖炉(fireplace)で暖をとることが可能であったが、後にさらに発達した城で見られるような台所に相当する部屋は、初期には見当らない。その代わりにその場合の料理その他の家事などは全て、キープの外のベイリー（bailey*)にある木造の建物の中で行なわれたものである。

　入口は防御を考慮に入れて、通例は2階——時に3階——に設けられ、外からの階段を使用して出入り（☞forebuilding)がなされていた。この階段は敵の侵入に備えて、容易に壊したり取り外したりすることが可能であった。屋上には、狭間胸壁(battlement*)のついた歩廊(walk*)もあった。☞manor house

　上記のような横断面が四角あるいは方形のキープの次には多角形のキープ(polygonal keep)が出現するが、それが円形のタイプ(round keep*)になるのは、1170〜1270年の頃であり、その間の1200年頃から既述した「キープを持たない城廓」(keepless castle*)が登場するわけである。四角もしくは方形の塔のキープの場合は、構築も容易であるが、その底部は上からの監視の死角にもなり、塔の角の部分の地面を敵方に掘られると、崩壊もまた簡単(☞siege castle)であった。そこで、角の出来ない円形の塔にすることによって、上からの監視を容易にし、掘り崩されるのを防ぐ工夫にしたのである。

　しかしながら、城廓の形態が発達して後述する「同心円型城廓」(concentric castle*)の段階になると、こういう独立して立つ「塔型のキープ」(tower-keep*)は姿を消すことになる。もっとも、アイルランドでは、13世紀に入ると、独特の形のキープが築かれた。2〜3階建ての方形の塔であるが、四隅には地上階から胸壁(parapet*)の高さまで、円形の小塔(round corner turret)が伸びている'turreted tower*'と呼ばれるものである。

【用例】

　'the square stone keep'（石造りで方形の天守閣）(Follett: Pillars) / 'the inner courtyard was dominated by a massive square keep three stories high'（内廓には3階建ての壮大な方形の天守閣が聳え立っていた）(Follett: Pillars) / 'the jackdaws, now floundering at ease again in and about the ivy of the keep'（（人気がなくなったので)コクマルガラスは安心して、天守閣に這う蔦に潜ったりして再び遊んでいる）(Hardy: Ethelberta) / 'the best-guarded keep of the

Ⅰ Castellated Architecture・城廓建築

stoutest castle in all the length and breadth of Merry England'（この「楽しきイングランド」の国中で一番堅固な城の内でも、そのまた一番安全な天守閣）(Grahame: Wind) / 'the massive keep, the last stronghold in time of attack, rising high above the ramparts'（ランパートの上高々と聳え、攻撃を受けた際の最後の砦である大きく堂々たる天守閣）(Follett: Pillars)

【文例】

＊ It is conjectured that the castle with its keep and its surrounding towers was one of the largest in England....

——E.V. Lucas: 'The Spire of England'

（天守閣とそれを囲む塔から成るその城は、イングランドでも最大級の城のひとつであったであろうと推測される。）

＊ The wind had risen after sunset, the wind that had rain in it, and now it moaned as it circled the towers and swept through the keep.

——P.S. Buck: *Death in the Castle*

（日が落ちると風が起こったが、その風は雨を含んで、今や塔の周りを回りながら呻き声を発したかと思うと、天守閣をさっと吹き過ぎて行った。）

＊ In the southeast corner of the castle compound was the keep, a castle within a castle, built on a high mound....

——K. Follett: *The Pillars of the Earth*

（城廓の東南の角にあるのが天守閣で、城の中のそのまた城というべきもので、高い土塁の上に築かれていた。）

【参考】

＊ Here was square keep, there turret high,
　Or pinnacle that sought the sky,
　Whence oft the warder could descry
　　The gathering ocean-storm.
　　　　　——W. Scott: *Marmion*, V. xxxiii. 989-92

Keep／キープ; 天守; 天守閣

以下に'keep'の間取りに関することで、解説に述べた用語の例文を示す。

◉その全体の間取りについて。ただし、この天守閣は3階建てとなっている。

* This was the keep. As usual the ground floor was a store. The great hall was above the store, reached by a wooden exterior staircase which could be drawn up into the building. On the top floor would be the earl's bedroom....
——K. Follett: *The Pillars of the Earth*

（これが天守閣で、多くの城がそうであるように地階が食料などの貯蔵室になっていた。その上の階が大広間で、木造の外階段を使って出入りしたが、その階段はいざとなれば中へ引き入れてしまうことも出来た。そして最上階には伯爵の寝室があるのであろう。）

◉ 'bower'（女性の私室）について。

* The feast was over in Branksome tower,
  And the Ladye had gone to her secret bower;
——W. Scott: *The Lay of the Last Minstrel*, I. i. 1-2

（ブランクサム城塔では宴も終わり
  城主夫人は自分の秘密の私室へ既に退いていた。）

* ...the ennui which was too apt to intrude upon the halls and bowers of an ancient feudal castle.
——W. Scott: *Ivanhoe*

（...昔の封建時代の城の広間とか女性の私室に、とかく入り込みがちな倦怠感というもの。）

◉ 'chapel'（礼拝室）について。

* ...a small and very rude chapel...there was no opening, saving a very narrow loop-hole....
——W. Scott: *Ivanhoe*

（...小さく非常に粗雑な造りの礼拝室で、（中略）縦細の狭間の他には一切開口部を持たなかった....）

I Castellated Architecture・城廓建築

◉ 'entrance'（入口）について。

* Here there was a massive stone keep, with an unsteady-looking wooden staircase leading up to its <u>second-floor entrance</u>.
　　　　　　　　　　　　　——K. Follett: *The Pillars of the Earth*

（目の前に石造りの壮大な天守閣が立っていて、不安定に見える木造の階段が2階にある入口へ伸びていた。）

◉ 'great hall'（大広間）について。

* The sun was streaming brlliantly into <u>the great hall</u>, its bright beams falling on grey stone floors and tapestried walls.
　　　　　　　　　　　　　——P.S. Buck: *Death in the Castle*

（日の光が大広間の中へきらきらと差し込んでいて、その輝く光線は灰色の石を敷き詰めた床や、タペストリーで飾った壁面に当たっていた。）

* The apartment in which the Saxon chiefs were confined...although at present used as a sort of guard-room, had formerly been <u>the great hall</u> of the castle.
　　　　　　　　　　　　　——W. Scott: *Ivanhoe*

（サクソンの首領たちが監禁された部屋（中略）は、今でこそ衛兵の詰所のようなものに使われているが、かつてはこの城の大広間であったものだ。）

◉ 'guard-room'（衛兵の詰所）について。

* Then the brutal minions of the law...dragged him...past <u>guardrooms full of grinning soldiery off duty</u>....
　　　　　　　　　　　　　——K. Grahame: *The Wind in the Willows*

（そうして無慈悲な法の手先となる者たちによって（中略）彼は引かれて行く時に（中略）、非番の兵士たちが大勢にやにやして詰めている衛兵所の前を通った...）

* William dragged the two dead sentries into <u>the guardroom</u> quickly. With everyone at mass, there was a strong chance the bodies would not be seen

until it was too late.

——K. Follett: *The Pillars of the Earth*

（ウィリアムは2人の哨兵の死体を引きずって、素早く衛兵の詰所の中へ入れた。城内の誰もがミサに出ていたので、その死体が見つかっても城側にとっては最早手遅れとなる公算が大であった。）

【参考】

* He went, therefore, towards <u>the guard-room of the castle</u>, under the pretence of seeing that the rites of hospitality had been duly observed towards his late travelling-companion.

——W. Scott: *Castle Dangerous*

◉ 'latrine'（トイレ）について。

* At the top of the spiral stairs he faced two doors. He guessed that the smaller one led to <u>the latrine</u>, the larger one to the eal's bedroom.

——K. Follett: *The Pillars of the Earth*

（螺旋階段を上り詰めたところで、2箇所の扉が目に入った。小さい方がトイレの入口で、大きい方は伯爵の寝室のものであろうと彼は思った。）

* ...he studied the keep. There were small holes in the wall which served as outlets for <u>the latrines</u>, and the refuse and filth which was washed out simply fell on the walls and the mound below and stayed there until it rotted away. No wonder there was a stink.

——K. Follett: *The Pillars of the Earth*

（…彼はその天守閣を細かく観察してみた。外壁には小さな穴が幾つか開いていて、トイレの落とし口に使われていた。そして水で流された汚物などは、ただ単に外壁やらその下の土塁やらに落下して、後はそのまま腐るに任せて放置された。悪臭がしていた訳である。）

◉ 'shaft'（厚い壁の中の縦穴）について。

* 'It's <u>a shaft</u>,' he exclaimed. 'Look, Webster——there's no ceiling. I see a square

Ⅰ　Castellated Architecture・城郭建築

of light at the top.'

Webster went in and stared upward.

　　　　　　　　　　　　　　　——P.S. Buck: *Death in the Castle*

(「縦穴だ、」と彼は叫んだ。「見ろよ、ウェブスター、天井がないから。天辺に四角い明かりが見える。」

ウェブスターも中に入ってじっと見上げた。)

◉ 'wall-stair'（厚い壁の中に設けた階段）について。

* This tower (= keep) is embattled on the top, and has <u>a staircase built in the thickness of the walls</u> that leads from one story to another, and to the roof above.

　　　　　　　　　　　　　　　——J.J. Hissey: *Through Ten English Counties*

(この天守閣は頂部に狭間胸壁を備え、厚い壁の中に階段を設けていて、それは各階へ通じ、屋上にまで達していた。)

◉ 'well'（井戸）について。

* From the hall we descended by a flight of stone steps into a cool and gloomy chamber lighted with narrow loop-holes or arrow-slits…and in the floor of it she pointed out <u>a well</u>, which was made square and not rounded as usual….

　　　　　　　　　　　　　　　——J.J. Hissey: *Through Ten English Counties*

(広間から石の階段をひと続き下りると、細長い矢狭間からの採光になる、ひんやりとして薄暗い部屋へ我々は入った(中略)、そしてそこにある井戸を彼女は指差したが、それは四角い造りで、よくあるような円形ではなかった…)

◉ 'thickness of the wall'（壁の厚み）について。

* They could hear nothing: <u>the thick stone walls of the keep</u> muffled all sound.

　　　　　　　　　　　　　　　——K. Follett: *The Pillars of the Earth*

(彼らの耳には何も聞こえて来なかった。天守閣の厚い石の壁が全ての物音を消してしまっていたから。)

Keep／キープ; 天守; 天守閣

【参考】

◉ 'great chamber'（城主の私室）について。

* ...Hippolita had visited the gallery and <u>great chamber</u>; and now, with more serenity of soul than she had felt for many hours, she met her lord....
　　　　　　　　　　　　　　　——H. Walpole: *The Castle of Otranto*

295. rectangular keep（方形のキープ）(12世紀)。横断面は29.9m×29.3mで正方形（square）に近く、高さ28.9m。四隅の控え壁（buttress）は小隅塔（angle turret）として屋上へ突き出す。Dover ［E］

296. 方形のキープ(12世紀)。Carlisle ［E］

297. 方形のキープ(14世紀)。Dunnottar ［S］

- 197 -

Ⅰ　Castellated Architecture・城廓建築

298. キープ（12世紀）。出入口（左下）は2階で、窓は下の階ほど小になる点に留意。Hedingham ［E］

299. 298.の復元模型。

300. キープ（14世紀）。薄い控え壁（buttress）と窓の造りの小ささに留意。Portchester ［E］

301. 298.の大広間（great hall）。中央を仕切るように巨大なノルマン様式のアーチ（Norman arch）。Banqueting Hall

- 198 -

Keep／キープ; 天守; 天守閣

302. 大広間。奥が上座で当時は高床(dais: 食卓壇)になっていた。左側に暖炉(fireplace)。
Skipton [E]

303. 298.の暖炉。

304. 295.のキープの壁の厚みを利用した通路(passage)。

305. 298.の大広間の周囲に回して設けられた小部屋(alcove)と通路。

- 199 -

Ⅰ　Castellated Architecture・城廓建築

306. 城主とその家族の私室(solar)への階段。Warkworth [E]

307. 306.の私室。

308. 295.の城主の寝室(royal bed chamber)。

309. 307.の中のトイレ(latrine)。

Keep／キープ; 天守; 天守閣

310. キープの中にある衛兵(garrison)の詰所。
Warkworth [E]

311. 兵舎(barrack)。Stirling [S]

312. キープの中の台所(kitchen)。Warkworth [E]

313. 298.の中の螺旋階段
(spiral staircase)。
Hedingham [E]

- 201 -

I Castellated Architecture・城廓建築

314. キープの壁の厚みにくり貫いた窓。Dover［E］

315. キープの中ではないが、塔の中の井戸(well)。
Bodiam［E］

316. キープの中の礼拝室(chapel)。
Warkworth［E］

317. 鉛で葺いたキープの屋根(lead-roof)。
Portchester［E］

Keep／キープ; 天守; 天守閣

318. 石を敷き詰めたキープの屋根(stone-roof)。
Carlisle ［E］

319. 梯子でタワー・ハウス(tower house)の2階から出入りする様子。
Coxton Tower (17世紀) ［S］

donjon; donjon-keep; donjon-tower

　古くは'dongeoun'、'dungeon'、ともつづり、'dungeon-keep'、'dungeon-tower'ともいう。元はフランス語で、「主人」(lord)の意味のラテン語'dominus'に由来。
　上述の'keep'に同義で、城廓(castle)の中でも最も重要な塔(dominating tower)になる。☞地下牢の'dungeon'

【用例】

　'the turret on the eastern angle of the donjon'（天守閣の東側の角にあるタレット）(Scott: Ivanhoe) / 'sternly was it (= the castle) fortified, after the fashion of the middle ages, with donjon and battlements'（その城は中世のそれに倣って、狭間胸壁付きの天守閣を厳然と備えていた）(Scott: Dangerous) / 'it was a fortress of no great size, consisting of a donjon, or large and high square tower, surrounded by buildings of inferior height'（それはさほど大きくはない城塞で、高く大きな方形の塔の天守閣と、天守閣を囲むがそれより低い建物群とから成っていた）(Scott: Ivanhoe)

- 203 -

I   Castellated Architecture・城廓建築

【文例】

* The grete tour, that was so thikke and strong,
  Which of the castel was the cheef <u>dongeoun</u>
  　　　　　　　　——G. Chaucer: 'The Knightes Tale', 198-9

(その壮大な塔は、たいへんに壁が厚く頑健な造りで、
それこそがその城の天守閣であった)

* The evening gale had scarce the power
  To wave it (= banner) on <u>the donjon tower</u>,
  　So heavily it hung.
  　　　　　　　　——W. Scott: *Marmion*, I. ii. 14-9

(夕刻の風の持つ力にも衰えが見え
天守閣のバナー旗を翻すことあたわず、
旗は重く垂れていた。)

* ...the ancient and grim-looking <u>donjon-keep</u>, which was older than any of them (= buildings), and which rose, like a black Ethiopian giant, high into the air....
  　　　　　　　　——W. Scott: *Quentin Durward*

(...古代の厳然としたその天守閣は、城の建物のなかでも最も古く、そして黒いエチオピア族の巨人のごとくに、空高々と聳えていた...)

inner keep

W. スコット(W. Scott)は『アイヴァンホー』(*Ivanhoe*)の中でコニスブラ城(Conisbrough Castle*)に言及し、そのキープを指して敢えて'inner keep'という。これはベイリー(bailey*)の中、つまり、幕壁(curtain wall*)に囲まれた中に建つキープを意味している。☞inner courtの図版:111

【文例】

* The outer walls have probably been added by the Normans, but <u>the inner keep</u>

bears token of very great antiquity.

———W. Scott: *Ivanhoe*

(幕壁は恐らくノルマン人が後から付け加えたものであろうが、その中の天守閣には極めて古い時代のものであるという印が見られた。)

tower keep; tower-keep
塔型キープ; 塔型天守(閣)

　ウィリアム1世(William I: 1066-87)の時代の終る頃までには、横断面が方形の高い塔によるキープ(rectangular keep)が築かれつつあったが、それは縦と横の長さよりも高さの方が大になる造りで、それを指す。敢えて'great tower-keep'などと表現されることもある。

　後述する「ホール型キープ」(hall keep)と併せて2種類のタイプの内のひとつであるが、それよりも後の時代に属す。4階建ての場合もあったが、通例は3階建てで、1階に貯蔵室(storeroom*)、2階に(大)広間((great) hall*)、3階に城主とその家族の私室(chambers)などとなっていた。つまり、広間より上の階に私室があるのが通例。そして、出入口は敵の侵入に備えて、通例は2階に設けてあった。

　この塔の高さは30m前後になり、壁は厚い。ロンドン塔(the Tower of London*)のホワイト・タワー(the White Tower*)はホール型だが、11世紀のもので、壁の厚さは約4.5m、同じくイングランドのドゥヴァー城(Dover Castle*)の場合は12世紀のものだが、約6.5mになる。

320. tower keep(塔型キープ)。Rochester [E]

I Castellated Architecture・城廓建築

　それ以外にも、例えば、12世紀の構築になるが、イングランドのヘディンガム城(Castle Hedingham*)、ロチェスター城(Rochester Castle*)、あるいはポーチェスター(Portchester Castle*)のキープがこの型になる。もっとも、ポーチェスター城の場合は、最初は「ホール型キープ」であったが、12世紀の末にさらに階を2つ積み上げて、このタイプになった。

❖ **cross wall; cross-wall**（仕切り壁）　比較的大きな造りのキープ(keep*)に設けられているもので、部屋などの仕切りとしての壁(interior wall)をいう。
　この壁はキープ内に敵方が進攻して来た場合には、防壁としての役割も果した。例えば、1215年ジョン王(John: 1199-1216)に反抗した軍がロチェスター城(Rochester Castle*)に立て籠もったが、その小隅塔(corner turret*)が崩壊され、王軍がキープの中に攻め入って来た際に、反乱軍はこの厚い仕切り壁をバリケードにして戦いをつづけた。

❖ **forebuilding**（フォービルディング）　上述の塔型キープ(tower-keep)などの出入口は、敵の侵入に備えて、通例は2階——時に3階——に設けてあった。そして、外からの階段によって出入りしたが、その階段をさらに防御する目的で、階段を中に包み込むようにこしらえた建物を指す。
　この建物の中には、居住のための部屋の他に、礼拝室(chapel)や牢獄(prison*)まで備えてある場合もあった。イングランドのロチェスター城(Rochester Castle*)、ライズィング城(Castle Rising*)、ドゥヴァー城(Dover Castle*)、あるいはニューカー[キャ]スル・アポン・テイン城(Newcastle-upon-Tyne*)にその典型が見られる。
　ちなみに、この建物を設けて出入口の階段を防御するようになるまでは、階段は敵の侵入を考慮して、壊したり取り外したりすることが容易に出来るようにしてあったものである。
　従って、'the main gate screened by a forebuilding'といえば、「フォービルディングで隠された大手門」を指し、'a stairway sheltered within a stone forebuilding'となると、「石造りのフォービルディングの中に隠された階段」のことで、'The first-floor entrance is protected by a forebuilding.'と表現すれば、「2階の入口はフォービルディングで守られている。」という意味である。

Keep／キープ; 天守; 天守閣

321. forebuilding（フォービルディング）。Dover ［E］

322. 321.のCU。階段(矢印)はさらに右へ折れて入口に達する。

323. 322.の入口へ。

324. フォービルディング。Rochester ［E］

❋ **great tower**（グレート・タワー）　上述の'tower keep'を指していう。

　城廓の中で「最重要かつ最強のこしらえになる塔」という意味で、16世紀からはこれを指して、'keep'と呼ばれるようになったものである。

　単に'tower'といって、これを意味することもある。例えば、'the Tower of London'（ロンドン塔）とか、そのロンドン城の中でも、最古のものでキープでもある'the White Tower'という呼び方に、その名残りがある。

— 207 —

I　Castellated Architecture・城廓建築

【文例】

＊ The mode of entering the great tower of Coningsburgh Castle is very peculiar, and partakes of the rude simplicity of the early times in which it was erected.
　　　　　　　　　　　　　　　　　　　　　——W. Scott: *Ivanhoe*

（コニスブラ城の天守閣の中へ入るには、極めて独特な方法によるが、それは天守閣が建てられた昔の時代の、未熟な単純さを帯びている。）

325. the Great Tower(11世紀)。35.9m×32.6m×27.4m(高さ)で、4基の小隅塔(angle turret)を持つ。その内の3基は方形(rectangular)、1基は円形(round)。Tower of London ［E］

hall keep; hall-keep

ホール型キープ; ホール型天守(閣)

上述の'tower keep'と併せて2種類のノルマン様式のキープ(Norman keep)の内のひとつで、高さよりも縦と横の長さの方が大となるタイプを指す。ただし、'tower keep*'より前の時代に属す。

1階に貯蔵室(storeroom)と牢獄(dungeon*)、2階には(大)広間((great) hall*)

Keep／キープ; 天守; 天守閣

や、城主とその家族の私室(chambers*)がある。つまり、広間と私室とが同じ階に設けられたタイプでもある。広間は城主とその家族の他に家来など全員が使用出来る広い間取りになり、私室はそれよりは狭いこしらえである。

例えば、イングランドのロンドン城(the Tower of London*)のホワイト・タワー(the White Tower*)、コゥルチェスター城(Colchester Castle*)、カーライル城(Carlisle Castle*)、ランカスター城(Lancaster Castle*)、ノリッジ城(Norwich Castle*)、ペェヴェンズィ城(Pevensey Castle*)、あるいはライズィング城(Castle Rising*)やミッドラム城(Middleham Castle*)などに見られる。☞図版:325

326. hall keep(ホール型キープ)。約29m×29m×23m(高さ)。
12世紀の造りの表面を19世紀に改装。Norwich [E]

327. ホール型キープ(12世紀)。
約21m×18.6m×10.7m(高さ)。Bamburgh [E]

- 209 -

I Castellated Architecture・城郭建築

round keep

円形キープ; 円筒形キープ; 円(筒)形天守(閣)

　11世紀中葉〜12世紀末葉に造られた塔(tower*)の横断面は方形のタイプ(rectangular tower*)が主流で、やがて12世紀末葉〜13世紀末葉では、それが多角形のタイプ(polygonal tower*)を経て円形のもの(round tower*)へと進む。具体例でいえば、ロチェスター城(Rochester Castle*)の場合のような方形のタイプからオックスフォード城(Oxford Castle*)のような多角形のものへ、さらにはコニスブラ城(Conisbrough Castle*)のように、まだその周囲に側堡塔(flanking tower*)がついてはいるが円筒形のもの(cylindrical keep)へと発展し、最後には完全な円筒状のものになったわけで、そのタイプを指す。

　城攻め(☞siege castle)の方法として、塔の下の地中にトンネル(mine gallery*)を掘るが、途中で崩れないように木枠を組みながら進み、一定の距離に達するとそれに火を放って、塔そのものを崩壊させるというのが最も効果的であった。しかし、塔が方形である場合は、上から監視するにしても、監視の行き届かない死角が生ずるが、塔が円筒状になると、塔の下で作業する敵を発見して攻撃し易くなるわけである。例えば、1215年にロチェスター城をジョン王(John: 1199-1216)が攻め落とした時に、この方法が採られた。王軍は塔の東南の角の下を掘り進んで火を放ち、小隅塔(corner turret*)を崩壊させることに成功した。もっとも、その後ヘンリー3世(Henry III: 1216-72)の時に、その小隅塔は円形のものに建て替えられた。

　円形キープの例としては、ウェールズのペンブロウク城(Pembroke Castle*)、スケンフリス城(Skenfrith Castle*)、あるいはドルバダーン城(Dolbadarn Castle*)などが挙げられる。イングランドのローンスタン城(Launceston Castle*)の場合は、シェル防壁(shell wall*: 貝殻型防壁)の中に築かれた円筒形キープである。

　しかしながら、円形の塔の内部、つまり、円形の部屋にはベッドその他の家具を設置し難いなどの理由から、14世紀の末までには、再び方形の塔が復活を見ることになった。例えば、イングランドのボゥディアム城(Bodiam Castle*)やボゥルトン城(Bolton Castle*)の造りに見てとれる。

　また一方で、円形キープの出現する頃には、狭苦しいキープの中に閉じ込め

られるような生活よりも、ベイリー (bailey*) の中に別の'hall*'（広間のある建物）を建てて暮らす方が好まれるようになった。ペンブロゥク城やスケンフリス城の場合がその典型である。前者のキープは4階建てで、下から順に、貯蔵室 (storeroom*)、出入口の階 (entrance floor*)、広間 (hall)、私室 (chambers*) となっていたが、城主とその家族はキープの隣に建つ'hall'で生活した。後者のキープは3階建てで、幕壁(まくかべ) (curtain*) に接続する形で、広間その他の部屋を含む別棟の建物が建てられていた。

【文例】

次は解説でも言及したコニスブラ城の円筒形キープの描写である。

* It (=the inner keep) is situated on a mount at one angle of the inner court, and forms a complete circle of perhaps twenty-five feet in diameter. The wall is of immense thickness, and is propped or defended by six huge external buttresses which project from the circle, and rise up against the sides of the tower as if to strengthen or to support it.

——W. Scott: *Ivanhoe*

（その天守閣は内廓の一角にある土塁の上に位置していて、直径25フィートもあるやに思われる完全な円形を成している。その壁はとてつも無く厚いこしらえで、外側から6基の巨大な控え壁によって支えられるというか、防御されていて、しかもそれらはその円から外へ張り出す形を取り、その塔の補強あるいは支えを成すかの如く、塔の側面に抗して上へ聳えている。）

Ⅰ　Castellated Architecture・城廓建築

328. round keep（円形キープ）(12世紀)。
6基の側堡塔（flanking tower）を持つ。Conisbrough ［E］

329. 円形キープ(13世紀)。3階建て。Dolbadarn ［W］

Dungeon
地下牢; 牢獄

　既述したキープ(keep: 天守閣)の地下や、ゲートハウス(gatehouse*)の中に設けられた牢獄を指す。

　語源は「キープ」を意味するフランス語'donjon*'にある。元来は、囚人はキープの中の厚い壁で囲まれた場所に閉じ込められていたことによる。

　後述する同心円型城廓(concentric castle*)の場合は、内幕壁(inner curtain*)につく隅塔(corner tower*)のひとつの地下に、あるいは、その厚い壁の中にこしらえられた。

　そして、ひとつの城に複数ある場合も珍しくなかった。L. ハートレイ(L. Hartley)の「毒壜」('Killing Bottle')でも、主人公が自分の招待された城の地下牢を見て、こんな要塞には地下牢もひとつならず設けてあるに違いあるまいと、確信を持つ場面があるが、そういう事情を下敷きにしている。

　牢獄への明かりは、通例は既述した矢狭間(arrow slit)などの小さな開口部から取り入れるだけであった。W. スコット(W. Scott)の『湖上の美人』(*The Lady of the Lake*)の第6曲にも、「牢屋ではあるが、日の光が差し込むところを見ると地下牢ではない」('t was a prison-room / Of stern security and gloom, / Yet not a dungeon; for the day / Through lofty gratings found its way,) という描写がある。従って、'The light in the dungeon came through a narrow slit cut into the thickness of the wall.'（地下牢への明かりは、厚い壁に開けた細長い切れ目を通して入って来た。）などという表現がよく使われる。

　イングランドのウォーリック城(Warwick Castle*)の場合は、6階建てのシーザーの塔(Caesar's Tower)の一番下がこの地下牢になっていた。

　もっとも、同じ囚われの身となっても、「貴族」(nobleman)の場合は、塔の中でも上位の階にある贅沢な部屋に入れられ、高額の身代金(ransom)が支払われるまで、丁重な扱いを受けていた。彼らは'ransom prisoner'と呼ばれ、城内を動き回る自由すら認められていた。

　ちなみに、城というものに城主とその家族が居住しない時代になると、キー

I Castellated Architecture・城廓建築

プの多くはその土地その土地の刑務所(jail)として利用されていた。☞keepの dungeon; ☞図版:164

【用例】

'mildewed dungeons'（白黴の生えた地下牢）(Hardy: Ethelberta) / 'in wintry dungeons'（冷たい地下牢の中で）(Stevenson: Associations) / 'dungeons swarming with serpents, snakes, and toads'（大小の蛇やヒキガエルがうようよいる地下牢）(Scott: Ivanhoe) / 'they ended up in the stinking dungeon'（彼らのとどの詰りは悪臭のする地下牢入りだった）(Follett: Pillars) / 'those steps over there lead down into dungeons'（あそこの階段が地下牢へ通じている）(Hill: King) / 'kings and queens are always putting people in dungeons'（国王や女王はいつの代でも地下牢に人を閉じ込めて来た）(Buck: Death) / 'Toad found himself immured in a dank and noisome dungeon'（ヒキガエル氏は、じめじめしていやな匂いが鼻をつく地下牢に自分が閉じ込められたとわかった）(Grahame: Wind) / 'his (= Mortimer) dethroned sovereign, Edward II, languished in its (= Kenilworth) dungeons'（モーティマーによって廃位

330. dungeon（地下牢）（14世紀）への外からの入口。Caesar's Towerの地下、Warwick [E]

331. 330.の地下牢内部。天井から吊り下がるのは曝し枷(Gibbet irons)。

させられた国王エドワード2世は、このケニルワース城内の地下牢で呻吟した）（Scott: Kenilworth）/ 'the grimmest dungeon that lay in the heart of the innermost keep'（城の中でも最も奥の天守閣の、そのまた奥にあるこの上無くいかめしい感じの地下牢）（Grahame: Wind）/ 'dungeons or vaults, which neither receive air nor light, save by a square hole'（四角い穴以外からは空気も明かりも入らない地下の牢獄）（Scott: Ivanhoe）/ 'Deep in the dungeon beneath the castle a sound reverberated with an echoing roar.'（城の地下にある牢獄の底深く、反響する唸り声と共に何かの物音が鳴り響いた。）（Buck: Death）/ '(she) besought of her Majesty to cause her to be imprisoned in the lowest dungeon of the Castle'（彼女は、城内の一番下の牢獄に自分を閉じ込めてくれるよう、女王に嘆願した）（Scott: Kenilworth）/ 'the air in the dungeon that was thick with mildew and dust seemed too heavy to breathe'（白黴や埃だらけの地下牢の空気は重く息苦しく感じられた）（Buck: Death）/ 'Toad was a helpless prisoner in the remotest dungeon of the best-guarded keep of the stoutest castle'（一番堅固な城の内の一番安全な天守閣の中でもそのまた一番隔たった場所にある地下牢に入れられた、為す術を知らぬ囚人がヒキガエル氏であった）（Grahame: Wind）

【文例】

次の例では、解説でも触れたが、'ransom'（身代金）の動詞の用法にも留意。

* And when I lay in dungeon dark
 Of Naworth Castle long months three,
 Till ransomed for a thousand mark,
　　　　——W. Scott: *The Lay of the Last Minstrel*, V. xxix. 479-81

（そして私がナワース城の暗い地下牢に
　3ケ月もの長きに亙って身を横たえていた時
　1千マークの身代金が支払われるまで）

* But make real to yourself the vision of every blood-stained page...tread the stones of the dungeon and of the torture-room....
　　　　——G. Gissing: *The Private Papers of Henry Ryecroft*

I Castellated Architecture・城廓建築

> （血塗られた歴史書の1ページ1ページに描かれる光景を如実に感じて見給え（中略）、地下牢と拷問部屋の石の床を踏んで見給え...）

* All this time Bevis lay in prison; and at the end of seven years, during which he had been fed upon nothing but bran and water, his keepers thinking he must be wondrous feeble, enterd <u>his dungeon</u> to slay him....
　　　　　——W. J. Thoms (ed.): *The Gallant History of Bevis of Southampton*

> （この間中ビィーヴィスは牢屋で横になっていた。そして7年目の終わりに――その間も彼はふすまと水以外は何も与えてもらえなかったが――牢番たちは彼が弱り切っているに違いないと思って、彼を殺そうとその地下牢へ入って来た...）

* Rosalba heard their shrieks and groans <u>in the dungeon</u> in which she was thrust; a most awful black hole, full of bats, rats, mice, toads, frogs, mosquitoes, bugs, fleas, serpents, and every kind of horror.
　　　　　——W.M. Thackeray: *The Rose and the Ring*

> （ロザルバは投げ込まれた地下牢の中で、彼らの叫び声や呻き声を聞いた。そこはこの上も無いほど恐ろしい黒い穴ともいうべきところで、蝙蝠や、どぶ鼠、家鼠、ひきがえる、かえる、蚊、南京虫、蚤、蛇、その他にもありとあらゆるぞっとするものたちがうじゃうじゃいるところであった。）

【参考】

* They enter'd:——'twas a prison-room
  Of stern security and gloom,
  Yet not <u>a dungeon</u>: for the day
  Through lofty gratings found its way,
　　　　　——W. Scott: *The Lady of the Lake*, VI. xii. 286-9

* My hair is gray, but not with years,
  　　Nor grew it white
  　　In a single night,

Dungeon／地下牢; 牢獄

As men's have grown from sudden fears;
My limbs are bowed, though not with toil,
　　But rusted with a vile repose,
For they have been a dungeon's spoil,
　　　　　——G.G. Byron: 'The Prisoner of Chillon', 1-7

332. 地下牢への下り口。Skipton ［E］

333. 332.の地下牢内部。

dungeon-grate

地下牢の鉄格子; 牢獄の鉄格子

上述の'dungeon'に嵌めてある鉄格子を指す。☞図版:30

【用例】

'If the dungeon-grate once clashes behind me, thought Wayland, I am a gone man.'（もし地下牢にぶち込まれてその鉄格子がガチャンと閉まったら、自分は死んだも同然だ、とウェイランドは思った。）(Scott: Kenilworth)

- 217 -

Ⅰ Castellated Architecture・城廓建築

334. dungeon-grate（地下牢の鉄格子）。Warwick ［E］

dungeon-vault

上述の'dungeon'に同義。ただし、'vault'は「円筒形天井を持つ地下室」を意味するのが通例。

【文例】

* The poor Jew had been hastily thrust into a dungeon-vault of the castle, the floor of which was deep beneath the level of the ground, and very damp, being lower than even the moat itself. The only light was received through one or two loop-holes far above the reach of the captive's hand.
　　　　　　　　　　　　　　　　　　　　——W. Scott: *Ivanhoe*

（哀れにもそのユダヤ人はたちまち城の牢獄へ投げ込まれたが、そこは地下深く、堀よりもなお下にあって、湿気でじめじめとしていた。明かりも囚人の手の届かぬずっと高みにあるひとつふたつの狭間から入るに過ぎなかった。）

— 218 —

Dungeon／地下牢; 牢獄

335. 'the Vaults' と呼ばれ、通路の脇に囚人用の小部屋(cell)が並ぶ。Edinburgh [S]

336. 円筒形天井の地下牢に入れられた囚人(prisoner)(蝋人形)。Norwich [E]

irons; iron
（鎖付きの）枷(かせ)

複数形で用いる場合が多い。後述する'fetters'や'shackles'の枷を指す。

通例は、上述の'dungeon'の床や壁面に備えてある「環付きボルト」(ringbolt)へ、鎖で繋がれる形になる。'in irons'とすると、「手や足に枷を付けられた」の意味に用いる。

【用例】

'the impudence of thy brow will not always save thy shin-bones from iron' （いくらお前の鉄面皮でも、そいつでいつも足枷を免れるとは思うなよ）(Scott: Kenilworth) / 'I feel their irons already tear my sinews!' （彼らに枷を掛けられた私の体は筋肉がもうばらばらになった感じだ）(Scott: Ivanhoe) / 'Why don't you slap him in irons...?' （そいつを牢へ入れて鎖で繋いでしまえばいいじゃないか(中略)？）(Follett: Pillars)

I Castellated Architecture • 城廓建築

【文例】

* And in each pillar there is a ring,
　　　And in each ring there is a chain;
　That <u>iron</u> is a cankering thing,
　　　For in these limbs its teeth remain,
　With marks that will not wear away,
　　　　　——G.G. Byron: 'The Prisoner of Chillon', II. 10-4

（柱の1本ずつに環がひとつずつ、
　環のひとつずつに鎖が1本ずつ付いて、
　その鉄の枷こそは体を腐らせるもの、
　この四肢にもその歯形が残り、
　どうあっても消えようとしない。）

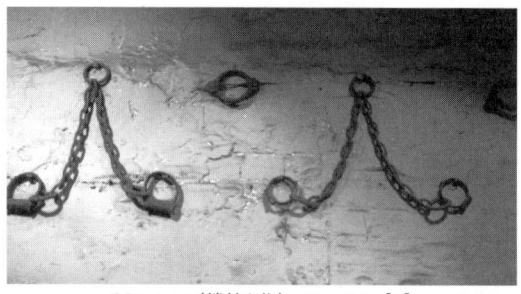

337. irons（鎖付き枷）。Norwich ［E］

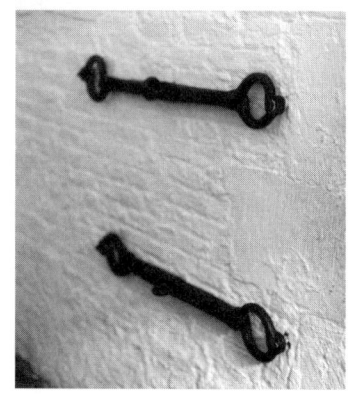

338. 枷。Castle Museum, York ［E］

- 220 -

Dungeon／地下牢; 牢獄

❉ **chains**　上述の'irons'には、鎖(chain)が付くのが通例であるところから、その'irons'と同義で用いる。
　'in chains'とすると、「枷の鎖に繋がれて」「囚われの身となって」の意味として用いる。

【文例】

＊ There, then, awhile in chains we lay,
　In wintry dungeons, far from day;
　But ris'n at length, with might and main,
　Our iron fetters burst in twain,
　　　　　——R.L. Stevenson: 'Historical Associations', 17-20

（そこで、それからしばしの間、ぼくたちは鎖につながれていた、
　冬のように冷たく、日のさすこともない地下牢で
　しかしついに、全力をふりしぼって立ち上がり、
　鉄の足かせを真っ二つに引きちぎった、）

【参考】

＊ But this was for my father's faith
　I suffered chains and courted death;
　That father perished at the stake
　For tenets he would not forsake;
　　　　　——G.G. Byron: 'The Prisoner of Chillon', I. 11-4

❉ **fetters; fetter**（(鎖付き)足枷(かせ)）　'anklet'、'gyves'、'gyve'、あるいは'leg irons'ともいう。複数形で用いる場合が多い。
　足首(ankle)のところに掛ける枷を指す。また、動詞にも用いて、「～に足枷を掛ける」「束縛する」の意味になる。
　この足枷に取り付ける錠(じょう)は'fetterlock [fetlock]'、その鍵は'fetter-key'という。前者はW. スコットの『アイヴァンホー』(*Ivanhoe*)の中で、黒騎士(the Black Knight)の盾紋章(shield*)にも描かれている。

— 221 —

ちなみに、手枷の方は'manackles'という。

【用例】

'he lies, with fetters on each foot' (彼は両足に枷をはめられ横になっている) (Wilde: Ballad) / 'to be chained to the stake by the fetters' (足枷で火刑柱に繋がれる) (Scott: Ivanhoe) / 'the debtor wakes to thought of gyve and jail' (借金を負う者は目覚めて牢獄と足枷を思い浮べる) (Scott: Lady) / '(I) set my own heels at liberty by means of the fetter-key' (私は自分で鍵を使って、両足の踵から足枷をはずした) (Scott: Ivanhoe) / 'if...thou wilt...spare the gyves and the dungeon to some unhappy Christian' (もし (中略) そちらが (中略) どこかの不運なキリスト教徒を、地下牢と足枷の憂き目に合わさずに済むようにしてくれるなら) (Scott: Ivanhoe) / 'these anklets would be fastened around the victim's ankles and his hands tied behind his back' (この足枷は犠牲者の両足首に固くはめられ、両手は背中で縛られる) (Dahl: Princess)

【文例】

* ...and in the rings of one of those sets of fetters there remained two mouldering bones, which seemed to have been once those of the human leg, as if some prisoner had been left not only to perish there, but to be consumed to a skeleton.

——W. Scott: *Ivanhoe*

(...そしてその数組みの足枷のひとつについているふたつの環には、腐りかけた2本の骨がそのまま残されていたが、どうやらそれは元は人間の脚の骨であったようで、誰かある囚人がその場で息絶えるだけではなく、骸骨と成り果てるまでも意図して放置されていたかのようであった。)

【参考】

第1例は動詞として使われた例だが、「〜に足枷を掛ける」ではなく、「鎖で束縛[拘束]する」の意味であり、第2例は名詞の用法。

* ' "You are fettered," said Scrooge, trembling. "Tell me why?"
"I wear the chain I forged in life," replied the Ghost.'

Dungeon／地下牢; 牢獄

——C. Dickens: 'A Christmas Carol'

* <u>The huge rings by which the fetters were soldered together</u>, and attached to the human body, were, when examined minutely, found to be clenched together by riveting so very thin, that when rubbed with corrosive acid, or patiently ground with a bit of sandstone, the hold of <u>the fetters</u> upon each other might be easily forced asunder, and the purpose of them entirely frustrated.

——W. Scott: *Castle Dangerous*

340. 鎖付き足枷。Castle Museum, York ［E］

339. fetters（鎖付き足枷）。Museum, Winchester ［E］

341. manackles（手枷）。Museum, Winchester ［E］

✼ **Gibbet irons**（曝し枷）　絞首刑（execution）は、'gallows'と呼ばれる「絞首刑用の木枠」に取りつけた輪（slip-knot）に罪人の首を吊して執行されたが、重罪犯の場合はそれで終わりとせずに、その処刑後の遺体をさらに立ち姿のまま

- 223 -

鉄製の枠組み(chains*)に収めて、「絞首人曝し柱」(gibbet)から吊して見せしめにした。その枠組みを指していう。

　遺体は風雨に曝され、鳥につつかれたりして、白骨化するまで放置されることも珍しくなかった。また、時には鳥がその頭蓋骨(skull)を巣(nesting box)にしてしまうことさえあった。☞図版：331

342. Gibbet irons（曝し枷）。Museum, Winchester ［E］

✤ **rack, the**　囚人の身体を、毎日徐々に少しずつ無理遣り引き伸ばす拷問用の責め具を指す。また、そういう部屋を'rack-chamber'という。

　'put to[on] the rack'というと「この責め具に掛けて拷問する」という意味になる。

【文例】

＊ Then the brutal minions of the law...dragged him...past the rack-chamber...till they reached the door of the grimmest dungeon....
　　　　　　　　——K. Grahame: *The Wind in the Willows*

（そうして無慈悲な法の手先たちによって（中略）彼は引かれて行き（中略）、体を引き伸ばす拷問部屋の前を通って（中略）、遂にこの上無くいかめしい感じの地下牢の入口にやって来た...）

【参考】

* I feel the rack pass over my body like the saws, and harrows, and axes of iron over the men of Rabbah, and of the cities of the children of Ammon!
　　　　　　　　　　　　　　　　　　——W. Scott: *Ivanhoe*

✤ **scold's bridle[bit]; scolding bridle; branks**　主として女性の囚人に使用された責め具で、頭に鉄製の鳥籠(iron cage)のような物を被せ、それに付属する金属片を囚人の口の中へ嵌め込み、言葉を話せなくする拷問用具を指す。

'scold'は「口やかましくがみがみいう女」の意味。'bridle'は馬具のひとつで、頭に着ける「おもがい・くつわ・手綱」の総称。'bit'は上記の'bridle'の一部で「はみ」をいい、馬の口にかませその両端の環(ring)に手綱を通す物。

343. scold's bridle。Tower of London [E]　　344. scold's bridle。Norwich [E]

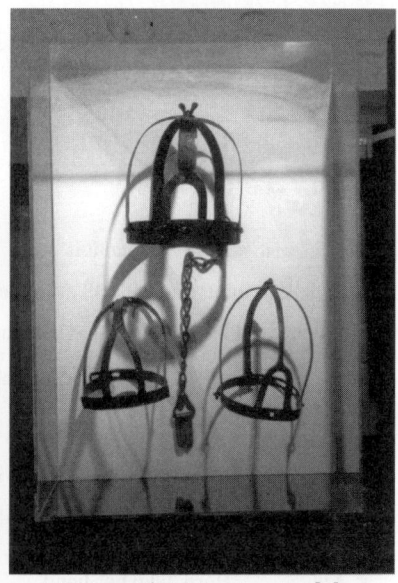

- 225 -

I　Castellated Architecture・城廓建築

✲ thumbscrew　　親指とその他の指を、螺子(ねじ)で締めつけ(screw)て、最後には押し潰す(squash)拷問用具を指す。

【文例】

＊ Then the brutal minions of the law...dragged him...past the rack-chamber and the thumbscrew-room....
　　　　　　　　　　　　——K. Grahame: The Wind in the Willows

（そうして無慈悲な法の手先たちによって（中略）彼は引かれて行き（中略）、体を引き伸ばす拷問部屋や親指を締めて潰す拷問部屋の前を通った...）

shackles; shackle

（鎖付き）手枷(かせ)足枷

複数形で用いる場合が多い。手首(wrist)や足首(ankle)のところに掛ける枷をいう。

通例は鎖付きで、しかも手足の両方で対になって使用される。「手枷足枷を掛ける」の意味の動詞にも使う。

ちなみに、手枷だけの場合は'manackles✲'、足枷のみでは'fetters✲'という。

【文例】
　　第1例と第2例は動詞として、しかも比喩的な意味に、第3例は名詞として用いられている場合である。

＊　　*Cleopatra.*　　　...and it is great
　　To do that thing that ends all other deeds;
　　Which shackles accidents and bolts up change;
　　　　　　——W. Shakespeare: *Antony and Cleopatra*, V. ii. 4-6

　　（クレオパトラ：　...そして偉大な行いとは
　　　　　　　　　　他の行い一切を終わりにすることを行なうことで、
　　　　　　　　　　それで偶然に枷を掛け、錠を下ろして変化を締め出す。）

＊　*King.*　　...Here, take her hand,

- 226 -

Proud scornful boy, unworthy this good gift;

That dost in vile misprision shackle up

My love and her desert....

　　　　　——W. Shakespeare: *All's Well That Ends Well*, II. iii. 157-60

（王：　…さあ、彼女の手を取れ、

　　　高慢で横柄な若造、勿体無いほどのこの良き贈り物であるぞ。

　　　それなのにその低劣な軽蔑の枷を以て

　　　我が愛も彼女の美徳をも繋ぎ止めてしまうのだ。）

* Chains and shackles, which had been the portion of former captives, from whom active exertions to escape had been apprehended, hung rusted and empty on the walls of the prison....

　　　　　——W. Scott: *Ivanhoe*

（必死になって脱獄を計る恐れのあった前の囚人に使われていた、鎖付き手足の枷が、今や獄中の壁に錆びたまま空しくぶら下っていた…）

oubliette

秘密（地下）牢

発音は［ウーブリエット］に近く、アクセントは［エッ］にある。

'pit' といって、これを指すこともある。この牢獄に入れられた囚人は、餓死するに任せて放置されたとも考えられ、'forget'（忘れる）の意味のフランス語 'oublier' に由来。

上述の 'dungeon' の中でも特に、天井に取りつけた「落とし戸」あるいは「撥ね上げ戸」（trapdoor*）の他には出入口がなく、明かりも差さず、梯子(ladder)などを用いなければ脱出不可能な秘密の牢獄をいう。特にスコットランドの城に多く見られる。その天井は1階（basement ☞angle tower）の床の裏側に当たることになる。中には、普通の牢獄（prison-cell）のさらにその下に設けてある場合もある。

☞図版：164

I Castellated Architecture・城廓建築

【文例】

* "I found my arms swathed down――my feet tied so fast that mine ankles ache at the very remembrance――the place was utterly dark――the oubliette, as I suppose, of their accursed convent, and from the close, stifled, damp smell, I conceive it is also used for a place of sepulture."

―― W. Scott: *Ivanhoe*

(気がつけば私の両腕はぐるぐる巻きにされ――両足などはひどく固く縛られていたので、思い出しただけでも痛いくらいで――その場所は真暗で――彼らの呪われた修道院の秘密牢と思われるが、そのむっとする息苦しい湿った匂いから察するに、そこはまた地下埋葬所にも使われているようだ。)

345. 床の中央にoubliette(秘密地下牢)の撥ね上げ戸(trapdoor)。Octagonal Tower, Alnwick [E]

346. 345.の秘密地下牢。中へ梯子が下ろされている。

✺ **trapdoor; trap door; trap-door**(落とし戸; 撥ね上げ戸; 引き開け戸)　通例は地下牢(dungeon*)などの天井に設けた出入口の戸を指す。
　蝶番を用いて上下に開閉させるか、あるいは引き戸形式にスライドさせて開閉し、出入りには梯子(ladder)などを利用しなければならない。
　従って、'The dungeon could only be reached through a trapdoor in the basement floor.'といえば、「地下牢へ通じるには、1階の床の落とし戸によるしかなかった。」という意味である。

W. スコット（W. Scott）の『ケニルワースの城』（*Kenilworth*）のヒロインであるエィミー・ロブサート（Amy Robsart）は、カムナー館（Cumnor Place）の廊下に仕掛けられたこの落とし戸を踏み外し、一番下の地下室へ墜落して悲惨な死を遂げることになる。☞図版：164

【用例】

'the mouth of the trap-door'（落とし戸の口）（Walpole: Otranto）/ 'fall through the open trap-door'（口の開いた落とし戸から下へ落ちる）（Tolkien: King）/ 'raise the trap-door of the attic'（屋根裏部屋の撥ね上げ戸を押し上げる）（C. Brontë: Eyre）/ 'They (= trapdoors) lead straight down to the dungeons.'（撥ね上げ戸の真下は地下牢になっていた。）（Buck: Death）/ 'Was it the fall of the trap-door that I heard?'（私が聞いたのは落とし戸が落ちて開く音だったのか？）（Walpole: Otranto）/ '(he) pulled himself through the trapdoor and into the room'（彼は撥ね上げ戸から身を引き出すようにして部屋へ入った）（Buck: Death）/ 'He stepped to the trap-door and slipped down the ladder.'（彼は落とし戸へ歩を進めると梯子を滑るように下りた。）（Tolkien: King）/ 'thence by a ladder and through a trap-door to the roof of the hall'（そこから梯子を上り撥ね上げ戸を抜けて館の屋上へ出た）（C Brontë: Eyre）/ 'He tried to shut the trapdoor, but it would not fold back on its ancient hinges.'（彼はその撥ね上げ戸を閉めようとしたが、蝶番が時代を経て古くなっていて、どうしても元通りには折り返せなかった。）（Buck: Death）/ 'a wooden staircase in one corner led up to a trap-door by which you could get out on the battlements.'（へやの片隅にある木造の階段は落とし戸へ通じていて、そこから狭間胸壁へ出られた。）（Lewis: Battle）

【文例】

次は城のそれではないが、同様のこしらえになっている。

* ... (he) threw back a large trap-door which opened close at Mr. Bumble's feet, and caused that gentleman to retire several paces backward, with great precipitation.

——C. Dickens: *Oliver Twist*

I Castellated Architecture・城廓建築

(…彼は大きな引き開け戸の扉をばっと引き上げると、バンブル氏の足元に口が開いたために、その紳士は大慌てで数歩後退りした。)

次は解説にも述べたカムナー館のそれである。

* Varney looked with great attention at the machinery, and peeped more than once down the abyss which was opened by the fall of the trap-door. It was dark as pitch, and seemed profoundly deep, going, as Foster informed his confederate in a whisper, nigh to the lowest vault of the Castle.
——W. Scott: *Kenilworth*

(ヴァーニィーはその仕掛けを念入りに見てから、落とし戸の扉が落ちたことで口を開けた奈落の底を一度ならず覗き込んだ。そこは真暗で、尋常ならざる深さで、フォスターがこの共謀者へ囁いたところでは、城の一番深い地下埋葬所辺りまで続いているようであった。)

347. trapdoor(撥ね上げ戸)を引き上げたところ。Rothesay [S]

ward

牢獄(prison)、あるいはその中のひとつの監房である**独房**(cell)を指す。☞ inner ward

【文例】

* *Barnardine.*   Not a word: If you have any thing to say to me,

Dungeon／地下牢; 牢獄

come to <u>my ward</u>; for thence will not I to-day.
　　　　　　　——W. Shakespeare: *Measure for Measure*, IV. iii. 65-7

(バァーナーダイン：ひとことだって真っ平だ。説教垂れたけりゃ、
　　　　　　　俺の独房へ来なってんだ、今日はそこから出やしねえか
　　　　　　　ら。)

* *Hamle*t.　　　Denmark's a prison.
　Rosencrantz.　　　Then is the world one.
　Hamlet.　　　A goodly one; in which there are many confines,
　<u>wards</u> and dungeons, Denmark being one o' the worst.
　　　　　　　——W. Shakespeare: *Hamlet*, II. ii. 249-53

(ハムレット：　　デンマークは牢獄なのだ。
　ローゼンクランツ：　　それならこの世界が牢獄も同じ。
　ハムレット：　　かなり大きな牢獄だ。そこには監房も独房も、また
　　　　　　　地下牢も沢山あるが、中でもデンマークが最悪のひとつ
　　　　　　　だ。)

348. ward（地上階の牢獄）。
Mill Tower, Pickering ［E］

Ⅰ Castellated Architecture・城廓建築

�֍ **prison cell; prison-cell**（独房）　単に'cell'ともいう。上述の'ward'と同様に牢獄の中のひとつの監房である独房を指す。

【用例】

'Palamon, who, <u>in his dark cell</u> has sat these seven long years.'（パラモンというのは7年間の長きに亘って暗い独房に入れられていた。）(Jennings: Palamon)

【文例】

* They peered into the darkness beyond and saw <u>a windowless cell</u>. John stepped over the threshold.

———P.S. Buck: *Death in the Castle*

（彼らはその先の闇に目を凝らし、窓もない独房を見た。ジョンはその中へ歩を進めた。）

次は一般的な意味の'ward'と独房を指す'cell'とが対比されて用いられている。

* "What the devil's noise is this <u>in the ward</u>?" he said——"What! man and woman together <u>in the same cell</u>? that is against rule."

———W. Scott: *Kenilworth*

（「牢獄でこれは一体何の騒ぎだ？」彼はいった。「何と！ 男と女が同じ独房に一緒とは？ そんなことは規則に反するわ。」）

【参考】

* And every human heart that breaks,
　　<u>In prison-cell</u> or yard,
　Is as that broken box that gave
　　Its treasure to the Lord,
　And filled the unclean leper's house
　　With the scent of costliest nard.

———O. Wilde: 'The Ballad of Reading Gaol', V. 73-8

— 232 —

Dungeon／地下牢; 牢獄

warder

(1)「牢番; 獄卒」

上述の'dungeon'や'ward'や'jail'あるいは'prison'などの番人をいう。

【文例】

* And the Warders with their jingling keys
　　　Opened each listening cell,
　　　　　　——O. Wilde: 'The Ballad of Reading Gaol', IV. 9-10

（そして牢番たちは鍵束をじゃらじゃら鳴らして、
中で聞耳を立てている独房をひとつひとつ開けて回った）

(2) 既述した'porter'に同義。

(3) 既述した'wakeman'、'watchman'に同義。

349. warder(1)（牢番）。地下牢(dungeon)で牢番（中央）が囚人（左右）を責めている場面（蝋人形）。Bamburgh [E]

I Castellated Architecture・城廓建築

❖ **gaoler; jailer; jailor; keeper**　最初の3つの発音はいずれも［ジェィラー］に近い。上述の'warder'（1）に同義。

【文例】

* There at last they paused, where <u>an ancient gaoler</u> sat fingering <u>a bunch of mighty keys</u>.
　　　　　　　　　　——K. Grahame: *The Wind in the Willows*

（そこに着いたところでようやく彼らは一休みしたが、そこには年老いた牢番が腰を下ろして、大きな鍵を束にして指でがちゃがちゃいわせていた。）

* A kind of change came in my fate,
　<u>My keepers</u> grew compassionate;
　I know not what had made them so,
　　　　　　　　　　——G.G. Byron: 'The Prisoner of Chillon'

（ある変化が私の運命に起こった
　牢番たちが私に同情を示すようになったのだ
　それがどうしてだかは判らぬままに）

* ...he administered to his jailer a powerful sleeping draught made of the herbs and opiates of Thebes that made <u>the jailer</u> sleep so soundly none could make him stir.
　　　　　　　　　　——P.S. Jennings（ed.）: 'Palamon and Arcite'

（...彼は牢番に強力な眠り薬を飲ませたが、それはテーベのハーブと催眠剤でこしらえたもので、牢番は前後不覚の態で眠り込んでしまった。）

* All this time Bevis lay in prison...<u>his keepers</u> thinking he must be wondrous feeble, entered his dungeon to slay him....
　　　　　　　　　　——W. J. Thoms（ed.）: *The Gallant History of Bevis of Southampton*

（この間中ビィーヴィスは牢屋で横になっていた（中略）牢番たちは彼が弱り切っているに違いないと思って、彼を殺そうとその地下牢へ入って来た...）

- 234 -

Ditch
堀

　城の周囲に防御の目的で巡らせた堀を指す。堀造りにあたる者は'ditcher'という。

　堀そのものの内側は、芝土(turf)や石材や木材で固められ、外側は、初期の城廓では木造の柵(wooden palisade*)で守られるのが通例。幅が約18mに達するものもあった。備えてある橋は後述する「吊り上げ橋」(drawbridge)である。

　「水を引き入れてある堀」(wet ditch ☞moat)は縦断面がU字型で、「空堀」(dry ditch)ではそれがV字型になる。ただし、空堀の方が一般的で、その場合も多少は水や泥などを入れて置くのが通例であり、下から這い上がるのは困難な仕掛けになっている。

　攻城(siege castle*)の際に、堀を越えて進むには、水堀の水を抜くか、橋を仮設するか、あるいは、空堀の中に土や石や丸太や粗朶(brushwood)、もしくは束柴(faggot: 薪束)などを詰めて、臨時[仮設]の道のようなものをこしらえるかするわけだが、その時に、道は城へ向かって下り勾配となるのが通例である。それは、「熊型攻城塔」(bear*)などと名づけられた攻城兵器(siege engine*)の移動を容易にするためである。そして、こういう作業は「猫小屋」(cat-house*)などと呼ばれるものを利用しながら、夜陰に乗じて行なわれた。

　ちなみに、市防壁(town wall*)の外側に巡らせた堀は'town ditch'、城それ自体の周囲に構えた堀は'castle ditch'という。☞図版：452；461；463；487；497

【用例】
'simple earth ramparts with a ditch'（堀を備えたありふれた土塁）(Follett: Pillars) / 'the travellers crossed the ditch upon a drawbridge of only two planks breadth'（旅人たちは厚板2枚の幅しかない吊り上げ橋を渡って堀を越えた）(Scott: Ivanhoe) / 'a mighty fortress with lofty tower and battlements, deep ditches and a heavy drawbridge'（狭間胸壁付きの聳え立つ塔や深い堀や重い吊り上げ橋を備えた堅固な要塞）(Jennings: Merlin) / 'around the external

I Castellated Architecture・城廓建築

wall...was sunk a ditch of about twenty feet in depth'（外防壁の周囲には（中略）深さ20フィートほどの堀が設けられていた）（Scott: Durward）

【文例】

* ...the whole is encompassed with a strong wall, and that surrounded with a broad deep ditch, supplied with water out of the Thames.
　　　　　　　　——T. Boreman: *Curiosities in the Tower of London*

（...その全体は頑丈な防壁で囲まれていて、しかもテムズ川から水を引いている幅の広い深い堀をぐるりと巡らせてある。）

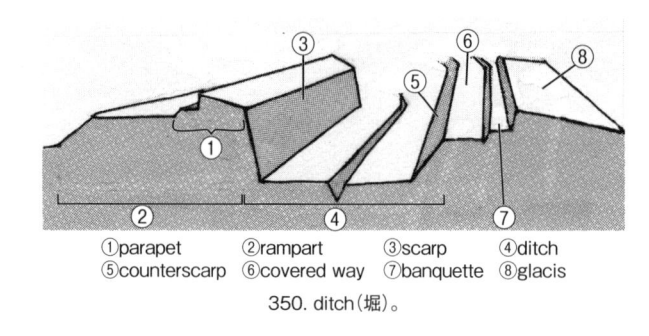

①parapet　②rampart　③scarp　④ditch
⑤counterscarp　⑥covered way　⑦banquette　⑧glacis
350. ditch（堀）。

351. 堀。Dover ［E］

Ditch／堀

【参考】

* ...I would work...and make fortifications for you something like a tansy, with all their batteries, saps, <u>ditches</u>, and palisades....
 ——L. Sterne: *The Life and Opinions of Tristram Shandy, Gentleman*

352. 堀。Ludlow［E］

353. 堀。Stirling［S］

354. 土塁の周囲の堀(motte ditch)。Pickering［E］

Ⅰ Castellated Architecture・城廓建築

drawbridge

　既述したゲートハウス(gatehouse*)などに備えられて、上述の'ditch'に渡してある橋だが、敵の侵入や退却を遮断する目的で、上へ引き上げてしまうことの可能な橋を指す。

　元来は城の入口の方へ引き込む(withdraw)、つまり、水平移動させる仕組みであったが、後に引き上げる方法(lifting bridge)を採るようになった。

　構造上、以下の2種類に分けられる。

(1)「吊り上げ橋; 引き上げ橋」

　城側から見て堀(ditch*; moat*)の向こう岸に届いている橋の先端に、鎖(chain)や綱(rope)を取り付けてあって、滑車(pulley)や巻き上げ機(windlass*)などを利用して橋床を吊り上げる仕組みになっているタイプをいう。14世紀には、鎖や綱に代わって'gaff'と呼ばれる「腕木」によって上げ下げされるようになった。

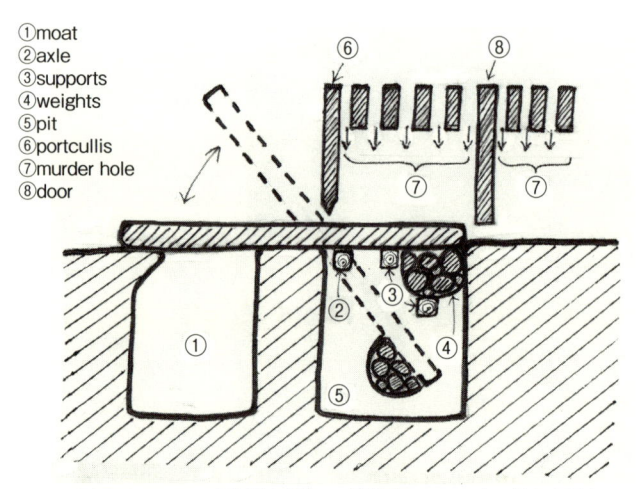

①moat
②axle
③supports
④weights
⑤pit
⑥portcullis
⑦murder hole
⑧door

355. drawbridge(2)(跳ね橋)——門塔(gatehouse)に備えた場合。

- 238 -

Ditch／堀

357. 吊り上げ橋。Bishop's Palace ［E］

356. 吊り上げ橋。King's Gate, Dover［E］

358. 橋床を吊り上げるための巻き上げ機(windlass)。Pendennis ［E］

(2)「跳ね橋」

　枢軸(axle; pivot)の上に橋の中心が位置し、城側から見て堀のこちら岸に来る橋の先端に重りを付けて置き、シーソーの原理を応用して橋床を上げ下げするタイプをいう。平生は重りの付けてある方につっかい棒(supports)をして置いて、下がらないようにしてある。

　広義では(1)(2)共に'drawbridge'というが、(2)の場合は'turn(ing) bridge'（回転橋）、あるいは'counterpoise bridge'（平衡橋）と呼んで区別することもある。例えば、マン島(the Isle of Man)にあるラッシェン城(Castle Rushen*)は(2)の型を

― 239 ―

I Castellated Architecture・城廓建築

備えていた。

　ちなみに、'drawbridge'は上記の通り中世の城廓に備えられたものを指すが、今日では一般に「可動橋」(movable bridge)を意味して用いられる。それに対して、固定して動かせないようにしてある橋は'fixed bridge'（固定橋）という。

　従って、'lower [let down] the drawbridge'といえば、「吊り上げ橋を下ろす」ことで、'A drawbridge is down.'となると、「吊り上げ橋が下りている。」の意味である。'elevate [raise; pull up] the drawbridge'あるいは'draw up the bridge'とすると、「吊り上げ橋を上げる」ことを表し、'the drawbridge spanning the moat'は、「堀に掛かる吊り上げ橋」を指し、'The ancient drawbridge was replaced by a fixed bridge.'と表現されると、「昔の吊り上げ橋が今や固定橋に取って代わられていた。」ことが分かる。

【用例】

　'the raised drawbridge'（引き上げてある吊り上げ橋）(Jennings: Parsival) / 'the falling drawbridge'（下りて来る吊り上げ橋）(Scott: Marmion) / 'Tressilian hastily rode over the drawbridge'（トレシリアンは吊り上げ橋を急いで馬で渡った）(Scott: Kenilworth) / 'he pushed across the drawbridge, dispersing the archers'（彼は弓兵たちを追い散らしながら、吊り上げ橋を押し渡った）(Scott: Ivanhoe) / 'On the upper level was a winding room for pulling up the drawbridge.'（階上には吊り上げ橋を引き上げる操作をする巻き揚げ室があった。）(Follett: Pillars)

【文例】

＊ If they could lift the drawbridge, a few men could hold the gatehouse. But when he reached the winding room his heart sank. The rope had been cut. There was no way to lift the drawbridge.

——K. Follett: *The Pillars of the Earth*

（吊り上げ橋を引き上げることが出来れば、門塔は数名だけで守ることが可能となる。しかし、彼は巻き揚げ室へ来てみて落胆した。引き上げに使うロープは既に切られてしまっていたのだ。橋を上げる術が断たれてしまった。）

scarp; escarp

スカープ; エスカープ

(1) 上述の'ditch'の内側にある2つの傾斜面の「**内岸**」、つまり、城側から見て手前の方のそれを指す。

　L. スターン(L. Sterne)の『トリストラム・シャンディ』(*Tristram Shandy*)の中で、トゥビー (Toby)とトリム伍長(Corporal Trim)との間の築城の話題には、この用語が後述する'counterscarp'と共に、幾度となく登場する。

【文例】

* ...the many perplexities he (= Uncle Toby) was in, arose out of the almost insurmountable difficulties he found in telling his story intelligibly, and giving such clear ideas of the differences and distinctions between the scarp and counterscarp....
　　　　——L. Sterne: *The Life and Opinions of Tristram Shandy, Gentleman*

(叔父トゥビーが当惑した問題の多くは、自分の話したいことを相手に明瞭に伝えることに、また、例えば、堀の内岸と外岸(中略)との差別と相違について、相手に明確に分からせることが、ほとんど克服不可能な困難を伴っていることに起因したのです...)

359. 外堀(outer ditch)のscarp(1)(内岸)。Carlisle [E]

Ⅰ Castellated Architecture・城郭建築

360. 堀の底からの見上げ。Conisbrough ［E］

(2) 幕壁(curtain*)や塔(tower*)の真下にある「**土手や壁の急勾配の斜面**」を指す。ちなみに、土手の斜面の場合、その基部は補強のため、さらに石などを嵌めた土台の壁となることがあるが、その護岸を'revetment'という。

【文例】

次はコーフ城(Corfe Castle)がモデルとされるコーヴスゲート城(Corvsgate Castle)の廃墟の描写だが、文脈からは解説の(1)あるいは(2)のどちらとも判然としないが、後者の場合がより近いと思われる。

* He looked awhile at the ruin and, skirting its flank instead of entering by the great gateway, climbed up the scarp and walked in through a breach.
　　　　　　　　　　　　　　　——T. Hardy: *The Hand of Ethelberta*

（彼は暫しの間その廃墟を眺めていて、大きな入口から入らずに廃墟の側面を回るようにして、防壁の下の急勾配の斜面を登ると防壁の破れ目から中へ入った。）

— 242 —

Ditch／堀

361. scarp (2)(急勾配の斜面)とその護岸(revetment)。
Edinburgh [S]

✽ **berm; berme**（バァーム）　幕壁(curtain*)の基部と、上述の'escarp'(1)の頂部との間の平らなスペースを指す。

362. berm(バァーム)。外幕壁(outer wall)の周囲の水堀(moat)とバァーム。Portchester [E]

✽ **counterscarp**（カウンタースカープ）
(1) 上述の'ditch'の内側にある2つの傾斜面の「**外岸**」、つまり、上述の'escarp'とは反対側の傾斜面を指す。

【文例】

＊ I would throw out the earth upon this hand towards the town for the scarp,—

- 243 -

—and on that hand towards the campaign for the counterscarp.
　　　——L. Sterne: *The Life and Opinions of Tristram Shandy, Gentleman*

（私は堀をつくるに当たって掘り出した土は、町の方のこっち側へは内岸のため、そして平野の方のあっち側へは外岸のためとします。）

363. 左がscarp(1)(内岸)、右がcounterscarp(1)(外岸)。Dover [E]

(2) 上記(1)の外岸の土手や堤の頂部で平坦な地所を指す。初期の城廓では、そこには先端を尖らせた杭による防御柵（herrison*）が備えてあった。

foss; fosse; fossè

上述の'ditch'や後述する'moat'に同義。

【用例】

'these（= ruins）were surrounded by a dry fosse that formerly was doubtless a water-filled moat'（この廃墟の周りは、かつては疑いもなく水堀であったものが、今では空堀となって囲んでいた）(Hissey: England) / 'A deep fosse, or ditch, was drawn round the whole building, and filled with water from a neighbouring stream.'（深い堀がその建物の周りをぐるりと囲んでいて、近くの川から引いた水で満たしてあった。）（Scott: Ivanhoe）

【文例】

* On a projecting rock they (= towers) rose,
  And round three sides the ocean flows,
  The fourth did battled walls enclose
  　And double mound and fosse.
  　　　　　　——W. Scott: *Marmion*, V. xxxiii. 977-80

（突き出た岩山の上に塔は立ち
　そして三方は周りを海洋に取り巻かれ
　残る一方は狭間胸壁付きの防壁に囲まれ
　さらに土塁と堀が二重に巡らせてあった。）

* When he came nearer, he could hear, and partly see, men dropping...into the castle fosse....
  　　　　　　——W. Scott: *Quentin Durward*

（彼がもっとそばへ近づくと、兵士たちが城の堀の中へ（中略）落ちて行く音が聞こえ、かつその一部は見ることもできた...）

【参考】

* ...this, Trim, was an invention since Solomon's death; nor had they hornworks, or ravelins before the curtin, in his time;　——or such a fossé as we make with a curvette in the middle of it....
  　　——L. Sterne: *The Life and Opinions of Tristram Shandy, Gentleman*

glacis

斜堤

発音は[グレィシス][グラァシス][グラスィー]に近く、アクセントはそれぞれ[レィ][ラァ][スィ]にある。☞esplanade(1)

上述の'ditch'の外岸(counterscarp*)のさらに向こう側にある地面を指す。

天然の大地へ達するまで次第に低く傾斜して行く堤になる。そこのどの地点に攻め手がいても、後述するランパート(rampart)からの砲火で一掃することが出来る。

また、これは後述する'covered way'のランパート(rampart*)を形成するものともいえる。

L. スターン(L. Sterne)の『トリストラム・シャンディ』(*Tristram Shandy*)の中で、トゥビー（Toby)が自分の負傷したナミュール攻撃戦(the siege of Namur)について人に語る時、決まってこの用語が持ち出される。また、彼とトリム伍長(Corporal Trim)とが築城の話をする中で、この斜堤の仕上げには、ガゾン(gazon)という芝土(sod)を用いるのが理想だという点で、両人の意見が一致する場面がある。それは、斜堤が石造りだと、砲弾を受けて崩壊した欠けらが堀(fossè)を埋める恐れが生ずるが、ガゾンによれば、命中した砲弾をそのまま吸収してしまうことになるからだというのである。☞図版:350;389

【用例】

'the French officers, who exposed themselves upon the glacis sword in hand'
（剣を手に斜堤上に身を晒して戦ったフランス軍将校たち）(Sterne: Shandy)

【文例】

＊ ...I would face the glacis, as the finest fortifications are done in Flanders, with sods...and I would make the walls and parapets with sods too.

——L. Sterne: *The Life and Opinions of Tristram Shandy, Gentleman*

(...もしそうなら、フランダースで最高の要塞が皆そうであるように、私は斜堤を芝土で造ります(中略)そして、防壁や胸壁も芝土でこしらえます。)

✲ esplanade

(1) 上述の'glacis'に同義。

【文例】

＊ ...an open esplanade, devoid of trees and bushes of every description.... This

Ditch／堀

space was left open, according to the rules of fortification in all ages, in order that an enemy might not approach the walls under cover, or unobserved from the battlements....

——W. Scott: *Quentin Durward*

(...高木という高木、低木という低木をことごとく取り払って、見通しの利く斜堤(中略)。このスペースは、古来よりの築城の法則に従って見通しよく保たれていたが、それも、敵が見つからぬようにこっそりと、あるいは城側の狭間胸壁から気づかれないようにして、防壁へ近づくのを防ぐためである...)

(2) 都市と城塞(citadel*)とを隔てる位置にある「**広場**」を指す。

例えば、スコットランドのエディンバラ城(Edinburgh Castle*)では、ゲートハウス(gatehouse*)の正面にあるそれは'The Esplanade'という名称で呼ばれるが、岩山(castle rock*)の上に築かれた城と、その眼下に広がる町並みとの間に位置している。そして、ここでは、エディンバラ国際芸術祭(the Edinburgh International Festival)の行事のひとつである'the Edinburgh (Military) Tattoo'(夜間軍事行進)が行なわれることでも有名である。

364. the Esplanade, Edinburgh [S]

I Castellated Architecture・城廓建築

moat

水堀; 堀

通例は'wet ditch*'、つまり、「水を引き入れてある堀」(water-filled ditch)で、縦断面がU字型になるのがまた通例。ただし、「空の堀」、つまり、当初は水があったが、現在は水が入っていない堀を意味する'dry moat'の表現もある。

後述する「モット・ベイリー型城廓」(motte-and-bailey castle)の'motte'の意味が変化して、「掘割り」の意味となり、さらに'moat'へと移行した。動詞に用いれば、「堀を巡らせる」「堀で囲む」の意味になる。

水は天然の川や湖や泉を利用した。敵が幕壁(curtain*)の下を掘って侵入するのを防ぐための備えとしては最も効果的で、13世紀に特に発達を見た。

城の周囲を四角に囲む型が多いが、城の三方を囲むものや、あるいは、円形や楕円形や、二重に取り巻いて同心円を成すものもある。同心円を成す場合は、内堀(inner moat)、外堀(outer moat)と呼んで区別する。

天然の水を利用したものとしては、例えば、イングランドのリーズ城(Leeds Castle*)は、13世紀頃にレン川(the Len)を塞き止めて造った人工の湖を堀としていて、その美的景観でも有名である。また、ウェールズのハーレック城(Harlech Castle*)は、13世紀末に聳え立つ岩山(castle rock*)の上に築かれたものだが、かつては湾(bay)の海水が天然の堀――今日では枯れているものの――の働きをしていたものである。

ちなみに、この水堀にはカワカマス(pike)やウナギ(eel)などの魚もいて、食料に供されたし、また、水際に生育するアシ(reed*)やイグサ(rush*)などは、藁葺き屋根(thatch)用に利用されもした。

従って、'a dry moat which could be crossed dry-shod'といえば、「足を濡らさずに渡る空堀」を指し、'the moat that contains the house on all four sides'とすると、「屋敷の四方を取り囲んでいる水堀」を意味する。☞図版：493

【用例】

'the moated castle's cell'（水堀に囲まれた城の中の独房）(Scott: Marmion)／'Ethelberta crossed the bridge over the moat'（エセルバータは堀に掛かる橋を渡った）(Hardy: Ethelberta)／'walk over a wooden bridge that spanned

- 248 -

the castle moat' (城の堀に掛かる木造の橋を歩いて渡る) (Follett: Pillars) / 'throw down my bounding walls to fill up the moat' (仕切りの防壁を崩して堀を埋める) (Scott: Durward) / 'the wooden bridge that led over the moat to the gateway' (水堀の上を門塔まで渡してある木造の橋) (Follett: Pillars) / 'even if you swam the moat you couldn't get up the bank' (たとえ堀を泳いだとしても向こう岸へは上がれまい) (Hartley: Bottle) / 'with ramparts, a moat and a stone wall, this was a highly secure castle' (土塁の他に水堀、その上に石造りの防壁まで備えたこの城こそ、極めて安全といえるものであった) (Follett: Pillars) / 'two were instantly shot with cross-bow bolts, and two more fell into the moat' (2人の兵士はたちまち十字弓で射られ、さらに2人も水堀へ落ちた) (Scott: Ivanhoe) / 'around the exterior wall was a deep moat, supplied with water from a neighbouring rivulet' (防壁の周囲には深い堀が巡らせてあって、近くの小川から引き水がしてあった) (Scott: Ivanhoe)

【文例】

* ...it (= the house) was placed in the midst of a small island, incompast round with a vast moat, thirty foot deep and twenty foot wide, over which lay a drawbridge...

　　　　　——I.& P. Opie: 'The History of Jack and the Giants'

365. 外幕壁(outer curtain)の周囲のmoat(水堀)。Beaumaris ［W］

I Castellated Architecture・城廓建築

　　(その館は小島の真中にあって、深さ30フィート、幅20フィートの大きな堀がぐるりと巡らせてあり、そこに吊り上げ橋が渡してあった。)

* The moat is dry, of course, but that's because it was drained against the mosquitoes. It would be easy to debouch the brook again as it was and the moat would fill up quickly.

——P.S. Buck: *Death in the Castle*

　　(その堀はもちろんのこと空堀であるが、蚊の発生を防ぐために水を抜いてあったためである。再び昔通りに小川から引き水をするのは容易で、そうすれば堀はたちまち満水するであろう。)

366. 水堀。Bodiam ［E］

367. 366.の門塔(gatehouse)へ通ずる橋道(causeway)。

Ditch／堀

368. 内堀と外堀。Caerphilly ［W］

369. 水堀。Rothesay ［S］

370. 堀としての人工の湖。Leeds ［E］

Ⅰ　Castellated Architecture・城廓建築

371. 内堀は水があるが、外堀は今日では空堀（dry moat）。Caerlaverock [S]

372. 当初は水堀であった。Warkworth [E]

373. 昔は水堀だが今は空堀。Kenilworth [E]

water defence

　川を利用した堀（ditch*; moat*）や湖などが城の防備に導入され、13世紀に特に発達を見るが、そういう防御施設を一般に指す。

　従って、'The fine water defence which, produced by damming the near-by river, was more like a lake than a moat.' といえば、「近くの川を塞き止めてこしらえた水によるその見事な防御施設は、堀というよりはむしろ湖のようなものであった。」という意味である。

- 252 -

Outwork
外堡(がいほう)

　既述した城の門(castle gate)や吊り上げ橋(drawbridge)などの、特に敵の攻撃に曝され易い箇所を防御する目的で、城側から見てその前方にさらに備えて置く防御施設を指す。
　後述する「稜堡付きランパート(enceinte)」より前方へ出る形になる。具体的には、以下の関連項目の通り。

【用例】
　'the outwork is won'（外堡を奪われた）(Scott: Ivanhoe) / 'We lost the outwork on our part.'（我々の方では外堡を失った）(Scott: Ivanhoe) / 'do you man the top of the outwork'（外堡の天辺に配置につけ）(Scott: Ivanhoe) / 'prevent the defenders from combining their force for a sudden sally, and recovering the outwork which they had lost'（籠城軍が力を結集して不意に出撃し、失った外堡を奪回するのを防ぐ）(Scott: Ivanhoe)

【文例】

＊ Rebecca could...commanded a view of the outwork likely to be the first object of the meditated assault. It was an exterior fortification of no great height or strength, intended to protect the poster-gate....
　　　　　　　　　　　　　　　　　　　　　——W. Scott: *Ivanhoe*

（レベッカには、もくろまれた攻撃の第一目標であると思える外堡を、一望に収めることが(中略)できた。それは前方に置かれた防御施設で、高度も強度もそれほどある訳ではなく、裏門への備えを目的としたものであった。）

I Castellated Architecture・城廓建築

barbican

バービカン

'outer entrance'といって、これを指すこともある。

城の幕壁(まくかべ)(curtain*)や市の防壁(city wall*)に設けられた門口(gateway)のような、最も攻撃を受け易い箇所を防備するためのこしらえを指す。

通例は既述したゲートハウス(gatehouse)などの前に備えられる外堡(がいほう)(outwork*)であって、表門(main gate*)の外にもうひとつ門(outer gate)を設けて障害物とするようなものである。つまり、門口への直接の攻撃に対する防御を目的とし、通例は左右一対の塔(double tower*)から成る。

この中へ先ず入ってきた敵を、その狭い空間に釘付けにして攻撃を加えることが可能であるために、入口などの防御に適している。また、適の奇襲(surprise)への備えにもなり、味方が出撃(sortie)の準備に隊形を整えて集合する際にも、その退却を援護する上でも役に立つ。さらには、見張りの塔(watch tower*)の働きもする。屋根で覆われる場合と青空天井のままの場合とがある。

初期には木造の柵(wooden palisade*)や土(earthwork)で造られていたが、後に石造りになる。当初は、幕壁のところの入口と、その入口の前方へ突き出たゲートハウスとを結びつける狭い通路のような具合になっていたが、やがて13世紀末〜14世紀にかけて、ゲートハウスの前方で、しかも堀(ditch*)の外側に直接付加される形となったものである。あるいは、ゲートハウスの前方の堀の中に設けられる場合もあった。

吊り上げ橋(drawbridge*)やマチコレーション(machicolation*)、あるいは、落とし門(portcullis*)や殺人孔(murder hole*)などを備えてあるものもある。見方によっては、城の前方へ構えた、もうひとつの小型の城といってもよいかも知れない。そして、これを形成する塔を指して、'barbican tower'と呼ぶ。

例えば、イングランドではアニック城(Alnwick Castle*)、ボゥディアム城(Bodiam Castle*)、グッドリッチ城(Goodrich Castle*)、ルーイス城(Lewes Castle*)、ウォーリック城(Warwick Castle*)、ケニルワース城(Kenilworth Castle*)、ウェールズではボォウマリス城(Beaumaris Castle*)、コンウェイ城(Conway Castle*)、カァーフィリー城(Caerphilly Castle*)、キッドウェリー城(Kidwelly Castle*)、ペェンブロゥク城(Pembroke Castle*)、あるいは、マン島

(the Isle of Man)のラッシェン城(Castle Rushen*)などに見られる。ルーイス城のそれは3階建ての塔(barbican tower)で、マチコレーションのある造りになり、コンウェイ城の場合は、2つあって、それぞれ複数基の背面開放型塔(open-gorged tower*)を備えた幕壁で囲まれている。

【用例】

'a stone-built barbican with enormously heavy ironbound doors that now stood open but were undoubtedly shut tight at night'（今は開けられているが夜間は間違いなくきっちり閉ざされる鉄張りの極めて重い扉の付いた石造りのバービカン）（Follett: Pillars）

【文例】

* Soon in his saddle sate he fast,
And soon the steep descent he passed,
Soon crossed the sounding barbican,
And soon the Teviot side he won.
———W. Scott: *The Lay of the Last Minstrel*, I. xxv. 259-62

（たちまちの内に彼は鞍にしっかりと跨がり、
そしてたちまちの内に傾斜路を下り、
たちまちの内に反響するバービカンを駆け抜け、
そしてたちまちの内にティーヴィオットの岸へ着いた。）

* The castle moat divided this species of barbican from the rest of the fortress, so that, in case of its being taken, it was easy to cut off the communication with the main building, by withdrawing the temporary bridge.
———W. Scott: *Ivanhoe*

（こういったバービカンは城の堀によって、城の他の部分からは隔てられていたために、もしも敵に奪われた場合には、一時的に渡してある橋を引き戻してしまえば、主要部分との連絡を断ち切るのは容易であった。）

Ⅰ Castellated Architecture・城廓建築

374. ①barbican（バービカン）と②門塔（gatehouse）。
Alnwick ［E］

375. 374.の正面の姿。

Outwork／外堡

376. 375.の入口から門塔の入口を望む。

377. バービカン（矢印）とその背後の門塔。左端はCaesar's Tower。Warwick ［E］

378. 377.のバービカンの屋上。

Ⅰ Castellated Architecture・城廓建築

379. 市門(city gate)のバービカン。
その後はWalmgate Bar。York [E]

380. 手前中央がバービカン。Rushen [I]

counterguard; counter-guard
堡障; 外塁堡

既述した堀(ditch)の中に独立させて備える外堡(outwork*)で、稜堡(bastion*)や半月堡(ravelin*)を防御するために、それらの直前に設ける。

【用例】

'the English were terribly exposed to the shot of the counter-guard'（イギリス軍は堡障からの砲火にすっかり晒されていた）(Sterne: Shandy)

- 258 -

【文例】

* The issue of which hot dispute, in three words, was this; That the Dutch lodged themselves upon the counter-guard....
　　　　——L. Sterne: *The Life and Opinions of Tristram Shandy, Gentleman*

（その激しい戦いの結果を、三言でいえば、こういうことです。オランダ軍はその堡障を占拠して、そして...）

hornwork
角堡（かくほう）

幕壁（curtain*）で連結された2つの半稜堡（demi-bastion*）から成る外堡（outwork*）で、他の部分より弱いと思われる箇所の防御を目的とする。最重要となる幕壁（main curtain wall*）の前に離れて設けられる'quadrilateral fortification'（四辺形要塞地）である。

例えば、ウェールズのカーフィリー城（Caerphilly Castle*）では、西側のゲートハウス（gatehouse*）の前に、内堀（inner moat*）を挟んで備えてある。一見すると、小島のようにも思える。

L. スターン（L. Sterne）の『トリストラム・シャンディー』（*Tristram Shandy*）の中で、トゥビー（Toby）が、彼の兄とスロップ医師（Dr. Slop）に築城術のことを延々と語って聞かせる内に、この角堡にまで説明が及んだところで、その兄の方が遂に癇癪を起こす場面がある。

【文例】

* As for the hornwork...they are a very considerable part of an outwork...and we generally make them to cover such places as we suspect to be weaker than the rest;——'its formed by two epaulments or demi-bastions——....
　　　　——L. Sterne: *The Life and Opinions of Tristram Shandy, Gentleman*

（角堡につきまして（中略）、それは外堡の極めて重要な部分でして（中略）、通例は、他の部位より弱いと思われる部位を援護する目的で造られるもので、ふたつの肩檣（けんしょう）、換言すれば半稜堡から成るものです。）

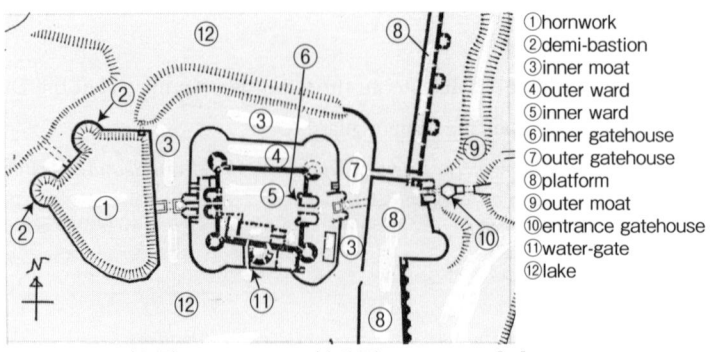

I Castellated Architecture・城廓建築

①hornwork
②demi-bastion
③inner moat
④outer ward
⑤inner ward
⑥inner gatehouse
⑦outer gatehouse
⑧platform
⑨outer moat
⑩entrance gatehouse
⑪water-gate
⑫lake

381. hornwork（角堡）& demi-bastion（半稜堡）。Caerphilly ［W］

382. 角堡。Pendennis ［E］

ravelin
半月堡
はんげつほ(う)

　通例は、後述する'demi-lune'に同義で用いられる。
　2つの外向斜面（face）から成るV字を逆向きにした形——城塞側から見て——の突出部（salient angle: 凸角）を形成する外堡（outwork*）を指す。全体の構造は後述する稜堡（bastion*）に似るが、ゴージ（gorge*）が半月形である。幕壁（curtain*）や稜堡の防御を目的とし、通例は幕壁の前面で、しかも2つの稜堡の間に置かれ、堀（moat*）の中か、あるいは外側に設けられる。稜堡を5基繋いだ星形要塞（star fort［fortress］*）に用いられる。

また、その半月堡の中でも小型のものは'redan'と呼ばれるが、ドゥヴァー城(Dover Castle)に見られる。☞図版:389

L. スターン(L. Sterne)の『トリストラム・シャンディー』(*Tristram Shandy*)の中で、トゥビー(Toby)が自分の兄とスロップ医師(Dr. Slop)を前にして、この「半月堡」と後述する「三日月堡」(half-moon)との定義に蘊蓄を傾ける場面がある。その説明によると、両者は形態や構造上は全く同じこしらえになるが、設ける位置に違いがあるという。つまり、「半月堡」は幕壁の前に出ると「半月堡」であるが、稜堡の前に来ると「三日月堡」と呼ばれるというのである。

【用例】

'he could not retreat out of the ravelin without getting into the half-moon'（半月堡から退却しようとすると必ず三日月堡へ入り込む）(Sterne: Shandy)

【文例】

* ──For when a ravelin, brother, stands before the curtin, it is a ravelin; and when a ravelin stands before a bastion, then the ravelin is not a ravelin;──it is a half-moon....
　　　　──L. Sterne: *The Life and Opinions of Tristram Shandy, Gentleman*

(──というのは兄さん、半月堡は幕壁の前へ出れば、それは半月堡ですが、半月堡が稜堡の前に来ると、半月堡はもはや半月堡ではなく、それは三日月堡になるのですから...)

383. 小型半月堡(redan)。Dover [E]

I Castellated Architecture・城廓建築

�֍ **demilune; demi-lune; half-moon**（三日月堡(みかづきほ(う))）　上述の'ravelin'に構造は全く同じであるが、後述する稜堡(りょうほ)(bastion)を防御する目的で、その前面の堀(moat*)の中に設けられる。ただし、通例は'ravelin'と同義で用いられる。

【文例】

* ...a half-moon likewise is a half-moon, and no more, so long as it stands before its bastion;——but was it to change place, and get before the curtin,——'twould be no longer a half-moon; a half-moon, in that case, is not a half-moon;——'tis no more than a ravelin.
　　　　　——L. Sterne: *The Life and Opinions of Tristram Shandy, Gentleman*

（同様に三日月堡は稜堡の前へ出さえすれば、紛れもなく、三日月堡ですが、しかし位置を変えて、幕壁の前に来ると、もはやそれは三日月堡ではありませんで、その場合は、三日月堡は三日月堡ではなく、それは半月堡に他なりません。）

Rampart
ラァンパート

　古くは'rampire'、'rampier'ともいう。その場合の発音はどちらも［ランパァィァ］に近く、アクセントは［パァィァ］にある。

　(1) 土(earth)と木材(timber)を主に利用して築いた城塞(fortress*)の場合、その一番外側の境界に沿って構えた「土塁」(mound of earth; earthwork)をいう。初期には、その上に木造の柵(wooden palisade*)を巡らせてあるのが通例であった。やがて、その柵が石造りの防壁(wall of masonry)になったり、あるいは、土塁そのものが石造りの防壁(rampart-wall)に取って代られて行ったのである。つまり、「土塁」のみならず、「石の塁壁」や「土と石の両方を用いた防壁」をも指していう。

　城のそれ(castle rampart)のみならず、町全体を囲む場合のそれ(town rampart: ☞town wall)も指す。

　従って、'pile the earth rampart'といえば、「土塁を築く」の意味で、'the ramparts built round the entire castle with bastions at the corners'となると、「角々には稜堡を備えて、城廓全体の周囲に築かれたランパート」を指す。☞motte-and-bailey castle; 図版：350

【用例】

'surrounding rampart of hills'（周りを囲むランパートを成す丘陵）(Lucas: Capital) / 'walk upon the ramparts'（ランパートの上を歩く）(Scott: Ivanhoe) / 'huge earthen rampart surrounding the central stronghold'（中央に位置する要塞を囲んでいる巨大な土塁）(Follett: Pillars) / 'blow up the rampart of a beleaguered city'（包囲した都市のランパートを爆破する）(Scott: Kenilworth) / 'the cannon from the ramparts glanced'（大砲はランパートから射たれ閃光を発した）(Scott: Marmion) / 'a great ivy-clad rampart, and numerous strong towers thereon'（蔦の這う堂々たるランパートと、その上に立つ堅固な塔の数々）(Jones: Efrawg) / 'burst its circular ramparts and spill out into the moat'（その町を円く囲むランパートを破壊して堀を埋め

I Castellated Architecture・城廓建築

る）(Follett: Pillars) / 'enjoy the freshness of the evening on the ramparts of the castle' (城のランパートの上で, 夕方の清々しい気分を味わう) (Walpole: Otranto) / 'the King...was strolling one morning on the ramparts with the Princess' (王は(中略)ある日の朝王女と連れ立ってランパートの上を散歩していた) (Dahl: Princess) / 'the castle walls were built on top of massive earth ramparts' (城の防壁は壮大な土塁の頂部に建てられていた) (Follett: Pillars) / 'and the other side of the lake there was a great court, and a brave rampart round about it' (そして湖の向こう岸には大きな宮殿があって, その周りには立派なランパートが巡らせてあった) (Jones: Fountain)

【文例】

＊ Then all the horns were blown in town;
  And, to the ramparts clanging down,
  ——R.L. Stevenson: 'Historical Associations', 21-4

(その時角笛という角笛が町中に吹き鳴らされ
  そして, ランパートまでその高い音は響いたのだ)

384. rampart(1)の土塁(earthwork)。Hudson's Bastion, Dover ［E］

385. ランパート(1)の土塁。Conisbrough ［E］

* The earth that had been dug out to form the moat was piled up inside the twin circles, forming ramparts.
——K. Follett: *The Pillars of the Earth*

(堀を造るために掘り出された土は、ふたつの円の内側に積み上げられ、土塁を形成していた。)

【参考】

* From that rampart it would be impossible to dislodge them, because the rock fell sheer below them twenty feet....
——R.D. Blackmore: *Lorna Doone*

* To scale the Castle Rock from West Princes Street Gardens, and lay a triumphal hand against the rampart itself, was to taste a high order of romantic pleasure.
——R.L. Stevenson: 'The New Town'

(2) 広義では、幕壁(まくかべ)(curtain*)や塔(tower*)などの頂部で、狭間胸壁(はざまきょうへき)(battlement*)などパラペット(parapet)を備えた箇所をも指していう。☞wall walk; tower walk

(3) 「ラァンパートで防備を施す」の意味の動詞にも用いる。

【文例】

* ...a mighty castle high and strong, of timber and of stone, ramparted on every hand: a fair white castle the like whereof the world had never seen.
——P.S. Jennings: 'The Story of Merlin'

(高くて堅固で壮大な城、木と石で築かれ、八方に塁壁を巡らせた、かつてこの世に存在したことのないような純白の城...)

【参考】

次は解説でも触れたが古い綴りの例である。

*   *First Senator.*   Set but thy foot

I Castellated Architecture・城廓建築

Against our rampired gates, and they shall ope;
So thou wilt send thy gentle heart before,
To say thou'lt enter friendly.
——W. Shakespeare: *Timon of Athens*, V. iv. 47-9

386. ランパート(1)。Bamburgh [E]

387. ランパート(1)。Stirling [S]

388. 市防壁のランパート(1) (city rampart)。York [E]

bastion
稜　堡
りょうほ(う)

　15世紀には精密な機能の大砲(artillery*)が用いられるようになった。そこで、大砲の搭載が可能で、しかも、弾薬庫や銃歩廊をも備え、攻撃と防御の両面の働きを持つ突出部が、上述の'rampart'に設けられるようになった。それは高台(platform)、あるいは低い塔(tower*)のような形で突き出すが、その部分を指す。

　城廓に大砲(cannon)を備えることは、16世紀初頭のイタリアに始まり、フランスを経てヨーロッパへ入った。イギリスでこの考えを最初に採用したのはスコットランドで、大砲(gun)の砲列を組むために、角のある稜堡を設けた。イングランドでは16世紀の中葉に導入され始めることになった。

　幕壁(curtain*)程度の厚さの防壁であるとか、あるいは、マチコレーションを備えた塔(machicolated tower*)ぐらいだけでは、大砲による攻撃には耐えられないため、それに代わってさらに厚い壁のものが考案されたのである。
まくかべ

　2つの外向斜面(face)と2つの側面(flank)を持つ変則五角形が通例である。元来は丸型であったが、16世紀中葉以降は尖形になった。その2つの外向斜面から成る「V字を逆向きにした形の突出部」——城塞側から見て——は凸角(salient [flanked] angle)という。外向斜面からは前方の敵を、側面からは両隣りの稜堡や幕壁を攻撃する敵を、胸壁(parapet*)に身を守られながら射撃することが可能である。全体に石造りの場合もあるが、表面をレンガや石材で覆った土塁の場合もある。その機能を持つ塔を指して'bastion tower'などという。

　ヘンリー8世(Henry VIII: 1509-1547)は、フランス軍の進攻に備えて、イングランドの南沿岸に新たに築城したり、あるいは、古くからある城を修復したりしたが、特に知られれているのは、大砲で備えを固めた一連の要塞(artillery fort*)で、キャンバー城(Camber Castle*)、キャルショット城(Calshot Castle*)、ダートマス城(Dartmouth Castle*)、ディール城(Deal Castle*)、ハァースト城(Hurst Castle*)、ペェンデニス城(Pendennis Castle*)、ポォートランド城(Portland Castle*)、ポォートスィー城(Portsea Castle*)、サァンドゲイト城(Sandgate Castle*)、スント・モズ城(St. Mawes Castle*)、ウォルマー城(Walmer Castle*)などである。そして、「最後の城」(the last castles)などとも呼ばれるが、「城」というよりはむしろ「要塞」である。

I Castellated Architecture・城廓建築

　これらは'Henrician forts'(ヘンリー8世の要塞群)とも呼ばれるが、その中でも、ディール城は、6つの半円形の稜堡を備えている。もっとも、この城はさらにその内側にも6つの稜堡を持つ。キャンバー城は4つ、あるいは'gatehouse bastion'を入れて5つの稜堡を、サンドゲイト城は3つの稜堡を、三者いずれもそれぞれの中心の丈の低いキープ(keep*)の周囲に備えるこしらえである。そして、稜堡は耐弾屋根で覆われて(casemated)いる。

　また、スコットランドのエディンバラ城(Edinburgh Castle*)には、三日月形稜堡(half-moon bastion ☞battery)と呼ばれるものが見られる。

　ちなみに、三角形の稜堡を5基繋いだ星形要塞は'star fort [fortress]'と呼ばれ、イタリアに発達しヨーロッパへ入った。☞図版:422

【用例】

　'the face of a bastion was battered down'（稜堡の外向斜面が打ち砕かれてしまった）（Sterne: Shandy）

【参考】

* ...there stood up from the rear of the wide court behind the Gate a towering bastion of stone, its edge sharp as a ship-keel facing east.
　　　　　　　　　　　——J.R.R. Tolkien: 'The Return of the King'

* Upon the right, the roofs and spires of the Old Town climb one above another to where the citadel prints its broad bulk and jagged crown of bastions on the western sky.
　　　　　　　　　　　——R.L. Stevenson: 'The Calton Hill'

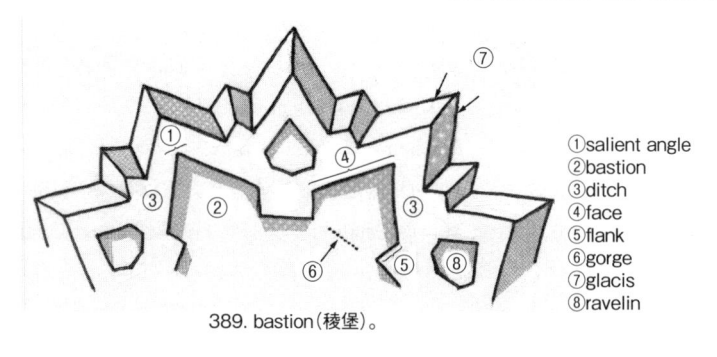

389. bastion(稜堡)。

①salient angle
②bastion
③ditch
④face
⑤flank
⑥gorge
⑦glacis
⑧ravelin

Rampart／ラァンパート

390. 稜堡。Pendennis [E]

① bastion
② ditch

391. ①稜堡と②堀(ditch)。Pendennis [E]

392. 馬蹄形稜堡(hoseshoe bastion)。Dover [E]

Ⅰ　Castellated Architecture・城廓建築

393. 馬蹄形稜堡のCU。Dover [E]

394. 稜堡の凸角(salient angle)と2つの外向斜面(face)。Pendennis [E]

395. 外向斜面。Pendennis [E]

- 270 -

Rampart／ラァンパート

396. ①外向斜面と②側面(flank)。Pendennis ［E］

397. 外向斜面の石組み。Pendennis ［E］

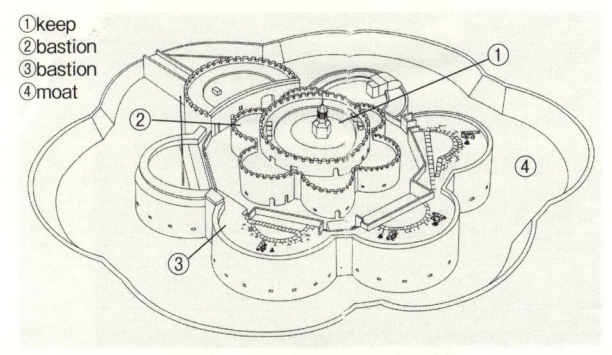

①keep
②bastion
③bastion
④moat

398. ディール城(Deal Castle)の稜堡。

- 271 -

I Castellated Architecture・城廓建築

399. 大砲を備えた要塞（artillery fort）。Portland ［E］

400. 399.のCU。

401. 大砲の要塞。Hurst ［E］

- 272 -

� **demibastion; demi-bastion**（半稜堡{りょうほう}）　上述の'bastion'の半分の形で、ひとつの外向斜面（face）とひとつの側面（flank）とから成る。

例えば、既述した角堡{かくほう}（hornwork）を造るには、これが2つ必要になる。

L. スターン（L. Sterne）の『トリストラム・シャンディー』（*Tristram Shandy*）に登場するトゥビー（Toby）の戦傷は、聖ロッシの半稜堡の凸角（salient angle*）と相対する位置にある塹壕{ざんごう}の横櫓{おうしょう}の所で受けたものであった。

【文例】

* ...my uncle Toby's wound was got in one of the traverses...of the trench, opposite to the salient angle of the demi-bastion of St. Roch....
　　　　——L. Sterne: *The Life and Opinions of Tristram Shandy, Gentleman*

（...私の叔父トゥビーが怪我を蒙ったのは、聖ロッシの半稜堡の凸角と相対する位置にある塹壕の（中略）横櫓{しょう}のひとつに入っていた時であった...）

battery

(1) 敢えて'gun-battery'ともいう。'artillery'を、つまり、台車（carriage; mouncing）を用いるほど重量のある'cannon'を含め、一般に'gun'（大砲）を搭載するための「砲台」を指す。

例えば、スコットランドのエディンバラ城（Edinburgh Castle*）では、正面のゲートハウス（gatehouse*）を見下ろす高い位置に、1570年代に造られた半円形のそれがあり、'the Half Moon Battery'の名称で知られる。また、それに隣接する形で'the Forewall Battery'、それよりやや下位に1730年代の造りの'the Argyle [Six Gun] Battery'、それにつづいて'Mill's Mount Battery'など幾台もある。☞図版: 410; 411

【文例】

* From this battery, at about two hundred yards distance, you come to a spacious, strong, stone battery, where there are eight large iron cannons mounted.
　　　　——T. Boreman: *Curiosities in the Tower of London*

Ⅰ　Castellated Architecture・城廓建築

　　（この砲台から、およそ200ヤード離れたところに、面積の広い、堅固な、石造りの別の砲台があって、そこには8門の鉄製の大砲が搭載されている。）

＊　From thence you pass on to the fourth battery, where there are six guns, which point towards the north. The guns are fired from all these batteries…on some particular rejoicing days….
　　　　　　　　　——T. Boreman: Curiosities in the Tower of London

　　（そこから進んで行くと4番目の砲台に出るが、そこには6門の大砲が据えられ、北へ狙いを定めてある。こういった砲台の全てから（中略）何か特定の祝日には大砲が発射される。）

次はエディンバラ城（Edinburgh Castle）の'the Half Moon Battery'（三日月形砲台）の描写である。

＊　…and, far away, a puff of smoke followed by a report bursts from the half-moon battery at the Castle. This is the time-gun by which people set their watches….
　　　　　　　　　——R.L. Stevenson: 'The Calton Hill'

　　（そして、彼方には、城の三日月形砲台からは、一吹きの煙が昇り、続いて大砲の音が轟くが、これは時砲であって、町の人たちは自分の時計をそれに合わせるのである。）

402. battery（1）（砲台）。Bamburgh ［E］

- 274 -

【参考】

* I would...make fortifications for you something like a tansy, with all their batteries, saps, ditches, and palisades....
  ——L. Sterne: *The Life and Opinions of Tristram Shandy, Gentleman*

(2) 上記(1)のその「砲列」をいう。

403. 砲台。St. Michael's Mount [E]

404. 塔(tower)の上の砲台。Elphinstone Tower, Stirling [S]

I Castellated Architecture・城廓建築

405. 穹窖(きゅうこう)(casemate for gun)。Portland [E]

406. 大砲(artillery)。Alnwick [E]

407. 大砲。Alnwick [E]

408. 砲丸(ball)。Portland［E］

❊ **mask-battery（遮蔽砲台; 覆面砲台）** 上述の'battery'の内でも、敵方の目に見えないようにしてあるものをいう。

【参考】

＊ ...such as feints,——forced marches,——surprises——ambuscades——mask-batteries, and a thousand other strokes of generalship....

——L. Sterne: *The Life and Opinions of Tristram Shandy, Gentleman*

❊ **platform（プラットフォーム）** 上述の'battery'のように、大砲(gun)の類を搭載するために構築された、頂部の平坦な高台を指す。敢えて'artillery［gun］platform'(砲台)ともいう。

例えば、スコットランドのエディンバラ城(Edinburgh Castle*)には、'the Half Moon Battery'や'the Forewall Battery'などの名称で呼ばれるそれが幾つもある。

W. シェイクスピア(W. Shakespeare)の『ハムレット』(*Hamlet*)で、王子ハムレットの父の亡霊が現われるのがこの場所である。ただしその場合は、例えば、塔の頂部など高い場所に設けてある監視のための狭間胸壁の付いた歩廊(battlemented walk*)で、大砲も備えてある所を指すとも考えられる。

I Castellated Architecture・城廓建築

【文例】

* *Horatio.*　　　　The apparition comes: I knew your farther;
　These hands are not more like.
　　Hamlet.　　　　　　　But where was this?
　　Marcellus.　　　　　　My lord, <u>upon the platform</u> where we watch.
　　　　　　　　　　　——W. Shakespeare: *Hamlet*, I. ii. 211-4

　（ホレーシオ：　その亡霊は現われました。確かにお父上でした、
　　　　　　　　この左右の手も及ばぬほどよく似ておいでで。
　ハムレット：　　　　　して、どこに？
　マーセラス：　　　　　殿下、我々が不寝番に立つプラットフォームにです。）

* A rumour had reached the ear of young Hamlet, that an apparition, exactly resembling the dead king his father, had been seen by the soldiers upon watch, <u>on the platform</u> before the palace at midnight, for two or three nights successively.
　　　　　　　　　　——C. Lamb: 'Hamlet, Prince of Denmark'

　（ある噂はとうにハムレット王子の耳に届いていたが、それは、自分の父である亡き国王にそっくりの亡霊が、二日三日続けてその真夜中に、宮殿の前のプラットフォームで、不寝番の兵士たちに目撃されたというものであった。）

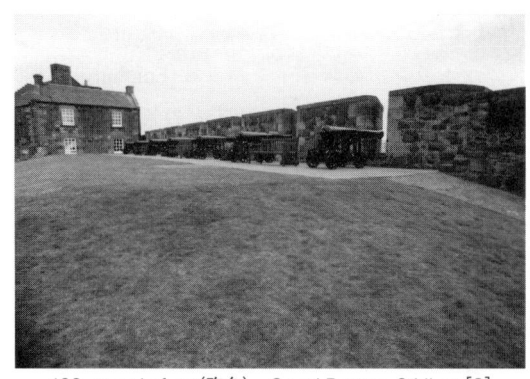

409. gun platform（砲台）。Grand Battery, Stirling　[S]

Rampart／ラァンパート

【参考】

* And, indeed, when the lady obtained the first commanding view of the Castle, with its stately towers rising from within a long sweeping line of outward walls, ornamented with battlements, and turrets, and platforms, at every point of defence....

——W. Scott: *Kenilworth*

410. プラットフォーム。Forewall Battery, Edinburgh [S]

411. プラットフォーム。Half Moon Battery, Edinburgh [S]

412. プラットフォーム。
Half-Moon Battery(16世紀)と内門塔
(inner gatehouse)(12世紀), Carlisle [E]

I Castellated Architecture・城廓建築

brattice

(1)「木造防御柵」

木造の柵(wooden palisade*)を指す。

通例は、先端を尖らせたオーク(oak)の角材(stake)を、モット(motte*)など土塁の上に互いに密接する具合に立て並べ、さらに頂部と底部には横木を組合せてある。中には、既述した狭間胸壁(はざまきょうへき)(crenellation*)や矢狭間(やざま)(loophole*)を備えている場合もある。

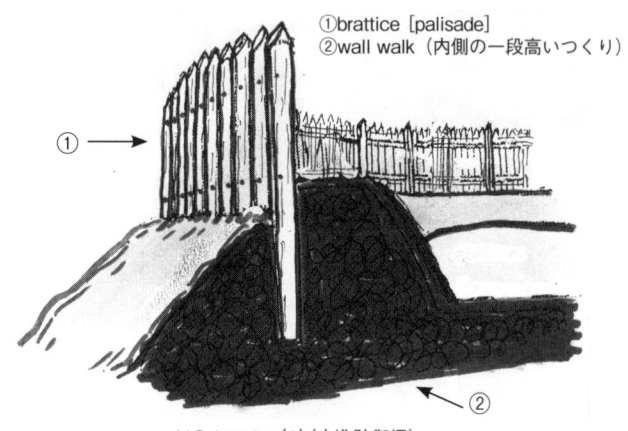

①brattice [palisade]
②wall walk（内側の一段高いつくり）

413. brattice(1)（木造防御柵）。

(2) 既述した'hoarding'に同義で、その用語より後代の名称。'war-head'といってこれを指すこともある。'bretasche'ともいうが、ただし、こちらの用語はまた、木造の塔(timber tower)をも意味する。

✣ pal(1)isade; pal(1)isado　上述の'brattice'(1)に同義。発音は前者が[パリセィド]、後者が[パリセィドゥ]に近く、アクセントはどちらも[セィ]にある。

敢えて、'wooden pal(1)isade[pal(1)isado]'ともいう。また、'stockade'あるいは'stockado'ともいう。単に'pales'といって、これを指すこともある。

動詞に用いると、「柵を巡らせる」「柵で囲む」の意味になる。

従って、'the entrance through the palisades surrounding the bailey'といえば、

- 280 -

「ベイリーを囲む木造防御柵に設けた入口」を指す。☞motte-and-bailey castle

【用例】

'they pull down the piles and palisades'（彼らは木の杭や柵を引き倒す）(Scott: Ivanhoe) / 'this almost deserted place was defended by a rude palisade'（ほとんど顧みられなくなったこの場所は、粗末な木造の柵で備えがしてあった）(Scott: Dangerous) / 'covered ways and counterscarps pallisadoed along it (= fossé)'（堀の外に木造防御柵を巡らせた遮蔽廊と外岸: 動詞に用いた例）(Sterne: Shandy)

【文例】

＊ A double stockade, or palisade, composed of pointed beams, which the adjacent forest supplied, defended the outer and inner bank of the trench.
　　　　　　　　　　　　　　　　　　——W. Scott: *Ivanhoe*

（先端を尖らせた角材——近隣の森がその供給源だが——から出来た防御柵を、その壕の内外の土手に二重に巡らせてあった。）

【参考】

＊　*Lady Percy.*　　　　　And thou hast talk'd
　　Of sallies and retires, of trenches, tents,
　　Of palisadoes, frontiers, parapets....
　　　　　　——W. Shakespeare: *King Henry IV Part I*, II. iii. 53-5

bulwark

ブルワーク

上述の'rampart'(1)、あるいは'bastion'に同義。特に「土塁」(mound of earth)の場合をいう。また、「塁壁を巡らせる」の意味の動詞にも用いる。

【用例】

'Let us resolve to scale their flinty bulwarks.'（敵の堅固な石の塁壁に梯子で登ると決意しょう。）(Shakespeare: Henry VI Part I) / 'the archery may avail

— 281 —

I Castellated Architecture・城廓建築

but little against stone walls and bulwarks'（弓矢では石の幕壁や塁壁にはほとんど役立つまい）(Scott: Ivanhoe) / 'shook the strongest bulwarks from their very foundation'（最も堅固な塁壁をまさにその土台から揺るがした）(Sterne: Shandy)

【文例】

次は動詞に用いた例である。

* Angys fled into a citadel and Uther-Pendragon followed, besieging him strongly, but he could not take the place since it was strongly bulwarked and upon a hill.

——P.S. Jennings（ed.）: 'The Story of Merlin'

414. bulwark（ブルワーク）とキープ（keep: 天守）。Corfe ［E］

415. ブルワーク。Tudor Bulwark, Dover ［E］

(アンギスは要塞へ逃げ込んだので、ユーサァ・ペンドラゴンが追い掛け、完全に包囲したが、それは塁壁を堅固に巡らせ、しかも丘の上にあったので奪い取ることはできなかった。)

castle rock; castled rock

城の岩山

'rock-castle'といって、城が天然の岩山の上に築かれる場合があるが、「城が立つその岩山」(the rock on which the castle stands)を指す。

例えば、スコットランドのエディンバラ城(Edinburgh Castle*)、スターリング城(Stirling Castle*)、ダンノッター城(Dunnottar Castle*)、ウェールズのハァーレック城(Harlech Castle*)などはその典型である。☞siege castle

【文例】

* It (= A blaze) glared on Roslin's castled rock,
   It ruddied all the copse wood glen;
   ——W. Scott: *The Lay of the Last Minstrel*, VI. xxiii. 380-1

(その輝く光はロズリン城の岩山をぎらぎらと照らし、
低林の茂る峡谷を隈無く赤く染めた)

次はスターリング城(Stirling Castle)の岩山の描写である。

* I paused on a hill and looked down on the plain of Stirling. It was early evening and the mists were rising. The rock on which the Castle stands was blue-black against the grey of the fields....
   ——H.V. Morton: *In Search of Scotland*

(私は丘の上で一息つくと、眼下に広がるスターリングの平野を眺めた。日は傾きかけた頃で霧が立ち籠めていた。城の立っている岩山は灰色の放牧場や畑地を背景に濃青色に染まっていた。)

【参考】

次はエディンバラ城の岩山に言及した描写である。

I　Castellated Architecture・城廓建築

＊ To scale the Castle Rock from West Princess Street Gardens, and lay a triumphal hand against the rampart itself, was to taste a high order of romantic pleasure.

——R.L. Stevenson: 'The New Town'

416. castle rock（城の岩山）。
手前の塔（tower）がキープ（keep: 天守）。Dunnottar ［S］

417. 城の岩山。Edinburgh ［S］

Rampart／ラァンパート

418. 城の岩山。Dumbarton Rock, Dumbarton ［S］

419. 城の岩山。Harlech ［W］

420. 城の岩山。Stirling ［S］

- 285 -

I　Castellated Architecture・城廓建築

421. 420.からのWallace Monument（ウォレス記念碑）の眺望。

covered (-) way; covert (-) way
覆道; 遮蔽廊

既述した堀（ditch）の外岸の傾斜面（counterscarp*）に沿ってその頂部を走る歩兵陣地（infantry position）を指す。約10mの幅を持つのが通例。斜堤（glacis）に防御された射撃用足場（banquett）などが備えてある。☞図版：350

【用例】

'(he could) not get out of the covered-way without falling down the counterscarp'（彼は遮蔽廊から出ようとすると、決まって堀の外岸の傾斜面を転落した）（Sterne: Shandy）/ 'the English made themselves masters of the covered-way before St. Nicolas-gate'（イギリス軍は聖ニコラス門の前の遮蔽廊を占奪した）（Sterne: Shandy）

✤ **banquette**（射撃用足場）　発音は［バンクェット］に近く、アクセントは［クェッ］にある。古くは、'banquet' ともつづる。上述の 'rampart' の胸壁（parapet*）の内側に設けられたマスケット銃兵（musketeer）の「射撃用足場」を指すが、台状に高くなっている。その高さは約45cm、幅は約90cmが通例。上述の 'covered way' と 'glacis' との中間にも設けられる。☞図版：350

【参考】

* ...then taking the profile of the place, with its works, to determine the depths and slopes of the ditches,——the talus of the glacis, and the precise height of the several banquets, parapets, etc.——he set the corporal to work——and sweetly went it on....
　　　　——L. Sterne: *The Life and Opinions of Tristram Shandy, Gentleman*

embankment

土塁; 塁壁

防備のための土を用いて築いた人工の土塁(mound of earth)や、石による塁壁(mound of stone)をいう。☞rampart

enceinte

稜堡(りょうほ)付きラァンパート

発音は[アーンサァント][エンセェィント]に近く、アクセントはそれぞれ[サァ][セェィ]にある。

城廓の周り全体の囲い(walled enclosure)を指し、防備の施されたものをいう。敢えて、'enceinte-wall'ともいう。既述した'town wall'も含む。ただし、通例は、大砲(gun)を搭載する稜堡(bastion*)を備えたラァンパート(rampart*)を指し、そのすぐ外側には堀(ditch*)も巡らせてあるのが、また通例。そして、そういった城廓の範囲全体を指すこともある。従って、'The castle was girdled with an enceinte.'といえば、「その城の周囲には稜堡付きラァンパートを巡らせてあった。」という意味である。

例えば、イングランドのペンデェニス城(Pendennis Castle* ☞bastion)やキャリズブルック城(Carisbrooke Castle*)に見られる。

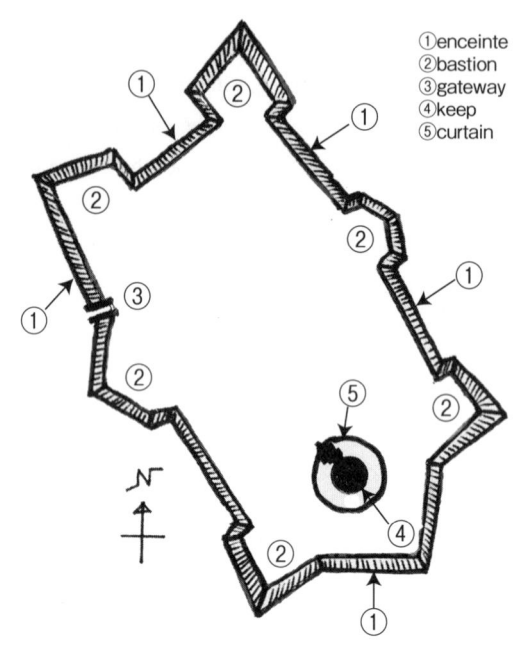

I   Castellated Architecture・城廓建築

①enceinte
②bastion
③gateway
④keep
⑤curtain

422. enceinte（稜堡付きランパート）。Pendennis ［E］

rampart walk

上述の'rampart'の監視歩廊（walk*）を指す。

II
Castle Development
城 廓 の 発 達

II Castle Development・城廓の発達

1. History of the Castle
城廓の成立ち

　'castle'は、「要塞」(stronghold*)や「防壁で囲われた土地」(walled enclosure)などの漠然とした意味を持つラテン語'castrum'を経た'castellum'に由来。後者のラテン語は、8世紀および9世紀のフランスやイングランドで、単なる居住地(an inhabited place)の意味であったが、10世紀に入ると、封建領主(feudal lord*)がヨーロッパ大陸に建て始めていた「要塞」——従来の共有の要塞とは区別して、防備の施された私的な住居(fortified private house)——を指して使われるようになった。そして、'castle'が名称として英語の文献に登場するのは、11世紀の中頃のことで、ヘイスティングズの戦い(the Battle of Hastings: 1066)より以前とされる。結局、今日から見て'castle'とは、C. オゥマン(C. Oman)が『城』(Castles: 1926)の序論(Introduction)で述べた定義'a fortified dwelling intended for purposes of residence and defence'（居住と防御の目的を有して防備の施された住居）ということになる。

　城の形態(form of castle)から、その発達の過程の概略を以下に辿ってみる。ただし、それぞれの城廓の型についての詳細は、以下に記述した2.～7.の項目を写真と共に参照されたい。

　11世紀の中葉からのノルマン人(the Normans)の城は、「モット・ベイリー型城廓」(motte-and-bailey castle*)で、土塁を意味するモット(motte)の頂部に、わらぶき屋根(thatch)の木造のキープ(keep: 天守閣)を持ち、モットおよびベイリーはそれぞれ周囲に木造の柵(palisade*)を備え、かつ、それぞれが堀(ditch*)を巡らせたもので、「木造の城」(timber-built castle)といってよいものであった。

　これが「石造りの城」(stone castle)になると、つまり、石造りのキープ(stone keep*)を持つようになると、その重量のため上記のモットの上には耐え切れず平地に築かれるようになる。それも初期(11世紀中葉～12世紀末葉)には、フランスに由来する横断面が方形のキープ(rectangular keep)であったが、その後12世紀末葉～13世紀末葉には、横断面が多角形のキープ(polygonal keep)を経て、やがて横断面が円形のキープ(round keep)へと進む。それはキープの底部は円形に

- 290 -

1. History of the Castle／城廓の成立ち

なる方が、上からの監視が容易であると同時に、底部から掘り崩される(☞siege castle)のを防御するという目的にもかなったからである。

そして、木造の柵に代わって石造りの防壁に囲まれた地所(stone-walled bailey)の中に、石造りのキープが建てられるようになるわけで、そういう形態を、「モット・ベイリー型城廓」に対して、「キープ・ベイリー型城廓」(keep-and-bailey castle*)と呼ぶ。

その間の12世紀に入る時期には、「シェル・キープ」(shell-keep*)も出現している。これは、「モット・ベイリー型城廓」の周囲に巡らせてあった木造の柵に代わりに、石造りの円形の防壁(ring-wall*)が備えられるようになったものである。

また、12世紀の末から13世紀に入る時期には、幕壁(まくかべ)(curtain wall*)と壁塔(へきとう)(wall-tower*)とゲートハウス(gatehouse*)より成る「キープを持たない城廓」(keepless castle*)が登場していた。つまり、従来の塔型のキープ(tower-keep*)は姿を消し、壁塔が、もしくはさらに進んでゲートハウスが、キープの働きをも兼ねる(☞keep-gatehouse)ようになってきていたのである。

それがエドワード1世時代(Edwardian period: 1272-1307)に入ると、「同心円型城廓」(concentric castle*)へと進展する。これはウェールズおよびスコットランドの支配を強化する目的で築城されたもので、幕壁を二重(double walls*)に巡らせた同心円の形態(concentric)をとり、攻城(siege castle*)が一層難しくなる。従来のキープを中心とした城が防御を主としたものであるのに対し、攻撃の面をも併せ持つ型の城が求められた結果であって、「エドワード1世様式の城廓」(Edwardian castle*)と呼ばれる。

次に、エドワード1世後の時代(post-Edwardian period: 1307-1485)、特に14世紀中葉～15世紀中葉には「中庭型城廓」(courtyard castle*)が建てられるようになった。これは要塞としてよりは、むしろ住心地の良さに力点が置かれた城で、四角い中庭(courtyard*)のその四辺を、通例は2～3階建ての建物で取り囲む形になる。

イングランドでは、城の時代は14世紀の末までで実質上は終わっていたが、一方のスコットランドでは、むしろその頃から、従来のイングランド様式から脱却して、独自のタイプの要塞を築き始めたのである。そして、「タワー・ハウス」(tower house)へと移行して行くわけだが、これはもう「城廓」というよりは、単なる「防備の施された塔の形の荘園領主の館」(fortified manor house*)というべきものになっていた。それというのも、火薬(gunpowder)と大砲(artillery)の到来によって、

- 291 -

城壁といえども破壊(breach)することがそれまでよりは容易になったこともあって、戦争そのものの仕方に変化が生じたためである。軍隊の規模が大になるにつれて戦いは野戦の方へと比重が移り、畢竟、城そのものは無視されるようになり、城は「最後の砦」というよりは、むしろ「捕虜を安全に禁錮して置くべき所」に過ぎないものとなっていた。例えば、ヘンリー7世(Henry VII: 1485-1509)が1485年にリチャード3世(Richard III: 1483-85)を敗死させ、バラ戦争(the Wars of the Roses: 1455-85)を終結させたのも、ボズワース・フィールド(Bosworth Field)というイングランド中部の州レスターシャー(Leicestershire)にある戦場である。結局、こうして発達してきた城も15世紀の末には、従来の軍事上の意味を失うことになったのである。

ちなみに、そうはいうものの、中世城廓は大砲に対しても耐久力を持つことが証明されてはいる。例えば、17世紀の大内乱(the English Civil Wars: 1642-51)の時、あるいは20世紀に入っても対ドイツ戦では、ヘンリー8世(Henry VIII: 1509-47)のイングランドの沿岸に築いていた要塞(☞artillery fort)が利用されたことを見てもわかる。もっとも、そのヘンリー8世が築いた要塞は、例えばその中でも最大でかつ最高の完成度になるディール城(Deal castle*: 1540)のように、'castle'と呼ばれてはいるものの、実質的には兵士のための「要塞」(fort*)に過ぎず、城主(castellan*)とその家族が生活できるような部屋は設けられていない。☞bastion

【参考】

* England was an old country, crowded with history, and <u>the castle was a symbol of the past</u>. The bridge across the moat had been drawn up in many a fierce battle against Dane and Norman, and kings had found refuge here, princes been murdered, and queens taken to bed by their secret lovers. <u>The castle was a storehouse of passion and revenge and ambition</u>, retreat and inspiration.

——P.S. Buck: *Death in the Castle*

castellation

城廓造り

'castellated architecture'ともいう。「城」(castle)そのものではなくても、「狭間

1. History of the Castle／城廓の成立ち

胸壁(きょうへき)」(battlement*)や「小塔」(turret*)などを備えた「城廓風の造り」も指す。

　建材として使用された石材はその土地その土地でも異なるが、石工(mason*)が切る(hew)のに適したフリーストーン(freestone)が通例で、他にも硬質白亜(clunch)、緑砂(greensand)、魚卵状石灰岩(oolite)、凝灰岩(tufa[tuff])、燧石(すいせき)(flint)などで、レンガ(brick)もむろん用いられた。また、中世のモルタルは石灰(lime)と砂(sand)と水の混合になるものが通例で、今日のようなセメント(cement)と砂と水によるものではなかった。

　また、切った石材を積み重ねて高い塔(tower)などを築くためには、今日でも高層ビルの建設の際にクレーン(crane)を利用するのと同様に、水車に似た木造の「踏み車」(treadmill)を高所に設置して、その中に二十日鼠よろしく人間が入って、両手両足を使って回転させ、その動力を同じく木造の「吊り上げ装置」(lifting gear)へ伝えて、大きな石材などを下から上方へ移動させた。もっとも、小さい石材などは籠(basket)に入れて背負い、'basket boy'と呼ばれる人間が運び上げていた。

　ちなみに、城廓の建造に携わる労働者の数は、ハーレック城(Harlech Castle*)で約900人、コンウェイ城(Conway Castle*)で約1,500人、ボゥマリス城(Beaumaris Castle*)では、石工が約400人、鍛冶屋(smith)と大工(carpenter)で約30人、車引き(carter)が約200人、その他に掘造りの者(ditcher*)や石割り人(stone-breaker)や井戸掘り人(well-digger)など約1,000人であったとされる。

423. 築城で作業中の石工たち(maisons)。Stirling ［S］

【文例】

＊ ...the tall, turreted, and castellated buildings in which the Norman nobility resided, and which had become the universal style of architecture throughout England....

——W. Scott: *Ivanhoe*

（...タレットを持った城廓風の造りのその高い建物は、そのノルマンの貴族が住むのだが、既にイングランドに広まっていた建築様式によるものであった...）

＊ ...the noble pile, which presented on its different fronts magnificent specimens of every species of castellated architecture, from the Conquest to the reign of Elizabeth, with the appropriate style and ornaments of each.

——W. Scott: *Kenilworth*

（...威厳のある大建築群のそれぞれ異なる正面の造りは、ノルマン・コンケストの時代からエリザベス女王の御世までの、全時代の城廓建築の壮麗な見本であって、それぞれに相応しい様式と装飾になるものであった。）

【参考】

＊ Far above, shot up red splintered masses of castellated rock, jagged and shivered into myriads of fantastic forms, with here and there a streak of sunlit snow, traced down their chasms like a line of forked lightning....

——J. Ruskin: *The King of the Golden River*

✲ **master-builder（建築工事の総棟梁）** 築城工事に携わる労働者には、各分野ごとに頭［親方］がいて、例えば、'master-mason'（石工の頭）を筆頭に、'master-carpenter'（大工の頭）、'master-plumber'（鉛工の頭）、'master-smith'（鍛冶工の頭）、'master-plasterer'（漆喰工の頭）、'master-slater［tiler］'（スレート［タイル］工の頭）、その他にも、'mortar-maker'（モルタル工）、'quarryman［quarrier］'（採石工）、'digger'（掘り工）などがいた。その中でも、工事全般に亙って責任を持ち、指揮を執る者を指す。

1. History of the Castle／城廓の成立ち

　通例は、'master-mason'の中でも特に秀でた者がその任に選ばれるが、石工としての高い技術を持つことは無論、文字の読み書きも出来、幾何学にも通じていて、高額で雇われる。時に外国からも依頼を受ける。その下で働く熟練した石工は'free mason'、さらにその下の未だ技術不足の石工は'rough mason'という。

　ちなみに、史上最も有名な総棟梁のひとりが'Master James of St. George'である。エドワード1世(Edward I: 1272-1307)はウェールズ支配の強化を目的とした数々の築城の際に、彼をその任に当てた。マスター・ジェイムズの手になる城は、リズラン城(Rhuddlan Castle*)、フリント城(Flint Castle*)、コンウェイ城(Conway Castle*)、カナーヴァン城(Caernarvon Castle*)、ハーレック城(Harlech Castle*)、それにボゥマリス城(Beaumaris Castle*)である。ハーレック城の場合、1290年にその城代(constable*)に任じられたほど、国王の信頼を得ていた。ボゥマリス城は、1295年に築開始、1300年に一時中止――国王が対スコットランド戦へ出向いたため――その後築城は再開されるが、結局は完成を見ないまま、1309年にマスター・ジェイムズは死亡。☞castellation

　また、大聖堂(cathedral)などの建築の場合にも上記のことは当てはまる。

【用例】

　'after a while Tom had become the master builder's right-hand man'（暫らくしてトムはその建築工事の総棟梁の右腕になっていた）（Follett: Pillars）

【文例】

* Tom realized regretfully that the building was almost finished. If he did get hired here the work would not last more than a couple of years――hardly enough time for him to rise to the position of master mason, let alone master builder.

———K. Follett: *The Pillars of the Earth*

（その建築はほぼ完成と分かって、トムは残念に思った。というのも、ここで雇われたとしても、仕事は精々2年くらいなもので、それでは工事の総棟梁はいうに及ばず、石工の頭の地位にすら昇り詰めるには、時間が足りないからである。）

Ⅱ Castle Development・城廓の発達

fortress; fortalice

(1)「要塞; 城塞」

大規模な軍事要塞(military stronghold)を指す。

今日では観光の名所としても特に名の知れたものに、スコットランドのエラン・ドナン城(Eilean Donan [Donnan] Castle)とダンヴェガン城(Dunvegan Castle)がある。前者はハイランド州(Highland)で、3つの入江(Lochs Alsh, Duich and Long)の合流点にある小島に立つ。1260年にスコットランドのアレキサンダー2世(Alexander II)によって築かれ、その後スチュアート(Stuart)王家支持者(Jacobite)の要塞になっていたが、1719年にイングランド軍に破壊され、1912〜32年に再建されて今日に至る。後者はスカイ島(the Isle of Skye)にあって、ボズウェル(J. Boswell)とジョンソン博士(Dr. Johnson)が滞在したことでも有名である。☞fort

【用例】

'a well-guarded fortress'(防備の完全な要塞)(Scott: Dangerous) / 'superintend the defence of the fortress'(要塞の防御の指揮を執る)(Scott: Ivanhoe) / 'Guigemar stormed the fortress and captured it'(ギィジュマーはその要塞に強襲をかけて奪い取った)(Jennings: Guigemar) / 'massive and complicated towers and walls of the old fortress'(時代を経た城塞の、がっしりとして入り組んだ造りになる塔と防壁)(Scott: Dangerous) / 'a mighty fortress with lofty tower and battlements, deep ditches and a heavy drawbridge'(狭間(はざま)胸壁付きの聳え立つ塔や、深い堀や、重い吊り上げ橋を備えた堅固な要塞)(Jennings: Merlin)

【文例】

＊ One dungeon he had seen: but he felt sure that in a fortress of such pretentions there must be more than one.

——L.P. Hartley: 'The Killing Bottle'

(既に地下牢のひとつは見たが、こんなこしらえの外観の城塞なら、地下牢

− 296 −

1. History of the Castle／城廓の成立ち

はひとつならずあるに違いない、と彼は思った。)

* "——Tell them whatever thou hast a mind of the weakness of this fortalice, or aught else that can detain them before it for twenty-four hours."
——W. Scott: *Ivanhoe*

(彼らにそちから伝えてもらいたいのだ、この城塞の弱点で気付いたことがあれば、何なりとも、また、24時間はこの城塞の中へは彼らに踏み込ませないだけの備えがあることなども。)

424. fortress(1)（城塞）。Eilean Donan ［S］

425. 城塞。Dunvegan ［S］

Ⅱ Castle Development・城廓の発達

426. 城塞。
半島(Dubh Ard)の突端の切り立つ岩山(crag)の上に立つ。
Duart [S]

427. 426.の中庭(courtyard)。

428. 城塞。King John's [I]

- 298 -

1. History of the Castle／城廓の成立ち

429. 城塞。右の岩山の頂部に火薬・弾薬庫(magazine)。
Dumbarton [S]

430. 429.の砲台(gun battery)。左端が哨舎(sentry box)。
King George's Battery

(2)「要塞都市」

防備の施され、軍隊の駐屯している要塞都市を特に指す。

�֍ citadel
(1) **都市要塞; シタデル。**　'a little city'の意味で、フランス古語'citadelle'、イタリア古語'cittadella'、さらには'city'の意味のラテン語'civitas'に由来する。

都市(city)を防衛し、かつ支配する要塞(fortress*)を指す。

都市の中、あるいは都市の近くにあり、特に市防壁(city wall*)で囲まれた中にあって、稜堡(bastion*)を備え、その都市を見下ろせる位置に立つのが通例。

－ 299 －

Ⅱ Castle Development・城廓の発達

防衛上の最後の拠点であると同時に、市民の最後の避難所(final refuge)でもある。☞図版：592

【用例】

'they went on through the Citadel gate'（彼らは都市要塞の門を進んで行った）(Tolkien: King) / 'there are armed men and cannon in the citadel overhead'（頭上に聳える都市要塞には武装した兵士たちと大砲が見える）(Stevenson: Introductory) / 'they regained the main street climbing up to the Citadel'（彼らは都市要塞へ上って行く本道へ再び戻った）(Tolkien: King) / 'a large map of the fortification of the town and citadel of Namur'（ナミュールの町とその要塞の大きな地図）(Sterne: Shandy)

431. citadel(1)(都市要塞)(矢印)と防壁都市(walled city)。左端上方にカーライル大聖堂(Carlisle Cathedral)。Carlisle ［E］

432. カーライル城(Carlisle Castle)(矢印)と防壁都市。

1. History of the Castle／城廓の成立ち

(2) 上記(1)から「**防衛上の最後の拠点**」の意味でも用いる。従って、例えばモット・ベイリー型城廓(motte-and-bailey castle*)のモットにあるキープ(keep)を指して、'citadel'ともいう。

【用例】

'a large and massive Keep, which formed <u>the citadel of the Castle</u>'（城の最後の防衛拠点となる大天守閣）（Scott: Kenilworth）

(3) 広義では一般に「**要塞**」(stronghold)の意味でも用いる。

✽ **fort**　一般に「**防備の施された建築物・要塞・砦**」の意味で用いる。上述の'fortress'(2)の要塞都市の中心に来るのがそもそも'fort'であった。例えば、スコットランド西北部の州ハイランド(Highland)の都市名'Fort Augustus'（1715以後の建立）や'Fort William'（1655建立; 1690再建）などにもその名が残っている。

　また、ヘンリー8世(Henry VIII; 1509-47)の築いたディール城(Deal Castle)やペンデニス城(Pendennis Castle)のように、大砲(artillery; gun)で備えを固めたものは'artillery fort*'、もしくは'gun-fort*'という。そのディール城(Deal Castle*)は1540年に築かれたものだが、彼の備えた一連の'artillery fort'の中でも最大級でかつ最高の完成度になる。しかしながら、'castle'と呼ばれはするものの、実質は兵士のための要塞に過ぎず、城主(castellan*)とその家族が生活する部屋などは設けられていない。中央の円形のキープ(keep*)を囲んで6基の半円形の稜堡（りょうほう）(bastion*)を輪の形に繋ぎ、それを同心円状に、つまり2重に巡らせてある。しかも、内側のそれは外側のそれよりも高い位置にあるので、段差を設けて大砲を撃つことが可能である。また、キープには駐屯軍指揮官(garrison-commanders: 司令官)とその部下が暮らしていて、食料貯蔵部屋(store-rooms*)、広間(hall*)、台所(kitchen*)、居間(living-rooms)、それに私室(chambers)などが備えてある。☞royal castle; bastion　☞図版：398

【文例】

＊ Over against it(= castle), on another hill, was <u>a fort</u> built by *Cromwell*, now totally demolished; for no faction of Scotland loved the name of *Cromwell*, or

- 301 -

Ⅱ Castle Development・城廓の発達

had any desire to continue his memory.

———Dr. Johnson: *A Journey to the Western Islands of Scotland*

(その城と相対するように、もうひとつの丘の上にクロムウェルの建てた要塞があったのだが、今ではすっかり取り壊されている。というのも、クロムウェルの名前を愛し、あるいは、彼を記憶に存続させたいと思う党派など、スコットランドには存在しなかったからである。)

【参考】

* Entrenched in intricacies strong,
　　Ditch, fort, and palisado,

433. fort（要塞）。Deal ［E］

434. 要塞。Fort Brockhurst ［E］

1. History of the Castle／城廓の成立ち

>   He marked with scorn the coming throng,
>   And breathed a bold bravado:
>   ——T.L. Peacock: *Sir Hornbook; or, Childe Launcelot's Expedition*, Vi. 17-20

435. 要塞。ファルマス湾(Falmouth Bay)からの城塞。
Pendennis ［E］

436. 435.のCU。
中央の円形の塔がキープ(keep: 天守)。

Ⅱ Castle Development・城廓の発達

437. 436.のキープの中の大砲を備えてある階(gun deck)。

438. 436.のキープの中の司令官の私室(governor's bed room)。

439. 436.のキープの中の司令官の食堂(dining room)。

1. History of the Castle／城廓の成立ち

❖ **royal fortress; royal fortalice**（国王（直属）の要塞（都市））　上述の'fortress'の(1)および(2)に関して、それが国王に直属する場合に用いる。

【文例】

＊ This <u>royal fortress</u> stands east of the city of London, near the bank of the Thames, where it may defend or command both.
　　　　　　　　——T. Boreman: *Curiosities in the Tower of London*

（この国王直属の要塞はロンドン市の東方、テムズ川の岸近くにあって、防御に備えると同時に指令を出すことも出来る。）

❖ **strength**　上述の'fortress'、つまり、'military stronghold'（軍事要塞）に同義の詩語および古語。

【用例】

次は'stronghold'のつづりの例。
'Guigemar led the knights in an assault of Meriaduc's <u>stronghold</u>'（ギィジュマーは騎士たちを率いてメリアドックの要塞を急襲した）（Jennings: Guigemar）／'the massive keep, <u>the last stronghold</u> in time of attack'（攻撃を受けた際の最後の砦である大きく堂々たる天守閣）（Follett: Pillars）

【参考】

＊ 'I plight mine honour, oath, and word,
　That, to thy native <u>strengths</u> restored,
　With each advantage shalt thou stand,
　That aids thee now to guard thy land.'
　　　　　　　　——W. Scott: *The Lady of the Lake*, V. xiii. 343-46

royal castle

王城; 国王直属の城

封建制の下で国王（king）はその王領地の一部を直接授封者（tenant-in-chief＊）、

- 305 -

つまり直臣に授与したが、一部はまた自分の直接の領地(イングランド全体の25%)として保持していた。国王がこの自分の直接の領地に建てた城を指していう。そして、その城には城代(constable*)を置いて管理に当たらせた。

こういう城は、反乱・謀反の中心になりかねない人口の多い大きな町を押さえる目的で築かれた。その場合も、市壁(town wall*)の内側に築いた城(intra-mural castle*)と、外側に築いた城(extra-mural castle*)の2通りがあった。前者では、ロンドン塔(the Tower of London*)、コゥルチェスター城(Colchester Castle*)、後者では、ヨーク城(York Castle*)、チェスター城(Chester Castle*)などがその典型である。

あるいは、ウェールズの支配を強化するために築いたり、改築したりした城としては、ビルス城(Builth Castle*)、フリント城(Flint Castle*)、グッドリッチ城(Goodrich Castle*)、コンウェイ城(Conway Castle*)、カナーヴァン城(Caernarvon Castle*)、リズラン城(Rhuddlan Castle*)、ハーレック城(Harlech Castle*)、それにボーマリス城(Beaumaris Castle*)などが挙げられる。

また、17世紀にどちらも破壊されてしまったが、「最後に築かれたイングランドの王城(1361-77)」としてのクイーンバラ城(Queenborough Castle*)や、ノルマンコンケスト(the Norman Conquest: 1066)以前に既に天然の丘(hillock)を利用して建てられ、その後に大改築を経て「イングランド最強の城のひとつ」とまで称されたコーフ城(Corfe Castle*)も忘れてはならない。

それとは別に、王国全体の防御上の観点から見て、敵が海から上陸して来るのに備えて築いた城もあった。例えば、ドゥヴァー城(Dover Castle*)、ヘイスティングズ城(Hastings Castle*)、ペヴェンズイー城(Pevensey Castle*)、オーフォード城(Orford Castle*)、ポーチェスター城(Portchester Castle*)、スカーバラ城(Scarborough Castle*)、サウサンプトン城(Southampton Castle*)、あるいは、ヘンリー8世(Henry VIII: 1509-47)の築城になるもので、ウォールマー城(Walmer Castle*)、ポートランド城(Portland Castle*)、ペンデニス城(Pendennis Castle*)など、ケント州からドーセット州(Dorset)、さらにコーンウォール州(Cornwall)へかけて築かれた一連の城塞(royal stronghold*)がある。

こういった王城の数は後述する「諸侯の城」(baronial castle)の合計数にこそ及ばないが、中世にはいつの時代であれ、50～100の数はあった。☞manor

1. History of the Castle／城廓の成立ち

【文例】

* Now Stephen was in the royal castle and Duke Henry was staying at the bishop's palace, and peace talks were being conducted by their representatives....
 ——K. Follett: *The Pillars of the Earth*

（今や国王スティーブンは王城にあって、ヘンリー公爵は司教官邸に滞在していて、両者間の和平会談がそれぞれの代表によってなされているところであった。）

* The external wall of this royal castle was, on the south and west sides, adorned and defended by a lake partly artificial....
 ——W. Scott: *Kenilworth*

440. royal castle（王城）。Tower of London ［E］

441. 王城。Windsor ［E］

Ⅱ Castle Development・城廓の発達

(この王城の幕壁の南および西側には、部分的には人工による湖があって、装飾とも防御ともなっていた...)

442. 王城。Dover [E]

443. 王城。Beaumaris [E]

444. 天然の丘を利用した王城。Corfe [E]

1. History of the Castle／城廓の成立ち

445. 王城。Conway [W]

446. 王城。Caernarvon [W]

❋ **baronial castle**（諸侯の城） 封建制の下で国王(king)はその王領地の一部を直接授封者［直臣］(tenant-in-chief)、つまり「諸侯」(baron)と呼ばれる大貴族たちに授与し、直臣は主としてその下の陪臣(sub-tenant)の奉仕――戦時の従軍など――を通して国王を援助したが、この直臣の内の諸侯の建てた城をいう。

　諸侯が国王から領地(fief)を授与される場合、必ずしも広大な土地1ヶ所を与えられたのではなく、あちらこちらに分散する形で与えられていた。そのために城も分散して建てられていた。それも自分の所有財産に応じて、あるいは国王の依頼に応えて建てたのであった。そして、領主は行政・財政・裁判・軍事などの面で仕事に当たっていた。領主夫妻の次に城中で最も重要な地位を占める

のは、'steward'（家老）で、騎士の身分であり、大抵は領主の血筋の者が当たった。ちなみに、当初はイングランド全土の25％が王領地で、諸侯が49％、残りの26％は司教や大修道院長に授与されたものであった。

城の立地条件としては、先ず第一に「領地を支配するための要塞を築く上で最適の地」ということであった。そのためもあって、イングランドのダンスター城(Dunster Castle*)のように、断崖を自然の要害とする所や、同じくイングランドのエィカー城(Castle Acre*)、ブロートン城(Broughton Castle*)、ケニルワース城(Kenilworth Castle*)、リィーズ城(Leeds Castle*)、シャーバーン城(Shirburn Castle*)、ッァンブリッジ城(Tonbridge Castle*)、あるいは、ウェールズのカーフィリー城(Caerphilly Castle*)のように、湖や川や、あるいは沼沢地(morass)などを利用できる土地も選ばれた。そして、幕壁(curtain*)や塔(tower*)などの真下から、地下にトンネル(mine gallery*)を掘り進めて城を崩壊させるという、中世攻城法(siege castle*)の中でも最も効果的な方法も、こういう城には役に立たなかったのである。

また、「諸侯の城」の数は上述の「王城」(royal castle*)の合計数に勝るもので、12世紀後半以降は、中央政権にとってはひとつの脅威にもなっていた。

上記以外にも、代表的なものを挙げると、イングランドのアニック城(Alnwick Castle*)、バンギー城(Bungay Castle*)、ダラム城(Durham Castle*)、フラムリンガム城(Framlingham Castle*)、モーペス城(Morpeth Castle*)、オゥクハンプトン(Okehampton Castle*)、タターシャル城(Tattershall Castle*)、ウェールズのチェプストゥ城(Chepstow Castle*)、それにキッドウェリー城(Kidwelly Castle*)などがある。

ちなみに、司教(bishop*)も諸侯と並んで直接授封者に含まれていて、戦時には自ら従軍する必要はないものの、「軍事的に国王を支援する義務」(military obligation: ☞manor)は負うていて、大抵の場合は「城」(castle)も所有していた。中にはひとつならず所有していた者もあった。☞manor

【文例】

* ...a gate-house...which still exists, and is equal in extent, and superior in architecture, to the baronial castle of many a northern chief.

———W. Scott: *Kenilworth*

1. History of the Castle／城廓の成立ち

(...門塔（中略）は残存していて、北部の多くの諸侯の城と比べても、規模は同等でも建築の面では上である。)

* "It is a formal letter of difiance...but, by our Lady of Bethlehem, if it be not a foolish jest, it is the most extraordinary cartel that ever was sent across the drawbridge of <u>a baronial castle</u>."

———W. Scott: *Ivanhoe*

447. baronial castle（諸侯の城）。Dunster ［E］

448. 諸侯の城。左にキープ(keep: 天守)。Kenilworth ［E］

II Castle Development・城廓の発達

(「これは正式の挑戦状ですぞ(中略)しかしながら、聖母マリアにかけて、これが馬鹿げた冗談でないとしたら、これまで諸侯の城の吊り上げ橋を渡って送られて来た中でも、最も風変わりな果し状といってもよいものです。」)

449. 諸侯の城。Leeds ［E］

450. 諸侯の城。Caerphilly ［W］

451. 諸侯の城。Chepstow ［W］

1. History of the Castle／城廓の成立ち

❖ **castellan:**　発音は［キャステラン］に近く、アクセントは［キャ］にある。
(1) 城主　国王(king)も含めて城(castle)の所有者を指す。ちなみに、'chatelain*'ともいい、その夫人、あるいは女城主は'chatelaine'という。発音はどちらも［シャタレイン］に近く、アクセントは［シャ］にある。

【文例】

＊ "You may find it (= work)," the carter said neutrally. "If not on the Cathedral, perhaps on the castle."
"And who governs the castle?"
"The same Roger is both bishop and castellan."
　　　　　　　　　　　——K. Follett: *The Pillars of the Earth*

（「仕事にありつけるかもよ、」とその荷馬車の御者は感情を入れずにいった。
「大聖堂の方でなけりゃ、ひょっとして城の方で。」
「で、城を治めるのはどなたが？」
「同じロジャー様が司教様でありご城主様でもあるのよ。」）

(2) 城代　上記(1)の城主に代わって城の管理に当たる最高責任者をいう。戦争の際には城を保持するか、敵に明け渡すかの決定権の他に、城下に出入りする物品などに課税するなどのさまざまな権力を持った。☞constable

❖ **constable**（城代）　国王(king)の留守中の城の最高責任者。
　城にはこの城代とその家族の下に、守備兵たち(garrison*: 駐屯軍)がいたわけだが、その人数は、例えばウェールズのコンウェイ城(Conway Castle*)の場合、平時では約30人。その内訳は、弩兵(crossbow-man)の15人、チャプレイン(chaplain: 城の礼拝所の司祭［牧師］)、大工(carpenter)、石工(mason*)、鍛冶屋(smith)、哨兵(watchman*)各々1人ずつ、他にそれぞれ数人ずつの門衛(porter*)や料理人(cook)や台所の下働き(scullion)や馬丁(stableboy)などであった。
　極めて小規模な城を例にとれば、クリキェス城(Criccieth Castle*)の場合、エドワード1世(Edward I*: 1272-1307)により改築されたものであるが、その城代の他に弩兵10人、チャプレイン、甲冑師(armourer*)、大工、鍛冶屋、石工各々

Ⅱ Castle Development・城廓の発達

1人ずつであった。

【用例】

'Clearly his name had been picked out of the list compiled earlier by the castle constable.'（彼の名前は城代が前に作製した名簿から選ばれていたことは明らかであった。）（Follett: Pillars）

✻ **steward**（家老）　城主（castellan*）――国王（king）以外の――の留守の間に城内での日常のことを管理する責任者で、男性を指す。☞manor-court

【文例】

* "I am Richard, the heir to the earldom," the boy said in a cracked adolescent voice. Behind Philip, the man said: "And I am Matthew, the steward of the castle."

――K. Follett: *The Pillars of the Earth*

(「私はリチャード、伯爵の後継者だ」その若者は声変わりしたばかりの声でいった。フィリップの背後で、先刻の男はいった、「そして私がマシュー、城の家老である。」)

― 314 ―

2. Motte (-) and (-) Bailey Castle
モット・ベイリー型城廓

　発音は「モット・ン・ベイリー・カースル」に近い。'motte'は'mote'とも、地方によっては'moot'のつづりも用いられる。発音はそれぞれ[モット][ムート]に近い。また、'mound[mount]-and-bailey castle'ともいう。ウェールズとイングランドの国境地方(the Welsh borders)では、'motte'を指して'tump'、ウェールズでは'tomen'という。

　イギリスではウィリアム1世(William I: 1066-87)の頃のノルマン様式の城廓(Norman castle)に見られるようになったもので、最も初期の段階に属す城である。この型の城廓は、その後12世紀の後半まで築城されることになる。元来はフランスやドイツのライン川以西のラインランド地方(the Rhineland)に発達し、ノルマン人によってイングランド、ウェールズ、その後にスコットランドやアイルランドに入ったものである。それ以前のエドワード証聖王(Edward the Confessor: 1042-66)の時代にも造られてはいたが、特に、ノルマン・コンケスト(the Norman Conquest: 1066)の後にイングランドに広まった。つまり、その後もサクソン人(the Saxons)を制御する必要から、このタイプのものが築かれて行ったのである。というのも、1066～1070年までは、サクソン人の反乱は毎年のように起こっていたからである。

　堀(ditch*)を造る際に掘り出した土を積み上げて築いた円い土塁(circular earthwork)は、ノルマン語で'motte[mote]'といい、英語の'mound[mount]'に当たる。土塁には天然の丘を利用することもあるが、どちらにせよ、その頂部は平らで、側面は傾斜した面になる。しかも、その側面全体はさらに粘土で塗り固め、滑り易くしてある。そして、この土塁には通例は2階建て、ないしは3階建ての木造のキープ(wooden keep*)を建て、周囲には木造の柵(palisade*)が巡らせてあった。キープは塔型(tower)になるが、必ずしも築かれない場合もある。それが3階建ての場合、2階は外からの梯子(ladder)で出入りし、そこに城主(lord)の私室(solar*)があり、3階がその寝室(chamber*)で、1階は食料貯蔵室(cellar)になっている。梯子による出入りは、敵の攻撃を受けた際に、梯子を上から引き上

Ⅱ Castle Development・城廓の発達

げて外敵の侵入を防ぐためである。この土塁の上に建つ城を指して'motte [mote] -castle'ということもある。また、この土塁の上には補充用の武器も貯えてあった。

ちなみに、バイユー壁掛け(the Bayeux Tapestry)には、イングランドに上陸したノルマン兵たちが、ヘイスティングズ(Hastings)にモットを築いている様子が描かれている。

一方、土塁である'motte'より低い位置にあり、同じく木造の柵で囲まれた'bailey'と呼ばれる広場のような地所がある。ここには広間(hall)といって、城主の家族・使用人・兵士たち皆が使用するスペースのある建物、守備兵たち(garrison: 駐屯軍)のための兵舎(barrack)、食料などの貯蔵庫(granary)、厩・牛舎・その他の家畜小屋(stable)および犬小屋(kennel)、鍛冶場(smithy)や甲冑師の仕事小屋(armourer's shed)などの仕事場(workshop)、その他に納屋(barn)、台所(kitchen)、パン焼場(bakehouse)、さらには、礼拝所(chapel)、武器庫(armoury*)、醸造所(brewhouse; brewery)、それに取り分け重要なものとして、井戸(well)が備えてある。井戸は、敵の攻撃に対して持ちこたえる必要から、自給自足にするためのみならず、周囲の柵の脇に、藁(straw)や粗朶(brushwood: 柴)を積み重ねて火を放たれた時に、それを消すための水を確保して置くのが目的である。

この型の城廓は、いわば数字の「8の字」の形態をとり、一方が他方より小さく、小さく高い位置にある方が'motte'、大きく低い位置にある方が'bailey'というわけである。両者は堀で互いに隔絶され、かつ両者は通例それぞれが堀で囲まれていることになる。そして、ベイリーへの入口と、ベイリーからモットへ通ずる箇所には、それぞれ吊上げ橋(drawbridge*)が設けてあった。吊り上げ橋の代わりに橋道(causeway)と落とし門(drop-gate*)を組合せた形になる場合もある。また、堀は空堀(dry ditch*)が通例だが、土地によっては水を張ってあること(moat*)もあった。つまり、低地あるいは沼沢地を含む土地の場合、自然に水が溜まるし、近くに川があればそこから水を引いて来て満たすことも出来たわけである。

従って、'The ditch round the motte separates it from the bailey.'といえば、「土塁の周りを囲む堀が、土塁とベイリーとを隔てている。」ということで、'The basic motte-and-bailey castle has the rough shape of a figure of eight.'となると、「モット・ベイリー型城廓は、おおざっぱに描いた8の字の形をその基本とする。」の意味である。

ノルマン人たちはイングランド征服後も、サクソン人の攻撃に備える必要が

2. Motte(-)and(-)Bailey Castle／モット・ベイリー型城廓

あったが、築城に時を費やすのを惜しんで、石造りではなく、手っ取り早くコストも安上がりの木造にしていたのである。強制労働を以て1〜2週間ぐらいで完成させたのが通例とされる。ヘンリー1世（Henry I: 1100-35）の時代では、イングランドの城の大多数がこの型になり、また、特にノルマン王朝最後のスティーヴン王（Stephen: 1135-54）の統制が内乱などで弱まった、いわば無秩序の時代に、土地所有者の多くが自己防衛のために築いたものが最多である。それも十字路や川の近くになる場合が多い。

なお、補足するならば、モットの中で柵に囲まれた部分（キープの周囲）を「内廓」（inner bailey*）、モットに対してベイリーの方で、同じく柵に囲まれた部分を「外廓」（outer bailey*）と呼んで区別することもある。

モットの高さは15〜35mで、頂部の直径は10〜30m、その底部の直径は30〜110mとさまざまである。木造の柵は3〜3.5mの高さで、その内［裏］側には監視歩廊（wall walk*）にするために土を盛り上げて棚状にしてあり、狭間胸壁（crenellation*）も備えてあった。☞図版：413

また、この型の城廓にはヴァリエーションも多く、例えば、モットひとつに複数のベイリー、あるいはその逆の場合などいろいろである。モットの形も、スコットランドには円形以外に方形（square; rectangular）のタイプも見られる。

しかし、こういった「土と木造の柵による城」（earth-and-palisade castle）に対して、「石材を利用した城」が次第に導入されるようになり、13世紀には後者が前者に取って代るようになった。

この型に属す城の中には、創建当初はもちろん木造の柵を持つものであったが、後にそれが石造りとなる「シェル・キープ」（shell-keep*）へ変貌を遂げたものも含まれる。例えば、イングランドでは、1072年創建で後にシェル・キープへ変わるダーラム城（Durham Castle*）、創建は11世紀だが12世紀初頭にシェル・キープになったオックスフォード城（Oxford Castle*）、創建は11世紀後半で後にシェル・キープのピッカリング城（Pickering Castle*）、天然の丘をモットに利用し、1066年頃の創建になり、1075年にシェル・キープとなったウィンザー城（Windsor Castle*）、その他にもウォーリングフォード城（Wallingford Castle*）、シェル・キープにはならなかったプレッシィー城（Pleshey Castle*）、そしてウェールズでは、カーディフ城（Cardiff Castle*）などである。

II Castle Development・城廓の発達

【文例】

　次は解説にも述べたように数字の8の字の形に言及し、土塁の方を'upper circle'、ベイリーを'lower circle'と高低[上下]の差で区別している。

＊ There was a wide, deep moat in the shape of the number eight, with the upper circle smaller than the lower. The earth that had been dug out to form the moat was piled up inside the twin circles, forming ramparts.
　　　　　　　　　　　　——K. Follett: *The Pillars of the Earth*

（数字の8の形状に、幅の広い深い堀が出来ていて、高い方の円は低い方のそれより面積は小さくなっている。堀を造るために掘り出された土は、そのふたつの円の内側に積み上げられて、塁壁を成していた。）

　次はその'lower circle'、つまり、ベイリーの中の建物について述べた下りである。

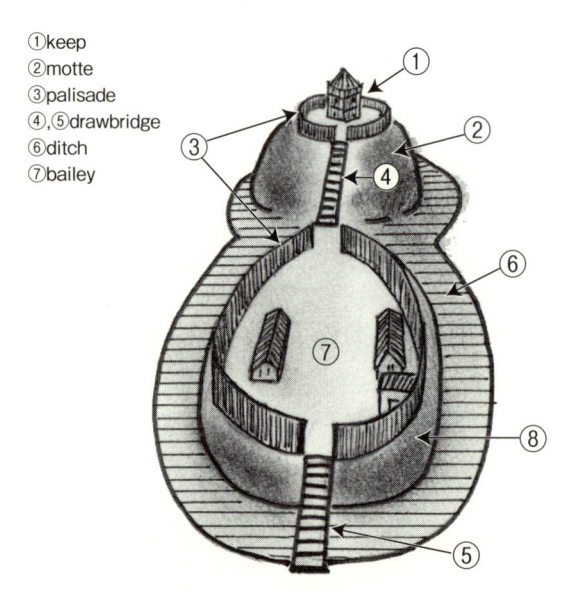

①keep
②motte
③palisade
④,⑤drawbridge
⑥ditch
⑦bailey

452. motte-and-bailey castle（モット・ベイリー型城廓）

- 318 -

2. Motte(-)and(-)Bailey Castle／モット・ベイリー型城廓

* <u>Within the lower circle</u>, shielded from the outside world by the earth walls, was the usual range of domestic buildings: <u>stables</u>, <u>kitchens</u>, <u>workshops</u>, <u>a privy tower</u> and <u>a chapel</u>.

——K. Follett: *The Pillars of the Earth*

（低い方の円の内側は、土の塁壁によって外界から閉ざされているが、城内での用向きに使う建物のある領域に当たり、例えば、家畜小屋、台所、仕事場、トイレのある塔、それに礼拝堂である。）

次はドーセット州のコーフ城（Corfe Castle）がモデルのコーヴスゲイト城（Corvesgate Castle）の描写である。ジョン王（King John: 1199-1216）のお気に入りの居城のひとつとして知られるが、モット・ベイリー型城廓から発達して、イングランド最強の城とまでいわれるほどのものになった。しかし、1646年にクロムウェル（Cromwell: 1599-1658）の軍による砲撃で大破し、今日では廃墟と化している。

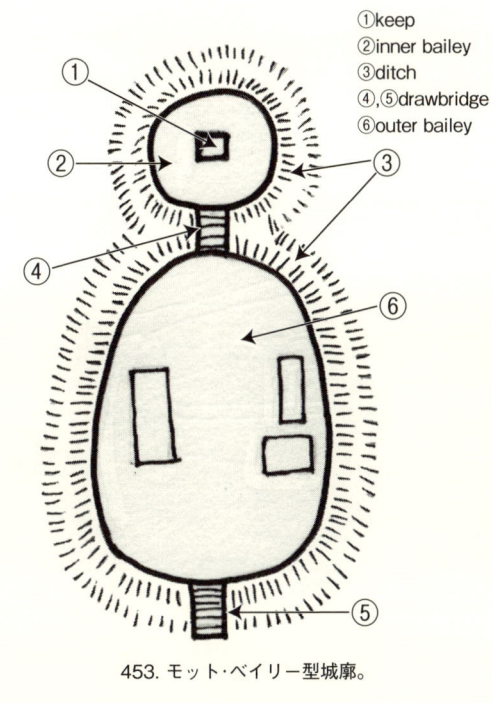

①keep
②inner bailey
③ditch
④,⑤drawbridge
⑥outer bailey

453. モット・ベイリー型<u>城廓</u>。

II Castle Development・城廓の発達

＊ The reader buzzed on with the history of the castle, tracing its development from a mound with a few earth-works to its condition in Norman times....
——T. Hardy: *The Hand of Ethelberta*

(読み手はこの城の歴史について、まるで昆虫の羽音のようにブンブンと声を出し、2、3の土塁を備えたモットからノルマン時代の状態へ至るその発達を辿った...)

454. 後にシェル・キープ型(shell-keep patten)となり、防壁も石造りとされたが、モット・ベイリー型の形態を保つ。York [E]

455. モット。石造りのキープは後代。Launceston [E]

2. Motte(-)and(-)Bailey Castle／モット・ベイリー型城廓

456. 455.のベイリーからモットへ。石段は後代。

457. 455.のベイリー。

458. 455.のベイリーの中の井戸(well)の跡。

Ⅱ Castle Development・城廓の発達

459. 455.のモットからの眺望。

460. モット・ベイリー型であった頃のモット。Warwick [E]

461. モットとその周囲の堀(ditch)。
ベイリーを囲む石の防壁は後代。Pickering [E]

2. Motte(-)and(-)Bailey Castle／モット・ベイリー型城廓

462. バイユー壁掛け(Bayeux Tapestry)に描かれた「モットを築く様子」。

ringwork; ring-work

リングワーク

敢えて'ringwork castle'などと表現される場合もある。

「土塁」を要塞の基本とする城廓(earthwork castle)には、大別すると上述の'motte and bailey'のタイプと、このリングワークとの2種類になる。どちらもそのほとんどが11世紀および12世紀に築かれた。後者は'motte'ほどの高さは持たぬが、それと同様に円形(circular)や楕円形(oval)の低い土手(bank)による土塁で、その上には木造の柵(wooden palisade*)を巡らせ、その内側に木造の建物を立て、そしてその全体を堀(ditch*)で囲ってある。ただし、「モット・ベイリー型」のような「ベイリー」はついていないのが通例。また、「モット・ベイリー型」よりは築くのに時間もコストもかからずに済んだ。

このタイプのものはイングランドだけでも200は数えられ、ウェールズでは特にグラモーガン(Glamorgan)に集中して見られ、約28は確認されている。また、スコットランドにも点在している。特に知られている例としては、イングランドのライズィング城(Castle Rising*)やオールド・セーラム(Old Sarum*)やメイドン城(Maiden Castle)、ウェールズのグラモーガンでは、コォイティー城(Coity Castle*)、ラッハ城(Loughor Castle*)、あるいはオッグモー城(Ogmore Castle*)などに見られる。

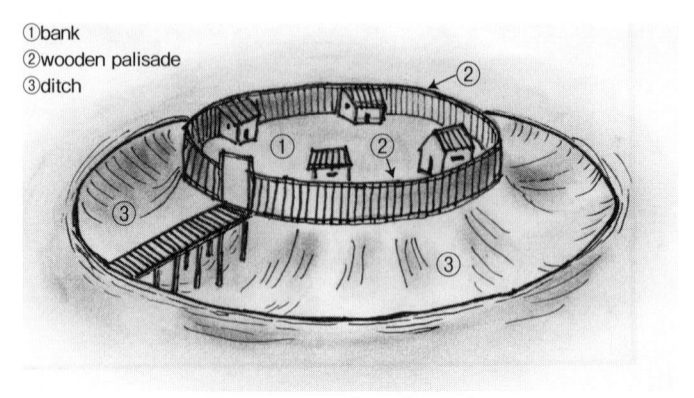

Ⅱ Castle Development・城廓の発達

①bank
②wooden palisade
③ditch

463. ringwork（リングワーク）

3. Shell(-)Keep Castle
シェル・キープ型城廓

'castle with a shell(-)keep' ともいう。

上述のモット・ベイリー型城廓(motte-and-bailey castle*)では、土塁(motte*)およびベイリー (bailey*)の周囲には木造の柵(wooden palisade*)が用いられていた。しかし、ヘンリー1世(Henry I; 1100-1135)の頃には、その柵に代わって、円形防壁(ring-wall)と呼ばれる石造りの防壁が、土塁の上に築かれるようになった。火やその他の攻撃に対する備えを強化する目的であった。というのも、攻城(siege castle*)の際には木造の柵の脇に、藁(straw)や粗朶(brushwood: 柴)を積み重ねて火を放つというのが、この時代の常套手段でもあったからである。

その円形防壁で囲まれた土塁の上には、木造の塔型キープ(tower keep*)が従来通り建つこともあった。しかし、城によってはそのキープに代わって、円形防壁の内側の壁面に接する形で、差し掛け小屋(lean-to)のように、いろいろな部屋や小屋が設けられる場合もあった。例えば、広間(hall*)、城主(lord)とその家族の私室(chamber*)、礼拝所(chapel*)、貯蔵所(granary*)、兵舎(barrack)、台所(kitchen)、厩・牛舎・その他の家畜小屋(stable*)などが木造で――後には石造りで――こしらえられていた。

この円形防壁の直径は12〜37mとさまざまだが、高さ6〜7.5m、厚さ2.5〜3mが一般的なところで、下記のレストーメル城(Restormel Castle*)の場合は、そのほぼ全容が今日でも見られるものとして典型的なものだが、直径約33.5m、高さ約7.9m、厚さ約2.6mとなっている。また、防壁の基底部には石造りの土台(plinth*)をつけたり、壁塔(wall-tower*)や控え壁(buttress)で補強したり、あるいは監視歩廊(wall walk*)を備えたりする場合もあった。

この形態になったのは、キープを「石造りの塔」の形で建てられるほどには、土塁が磐石に出来てはいなかったからである。そして、この形態の場合、防壁の内側の庭(courtyard*)は、屋根で覆われていない青空天井になった。「石造りの貝殻(shell)で防御されたキープ」という名称の意味はここにある。そして、この型の城廓は、特に12世紀後半に築かれたものが多い。

Ⅱ Castle Development・城廓の発達

　この貝殻型防壁(shell wall)の形は、イングランドのレストーメル城やウィンザー城(Windsor Castle*)の円形塔(Round Tower)のような円形(circular; round)のみならず、同じくイングランドのダーラム城(Durham Castle*)やオッディアム城(Odiham Castle*)やウェールズのカーディフ城(Cardiff Castle*)のように8角形(octagonal)など多角形(polygonal)、あるいは同じイングランドでも、ヨーク城(York Castle*)のクリフォード塔(Clifford's Tower*)に見られる四つ葉型(quatrefoil)や、ワイト島(the Isle of Wight)にあるキャリズブルック城(Carisbrooke Castle*)のように卵形(oval)などもある。

　また、その他にイングランドでよく知られている例を挙げれば、築かれた当初はノルマン人(the Normans)によるモット・ベイリー型(motte-and-bailey pattern*)であったものが、その後にシェル・キープを持つに至ったものも含まれるが、アランデル(Arundel Castle*)、バァークリー城(Berkeley Castle*)、ファーナム城(Farnham Castle*)、ローンスタン城(Launceston Castle*: 防壁の内側に後に円形キープが建つ)、ルゥイス(Lewes Castle*)、オックスフォード城(Oxford Castle*)、トットネス城(Totnes Castle*: モットは天然の丘を利用)、あるいはピッカリング城(Pickering Castle)などがある。

①gate　②guest chamber
③bedchamber　④ante-chamber
⑤chapel　⑥solar [lesser hall]
⑦great hall　⑧kitchen
⑨latrine
⑩courtyard　⑪moat
(2〜7は2階で、1階はguard-roomやstorage)

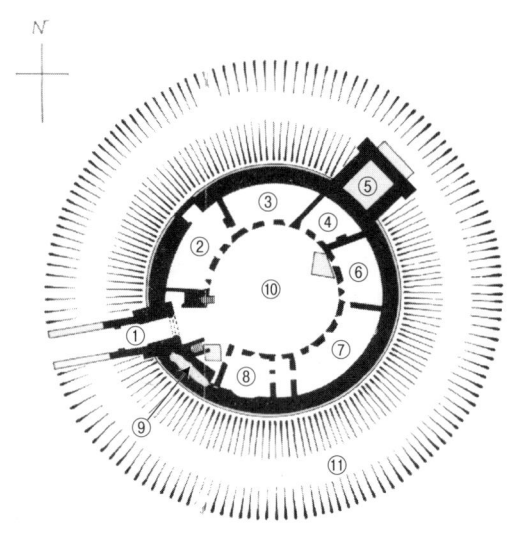

464. shell-keep(シェル・キープ)——Restormel Castle ［E］

3. Shell(-)Keep Castle／シェル・キープ型城廓

465. シェル・キープ型城廓の全体。Restormel [E]

466. 464.のモット(motte)の上のシェル・キープ。

467. 464.の空堀(dry moat)。元来は水堀であった。

468. 464.の内庭(courtyard)。

II Castle Development・城廓の発達

469. 464.の外側の防壁とそれに接続する部屋の造り。

470. 469.のつづき。

471. 469.の防壁の厚みを利用した歩廊(wall-walk)。

472. 469.の防壁の中の通路。

3. Shell(-)Keep Castle／シェル・キープ型城廓

473. シェル・キープとモットの全体。
Clifford's Tower, York ［E］

474. 473.のモット上のキープ。

475. 474.のCU。

476. 475.の内側。

- 329 -

Ⅱ Castle Development・城廓の発達

477. シェル・キープ型城廓。Launceston [E]

478. シェル・キープ型城廓。Durham [E]

479. シェル・キープ型城廓。Cardiff [W]

- 330 -

3. Shell(-)Keep Castle／シェル・キープ型城廓

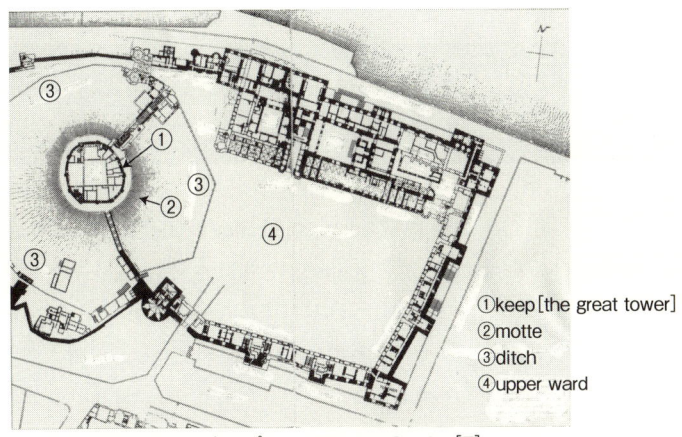

①keep[the great tower]
②motte
③ditch
④upper ward

480. シェル・キープ——Windsor Castle [E]

II Castle Development・城廓の発達

4. Keep(-)and(-)Bailey Castle
キープ・ベイリー型城廓

　上述のモット・ベイリー型城廓(motte-and-bailey castle*)では、木造の柵(wooden palisade*)で囲まれた土塁(motte*)の上に木造の塔型キープ(tower keep*)が建てられ、ベイリーとは堀(ditch*)によって隔絶されている。しかし、そのキープが石造りになると、その重量のために土塁の上では最早耐え切れなくなって、キープは平地(flat ground)、もしくは天然の丘(natural hill)の上に築かれるようになった。そしてさらに、そのキープは石造りの防壁で囲まれることになる。この「石造りの防壁で囲まれたベイリー(stone-walled bailey)の中にキープを持つ形態の城廓」を指す。

　典型的な造りとしては、4階建てで、1階[地階](basement*)は貯蔵室(storerooms*)と牢獄(dungeon*)、2階は兵士の詰め所(garrison quarters*)、3階は大広間(the Great Hall*)と領主の私室(lord's solar*)、4階は幾つかの寝室(sleeping chambers)、そして窓は小さなもので、下の方の階では縦に細長い隙間(slit)程度のものであった。礼拝室はフォービルディング(forebuilding*)の部分に設けてあった。

　石造りのキープ(stone keep)も、横断面が方形のもの(rectangular keep: 11世紀中葉〜12世紀末葉)から、多角形のもの(polygonal keep)を経て、円形のもの(round keep: 12世紀末葉〜13世紀末葉)へと進展する。方形の場合、塔の上から監視する際に、その底部は死角になることと、また、塔の角の地面を敵に掘られる(☞siege castle)と、塔は崩壊し易かったこともあって、角の生じない円筒形にして、監視の死角を無くし、塔を掘り崩されるのを防ぐ工夫としたのである。

　その初期の例では、W. スコット(W. Scott)の『アイヴァンホー』(*Ivanhoe*)に登場するコニスバラ城(Conisbrough Castle*)がある。中には、11世紀末葉〜12世紀中葉にかけて、イングランドのペヴェンズィー城(Pevensey Castle*)やポーチェスター城(Portchester Castle*)のように、ローマ時代の軍事都市を成していた市壁(city wall*)を利用して外廓(outer bailey*)を設け、その一角には外周に堀りを巡らせた内廓(inner bailey*)を築いて、中に塔型のキープを構えたものもある。

4. Keep(-)and(-)Bailey Castle／キープ・ベイリー型城廓

ちなみに、この形態でベイリーの防壁(bailey wall)が二重になって、同心円型城廓(concentric castle*)へとさらに発達して行くことになる。

【文例】
次は解説に述べたコニスバラ城(Conisbrough Castle)の描写であるが、作品の中ではコニングスバラ城(Coningsburgh Castle)の名前で登場する。

＊ The outer walls have probably been added by the Normans, but the inner keep bears token of very great antiquity. It (= Keep) is situated on a mount at one angle of the inner court, and forms a complete circle of perhaps twenty-five feet in diameter.

——W. Scott: *Ivanhoe*

(幕壁(まくかべ)は恐らくノルマン人によって付け足されたものであろうが、その中の天守閣には非常に古い時代のものであるという証拠が残っている。天守閣は内廓の一角に築かれた土塁の上にあって、あるいは直径25フィートもあるかも知れぬ完全な円形の塔を成している。)

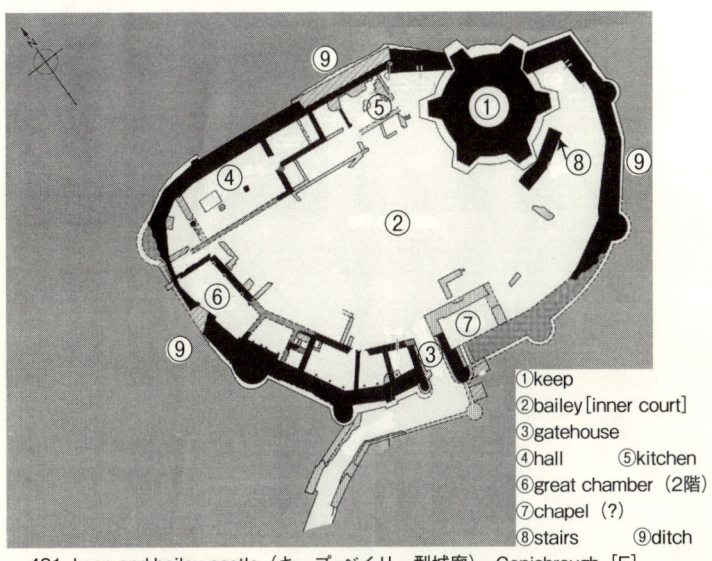

①keep
②bailey [inner court]
③gatehouse
④hall　⑤kitchen
⑥great chamber（2階）
⑦chapel（?）
⑧stairs　⑨ditch

481. keep-and-bailey castle（キープ・ベイリー型城廓）。Conisbrough [E]

Ⅱ Castle Development・城廓の発達

482. 481.の全体。

483. 481.のキープ(12世紀)。

484. 483.の側堡塔(flanking towers)の張り出し具合に留意。

- 334 -

4. Keep(-)and(-)Bailey Castle／キープ・ベイリー型城廓

485. 483.のキープ内の階段。

486. 481.のベイリーあるいは内廓(inner court)。

487. 481.の堀(ditch)。

- 335 -

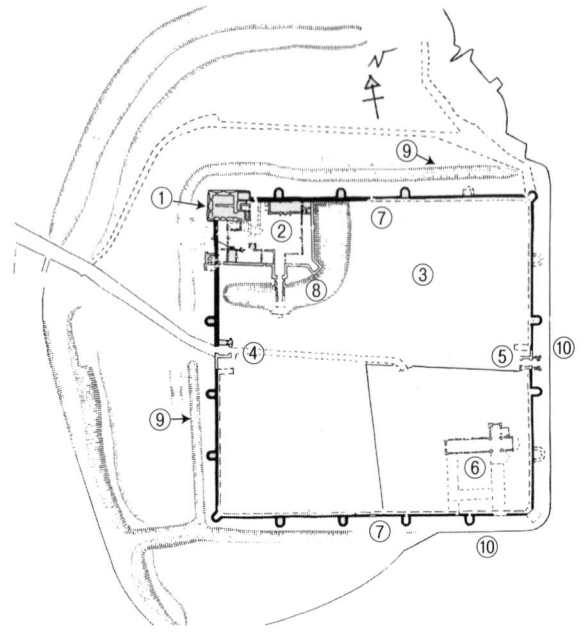

Ⅱ Castle Development・城廓の発達

①keep ②inner bailey ③outer bailey ④gate
⑤water gate ⑥church ⑦postern ⑧moat
⑨Roman ditch ⑩Portsmouth Harbour
488. キープ・ベイリー型城廓。Portchester [E]

4. Keep(-)and(-)Bailey Castle／キープ・ベイリー型城廓

489. 488.のキープ。

490. 488.のキープの屋上から、手前の内廓(inner bailey)とその向こうの外廓(outer bailey)越しに、港(Portsmouth Harbour)を望む。

- 337 -

Ⅱ Castle Development・城廓の発達

491. 488.の外防壁(outer wall)と筒形側堡塔(drum-shaped flanking tower)。

492. 488.の大広間(great hall)(中央)とその入口(矢印)。入口の左は台所(kitchen)。

493. 488.の内廓の前の水堀(moat)。

4. Keep (-) and (-) Bailey Castle／キープ・ベイリー型城廓

keepless castle

キープ無しの城廓; 天守閣無しの城廓

　12世紀末葉〜13世紀初頭にかけての時期には、従来の塔型のキープ(tower keep*)が姿を消し、幕壁(curtain*)と幕壁塔(wall-tower*)とゲートハウス(gatehouse*)より成る城廓が出現するようになった。そして、その幕壁塔が、あるいはさらに進んだ場合はゲートハウスが、本来のキープの機能をも兼ね合わせて持つ(keep-gatehouse)ようになってきたのである。こういう「塔型のキープを持たない型の城廓」を指す。

　幕壁の内側に設けられた建物や差し掛け小屋(lean-to)は、大広間(the Great Hall*)、礼拝所(chapel)、倉庫(store)、井戸(well)、兵舎(soldier's quarters*)、ビールなどの醸造所(brewhouse; brewery)、納屋(barn)、厩・牛舎・その他の家畜小屋(stable)、豚小屋(piggery)、鍛冶場(smithy)などで、大広間の階上には領主の私室(solar*)と客用寝室(guest-chamber)があった。また、幕壁で囲まれた中にさらに木造のフェンスで囲って、領主夫人(chatelaine)専用のハーブの花壇や鳩小屋(dovecot)や蜜蜂の巣箱(bee-hive)、あるいは果樹なども用意されていた。

　このタイプの初期の典型的な例としては、イングランドのフラムリンガム城(Framlingham Castle*)で、13基の方形の側堡塔(flanking tower*)を持つ幕壁から成っている。また、ウェールズのコンウェイ城(Conway Castle*)やカナーヴァン城(Caernarvon Castle*)、アイルランドの州都リマリック(Limerick)にあるキング・ジョン城(King John's Castle*)もその例に入る。

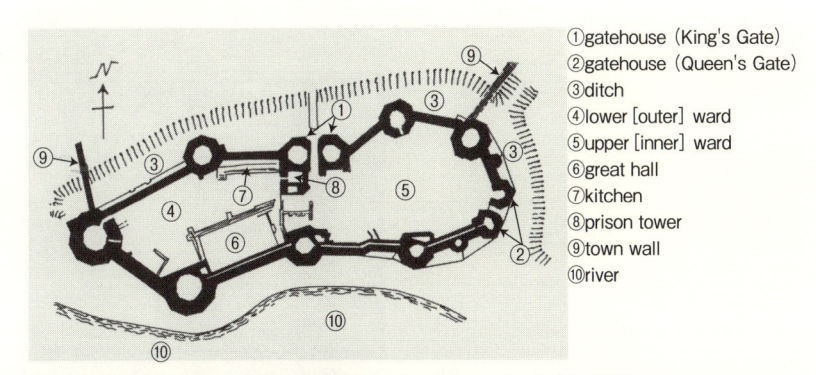

①gatehouse (King's Gate)
②gatehouse (Queen's Gate)
③ditch
④lower [outer] ward
⑤upper [inner] ward
⑥great hall
⑦kitchen
⑧prison tower
⑨town wall
⑩river

494. keepless castle (キープ無しの城廓)──Caernarvon Castle (13世紀)

Ⅱ Castle Development・城廓の発達

495. 494.の全体の外観。

496. 494.の門塔(gatehouse: King's Gate)への橋。元来は吊り上げ橋(drawbridge)であった。

497. 496.の門塔の前の堀(ditch)。

4. Keep(-) and (-) Bailey Castle／キープ・ベイリー型城廓

498. 494.の内廓(upper ward)(奥)、外廓(lower ward)(手前)。
右手に大広間(great hall)の跡。

499. 494.の外廓(奥)、内廓(手前)。

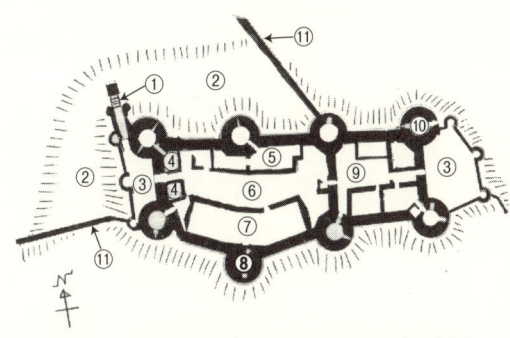

①drawbridge
②moat
③barbican
④guard room
⑤kitchen & stable
⑥outer ward
⑦great hall
⑧prison tower
⑨inner ward
⑩chapel tower
⑪town wall

500. キープ無しの城廓──Conwy Castle(13世紀)

- 341 -

Ⅱ Castle Development・城廓の発達

501. 500.の全体の外観(復元図)。

502. キング・ジョン城(King John's Castle)。

5. Concentric Castle
同心円型城廓

　最も発達した段階の城廓で、幕壁(curtain*)を通例は二重(double wall(s)*)に巡らせた同心円の(concentric)形態をとる。内側の幕壁が外側のそれよりも高くなるのが原則である。攻めて来る敵に対し、守り手が内側の幕壁から外側の幕壁越しに攻撃を仕掛ける必要があるからである。その際には、無論のこと同時に外側の幕壁からも、防戦のための攻撃をするのである。13世紀末〜14世紀初頭にかけて登場するようになった。

　この型の城廓は、要約すると、内幕壁(inner curtain*)と幕壁塔(wall tower*)とゲートハウス(gatehouse*)を1組み、そして、外幕壁(outer curtain*)と幕壁塔とゲートハウスを1組みとした、合計2組みからの造りになるわけである。

　また、その内幕壁で囲まれたスペースは内廓(inner bailey［ward］*)で、内幕壁と外幕壁で挟まれたスペースは外廓(outer bailey［ward］*)という。

　従来型の城廓の場合では、攻めて来た敵にひと度ベイリー(bailey*)を奪い取られると、キープ(keep)へ後退せざるを得ないが、キープのみを拠点としてもそれ以上の防戦は極めて困難であった。しかし、この新しい形態の城では、攻め手が喩え最初の防衛戦を突破したとしても、攻め入った所は両側に聳え立つ幕壁に挟まれた狭い空間——'the death hole'と呼ばれる——で、しかも、頭上からの敵の攻撃の的にならざるを得ない羽目に陥ってしまい、さらなる攻城(siege castle*)は至難のことであった。

　この型の城廓では、従来の塔型のキープ(tower keep*)は姿を消すが、内幕壁(inner curtain*)につく複数の幕壁塔がそれぞれ2階ないしは3階建てで、城主の私室(lord's solar*)を初め、礼拝所(chapel)や牢獄(prison tower)に当てられた。そして、上記の内廓には、城内の全員を収容可能な大広間(the Great Hall*)、兵舎(barrack*)、酒や食料の貯蔵所(buttery & pantry*)、台所(kitchen*)、あるいは鍛冶場(smithy*)などの仕事場(workshop*)も設けてあった。

　さらに、1250〜1300年の間には、ゲートハウスがキープの働きも兼ねるまでに発展していった。しかも、そのゲートハウスだが、外側のそれ(outer

Ⅱ Castle Development・城廓の発達

gatehouse*)と内側のそれ(inner gatehouse*)とが、直線的に縦に並ぶ位置にはならないような工夫がとられている場合も少なくない。攻め手が2つのゲートを一気に通り抜けることが出来ないようにするためである。

こういう城廓の形態は、十字軍(the Crusaders)が採用した城の造りの影響によるものと考えられる。つまり、彼らが遠征先のコンスタンチノープル(Constantinople)、ニケーア(Nicaea)、アンティオキア(Antioch)などの都市の防衛設備、あるいは、ビザンチン市民(the Byzantines)やアラブ人(the Arabians)によって築かれた要塞(fortress*)に倣って、彼の地に城を造ったが、やがてその彼らがイギリスへ帰国して、その時の知識を活かして建てたものである。

ヘンリー3世(Henry III: 1216-72)は、ドゥヴァー城(Dover Castle*)とロンドン塔(the Tower of London)に外幕壁を付け加え、この型の城廓とし、その息子のエドワード1世(Edward I: 1272-1307)の時代には、この型の典型的な城がウェールズに多く築かれた。スコットランドも含むが、特にウェールズの支配を強化する目的であった。例えば、カーフィリー城(Caerphilly Castle*)は1268年に築城開始で、イギリス(the British Isles)で本格的な同心円型の城廓としては最初のもの

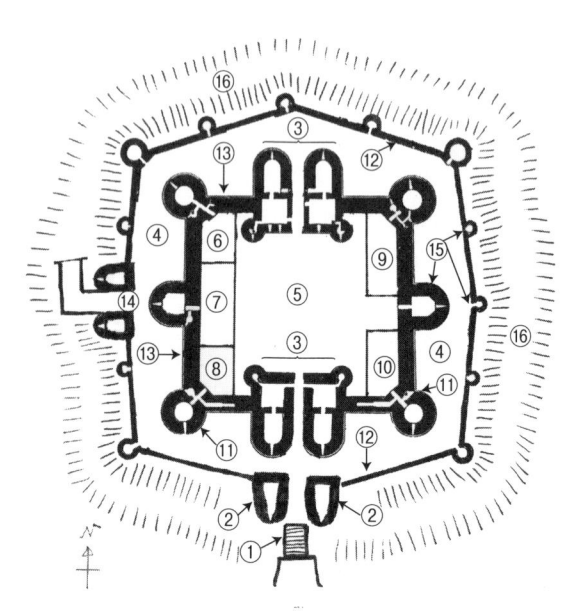

①drawbridge
②outer gatehouse
③inner gatehouse
④outer bailey
⑤inner bailey
⑥kitchen
⑦great hall
⑧granary
⑨workshop
⑩barrack（階下はstable）
⑪angle tower
⑫outer curtain
⑬inner curtain
⑭postern gatehouse
⑮wall tower
⑯ditch or moat

503. concentric castle(同心円型城廓)——imaginary castle(仮空の城)

- 344 -

5. Concentric Castle／同心円型城廓

になる。リズラン城(Rhuddlan Castle*)は1277年の開始、ハーレック城(Harlech Castle*)は1283年の開始になったものである。ボゥマリス城(Beaumaris Castle*)は1295年に築城開始になるが、国王が対スコットランド戦に出向いたため一時中断し、その後に再開されるが完成を見ずに終わった。完成すればこの型の最も理想的な城になっていたとされる。クゥィーンバラ城(Queenborough Castle*)は1361年の開始で、文字通りの同心円の構造で、幕壁は円を描くように2重になっている。また、上記のロンドン塔も、ホワイト・タワー（the White Tower*)が本来のキープではあったが、増改築を経て最終的にはこの型に属すものとなった。

　ちなみに、火薬と大砲(artillery*)の出現により、こうした城は15世紀の末までには軍事上の意味を失って行くことになる(☞history of the castle*)が、ヘンリー8世(Henry VIII: 1509-47)がフランス軍の進攻に防戦するため、大砲で備えを固めた要塞(artillery fort*)——例えばディール城(Deal Castle*)など——をイングランドの沿岸に築いたが、それにはこの同心円型城廓の基本構造が活かされている。
☞master-maison

【文例】

　次の作品に登場するプレシ・レ・トール城(the Castle of Plessis-les-Tours)の場合は、二重どころか三重の幕壁を持つものとして描かれている。

* There were <u>three external walls</u>, battlemented and turreted from space to space, and…the second enclosure rising higher than the first, and being built so as to command the exterior defence in case it was won by the enemy; and being again, in the same manner, itself commanded by the third and innermost barrier.

　　　　　　　　　　　　　　　　——W. Scott: *Quentin Durward*

（幕壁が三重に巡らせてあって、狭間胸壁を持ち、また間隔を置いてタレットが付き、そして（中略）一番外側の幕壁よりは、すぐ次の内側の幕壁の方が高い造りで、それも前者が敵の手に落ちた場合も、後者から見通しが利くようにするためで、そしてまたも二番目がそうなれば、同じようにして三番目にして最も内側の防壁から瞰制(かんせい)するのである。）

II Castle Development・城廓の発達

504. 同心円型城廓（仮空の城）。

5. Concentric Castle／同心円型城廓

① drawbridge ② outer gatehouse ③ inner gatehouse ④ outer bailey
⑤ inner bailey ⑥ kitchen ⑦ great hall ⑧ granary
⑨ workshop ⑩ barrack ⑪ angle tower ⑫ outer curtain
⑬ inner curtain ⑭ postern gatehouse ⑮ wall tower ⑯ moat

Ⅱ Castle Development・城廓の発達

505. 外幕壁(outer curtain)の周囲の水堀(moat)。
　　Beaumaris [W]

506. 505.の内幕壁(inner curtain)に付く
　　門塔(inner gatehouse)の外側。
　　North Gatehouse。

507. 506.の内側。

5. Concentric Castle／同心円型城廓

508. 506.の内廓(inner ward)。
正面中央は崩壊した門塔。
South Gatehouse。

509. 505.の内幕壁と外幕壁に挟まれた東側の外廓(outer curtain)。

①keep
②inner bailey
③inner curtain
④outer bailey
⑤outer curtain

510. 同心円型城廓のドゥヴァー城
(Dover Castle [E])の全体。

- 349 -

II Castle Development・城廓の発達

511. 510.のキープ(keep: 天守)のCU。

512. 510.の内廓(inner bailey)。

513. 510.の内幕壁。

5. Concentric Castle／同心円型城廓

514. 510.の外幕壁。

515. 510.の兵舎(barrack)。

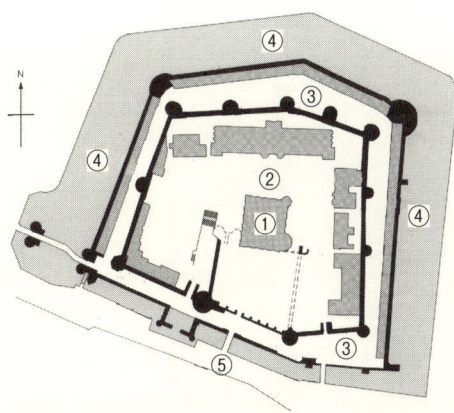

①keep(White Tower)
②inner ward
③outer ward
④moat
⑤the Wharf

516. 同心円型城廓のロンドン塔(Tower of London)。

Ⅱ Castle Development・城廓の発達

517. 516.の全体。

518. 同心円型城廓の外観。Caerphilly [W]

519. 同心円型城廓の外観。Harlech [W]

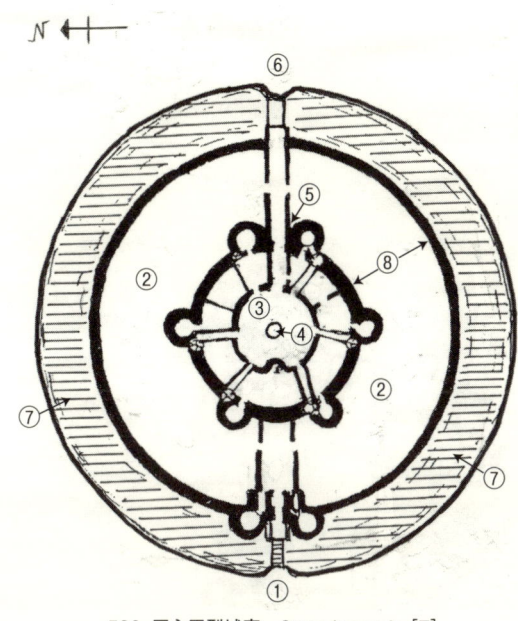

5. Concentric Castle／同心円型城廓

① main entrance（drawbridge とouter gatehouse）
② outer bailey
③ inner bailey
④ well
⑤ gateway to inner bailey（inner gatehouse）
⑥ postern gate
⑦ moat
⑧ double walls

520. 同心円型城廓。Queenborough ［E］

concentric walls

同心円型幕壁［防壁］；二重幕壁［防壁］

'double walls'ともいう。上述の'concentric castle'の2重に巡らせた幕壁（curtain*）を指す。ちなみに「幕壁」の意味では複数形の'walls'が通例。

linear castle

連鎖型城廓

上述の'concentric castle'とは異なり、内廓（inner bailey*）と外廓（outer bailey*）とが縦に連なる型の城廓を指す。

特に、高台に城を築く場合など、幕壁（curtain*）を同心円状に巡らせることが不可能な時はこの形態になる。

例えば、上述のモット・ベイリー型城廓（motte-and-bailey castle*）から発達したイングランドのアランデル城（Arundel Castle*）やウィンザー城（Windosor

- 353 -

Ⅱ Castle Development・城廓の発達

Castle*)のように、キープ(keep*)を中心にしてその両側に内廓と外廓が来る場合や、同じく元はモット・ベイリー型であったウォークワース城(Warkworth Castle*)のように、キープ——1405年までには'tower house*'に改築された——内廓、外廓の順序に並ぶ場合もある。

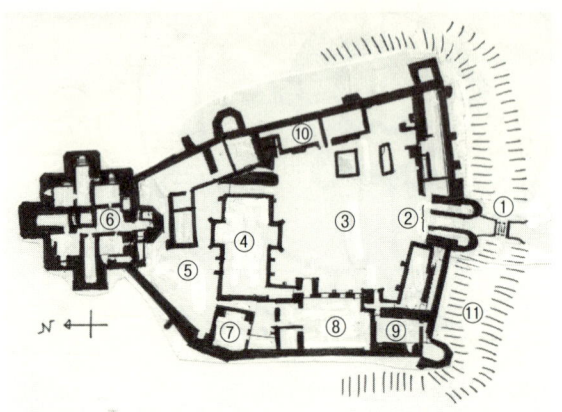

①bridge ②gatehouse ③outer ward ④church ⑤inner ward
⑥keep ⑦kitchen ⑧hall ⑨solar ⑩stable ⑪moat
521. linear castle (連鎖型城廓)——Warkworth Castle [E]

522. 521.の門塔(gatehouse)と水堀(moat)の跡。当初の橋は吊り上げ橋(drawbridge)であった。

5. Concentric Castle／同心円型城廓

523. 521.の場合で、手前が外廓（outer ward）、その奥が内廓（inner ward）とキープ（keep: 天守）。右手に井戸小屋（well house）の跡（矢印）。

524. 523.の外廓にあった広間（hall）の跡（矢印）。

525. 523.の内廓。

- 355 -

Ⅱ Castle Development・城廓の発達

526. 523.のキープのCU。

527. 526.のキープの中の大広間(great hall)。正面に暖炉(fireplace)、左手に大窓を備えたアルコヴ(window alcove)。

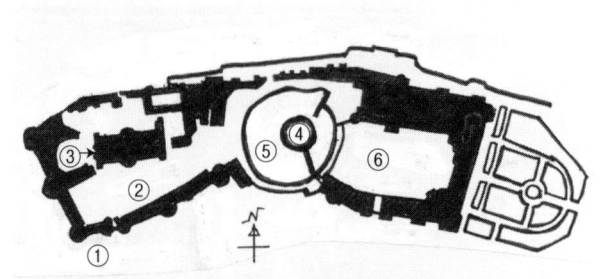

①main gate (Henry VIII Gateway)　②lower ward
③St. Geoge's Chapel　④keep (Round Tower)
⑤motte　⑥upper ward
528. 連鎖型城廓——Windsor Castle [E]

- 356 -

5. Concentric Castle／同心円型城廓

529. 右端に528.の円塔(round tower)のキープ。

II Castle Development・城廓の発達

6. Courtyard Castle
中庭型城廓

　方形の中庭(rectangular courtyard)を囲む形の、換言すれば、中庭を四角に切り抜く形の構造になる、2階建てないしは3階建ての方形の城廓を指す。
　隅塔(angle tower*)やゲートハウス(gatehouse*)などももちろん備えてある。城主の私室(solar*)やその家族の寝室(chamber*)、使用人の部屋(retainers' quarters*)、衛兵詰所(guard-room*)、礼拝所(chapel*)、(大)広間((great) hall)、台所(kitchen*)、それに酒類と食料貯蔵所(buttery & pantry)、パン焼き場(bakery*)、(酒類)醸造所(brewery*)、鍛冶場(smithy*)などの仕事場(workshop*)、武具・武器庫(armoury*)、厩など家畜小屋(stable*)、それに牢獄(prison*)などは、その中庭を囲む形で建つ建物の中に設けてある。
　従って、'The courtyard castle consists of four ranges of building enclosing a rectangular courtyard.'といえば、「中庭型城廓は、方形の中庭を囲む形でその四辺に並び建つ建物から成る。」という意味である。
　上述の同心円型城廓(concentric castle*)に代わる形態の城として、14世紀中葉～15世紀中葉に建てられるようになった。「要塞」(fortress*)としてよりはむしろ「住み心地のよさ」に力点が置かれている。例えば、14世紀末葉のイングランド

①causeway ②outwork
③drawbridge ④barbican
⑤moat ⑥gatehouse
⑦courtyard ⑧chapel
⑨great chamber ⑩chamber
⑪great hall
⑫postern towerとwater gate
⑬buttery & partry ⑭kitchen
⑮barrack or stable

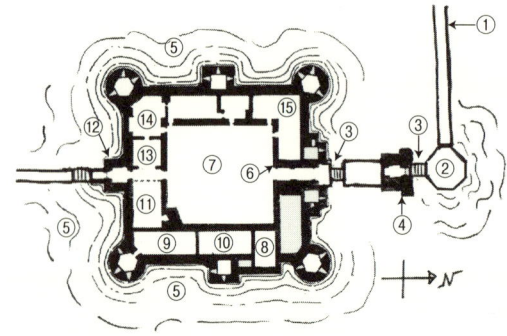

530. courtyard castle(中庭型城廓)——Bodiam Castle [E]

6. Courtyard Castle／中庭型城廓

のボゥディアム城(Bodiam Castle*)やボゥルトン城(Bolton Castle*)がその最も典型的な造りになる。また、ハースモンシュー城(Herstmonceux Castle*)は15世紀のレンガ造りのものとして知られている。

531. 530.の全体。左手中央に裏門塔(postern tower)、
　　その下に水路門(water gate)(矢印)。

532. 530.の門塔(gatehouse)(正面)。

Ⅱ Castle Development・城廓の発達

533. 532.の門塔のマチコレーション（machicolation）。

534. 530.の中庭。右手中央が裏門塔。

535. 中庭を囲む形の建物の跡。正面の入口から裏門塔へ。

6. Courtyard Castle／中庭型城廓

courtyard; court-yard

城の中庭; ベイリー

単に'castle-yard'といってこれを指すこともある。上述の'courtyard castle'の中庭、あるいは幕壁(curtain*)で囲まれたベイリー（bailey*）を指す。

【用例】

'Parsival rode across the drawbridge and into the castle's courtyard'（パースィヴァルは馬で吊り上げ橋を渡り、城の中庭へと入って行った）(Jennings: Parsival) / 'He marched off across the courtyard to the nearest tower.'（彼はさっさと中庭を横切って、一番近い塔へ向かった）(Follett: Pillars) / 'a party of the besiegers who had entered by the postern were now issuing out into the court-yard'（裏門から入っていた攻囲軍の一隊が、今や中庭へどっと雪崩れ込んでいた）(Scott: Ivanhoe)

【文例】

次は解説でも触れたが、'castle-yard'を用いた例である。

* The soldiers of the guard,
　With musket, pike, and morion,
　To welcome noble Marmion,
　　Stood in the castle-yard;
　　　　　　　——W. Scott: *Marmion*, I. ix. 129-32

（警護の任の兵士たちが、
　マスケット銃やパイク槍を手に、モリオン兜を被り、
　マーミオン卿を歓迎せんとして、
　城の中庭に立っていた。）

* The hall is lighted by a series of Gothic windows, some looking over the moat and some over the courtyard.
　　　　　　　——J.J. Hissey: *Through Ten English Counties*

（広間への採光は一連のゴシック様式の窓からであるが、堀に面する窓もあ

れば、中庭へ面するものもある。)

inner courtyard[court-yard]

(1) 上述の'courtyard castle'の「中庭」を敢えてこのようにいうこともある。

従って、'Even if the inner courtyard was forced, the besiegers could be shot at from all parts.'といえば、「たとえ中庭へ攻め入られても、攻め手をあらゆるところから射撃することが可能である。」という意味である。

(2) 「内廓」

同心円型城廓(concentric castle*)の場合、2つのベイリーの内の'inner bailey*'に同義で用いることもあるが、その型ではなく、ベイリーがひとつしかない形態の城廓でも、それを指して敢えていうことがある。「石造りの防壁に囲まれた地所」(stone-walled bailey)という意味である。☞inner court

【文例】

* The inner courtyard was dominated by a massive square keep three stories high which dwarfed the stone church that stood alongside it.
——K. Follett: The Pillars of the Earth

(内廓には3階建ての壮大な天守閣が聳え立っていて、そのためにそれと並び立つ石造りの教会が、如何にも小さく見えた。)

quadrangle

方庭

発音は[クォードラングル]に近く、アクセントは[クォー]にある。上述の'courtyard castle*'の「中庭」や、その他の「方形の庭」を指している。

【文例】

* There was a fountain in the middle. The sun shone down through the open end of the quadrangle, making the whole place a cave of light....
——L.P. Hartley: 'The Killing Bottle'

(その真中には噴水があった。日は方庭の遮られていない端から差し込んでいて、全体を光の洞窟と化していた。)

* Four apartments, which occupied the western side of <u>the old quadrangle</u> at Cumnor Place, had been fitted up with extraordinary splendour.
——W. Scott: *Kenilworth*

(カムナー館の時代を経た方庭の西側を占める四部屋は、余りにも豪華なしつらえが施されていた。)

Ⅱ Castle Development・城廓の発達

7. Tower House; Tower-House
タワー・ハウス; 塔型領主館

　厳密にいえば「城」(castle)ではなく、むしろ「塔(tower)の形をして、防備の施された荘園領主の館(manor house*)」とでもいうべきものである。
　14世紀〜15世紀にかけて築かれるようになり、17世紀までつづいた。実質上は「城の時代」は終わっていたが、それでもやはり最上階から自分の領地全体を見晴らすことが出来て、なおかつ、非常時に備えられるような程度の建物が求められたのである。
　元来は、石造りの方形の塔(rectangular stone tower)だけであったが、後には小塔(turret*)などがそれから張り出す形でつくようにもなった。また、通例は、さらに予備のための寝室(chambers*)や台所(kitchen*)を備えた翼(wing)がひとつ付いていた。そして、従来の幕壁(curtain*)やベイリー(bailey*)などすらない場合も少なくなかった。
　こういう館は、特にスコットランドやアイルランドに、およびイングランドとスコットランドの国境地方(the Borders)に多く建てられた。例えば、スコットランドでは、岩山(castle rock*)の上に位置するクレェイグミラー城(Craigmillar Castle*)の場合、約1375年に築かれた2階建ての方形の塔も翼(wing)がついている。そして、塔はそれぞれの階が、さらに木造の仕切り(floor)で上下2間ずつに区分され、マチコレーション(machicolation*)のある胸壁(parapet*)も備えていた。ダンノッター城(Dunnottar Castle* ☞castle rock)のそれも岩山の上に建つ1390頃の造りになるが、1階に食料貯蔵所(store-room*)、牢獄(prison*)、2階に広間(hall*)、台所(kitchen*)、小さい寝室(chamber*)、その上の階に大きな寝室、さらに屋根裏部屋(garret)があり、塔の隅には張出し櫓(bartisan*)も備えていた。
　その他にも、「お伽の国の城」(a fairy-tale castle)として名高いクレェイギヴァー城(Craigievar Castle*)や、女王メアリー(Mary Stuart: 1542-1567)が幽閉されながらも劇的な脱出を果たすことになった、ロッホ・リーヴン城(Loch Leven Castle*)を初め、クラスィズ城(Crathes Castle*)、グレンバカト城(Glenbuchat Castle*)、スリーヴ城(Threave Castle*)、アイルランドでは、ダンゴリー城

7. Tower House; Tower-House／タワー・ハウス;塔型領主館

(Dungory Castle*)、ロックスタウン城(Rockstown Castle*)などがある。

　また、シェイクスピア(W. Shakespeare)の『マクベス』(Macbeth)との関連で有名な、スコットランドのグラームズ城(Glamis Castle*)やコーダー城(Cawdor Castle*)も当初はタワー・ハウスであったし、W.B. イエーツ(W.B. Yeats)が後に自分の住居(名称: Thoor Ballylee)としたことでも知られるバリリー城(Ballylee Castle*)も16世紀のアイルランドのタワー・ハウスである。

　イングランドの場合、このタイプは基本構造に於いてはスコットランドのそれと似ているが、一層規模が大きなこしらえになった。例えば、1373年以降の築城のナァニー城(Nunney Castle*)や、1433年以降のレンガ造りになるタァターシャル城(Tattershall Castle*)のキープ(keep*)。また、モット・ベイリー型城廓(motte-and-bailey castle*)の元来の塔型のキープが、1405年までに新たに建て替えられたウォークワース城(Warkworth Castle*)の場合もこのタワー・ハウスである。この城では、タンクに溜めた雨水を利用した水洗式トイレ(latrine*)も備えられ、防備もさることながら、むしろ生活のし易さの方にも工夫がなされている。ちなみに、シェイクスピアの『ヘンリー4世第1部』(1 Henry IV)に登場するホットスパー(Hotspur)ことヘンリー・パースィー(Henry Percy)の父親が、この建て替えを行なったものである。☞history of the castle; manor house;図版:319

536. tower house(タワー・ハウス)(17世紀)。Craigievar [S]

- 365 -

II Castle Development・城廓の発達

537. タワー・ハウス。Cawdor [S]

538. タワー・ハウス。Threave [S]

539. タワー・ハウス(16世紀)。Thoor Ballylee [I]

7. Tower House; Tower-House／タワー・ハウス；塔型領主館

540. タワー・ハウス（16世紀）。Crathes [S]

541. タワー・ハウス（15世紀）。Stalker [S]

542. 円形のタワー・ハウス（15世紀）。Orchardton Tower [S]

peel [pele] tower; peel [pele]-tower

ピール・タワー

単に'peel [pele]'ともいう。特にイングランドとスコットランドの国境地方(the Borders)に築かれたタワー・ハウス(tower house*)を指すが、塔型キープ(tower keep*)と比較すると、ずっと小規模になるのが通例だが、中には規模の大きなものもある。

イングランドおよびスコットランドの郷士(squire)や地主(laird; landowner)や、あるいは牧師(vicar)のような聖職者(clergyman)が、互いの侵略・襲撃に備える目的で、マチコレーション(machicolation*)その他の防備を施して建てた塔である。12～17世紀の間に建てられたが、特に14世紀以降のものが多い。

家畜を飼育するために幕壁(curtain*)で囲まれた庭(barmkin)はあっても、ゲートハウス(gatehouse*)や側堡塔(flanking tower*)などは備えていなかった。通例は断面が方形(rectangular)の3階建てになり、石造りの壁の厚さが2.5mくらいのものあった。出入口は敵の侵入に備えて2階に設けてあることが多く、外側から設置する梯子や、あるいは取り外し可能な階段を用いていた。1階は食料貯蔵室(store*)になるが、厩など畜舎(stable*)に当てることもあった。2階には広間(hall*)や居間(living room*)があり、最上階は寝室(chamber*)である。

塔の周囲を取り囲み、家畜をその中で飼うための「杭(stake)による柵: palisade*」、もしくは「杭」そのものの意味の'pale'に名前の由来がある。その柵で囲んだ土地を'peel[pele]'といい、それと塔とで一組みの防御設備を成していた。ただし、その塔のことも'peel[pele]'というのは上記の通り。

例えば、イングランドで知られているのは、ベルスィー城(Belsay Castle*)、ボゥズ城(Bowes Castle*)、ターセット城(Tarset Castle*)、特に規模の大きなものでは、チップチェイス城(Chipchase Castle*)、ギィリング城(Gilling Castle*)、あるいはサァイザー城(Sizergh Castle*)などである。

【文例】

* He passed the Peel of Goldiland,
    And crossed old Vorthwick's roaring strand;
    ——W. Scott: *The Lay of the Last Minstrel*, I. xxv. 265-6

7. Tower House; Tower-House／タワー・ハウス; 塔型領主館

（彼はゴゥルディランドのピール・タワーを過ぎ、
　勢いの弱まったボースウィック川の音を立てて流れる岸を過ぎた。）

＊ The frightened flocks and herds were pent
　Beneath the peel's rude battlement;
　　　　　　　——W. Scott: *The Lay of the Last Minstrel*, IV. iii. 30-1

（怯えた羊や牛の群れの集められた先は
　ピール・タワーの粗造りの狭間胸壁の下）

543. pele tower（ピール・タワー）（14世紀）。Dacre ［E］

544. ピール・タワー。アイルランド式凸壁（Irish merlon）に留意。Clara ［I］

8. Manor; Manor House; Manor-House
荘園領主の館; マナー・ハウス; マナー

'manor-place'あるいは'manor-seat'ともいう。

「荘園制」(manorial system)は、ノルマン人(the Normans)が築城の技術と共にイングランドに導入した制度で、ノルマン・コンケスト(the Norman Conquest: 1066)以後に広く行なわれた。

封建制度の下では、イングランドの土地全体が国王(king)の所有に帰すことになった。そして、国王はその王領地の一部を、「諸侯」(baron)と呼ばれる大貴族や「司教」(bishop)と「大修道院長」(abbot)などへ直接に授与した。彼らを指して「直接授封者[直臣]」(tenant-in-chief)と呼ぶが、その当初の内訳は国土全体の25％が王領地で、諸侯が49％、司教と大修道院長が併せて26％になっていた。その直臣は、今度はその授与された土地(fief; feoff: 領地)の大部分は自分用に保持して置いて、残りを「騎士」(knight*)や小貴族などへ分け与えた。騎士や小貴族たちは国王から間接的に授与されたも同じことで、「間接授封者[陪臣]」(sub-tenant)と呼ばれるが、その陪臣はさらにその領地の一部を農民(peasantry)、即ち、自由民(freeman)と農奴(villein; serf(奴隷)も含めて)へ分け与えたのである。ちなみに、当時の騎士の身分の者は少なくても4,000人と推定されている。

その陪臣が自分の領地に構えた館を指して、'manor house'、もしくは'manor'というのである。ただし、後者はその館はもちろんのこと、直臣から授与された土地も、その中の村も、そしてそこで働く農民・農奴ですら含めて、「荘園全体」を指す用語でもある。そして、その荘園の所有者を「荘園領主」(manor[manorial]-lord; lord of the manor)と呼んだ。その荘園自体の土地の広さも館の大きさも、領主の財力により様々であったが、1200〜1800エイカーが平均的な面積と考えてよい。

領主は複数の荘園を離れた場所に分散して所有する場合が多く、その中でも最も広い荘園領地に館を持つのが通例で、その場合は各荘園にそれぞれの「荘園差配人」(bailiff)を置いて、管理に当たらせていた。館の周囲には領主の直営地(demesne)があり、しかも、館は村の中央にあって、教会(church)にも近い

8. Manor; Manor House; Manor-House／荘園領主の館; マナー・ハウス; マナー

位置に建てられるのが通例。そして、村の目抜き通り(village street)は川へ通じ、川辺には領主の水車(小屋)(mill(-house))があって、村人はそこで粉ひき代(multure; grinding toll)を支払って粉をひいたものである。つまり、それが領主の収入源でもあったわけである。

また、ひとつの村が部分的に幾つかの荘園(manor)に属すこと、つまり、ひとつの村が2つ以上の荘園に分割されることもあったが、荘園は通例ひとつの村をその中に含んでいたものであって、領主の直営地(demesne)の他には、農民用の共有の耕地(ploughland)・牧草地(meadowland)・放牧地(grazingland)、あるいは森林地(woodland)や未開墾の荒地(waste(land))などもあった。

ちなみに、上記の直臣は国王に対し、陪臣はまた直臣に対し、いずれもがその臣下(vassal)となるわけで、それぞれがそれぞれの主君(liege lord)に対して、土地を授与される際に「臣従[忠誠]の誓い」(an oath of allegiance)をさせられた。先ず、跪き、両手を合わせて主君の方へ差出し、それを主君の両手で包むように握られつつ、「今日よりはあなた様の臣下となり、授与下された土地と引き替えに、あなた様に対し忠誠を尽くすことを誓います。」('I become your man from this day forward, and unto you shall be true and faithful for the lands I had from you.')と、唱える儀式を経た次第である。そして、土地を授与された見返りとして、戦時には、陪臣は直臣に対し従軍する義務(military obligations)を負い、直臣はその陪臣の奉仕を通して国王を援助する義務があった。つまり、有事の際には、臣下たる者は誰もが国王の「臣下召集令」(arrière-ban)に従わざるを得ないことになっていた。通例は、それが1年につき最多で40日間の軍事的奉仕になっていたわけである。

直接授封者の内の司教や大修道院長の場合も、諸侯とは違い、自らが戦場に赴く必要は免れてはいるものの、やはり国王を支援するための騎士を一定数用意する義務は負っていたのである。☞adulterine castle

また、農民(100〜150万人)の中でもほんの少数の自由民(freeman; free holder(自由土地保有農))を除いて、大多数は農奴の身分であって、その中でも奴隷(serf)の層に属する者は、自由は与えられずに土地に縛り付けられ、領主の同意なしには荘園を出て行くことも禁じられ、その住居も、彼ら自身ですら、領主の所有物と見做されていた。そして、領主の直営地の中のいわゆる「開放耕地」(open field: 生垣や石垣などで囲い込んでいない耕地)での労働のみならず、自分に割り当てられた土地(quota of plots)での一定の生産物を、領主に提供することも

課せられていた。土地を使うことを許された見返りには、当時は金銭による(in money)のではなく、奉仕(in service)と物納による(in kind)ものであって、そもそも荘園は食料に関しては自給(self-supporting)によらざるを得なかったのである。もっとも、時代が進むと、14世紀までにはこの制度に変化が見られ、直臣は国王へ、陪臣は直臣に対し、従来の「奉仕」に代わって「金銭」でその義務を果たすようになり、また、国王や直臣の方も、その金銭で必要に応じて兵(soldier)を雇うようになって(bastard feudalism: 庶子封建制度)いた。

そして、「荘園(領主)裁判所」(court baron; manorial court)も設置され、様々な税金(tax)や領主への上納金(fine)などがそこを通して課せられ、いろいろな紛争(dispute)も審議された。その「荘園裁判」(manor-court)は、後述する館の中の広間(hall*)で開かれるのが通例であった。荘園を複数所有する領主の場合、相当に距離の離れているにもかかわらず、荘園から荘園へと移動して回ったが、目的のひとつはその荘園裁判を行なうためであった。その際には家内総出で――家族・家来・使用人まで伴って――食料および家財道具類まで運びながらの旅になった。裁判官(judge)は領主自身が務めたが、時に家老[執事](steward*)がその任に当たる場合もあった。

ちなみに、領主の夫人(chatelaine*)というものは、領主が留守の間は全般に亙って責任を持ち、荘園の管理や使用人の世話、村人が病気に掛かった際に備えて、薬草の知識を心得て置く必要もあった。ひいては敵に攻撃された時にも彼女が守るべく、指揮を執らねばならなかったのである。

当初の荘園領主の館は、単なる「住宅」として構えられたもので、必ずしも防備は施されていなかった。しかし、13世紀の後半～14世紀には、狭間胸壁(crenellation*)のような備えの造りを持つ認可(licence to crenellate*)が得易くなると、「防備を施した館」(fortified manor)が多く見られるようになった。幕壁(curtain*)・塔(tower*)・堀(moat*)・吊り上げ橋(drawbridge*)などを備えた石造りが通例で、'(great) hall'と呼ばれる「(大)広間」が生活の中心であった。

その時代の館の間取りを概観すると、広間は1階(ground floor: 地階)に設けられ、通例は1階から2階へ吹き抜けになっていた。ここは日中は領主とその家族や家臣たち(retainers)の食堂兼居間になって、夜間は使用人を含め家臣たち(servants and retainers)の寝所になった。時には舞踏会なども行なわれた。床にはアシ(reed)やイグサ(rush)が敷き詰められ、踏みつけられると芳香を放つハー

8. Manor; Manor House; Manor-House／荘園領主の館; マナー・ハウス; マナー

ブ(herb)が撒き散ら(strew)され、あるいはそういうものを素材とした粗末なカーペットが敷かれ、月ごとに取り替えられていた。この部屋の中央には床炉(central hearth)、あるいはフード付き暖炉(hooded fireplace)が備えてあった。前者は、後世のようにマントルピース(mantelpiece)で囲われた暖炉(fireplace)の考案される以前のもので、炉床(hearth)の上で剥出しのまま——我が国の囲炉裏にやや近い——薪を燃やした。煙は越し屋根(louver: 屋根に設けた開口部)から排出するのが通例だが、窓の上部の円形の穴から出す場合もあった。後者は壁際に設けられ、煙を集めて外へ出すための片屋根状の覆い(smoke hood)が炉床の上部につくタイプである。

　2階には広間——1階から2階へ吹き抜けの造り(open hall)——を挟んで片側には領主とその家族の私室(solar*)があった。他の部屋に比べ、日光が十分に入るほど窓面が広いつくりになるところから、'light'の意味の'solar'と呼ばれた。この部屋は寝室(bed-chamber*)兼居間(living room; withdrawing-room)でもあって、上記のフード付き暖炉も大きな窓も備えられ、家具としてはベッドの他に、衣類を収納するチェスト(chest: 箱型のもの)、書類を保存するチェスト、水差しと洗面器(a ewer and basin)、壁掛け(tapestry)などであった。この部屋へは階下の広間の床から通ずる階段があった。場合によっては、屋外の階段で出入りする仕組みになっていた。広間の騒音や煙を避けて引き下がるための部屋でもあって、近くにはトイレ(garderobe*)も設けてあった。また、広間から見て上方の壁面——2階の私室に隣接する壁面——には、方形のいわば「覗き穴」(squint*)が1～2つ開けられていて、広間の様子を領主の部屋から伺うことが出来るようになっていた。また、領主夫人など女性専用の私室は'bower*'とも呼ばれた。

　広間を挟むその反対側で入口に近い方には、台所(kitchen*)があり、これに付属する形で酒類や食料の貯蔵室(buttery and pantry[larder]*)もつくことがあった。また、礼拝室(chapel*)や'gallery'と呼ぶ細長い造りの桟敷(☞minstrels' gallery)を備えている場合もあった。

　ちなみに、この'buttery'（酒類貯蔵室）とは、'butler's room'（その管理責任者の部屋）の意味である。また、'pantry'（食料貯蔵室）は、'bread'（パン）を意味するフランス語の'pan'に由来し、'bread room'を表す。つまり、両者併せて貯蔵室であると同時に給仕室(service room)でもあった。

　広間の上座の側(dais end*; upper end)とは反対の側(lower end: 下座)に、入口

から吹き込む隙間風を防ぐ目的で、屏風のような働きをする板仕切り(screens)も備えてあった。これは初期の頃にはカーテンを掛けるか、もしくは板仕切りを立てて置くだけであったが、やがて恒久的に据えつけられるようになったものである。この板仕切りの上には上記の桟敷があり、板仕切りの裏側には、台所、酒類と食料の貯蔵室という配置になる。そして、台所および2つの貯蔵室のドア(計3枚のドア)とその前にある板仕切りとの間は通路になっていて、ここを指して'screens passage'、あるいは、'the entrye'もしくは'the screens'と呼ぶ。もっとも、この通路が完全に通路として、独立した形をとるようになるのは15世紀以降といってよい。

それより前の時代、例えば13世紀の場合の間取りでは、生活の中心の場はやはり広間にあるが、通例は1階ではなく2階に設けられていて、2階から3階へ吹き抜けになっていた。そこへは館の外壁に沿った階段(stairs)から入るようになっていた。広間の面積は約12m×7.5mぐらいで、館全体から見て相当の広さになっていた。その中央には床炉が設けられるという点も上記と同じで、日中には領主と家族と家臣たちの食事などに、夜間は家臣たちの寝所になったことも同様である。

領主とその家族の寝室を含む私室は14世紀に同じく2階で、そこに礼拝室もあった。私室の脇にはトイレや浴室(bathroom)が充てられていた。広間を挟んで彼らの私室とは反対の側に台所、その階下は食料や酒類の貯蔵室で、階上(3階)には使用人たちの部屋もあった。そして、広間と台所との間には、同様に板仕切りも備えられていた。その他にも、1階には兵士の詰所などもあった。屋外には差し掛け小屋(lean-to*)の厩など家畜小屋(stables*)や納屋(barn)も無論のこと備えられていた。もっとも、15世紀頃までには、こういった「防備の施されたマナー」はその役割を終えるようになり、むしろ、「住み心地の良さの方に重点の置かれたマナー」へと移行する。

このように広間が館の中心になるところから、'the Hall'といって、この'manor-house'を指すこともあるし、地方の貴族や富者の大邸宅を'country house'と呼ぶが、そのひとつにこの館も含まれる。また、この館の名称には'Manor'を初め、'Court'、'Hall'、'House'、'Park'、'Place'、などが用いられる場合が多い。あるいは厳密な意味では「城」ではないにもかかわらず'Castle'も使われる。例えば、エィバリー・マナー(Avebury Manor)、ウィティック・マナー(Wightwick Manor)、バリングトン・コート(Barrington Court)、ホートン・コート(Horton Court)、

8. Manor; Manor House; Manor-House／荘園領主の館; マナー・ハウス; マナー

ハァドン・ホール(Haddon Hall)、リトル・モートン・ホール(Little Moreton Hall)、ブレェモー・ハウス(Breamore House)、ゴドォルフィン・ハウス(Godolphin House)、ブラッドゲイト・パーク(Bradgate Park)、ウィトリー・パーク(Witley Park)、ペンスハースト・プレイス(Penshurst Place)、プランプトン・プレイス(Plumpton Place)、クロォフト・カースル(Croft Castle*)、ストゥケセイ・カースル(Stokesay Castle*)などである。

【用例】

'the façade of a Tudor manor house'（テューダー朝のマナー・ハウスの正面の姿）(Waugh: Reality) /'the old gabled manor, once the home of the family'（かつては一家の住まいであった、破風のある古い荘園領主の館）(Waugh: Winner) /'an ageing uncle who lived in seclusion in an old manor house'（古いマナー・ハウスに隠遁生活を送っていた老齢の叔父）(G. Swift: Tunnel) /'a little old manor-house which he had found was to be let'（彼が前から見付けていたものだが、貸家になっている昔の小さな荘園領主の館）(Hardy: Sake) /'it seems to have been more of a fortified manor-house than a castle proper'（それは城塞というよりは、むしろ防備を施した荘園領主の館であったように思える）(Hissey: Counties)

【文例】

* She then went to the lord of the manor, and...begged his permission to keep her cow on the Shaw common.
　　　　　　　　　　　　　　　　　——M.R. Mitford: *Our Village*

（彼女はそこで荘園領主のところへ行き（中略）、雌牛を共有地で飼うことの許可を願い出でた。）

* ...besides the ladies of the Manor-House, many of the neighbouring families came to our church because my father preached so well.
　　　　　　　　　　　　　　　　　——M.A. Lamb: 'Sailor Uncle'

（父はお説教がとても上手でしたので、マナー・ハウスの貴婦人方の他にも、近隣の多くのご家族が教会へお出でになりました。）

Ⅱ Castle Development・城廓の発達

＊ <u>The manor house</u> is, as I have already said, very old, and only one wing is now inhabited.

——A.C. Doyle: *The Adventure of the Speckled Band*

(そのマナー・ハウスというのは、先程も申し上げましたように、とても古いもので、今では翼部のひとつだけを住まいとして使っています。)

＊ When Mary Lennox was sent to <u>Misselthwaite Manor</u> to live with her uncle, everybody said she was the most disagreeable-looking child ever seen.

——F.H. Burnett: *The Secret Garden*

(メアリー・レノックスが叔父に引き取られてミセルスウェイト・マナーへやって来た時、誰もが彼女のことを「こんな見た目の悪い子はいない」といった。)

次の2例は解説に述べた'great hall'（大広間）について、K. Follettの『地の柱』からの引用だが、「荘園領主の館」ではなく「城」(castle)の場合である。但し、12世紀を時代背景としているため、大広間は2階に設けられていて、外の階段で出入りすることになっている。また、そこを家臣たちが寝所とする様が述べられている。

＊ As usual the ground floor was a store. <u>The great hall was above the store</u>, reached by a wooden exterior staircase which could be drawn up into the building.

——K. Follett: *The Pillars of the Earth*

(多くの例に漏れず、地階が食料などの貯蔵室になっていた。その上の階が大広間で、木造の外階段を使って出入りしたが、その階段はいざとなれば、中へ引き入れてしまうことも出来た。)

＊ ...and the other sixty or seventy people wrapped their cloaks around them and lay down on <u>the straw-covered floor</u> to sleep.

——K. Follett: *The Pillars of the Earth*

(…そして他の6、70人の家臣たちはそれぞれ外套に身を包み、藁を敷き詰め

8. Manor; Manor House; Manor-House／荘園領主の館; マナー・ハウス; マナー

た床に横になって眠った。)

　ちなみに、同じ作品の別の箇所では、単に藁ではなく、「イグサに香のよいハーブを混ぜたものを敷いた床」(sweet-smelling herbs mixed with the rushes on the floor)という表現もある。

【参考】

* Tangley Hall is over thirty miles from Stokoe, and is extremely remote. Indeed to this day there is no proper road to it, which is all the more remarkable as it is the principal, and indeed the only, <u>manor house</u> for several miles round.
　　　　　　　　　　　　　　　――D. Garnett: *Lady into Fox*

次のは解説に述べた'bailiff (荘園差配人) と 'serf (農奴) の用語の例文である。

* The jail was a semi-derelict stone building that looked as if it might once have been a house for a royal official, a chancellor or <u>bailiff</u> of some kind, before it fell into disrepair.
　　　　　　　　　　　　　――K. Follett: *The Pillars of the Earth*

* It(= nag) bore his(= yeoman) wife and children twain;
　A half-clothed <u>serf</u> was all their train;
　　　　　　――W. Scott: *The Lay of the Last Minstrel*, IV. v. 57-8

当時は(大)広間(第2例)であれ私室(第1例)であれ、床の上にはイグサが通例は敷かれていたが、以下はその例である。

* And now doth Geraldine press down
　<u>The rushes of the chamber floor.</u>
　　　　　　　　――S.T. Coleridge: *Christabel*, I. 173-4

* The stag-hounds, weary with the chase,
　　Lay stretched upon <u>the rushy floor,</u>
　　　　　　　　――W. Scott: *The Lay of the Last Minstrel*, I. ii. 12-3

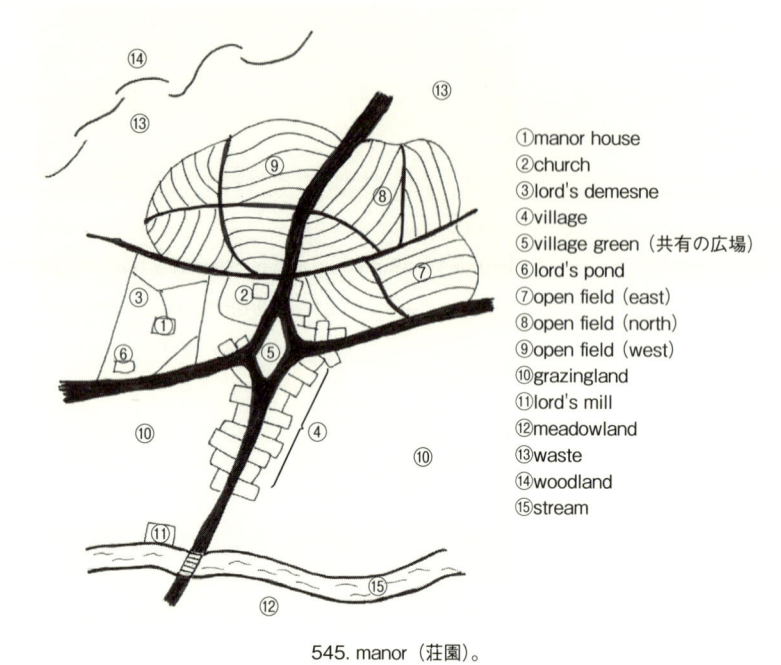

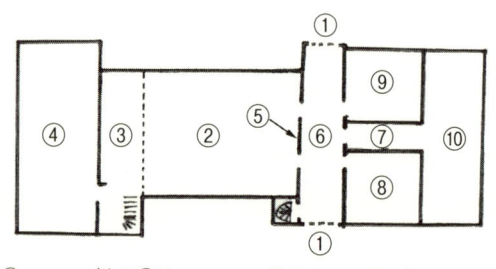

Ⅱ Castle Development・城廓の発達

① manor house
② church
③ lord's demesne
④ village
⑤ village green（共有の広場）
⑥ lord's pond
⑦ open field（east）
⑧ open field（north）
⑨ open field（west）
⑩ grazingland
⑪ lord's mill
⑫ meadowland
⑬ waste
⑭ woodland
⑮ stream

545. manor（荘園）。

① entrance（上の①はcourtyardへ通じるback door）
②（great）hall　③dais　④solar（階下はcellar）
⑤ screen　⑥ screens passage（この上にminstrels' gallery）
⑦ passage　⑧ pantry [larder]　⑨ buttery　⑩ kitchen

546. great hall（大広間）（14世紀）
　　――荘園領主の館（manor house）あるいは城（castle）。

- 378 -

8. Manor; Manor House; Manor-House／荘園領主の館; マナー・ハウス; マナー

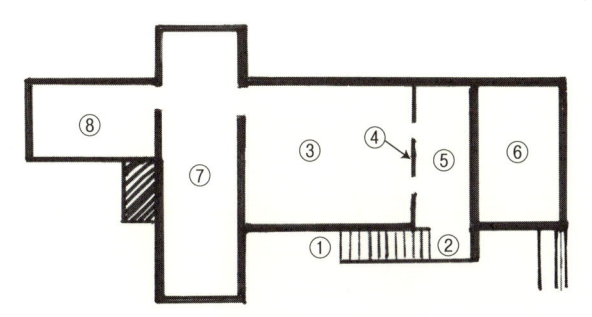

①stairs　②front door　③(great) hall (screensも含め12m×7.6mほど)
④screens　⑤screens passage (この上にminstrels' gallery)
⑥kitchen (階下はcellar; 階上は使用人の部屋)　⑦solarとchapel
⑧latrineとbathroomなど

547. 大広間 (13世紀)──2階平面図。

548. 防備を施した館 (fortified manor) の門塔 (gatehouse) と中庭 (courtyard)。Stokesay [E]

549. 548.の館。右端は南塔 (South Tower) (13～14世紀)。

- 379 -

Ⅱ Castle Development・城廓の発達

550. 548.の館。左端は北塔
 (North Tower)（13世紀）。

551. 548.の館。中央部が広間でその
 右に入口。右端は北塔、左端の
 2階に私室（solar）。

552. 551.の広間の南端部（上手）。
 高卓（high table）はここに据えられた。上方の
 壁面に2箇所の「覗き穴」（squint）（矢印）。正面
 の左端のドアから外へ出て、外階段で私室へ。

- 380 -

8. Manor; Manor House; Manor-House／荘園領主の館; マナー・ハウス; マナー

553. 551.の広間の北端部（下手）。中央のドアから貯蔵室（storeroom）へ。その右側に外からの入口。階段は北塔へ通ずる。

554. 548.の館の2階で、13世紀当初は私室（solar）で、17世紀にパネル張りに改装された。

555. 550.の北塔の3階の私室（領主の家族用）。

- 381 -

Ⅱ Castle Development・城廓の発達

556. 荘園領主の館ではないが、城の大広間の例。Warwick ［E］

557. 大広間の板仕切り（screens）とその向こう側の通路（passage）。この上は吟遊詩人用桟敷（minstrels' gallery）（矢印）。Edinburgh ［S］

558. 557.の通路（screens passage）、その左の仕切りが'screens'で、そこに出入口。

8. Manor; Manor House; Manor-House／荘園領主の館; マナー・ハウス; マナー

559. 向こう正面に酒類と食料の貯蔵室（buttery and pantry）への入口。キープ（keep）の中の大広間。Warkworth [E]

560. 559.のその貯蔵室。

561. 荘園領主の館。Wightwick Manor [E]

562. 荘園領主の館。Haddon Hall ［E］

dais; deas

前者の発音は［デェイイス］［デェイス］、後者は［ディース］［デェイス］に近い。

(1) 高座; 食卓壇; デェイス

上述の荘園領主の館(manor house*)の(大)広間((great)hall*)は、日中は領主とその家族および家臣たちの食堂兼居間に充てられた。その広間の下手には入口があり、入口から離れた上手の端には、高さ15cmくらいの台というか壇というか、台状の床のこしらえになっていて、その上に領主(manorial lord*)と家族に加え客人のための専用の食卓(high table)が据えて置かれた。その高い台を指していう。

この高座は荘園領主の館に限らず、本格的な城(castle)の広間にも設けられていた。そして、椅子は下記の家臣たちとは違って、背もたれのついたひとり用のそれ(chair)が充てられた。

次はいずれも城の場合の例である。

【文例】

* He led Lord Marmion to the deas,
　Raised o'er the pavement high,

——W. Scott: *Marmion*, I. xiii. 195-6

8. Manor; Manor House; Manor-House／荘園領主の館; マナー・ハウス; マナー

（彼はマーミオン卿を食卓壇へと導いた、
そこは床面よりも高いこしらえになっていた、）

* At the far end of the hall, beyond the hearth and facing north towards the doors, was <u>a dais with three steps</u>; and in the middle of <u>the dais</u> was a great gilded chair.

———J.R.R. Tolkien: 'The Two Towers'

（広間では、床炉を中央にして、北端に入口、南端には3段の踏段のある高座が設けられていて、その高座の真中の椅子は大きく金色をしていた。）

563. dais(1)(2)(デイイス)。矢印は「フード付き暖炉」

564. dais(2)(高卓: high table)。

Ⅱ Castle Development・城廓の発達

565. trencher（トレンチャー）。

(2) 高卓; デェイス

　上記(1)の'high table'を指す。これには通例は白い布が掛けられ、ここに着席する者はしろめ製──錫と鉛の合金──の皿(pewter plate)を用い、ナイフとスプーン(フォークは14世紀に登場)で食べ、しろめ製の足付きグラス(pewter goblet)でワインを飲んだ。

　家臣たちは同室はしても別の食卓を使用した。それは架台式テーブル(trestle table)が通例で、左右に架台を並べ、その上に板(tabletop)を載せてテーブルにし、食事が済めば脇に片付けて置いた。もっとも、領主たちの食卓にもそれが用いられることもあった。ただし、家臣たちの椅子は、上記(1)の領主たちとは違って、長椅子(bench)か、ひとり用であっても背もたれなどない単なる腰掛け(stool)が充てられていた。

　そして、家臣たちの場合は、木製の大皿(wooden platter)に盛った肉などを自分のナイフで切り取って、直に手で食べ、ビールなど飲み物も2人で共用の足付きグラスやジョッキ(mug)を使うのが通例であった。取り分け皿には'(bread) trencher'と呼ばれるものも使われたが、それは角型の古い大きなパンを厚手に

- 386 -

8. Manor; Manor House; Manor-House／荘園領主の館；マナー・ハウス；マナー

切ったもので、その上へ食物を給仕して回る係の者は'trencherman'と呼ばれた。その皿でさえ2人で1皿を共用するのが通例であった。そして、食後にはその皿はまとめて集められ、貧民へ与えられていた。ただし、その場合は、領主に雇われた「施物分配係」(almonor)がいて、残った食物を集めて歩き、後で館の外の貧民へ与えるのが、彼の仕事であった。また、食事中であれ、残飯(scraps)や肉の骨(bones)などは足元の床へ捨てられ、広間にいる犬の餌にされていた。

ちなみに、当時のイングランドでは、塩(salt)は大変高価なものであったので、上記の高卓の中央にのみ置かれ、領主の家族とその高位の客人だけが食すことを許された。つまり、それより以下の家臣たちのテーブルには供されない習慣であったことから、'below [beneath; under] the salt'といえば、「下座［末席］に」の意味となり、その反対の意味は'above the salt'（上座［上席］に）として表現される。

次は解説にも述べた'trestle table'と'bench'、および'dog'についての「用例」と「文例」である。

【用例】

'the trestle tables that normally formed a T-shape'（通例はT字型に配置される架台式テーブル）(Follett: Pillars) / 'the ladies placed the garnet-hyacinth tabletop on the ivory trestles and then stepped back'（婦人たちは象牙の架台の上に、石榴石とヒヤシンス石から成る石板を載せると後へ下がった）(Jennings: Parsival)

【文例】

* Rushlights were lit and the fire was built higher, and all the dogs came in from the cold. Some of the men and women took boards and trestles from a stack at the side of the room and set up tables in the shape of the letter T, then ranged chairs along the top of the T and benches down the sides.

——K. Follett: *The Pillars of the Earth*

（灯心草蝋燭が点され、床炉の火が勢いよく焚かれ、犬たちも寒い外から揃って広間へ入って来た。使用人の男女が広間の横に積んでいた架台と卓板を持って来て、Tの字の形に食卓を組み立て、Tの字の横棒部分に一列に椅子を配置し、縦棒の両側には長椅子を並べた。）

Ⅱ Castle Development・城郭の発達

次は解説に述べた'bread trencher'（パン皿）についてである。

* A servant placed a thick bread trencher in front of Philip, then put on it a fish fragrant with Brother Milius's herbs.
——K. Follett: *The Pillars of the Earth*

（使用人がフィリップの前に厚いパン皿を置いて、ミリアス修道士の育てたハーブで料理されよい香のする魚をそれに盛った。）

* One of the castle servants...put a thick slice of stale brown bread in the bottom of each bowl.... Jack filled his bowl and ate it all, then ate the bread trencher at the bottom of the bowl, soaked with oily soup.
——K. Follett: *The Pillars of the Earth*

（城の使用人のひとりが各々の椀の下に、古い褐色のパンを厚く切ったものを1枚ずつ置いて回った（中略）。ジャックは自分で椀に盛り、全部平らげ、次に椀の下のパン皿も油っこいスープに浸して食べてしまった。）

minstrels' ［minstrel's; minstrel］ gallery

吟遊詩人用桟敷(さじき)

上述の荘園領主の館の（大）広間（(great) hall*）では、上座の側（dais end*; upper end）とは反対の側（lower end: 下座）に、入口から吹き込む隙間風を防ぐ目的で、屏風(びょうぶ)のような働きをする板仕切り（screens*）も備えてある。その板仕切りの上の階には、入口からの螺旋階段（spiral staircase）が伸びていて、'gallery'と呼ぶ細長い造りの桟敷へ通じていた。この桟敷からは下の広間全体が見渡せたが、吟遊詩人（minstrel）が吟唱する場所でもあった。

【文例】

* It was a long chamber with a step separating the daïs where the family sat from the lower portion reserved for their dependents. At one end a minstrel' gallery overlooked it.
——A.C. Doyle: *The Hound of the Baskervilles*

8. Manor; Manor House; Manor-House／荘園領主の館; マナー・ハウス; マナー

(それは縦長の部屋で、家族用に一段高くした食卓壇が設けられ、使用人たち用の低い席とは分けてあった。そして部屋の一方の端部にある吟遊詩人用桟敷からは、それが見下ろせた。)

566. minstrels' gallery（吟遊詩人用桟敷）（矢印）。大広間（great hall）の下手の板仕切り（screens）とその向こうの通路（passage）。この上が桟敷になる。Lytes Cary（manor house）［E］

567. 吟遊詩人用桟敷（矢印）。Adare Manor ［I］

II Castle Development・城廓の発達

568. 吟遊詩人(minstrel)。
パブの看板(pub sign)。London

569. 吟遊詩人と彼のハープ(harp)を運ぶお供。

9. City(-)Wall; Town(-)Wall
市壁; 市防壁; 都市防壁

'city[town](-)walls'と複数形でも用いられ、また、'the wall(s) of the city[town]'ともいう。

城の防壁(castle wall*)を延長させて、ひとつの町を取り囲む形でその周囲全体に巡らせた防壁を指す。

城の防壁と同じ高さを保ち、約6mが標準で、厚さはそれよりは薄くなるのが通例で、約1.5～1.8mが標準である。城の造りが既述した同心円型城廓(concentric castle*)になる場合は、この防壁は外幕壁(outer curtain*)からつづいて延びることになる。

また、この防壁には一定の間隔──約46mが標準──を置いて、通例は「背面開放型塔」(open-gorged tower*)と呼ぶ壁塔(wall tower*)が備えられ、防壁の補強をしている。そして、出入口は「左右一対の塔から成る門楼」(double-towered gatehouse*)で守りを固めている。さらに、防壁に沿って、堀(ditch*)を巡らせる場合もあった。

13世紀末葉のイングランドでは、ヨーロッパ大陸との貿易で都市は商業の繁栄を招いた結果、実際にはそのための防備の必要などは極めて少なかったにもかかわらず、町の周囲にもこの防壁を巡らせることが流行を見たのであった。そして、町自体は「碁盤目仕切り」(grid system)で区画され、居住者には賃貸料も安く、かつ特権が与えられた。

ウェールズ西北部の州グヴィネズ(Gwynedd)の町コンウィ(Conway*)やカナーヴァン市(Caernarvon*)にその典型が見られ、前者の場合、全長約1,280m、高さ約4.5m、厚さ約2mの防壁で、約46mの間隔で21基の「側堡塔」(flanking tower*)と上記の「左右一対の塔から成る門楼」3基が設けてあった。側堡塔はその内の1基を除いて他は全て上記の「背面開放型塔」になる。防壁を含めて城廓の建設は1283年に開始され、1297年に完成した。漆喰(whitewash)でコーティングが施されていた。

後者の場合は、全て崩壊を免れて残存しているが、全長約734m、約64mの間

Ⅱ Castle Development・城廓の発達

隔で8基の「側堡塔」と2基の「左右一対の塔からなる門楼」が設けてある。側堡塔はその内の1基を除いて他はすべて「背面開放型塔」になる。防壁を含めて城廓の建設は1283年の開始で1327年までつづいた。堀(town ditch)も備えている。

イングランドでは東北部の州ノース・ヨークシャー(North Yorkshire)のヨーク市(York)にあるが、全長約5kmの防壁に6基の市門(☞bar)が備えられている。さらに、引き水をした堀(moat*)も巡らせていた。また、西部の州チェシャー(Cheshire)のチェスター(Chester)の場合、古代ローマおよびサクソン時代(Roman and Saxon times)の防壁が今日まで保たれているが、全長約3.2kmになる。

ロンドンの旧市シティー(the City (of London))は、ローマ人が築いた町ロンディニウム(Londinium)をほぼそのまま受け継いだ形であり、現在では東はロンドン塔(the Tower of London*)から西はブラックフライアーズ(Blackfriars)までを直径とする円の上半分に近い土地で、面積は約2.6平方キロである。ローマ人は紀元200年頃にテムズ川(the Thames)に沿った側——半円形の直径に当たる部分——を除いて、その土地の周囲を防壁で囲んでいた。そして、4世紀にはそのテムズ川沿いまで含めて市壁を完成させたが、高さは低く見積もっても約6mはあり、厚さは地面のレベルでは約2.4mで、上へ行くにつれ薄くなる造りで、その防壁の外側には堀(town ditch*)を巡らせていた。

ちなみに、今日の定義で'city'と'town'の違いを概略すれば、前者は後者の中でも、国王[女王]の勅許(royal charter)によりその称号(title)を与えられ、自治権(rights of self-government)を持ち、通例はその中に大聖堂があるので、'cathedral town'といったりする。従って、'city'は'town'よりも大きく(larger)——人口も含め——より重要(more important)で、より歴史上古い(older)都市ともいえる。一方'town'は'village'(村)より大で、'city'よりも小になるのが通例であるが、しかし、必ずしも'city'より人口を含めて小とは限らず、同程度の場合もある。中には小さな'town'ながら、'city'の資格を得ていることもあって、その辺の事情から、'city'の認可を持つ都市を指して'town'と呼んだりもする。この項目の解説ではその相違点には敢えてこだわらずに両者の語を用いている。

【用例】

'several towers, four or five, soaring high above the city walls' (市防壁の上へ高々と聳え立つ4基か5基の塔) (Follett: Pillars) / 'the wall of the city, from

9. City(-)Wall; Town(-)Wall／市壁; 市防壁; 都市防壁

which the cathedral seems to be more unreal and lovely than from almost any other point'（市防壁の上から眺める大聖堂は、大抵他のどの地点から見るよりも、ずっとこの世のものとも思われぬほど美しい。）(Lucas: Mother)

【文例】

* The castle occupied the entire southwest corner of the inner city, its west wall being part of <u>the city wall</u>, so to walk all the way around it one had to go out of the city.

——K. Follett: *The Pillars of the Earth*

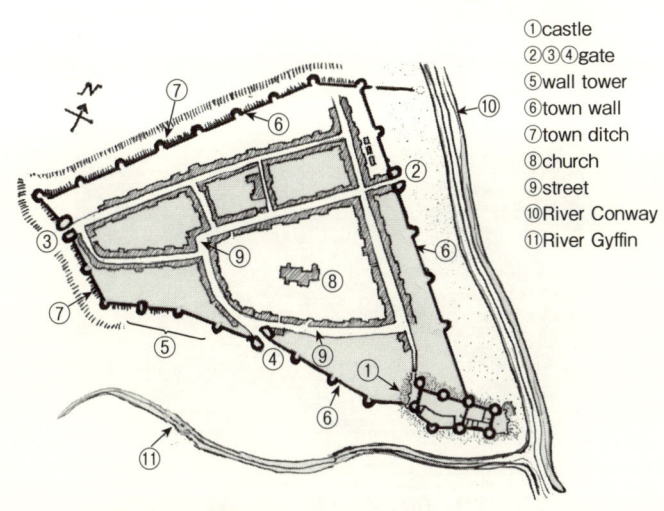

（城は市内の西南部の角全体を占めていて、しかも城の西側の防壁は市の防壁の一部でもあったので、城をぐるりと歩いて回るには、市の外へ一度出なければならなかった。）

* Phillip looked at Richard…"Is there any way we can defend the town without a pitched battle?"

"Not without <u>town walls</u>," Richard said. "We've got nothing to put in front of the enemy but bodies."

——K. Follett: *The Pillars of the Earth*

①castle
②③④gate
⑤wall tower
⑥town wall
⑦town ditch
⑧church
⑨street
⑩River Conway
⑪River Gyffin

570. town wall（市防壁）——Conway Castle ［W］

- 393 -

Ⅱ Castle Development・城廓の発達

(フィリップはリチャードを見て尋ねた(中略)「この町を守るには会戦の他に何か方策はないのでしょうか?」)
「防壁で町を囲んでいない以上は」とリチャードは答えた。「敵の正面に体を張る以外には方策はありません。」

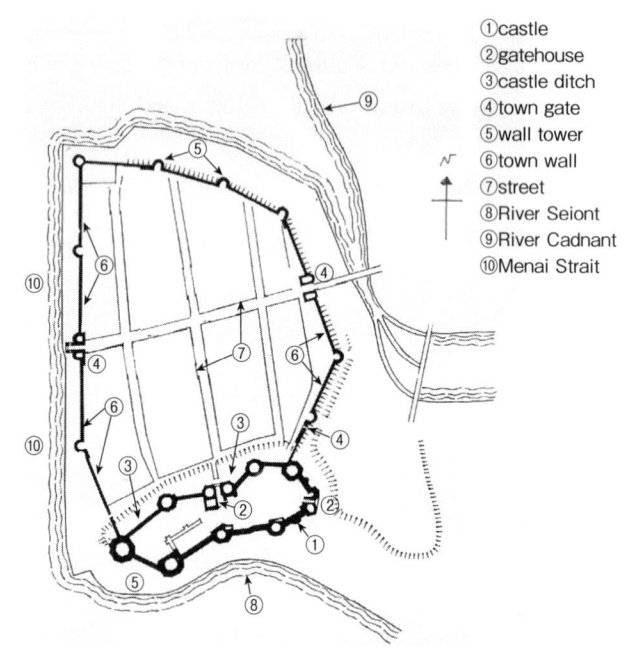

①castle
②gatehouse
③castle ditch
④town gate
⑤wall tower
⑥town wall
⑦street
⑧River Seiont
⑨River Cadnant
⑩Menai Strait

571. town wall(市防壁)——Caernarvon Castle [W]

572. 571.の全体。右端が城、手前がメナイ海峡(Menai Strait)、
　　右側がサァィオント川(River Seiont)。

9. City(-)Wall; Town(-)Wall／市壁; 市防壁; 都市防壁

573. 572.の西部。中央がWest Gateでメナイ海峡に面する。

574. city wall（市防壁）の歩廊（wall walk）（内側）。York ［E］

575. 市防壁の歩廊（内側）。York ［E］

Ⅱ Castle Development・城廓の発達

市防壁の歩廊(外側)。York [E]

577. 市防壁の歩廊(右が内側)。Canterbury [E]

578. 市防壁の歩廊(外側)。
　　　Canterbury [E]

− 396 −

9. City(-)Wall; Town(-)Wall／市壁; 市防壁; 都市防壁

579. 市防壁の壁塔(wall tower)の内の背面開放型塔(open-gorged tower)。

city(-)gate; town(-)gate

市門; 市壁門; 城下町出入口

'gate of the city[town]'ともいう。上述の'city[town] wall'に備えられた出入口(gateway)を指す。

通例は「左右一対の塔から成る門楼」(double[twin]-towered gatehouse*)を構えている。その出入口はひとつだけ設けてある場合も、複数の場合もある。

例えば、上述の'city wall'に取り上げたチェスター市(Chester)の場合、中世になってその防壁に幾つかの門や塔が新たに付け加えられたが、その中で最も重要視されているのはイーストゲイト(Eastgate)である。同じくロンドン旧市シティー (the City*)のそれは後の名称になるわけだが、特に知られているものでは、オールドゲート(Aldgate)、オールダーズゲイト(Aldersgate)、ビショップスゲイト(Bishopsgate)、クリプルゲート(Cripplegate)、ニューゲート(Newgate)、それにラドゲート(Ludgate)などである。☞bar

【用例】
'the Great Gate in the City Wall'（その市壁大門）(Tolkien: King) / 'They passed through the gateway into the town.'（彼らは門を通って町へ入った。）(Follett: Pillars) / 'she walked through the West Gate to Winchester High Street'（彼女はウィンチェスター市の中心街へ通ずる西門を歩いて通った）(Follett: Pillars) / 'He passed through the formidable city gate and went up the

- 397 -

Ⅱ Castle Development・城廓の発達

main street, which had recently been paved.'（彼は守りの固い市門を通って、最近舗装の済んだ目抜き通りを進んで行った。）（Follett: Pillars）

【文例】

＊ ...but now they learned why city gates were narrow and constantly manned by customs officers. There was a toll of one penny for every cartload of goods taken into Winchester.

——K. Follett: *The Pillars of the Earth*

（...しかし今や彼らは、市壁門が狭く造られている訳、しかも、そこでいつも税関吏が任務についている訳とが分かった。ウィンチェスター市内に運び込まれる荷馬車1台分の品物につき、1ペニーが料金として課せられていたのだ。）

＊ They came at last to a white bridge, and crossing found the great gates of the city: they faced south-west...and they were tall and strong, and hung with many lamps.

——J.R.R. Tolkien: 'The Fellowship of the Ring'

（彼らは遂に白い橋へ辿り着いた、そしてそれを渡ると大きな市門が目に入った。それらの門は西南に面し、高さがあり堅固な造りで、それにランプが沢山吊り下げてあった。）

580. city gate（市門）。Eastgate, Chester ［E］

9. City(-)Wall; Town(-)Wall／市壁; 市防壁; 都市防壁

581. city gate. Lincoln ［E］

582. city gate. Christ Church Gate, Canterbury ［E］

583. city gate. Canterbury ［E］

II Castle Development・城廓の発達

584. city gate. Westgate, Winchester [E]

585. town gate（市門）。Pottergate, Alnwick [E]

586. town gate. Caernarvon [W]

9. City(-)Wall; Town(-)Wall／市壁; 市防壁; 都市防壁

✽ **bar**　上述の'city[town] gate'に同義だが、'bar'の名称で呼ばれる場合もある。元来は門扉に掛ける横木(かんぬき)の門を指す語であるが、**市門**そのものの意味にもなったのである。

　例えば、ノース・ヨークシャー州のヨーク市壁(city wall*)には5基あって、正門に相当する西南のミックルゲート門(Micklegate Bar)は14世紀の造りで、当時は反逆者・謀反人(traitor; rebel)をその小塔(turret*)の上に曝して来た。バラ戦争(the Wars of the Roses: 1455-85)でも、敗北した側の指導者たちの首がここで見せしめにされた。同じく14世紀の西北のブーザム門(Bootham Bar)、そして、裏門に当たる北側の修道士の門(Monk Bar)は近くの修道院に名の由来があるもので、5基の門の内でも丈が最高で、港市スカーバラ(Scarborough)からヨーク市へ入る際の門である。その他では、ハル海港への道路に開かれる13世紀初頭の東南のウォルムゲート門(Walmgate Bar)、牛市場(the cattle market)へ通じていた14世紀のフィッシャーゲート門(Fishergate Bar)があり、ウォルムゲート門や修道士門と同様に、これにも落とし格子戸(portcullis*)が備えられていた。さらに、1838年に追加されたヴィクトリア門(Victoria Bar)を加えると全部で6基を数える。そして、かつては市壁の周囲には引き水をした堀(moat*)が巡らされていて、各門に設けてある吊り上げ橋(drawbridge*)のみで出入りしていたのである。

　また、イングランド東北部の州ハンバーサイド(Humberside)のベヴァリー市(Beverley)では、かつては5基あった市門の内の北門(North Bar)だけが残存するが、15世紀初頭のレンガ造りである。

　ロンドン旧市シティー(the City (of London))にあって、ウェストミンスター(Westminster)から通じている西の入口(gateway)のテンプル門(Temple Bar)は、ローマ人が2〜4世紀に築いたロンディニウム(Londinium ☞city wall)の市壁に1301年に付加されたもので、ロンドン大火(the Great Fire of London: 1666)で焼失し、1670年に再建——C. レン(C. Wren)によるとの説だが確証はない——しかし、1878年にイングランド東南部の州ハーフォード(Hertfordshire)のスィーァボールズ・パーク(Theobalds Park)へ移築された。その跡地には1880年にテンプル門記念碑(the Temple Bar Memorial)が建てられて今日に至っている。1746年までは、反逆者・謀反人の首はここに曝されていた。☞city gate; town gate

- 401 -

II Castle Development・城廓の発達

587. Micklegate Bar(ミックルゲート門)。市防壁(city wall)の正門。York [E]

588. Bootham Bar(ブーザム門)。York [E]

589. Monk Bar(修道士の門)。York [E]

- 402 -

9. City(-)Wall; Town(-)Wall／市壁; 市防壁; 都市防壁

590. Walmgate Bar(ウォルムゲート門)。
ただし手前はバービカン(barbican)。York ［E］

591. North Bar(北門)。Beverley ［E］

intra-mural castle

市壁内城廓; 市防壁内城廓

上述の'city wall'の内側に築いた城を指す。例えば、イングランドのコゥルチェスター城(Colchester Castle*)、エクセター城(Exeter Castle*)、リンカン城(Lincoln Castle*)、ロチェスター城(Rochester Castle*)、あるいはロンドン塔(the Tower of London*)もそれに当たる。

Ⅱ Castle Development・城廓の発達

【文例】
　次の例は'intra-mural castle'の語は用いていないが、実情はそれに相当すると考えてよい。

＊ The castle occupied the southwest corner of the city. Its western and southern walls were part of the city wall.
　　　　　　　　　　　　　　——K. Follett: *The Pillars of the Earth*

（城は市内の西南の一角を占めていた。城の西側と南側の防壁は従って、市防壁の一部でもあった訳である。）

❖ **extra-mural castle**（市壁外城廓; 市防壁外城廓）　上述の'city wall'の外側に築いた城を指す。
　例えば、イングランドのチェスター城(Chester Castle*)、ハーフォード城(Hereford Castle*)、ノリッジ城(Norwich Castle*)、ウィンチェスター城(Winchester Castle*)、あるいはヨーク城(York Castle*)などである。

【文例】
　次の例は'extra-mural castle'の語は用いていないが、実情はそれに相当すると考えてよい。

＊ They rode into the castle. It was not very heavily fortified. Because the earl of Shiring had a separate castle outside town, Shiring had escaped battle for several generations.
　　　　　　　　　　　　　　——K. Follett: *The Pillars of the Earth*

（彼らは馬で城に入った。城は大して厳重には防備を施してはいなかった。シャーリング伯爵は町の外に離れて城を所有していたので、シャーリングの町は数世代に互って、戦を免れて来ていた。）

walled city; walled town

防壁都市; 城廓都市
上述の'city wall'や'town wall'に囲まれた都市や町をいう。もっとも中世末期に

9. City (-) Wall; Town (-) Wall／市壁; 市防壁; 都市防壁

は、都市が発展するにつれて、市壁の外側まで家屋が建ち並ぶようになっていた。
　一例を挙げると、上述のヨーク市(York)の場合は、市壁の全長は約5kmで、市域は南北に約1.3km、東西に約1.5kmである。☞図版：431; 432

【用例】
　'I saw the white-walled distant town'（遠くに白い防壁で囲まれた町が見えた）(Byron: Prisoner) / 'he reached the small walled town of Saint-Denis'（彼はサン・ドニという防壁を巡らせた小さな町に着いた）(Follett: Pillars)

【参考】
＊ It (= the Old Town) grew, under the law that regulates the growth of walled cities in precarious situations, not in extent, but in height and density.
　　　　　　　　　　　　　　　　　　——R.L. Stevenson: 'The Old Town'

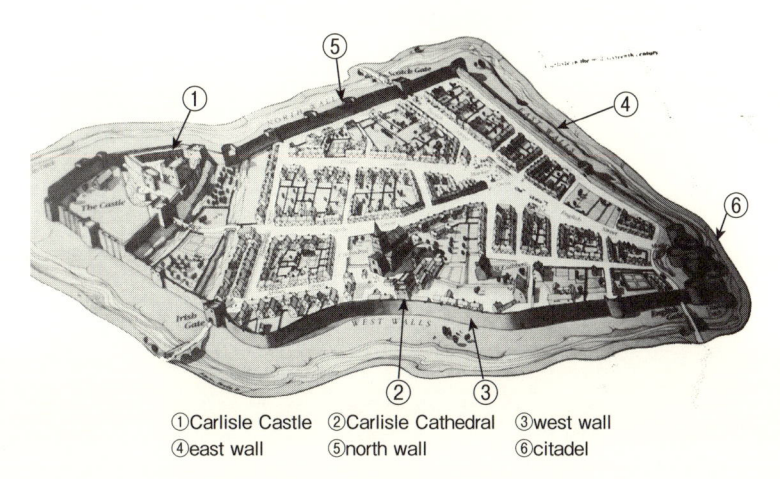

①Carlisle Castle　②Carlisle Cathedral　③west wall
④east wall　⑤north wall　⑥citadel

592. walled city（防壁都市）。Carlisle ［E］

III
Siege Engine
攻 城 兵 器

III Siege Engine・攻城兵器

Artillery
投擲(兵)器

　'projecting engine'、'projectile-throwing engine'、あるいは敢えて'siege artillery'といったりもする。
　石塊(stone)や槍(dart; javelin)など投射物(projectile)を飛ばすための中世の兵器を指す。こういう兵器は古代のギリシャ人(the Alexandrian Greeks)によって考案され、古代ローマ人(the Romans)がそれに倣ってこしらえたとされる。
　投擲物に鉄など金属製の球(metal ball)を用いた場合、その中が空洞(hollow)になっていることもあった。その中に可燃物を仕込んでおいて、攻撃の対象である建造物に火を放つ目的である。また、その際の燃焼物には、7世紀にビザンティウム人(the Byzantines)が案出したとされる「ギリシャ火」(Greek fire)が使用されたが、それは、揮発油[ナフサ](naphtha)、硫黄(sulfur)、ピッチ(pitch)、樹脂(resin)、植物油(vegetable oil)、グリース(grease)、それに加えて様々な金属の粉末などからの混合物で(正確な配合は今日では不明とされる)、水中でも燃えたとされ、しかも、投げられたその火は四方に拡散して燃える性質がある。そして、その炎は、酢(vinegar)と尿(urine)と砂(sand)の混合物によってのみ消すことが可能であったという説もある。
　この兵器を作動させる際に応用する原理によって、つまり、(1) ねじれの力(torsion)、(2) 平衡力(counterweight)、(3) 張力(tension)、のそれぞれを利用した3種の兵器に分類できる。それについては以下の関連項目に述べた通りである。しかし、それらの兵器の名称は、ヨーロッパのその国その国で用いられる時に交錯を来したようで、必ずしも一定していない。
　ちなみに、この章で扱う'ancient artillery'（中世の投擲兵器）に対し、'modern artillery'というと、'cannon'や'gun'の大砲や、'handgun'の火縄銃の他に、'mortar'のような臼砲の類の火器(firearm)も含まれる。

【用例】
　'then he ordred out his whole army, horse, foot, and <u>artillery</u>'(その時彼は、騎

- 408 -

兵も歩兵も投擲兵器も含めて、自分の軍に総出撃命令を出した)(Thackeray: Rose)

【文例】
但し、次は解説でも触れた'modern artillery'の場合である。

* Believe me, brother Toby, no bridge, or bastion, or sally-port, that ever was constructed in this world, can hold out against such artillery.
　　　　――L. Sterne: *The Life and Opinions of Tristram Shandy, Gentleman*

(全く以て、トゥビー、この世にこれまで建造された、如何なる橋も、稜堡も、また出撃用非常門も、そんな大砲に狙われたら最後、持ち堪えるのは不可能と来よう。)

【参考】

* On the other hand, the Castle of Douglas itself, together with all outposts or garrisons thereunto belonging, shall be made over and surrendered by Sir John de Walton, in the same situaton, and containing the same provisions and artillery, as are now within their walls....
　　　　――W. Scott: *Castle Dangerous*

artiller; artilleryman

上述の'artillery*'の製造・修理・操作に当たる兵士(garrison*)を指す。

ballista; balista

バリスタ; 弩砲

語源は「投げる」(throw)の意味のギリシャ語'ballistes'にある。
　上述の'artillery*'の中でも「張力」(tension)、つまり、弓の原理を応用して重量のある石塊(stone)や矢(arrow)などを飛ばす兵器を指す。ギリシャ人(the Greeks)が考案し、紀元前400年頃にローマ人(the Romans)が改良したとされる。イングランドへは1216年に導入。

III Siege Engine・攻城兵器

　投擲物の重量は20〜30キロで、飛距離は最長で360メートル前後になった。弓に相当する部分は、十字弓(crossbow)を巨大にしたようなものに似るといえるが、こちらは1挺[本]の弓ではなく、左右で半分ずつの腕木(arm)に分離している。腕木は「かせ状のコード」(skein)で支えられ、そのコードは「巻き上げ機」(windlass*)で締めつける。コードには毛髪(hair)や動物の腸(gut)を編み合わせて用いた。また、この兵器を戦場(battle field)で移動させることを可能にした車輪つき(wheeled ballista)もある。

　ちなみに、この語は後述する'catapult*'や'mangonel*'や'springald*'と混同されて用いられることもある。本来は'balista'は石(stone)、'catapult'は槍(dart)を飛ばす兵器であったが、以後それぞれがその両方を飛ばすタイプも出て来て、その辺から名称にも混乱が生じたと考えられる。☞trebuchet

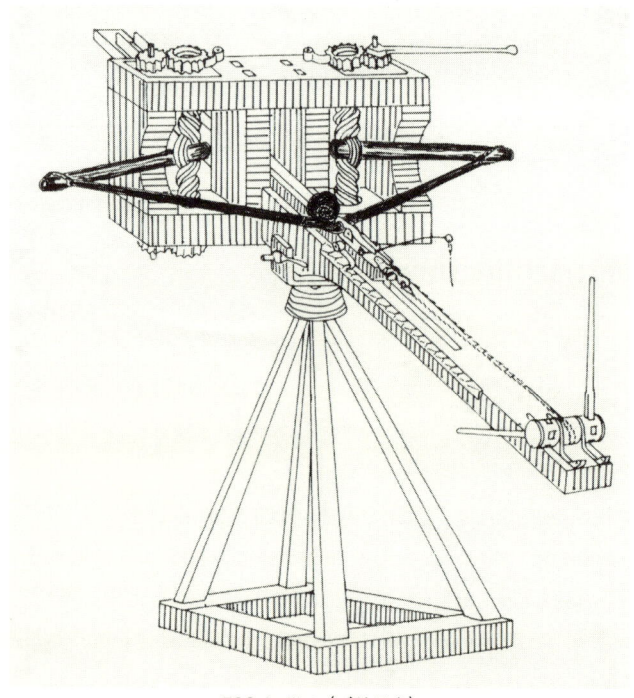

593. ballista(バリスタ)

− 410 −

Artillery／投擲(兵)器

594. stone ball（石の弾丸）(13世紀)。Pevensey [E]

【文例】

* ...he would go on and describe the wonderful mechanism of the ballista which Marcellinus makes so much rout about!
　　　　——L. Sterne: *The Life and Opinions of Tristram Shandy, Gentleman*

(...彼はなおも言葉を続けて、彼の歴史家マルセリヌスが大騒ぎしているバリスタの驚くべきその仕組みについて、述べたものでした。)

✲ **balester; balister; balistrier**　　上述の'ballista*'を扱う兵士を指す。

mangonel; mangon

マンゴネル(型投擲(兵)器)

ラテン語の'mangona'も使われる。

'catapult*'、'onager*'、'scorpio(n)*'、'springald*'、もしくは'tormentum'といってこの兵器を指すこともあり、用語の混同も生じている。

木製(wood)あるいは鉄製(iron)の枠組みの台の下部に張り渡した「かせ状のコード」(skein: 綱や女性の毛髪(hair)や動物の腱(animal sinews)などを太いロープ状に編み合わせたもの)に、長い腕木の一方の端を差し込んで取りつける。もう一方の端は巨大なスプーンの皿(cup)の形、ないしは吊り網(sling)になっていて、それを「巻き上げ機」(windlass*)で水平に引き下ろして置き、そこに石塊

- 411 -

Ⅲ Siege Engine・攻城兵器

(stone)を入れる。そして、反動を利用して、城壁(curtain wall*)の比較的上方を狙って、投石する兵器で、「ねじれの力」(torsion)を応用したものである。その腕木は上下動する。

　石塊のみならず、時には動物の死体も城内へ投げ入れることもあったが、敵方に病気を伝染させる目的である。もっとも、この投擲行為は城側から外の敵方[攻撃者側]へなされる場合もあった。その場合は塔(tower)の上にこれを設置して使用することも出来た。

　ビザンティウム人(the Byzantines)によってノルマン人(the Normans)へ伝えられたもので、ノルマン・コンケスト(the Norman Conquest*: 1066)以後も1世紀に亙り使用されていた。イギリスへは13世紀にフランスから入った。兵器のサイズによって、その飛距離に差があるが、約20キロの石塊を少なくとも200メートルくらいは飛ばすことが出来たと考えられる。最重量で、約50キロの石の投擲が可能とされる。☞図版:607

【用例】

　'manage a mangonel, or machine for hurling stones'（マンゴネル、詰まり、投石兵器を操作する）(Scott: Ivanhoe) / 'win the wall in spite both of bow and mangonel'（弓矢で射られようと、マンゴネルで石を飛ばされようとも、屈せずに敵の防壁を奪い取る）(Scott: Ivanhoe)

595. mangonel(マンゴネル)。
巨大なスプーン状の腕木の先端に石塊(写真右下)を入れる。
King John's [I]

Artillery／投擲(兵)器

596. マンゴネル。石塊を入れる受け皿の部分は消失。Caerlaverock [S]

597. 596.の下部。「かせ状のコード」(skein)に腕木の末端部を差し込んである。

✼ **catapult**（カタパルト(型投擲(兵)器)）　語源はギリシャ語の「投矢器」を意味する'katapeltes'にある。下記に引用したが、L. スターンは『トリストラム・シャンディー』(*Tristram Shandy*)の中では、ラテン語のスペルの'catapulta'（複数形はcatapultae）を用いている。

- 413 -

III Siege Engine・攻城兵器

(1) 原理と仕組みは上述の'mangonel*'に同じだが、その規模はそれよりもさらに小型の場合にもいう。用語の混同と考えられる。あるいは「投擲兵器の総称」と見てもよい。また、'onager*'、'scorpio(n)*'、'springald*'、もしくは'tormentum'といって、これを指すこともある。

【文例】

* ——May my brains be knocked out with a battering-ram or <u>a catapulta</u>, I care not which, quoth my father to himself....
　　　　　——L. Sterne: *The Life and Opinions of Tristram Shandy, Gentleman*

(——私の頭など破壁槌(はへきつち)か投石器かで、砕かれようと、そんなことは構うもんか、と父は心中秘かに思うのです。)

* ...<u>the catapultae</u> of the Syrians, which threw such monstrous stones so many hundred feet, and shook the strongest bulwarks from their very foundation....
　　　　　——L. Sterne: *The Life and Opinions of Tristram Shandy, Gentleman*

(...シリア人のカタパルト型投擲兵器、それはとんでもないほどの大石を何百フィートも飛ばしては、最も堅固な塁壁をまさにその土台から揺るがしたのです...)

* As soon as <u>the great catapults</u> were set, with many yells and the creaking of rope and winch, they began to throw missiles marvellously high, so that they passed right above the battlement and fell thudding within the first circle of the City....
　　　　　——J.R.R. Tolkien: 'The Return of the King'

(巨大なカタパルトが設置されるや否や、多くの鬨(とき)の声やら、ロープと巻き上げ機とが軋(きし)る音やらと共に、彼らは投射物を驚くほど高々と打ち上げ始めた。それは狭間胸壁の真上を越えて、市の第一防壁の内側に音を立てて落下した。)

(2) 上記(1)とは違って、弓の原理、つまり、張力(tension)を応用して、重い矢(arrow)や槍(dart)を飛ばす兵器をいう。

規模の大きなものになると、長さ180センチ前後の重い槍で、約75メートルの距離にある人間を数名刺し通す貫通力があるともいわれる。

木の幹でこしらえた枠組みにロープと滑車を利用して操作する。投げる矢や槍の先端部は鉄製(iron head)で、例えば、矢を放つ場合も先端に可燃性の物質を取りつけることもある。ちなみに、その物質の主要なものはピッチ(pitch)であったが、'artillery*'の項で既述したギリシャ火(Greek fire*)も使用された。

598. catapult (2)（カタパルト）

✤ **onager; scorpio; scorpion**　上述の'mangonel'に同じと考えてよい。'onager'（発音は[オナガー]に近い。アクセントは[オ]にある。）は中央アジアの草原地帯で発見されたラバ(mule)の野性種で、この兵器では石塊(stone)を投擲すると、腕木(arm)が反動で跳ね上がる様から、そのラバの後蹴りを連想してローマ人(the Romans)が命名したとされる。

'scorpio(n)'のサソリもその尾を高く持ち上げて攻撃するところから、この兵器の名前にされたと思われる。ただし、こちらは矢(arrow)を投射するもので、城壁(curtain*)などを破壊するというよりは、敵兵を甲冑(armour)ごと射抜くための兵器と考えられる。

Ⅲ Siege Engine・攻城兵器

【文例】

* ...he would go on and describe...the dander of the terebra and <u>scorpio</u>, which cast javelins.

——L. Sterne: *The Life and Opinions of Tristram Shandy, Gentleman*

(...彼はなおも言葉を続けて、槍を飛ばす兵器のテレブラやスコーピオが如何に危険か(中略)について述べたものです。)

missile

投射物

上述の'artillery'で飛ばす石塊(stone)や槍(dart; javelin)、また、十字弓(crossbow)や長弓(longbow)などに用いる矢、さらには大砲の類(cannon; gun)の砲弾(shell)も含めていう。

'missile weapon'というと、そういうものを飛ばすための兵器を意味する。

【用例】

'they began to <u>throw missiles</u> marvellously high'(彼らは投射物を驚くほど高々と打ち上げ始めた)(Tolkien: King) / 'set up...great engines for <u>the casting of missiles</u>'(投射物を打ち上げる巨大な兵器(中略)を設置する)(Tolkien: King)

【文例】

* ...replied with the discharge of their large cross-bows, as well as with their long-bows, slings, and other <u>missile weapons</u>, to the close and continued shower of arrows....

——W. Scott: *Ivanhoe*

(...大きな十字弓や長弓、あるいは投石器や他の投擲兵器で以て、雨霰と降り注ぐ矢に応戦した...)

perrier; petrary[petraria]; pedrero

投石(兵)器

発音はそれぞれ[ペェリィァー][ペェトラリー][ペドレェロゥ]に近い。アクセントはそれぞれ[ペェ][ペェ][レェ]にある。1番目はフランス語の「石」を意味する'pierre'に、2番目はラテン語の「石」を表わす'petra'に、3番目はスペイン語の「石工」に由来。

上述の'artillery'の関連項目に示した投石(兵)器を一般に指している。

springal; springald; springle

スプリンガル(型投槍(兵)器); スプリンガルド(型投槍(兵)器)

'espringal'もしくは'espringale'ともいう。また、時に'arblast'あるいは'arbalest'といってこれを指すこともある。

垂直のバネ板(spring-board)の下の端部を、枠組みの台に固定して置いて、そのバネ板の頂部を「巻き上げ機」(windlass)で引っ張り、その反動を利用して、槍(dart; lance)を飛ばす兵器をいう。同時に、その投擲物をも指す。13世紀に使用されるようになった。☞図版:607

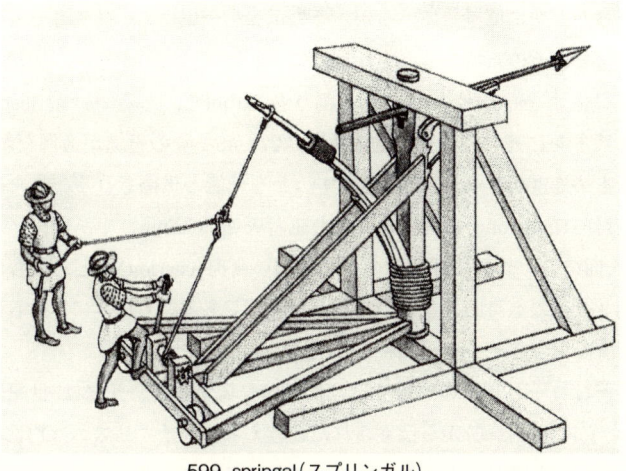

599. springal(スプリンガル)。

Ⅲ Siege Engine・攻城兵器

trebuchet; trebucket

トレビュシェット(型投擲(とうてき)(兵)器)

発音は前者が[トレェビュシェット]、後者が[トリィーバケット]に近い。アクセントはそれぞれ[レェ][リィー]にある。前者はフランス語の発音では[トレビュシェ]に近い。

上述の'artillery'の中でも、「平衡力」(counterweight)の原理を応用した巨大な投石器をいう。

上述の'ballista*'や'mangonel*'や'catapult*'など他の兵器に比べ、投擲物の重量も一段と大、飛距離も長、弾道も高、になった。既述した二重幕壁(まくかべ)(double walls*)を持つ城の場合、より高さのある方の内幕壁(inner curtain*)も飛び越すことが出来るだけではなく、城壁のその比較的上方を狙って、一定の目標に繰り返し命中させることも可能であった。

丈の高い造りの枠組みの頂部を台として、そこに長い腕木を取りつけるが、それは心棒で回転する仕組みになる。その腕木を上下に分けた場合、下方に当たる短い方の端部には「重し」をつけ、上方に当たる長い方の端部(verge)は「巻き上げ機」(windlass)で地面の高さまで引き下ろすことが出来る。その上端部に取りつけた「吊り網」(あみ)(sling)ないしは「受け皿」(spoon)には、石塊(せっかい)(stone)などの投擲物(projectile)が入る。つまり、発射準備が整った段階では、石塊の入った吊り網が下で、重しが上空に位置しているが、その重しを一気に下へ落下させる時の反動力を利用して、その石塊を飛ばす仕掛けになる。

重しには、土(earth)や砂(sand)や割り石(rubble)、あるいは鉛(lead)などが用いられ数トンに達した。投擲物の重量は27～45キロの石塊が通例だが、100キロ前後のものを300メートル近く飛ばすことも可能と推測される。また投擲物としては、石臼(うす)(millstone)、容器に入れた生石灰(quicklime*)やギリシャ火(Greek fire*)、人間の首、馬の死体、その他の動物の腐肉(carrion)なども使われた。病気を伝染させるのも目的のひとつであったからである。ちなみに、生石灰は触れた者の皮膚を火傷させる(to burn skin)ため用いられた。

この兵器はヨーロッパの文献では12世紀に登場するが、元来は5世紀頃に東洋(中国人やイスラム教徒)から伝えられたと考えられ、イギリスへは13世紀にフランスから入ったとされるが、それはイングランドのドゥヴァー城(Dover Castle*)

Artillery／投擲(兵)器

をフランスの王子ルイ(Prince Louis)が攻めた際(1216～17)に、他の兵器(siege engine*)と共にこれも使用したことによる。もっとも、これにはヴァリエーションが多く、同じ原理を利用したもっと小型のものもある。☞図版:607

600. trebuchet（トレビュシェット）。
飛ばす石塊は写真の右下。King John's ［I］

601. トレビュシェット。重しが上に来たところ。Carlisle ［E］

- 419 -

III Siege Engine・攻城兵器

Battering Ram; Battering-Ram
雄羊型破壁槌;ラム

　単に'ram'ともいい、その際には'the ram'として用いることもある。フランス語では'bélier'(雄羊)(発音は[ベリエ]に近い。)という。'batter'は「乱打する」「打ち破る」の意味。
　攻城(siege castle*)の際に、既述した幕壁(curtain*)などに突破口(breach)をつくる目的で使用する兵器。
　1本の木製(wood)の長い柱の先端に、「雄羊の首」(ram's head)を象った鉄の塊を取りつけた用具で、水平運動により、つまり、日本の寺の鐘撞きの要領で、幕壁の石組みやあるいは城門の扉(castle door*)などを打ち壊すのである。雄羊はその角(horn)で突く(butt)という習性があるところから命名された。その柱の素材にはオーク(oak)やトネリコ(ash)、あるいはモミ(fir)が用いられた。
　実際には、穴を穿つための槍(spear)の一種で巨大な錐を思わせる、'terebra'もしくは'auger'と呼ばれるもので先ず壁面に小さな穴を開け、そこをさらにこの兵器を使って拡大するのである。後述するキャット(the cat*)など、車輪で動かすことの可能な小屋(penthouse)の形の木組みの中に、鎖(chain)やロープで吊して用いるのが通例である。また、ベア(the bear*)という攻城櫓の最下段に取りつけられることもあるし、1つの木組みに同時に2本以上吊されることもあった。
　ちなみに、この兵器の攻撃に対処するために、城壁の基部の外側は急勾配の傾斜を持つ造り(☞城のbatter)にされる場合もある。一方、攻められる城側は、厚く詰め物をした巨大な袋(thick pads of sacking)などを、狭間胸壁(battlement*)などから幕壁とラムとの間に吊り下げたり、あるいは、その雄羊の首の鉄塊を絡め取るために、やはり輪縄(noose)を下ろして攻撃を防ごうとした。その他にもラムを使って作業する敵方を弓矢で狙うことはもちろん、その頭上に石や燃え木(firebrand)、あるいは熱した液体や砂などを落下させて防御を計った。

【用例】
　'Rams and hammers were beating against it(= the door).'（ラムやハンマー

Battering Ram; Battering-Ram／雄羊型破壁槌; ラム

がドアに打ち当たっていた。)（Tolkien: Ring）/ 'Again and again the great rams swung and crashed.'（ラムは何度も何度も振られては打ち当たった。）（Tolkien: Towers）/ 'they heard the roar of voices and the thudding of the rams'（口々に叫ぶ声やラムのドンドンと打ち当たる音が彼らに聞こえた）（Tolkien: Towers）/ 'a huge ram, great as a forest-tree a hundred feet in length, swinging on mighty chains'（長さ100フィートもあり、森の木ほどもあって、頑丈な鎖に吊るされ振れている巨大なラム）（Tolkien: King）

【文例】

* ...my father would exhaust all the stores of his eloquence...in a panegyric upon the battering rams of the ancients....
　　　　　——L. Sterne: *The Life and Opinions of Tristram Shandy, Gentleman*

（...私の父は雄弁術の限りを尽くして、古代人の雄羊型破壁槌を称賛して止まなかったものです...）

602. battering ram（ラム）による攻城と防戦の様子。noose（輪縄）とpads（当て物）にも留意。

Ⅲ Siege Engine・攻城兵器

603. ラム。この柱の先端に雄羊の首(ram's head)の形の鉄塊を取り付けた。King John's [I]

604. 603.の側面。1本の柱を3箇所で吊してある。この木組みの上から家畜の生皮(hides)で覆ったりした。

Battering Ram; Battering-Ram／雄羊型破壁槌; ラム

605. ラムで壁を破った(breach the wall)場面。

606. ラムと鑿壁(サクヘキ)兵器(terebra)。

III Siege Engine・攻城兵器

bear; belfry[belfrey]; siege tower

(熊型)攻城塔[櫓]; ベア

'bear'は「熊」の意味で、この兵器を指す時は'the bear'として用いることもある。

フランス語では'beffroi'といい、発音は[ベッフロワ]に近い。また、教会建築の'belfry'(鐘塔)とは異なる。

車輪などで移動可能にした「木造の塔」ともいうべきもので、既述した城の幕壁(curtain*)の高さと同じにしてあった。

攻城の際に、幕壁の下から上にいる守備兵へ矢(arrow)を射るよりも、この塔の高みからの方が有利であった。それに、この塔からは、敵方の城の'bailey*'と呼ばれる内廓や外廓の様子を、幕壁越しに伺うこともできた。

この塔の中は通例は3段に仕切ってあって、梯子(ladder)で上り下りが出来、大きな塔になると、弓の射手(bowman)など武装した兵士を500名ぐらいは収容可能であった。また、敵方[城側]からの火矢の攻撃を防ぐために、この塔の周りは家畜の生皮(hides; animal pelts)で覆ってあった。城が堀(ditch*; moat*)で囲われている場合は、その一部を土(earth)・石(stone)・粗朶(faggot)などで埋め、一種の橋道(causeway)を造り、さらにその上に板などを敷き並べたところにこれを押し進めて行った。そして、幕壁に辿り着くと、この塔の中に仕込んであった小型の吊り上げ橋(drawbridge*)などを、向こう側へ届かせて置いて、敵方へ渡って行って攻撃するのである。☞siege castle

そのために、仮にこの兵器が敵方の城壁へ到達できれば、攻め手にとっては、その場に限っていえば、敵を制圧し易い。しかし、そこまで辿り着くのには困難が伴う。例えば、この兵器を移動させねばならないが、地面が必ずしも平坦ではないし、敵方はこの兵器が我が城の堀を埋めに掛かるのを見れば、弓やその他の兵器で対抗したり、上から火を放つなど応戦して来て、攻め手はかえって大きな痛手を被ることもあり得たのである。そういう理由から、これは12世紀以降は余り使用されなくなり、むしろ、他の兵器に頼る傾向が大となった。

【文例】

* Slowly the great siege-towers built in Osgiliath rolled forward through the dark.

Battering Ram; Battering-Ram／雄羊型破壁槌; ラム

——J.R.R. Tolkien: 'The Return of the King'

（オスギィリアスで建造された巨大な攻城塔は、ゆっくりと闇の中を前進した）

607. bear and cat（ベアとキャット）。

①bear
②causeway
③cat
④mantlet
⑤trebuchet
⑥mangonel
⑦springal

bore

ボア

'the bore'として用いることもある。'terebrus'あるいは'teretrus'といってこれを指すこともある。

- 425 -

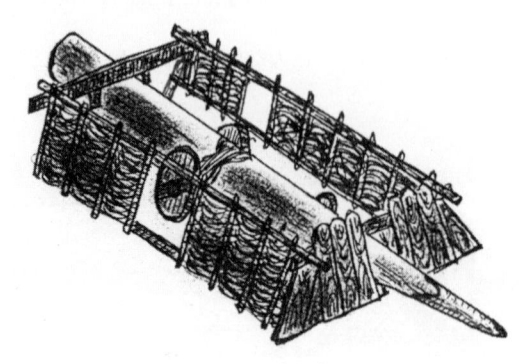

Ⅲ Siege Engine・攻城兵器

608. bore（ボア）。

'bore'には「錐」「錐穴」の意味の他に、動詞に用いて「錐で穴を開ける」などの意味もある。

形状は上述の'ram*'に似ているが、重量はもっと軽い兵器を指す。柱の先端は鉄製(iron)で、細長い角錐形になっていて、既述した城の幕壁(curtain*)や塔(tower*)などの石組みの繋ぎ目を狙って、穴を穿つ用具。

特に'ram'を用いた後に、さらにこれを使って石をつつき出すのである。また、凸角部(salient angle*)の破壊に特に効力を発揮した。

cat; cat-house; sapper's cat; sapper's tent; sow

キャット；猫小屋

'tortoise'（亀）ともいう。'cat'は'the cat'として用いることもある。また、フランス語では'chat'（猫）、ドイツ語では'Katze'（猫）という。発音は順に［シャ］［カァツァ］に近い。

上述のベア(bear*)を敵城の幕壁(curtain*)や塔(tower*)へ進めるために、堀(ditch*; moat*)の一部分を埋め立てる作業に用いたり、あるいは、その幕壁や塔の崩壊を狙ってその下を堀り進むために使用する兵器をいう。

全体は木造(wood)の頑丈な小屋(penthouse)で、頭上からの、つまり、敵城からの攻撃に備えて、急傾斜の屋根は鉄(iron)で補強してある。車輪で移動が可能であった。射掛けられた火矢などの攻撃を防ぐために、家畜の生皮(hides; animal pelts)でその周りを覆ってある。上述の'ram*'は、この小屋の木組みの中

に吊して用いるのが通例であった。

　この中には土木工兵(sapper)が幾人も入り込み、上述の'bear*'の場合と同様に堀の一部を埋めて進み、幕壁や塔に辿り着くと、その下の地面にトンネル(sap)を掘って(sapping)行く。この技術を'sapping technique'というが、トンネルは掘り進む途中で崩れないように、コールタールを塗った支柱で木枠を組みながら前進し、一定の距離に到達したところで、その木枠に火を放ち、幕壁や塔を崩壊させるのが目的である。

　敵方［城側］に気づかれないようにゆっくりと、こっそりと這う(creep)ように進んで接近するので、あるいはまた、小屋の中で「猫」のような格好で作業するので、'cat'と呼ばれた。

　また、進み方が遅いところから'tortoise'（トータス; 亀）とも呼ばれたが、その場合は特に比較的小型のこしらえを指していう。ちなみに、このトータスは、紀元前169年、ローマ軍の歩兵がグループで頭上に盾(shield*)を連ねて屋根のようにして、敵方のヘラクレアム(Heracleum)の城壁まで進んだことに、起源があると考えられている。連ねた盾とその進み具合が「亀の甲羅」とその「動き」を連想させたのである。☞図版：607

✼ mouse; sapper's mouse（マウス）

'mouse'は'the mouse'として用いることもある。

　'mouse'は「鼠」の意味で、上述の'cat'と同じ目的を持つが、大型の盾の「マントレット」(mantlet)と同じように用いる。

scaling ladder; scaling-ladder

攻城(用)梯子

単に'ladder'とも用いる。

　攻城(seige castle*)の際に、既述した幕壁(curtain*)などを登るために用いる梯子の類をいう。

　現代でも使用するような普通の形の長い木製(wood)の梯子の他に、1本の柱に足を掛けるところがついた形のものや、革ひも製(leather thong)の縄梯子(rope ladder)のタイプもあった。その先端には金属製の鉤状のもの(hook)が付いてい

III Siege Engine・攻城兵器

て、それをパラペット(parapet*)などに引っ掛けたのである。もっとも、城側からは攻め手のその梯子を押し返す(push off)ために、先端が二股になった棒状のもの(forked stick)を使用した。

【用例】

'a hundred ladders were raised against the battlements'（数多の攻城梯子が狭間胸壁に立て掛けられた）(Tolkien: Towers) / 'the ladders are thrown down…the soldiers lie grovelling under them like crushed reptiles'（攻城梯子は押し倒されました（中略）登っていた兵士たちは、踏み潰された爬虫類みたいに、その下敷きになっています）(Scott: Ivanhoe)

【文例】

* *Enter Talbot, Bedford, Burgundy, and forces, with scaling-ladders, their drums beating a dead march.*

——W. Shakespeare: *King Henry VI Part I*, II. i.

（トールボット、ベッドフォード、バーガンディー、それに兵士たちが攻城梯子を持ち、太鼓で葬送行進曲を打ち鳴らしながら登場。）

609. scaling ladder（攻城梯子）。

* "...some plant ladders, some swarm like bees, and endeavour to ascend upon the shoulders of each other...."

——W. Scott: *Ivanhoe*

(「...攻城梯子を立てる人たち、それに蜂のように群がって、互いの肩を台にして必死でよじ登ろうとする人たち...」)

✤ **escalade; scale**　上述の'scaling ladder*'を用いて、既述した幕壁(curtain*)や木造の防御柵(palisade*)を攻め登ることをいう。例えば、城壁をそのようにして登ることを'scaling the castle wall'などという。

　この時に、攻められている側は(castle defenders)、防御のために上から色々なものを敵の頭上へ落としたが、そのひとつに、既述した'Greek fire*'(ギリシャ火)がある。それを大きな鍋(pot)などの容器から落としてかけるか、瓶(bottle)などに入れて投げた。

　ちなみに、その攻め手は'scaler'と呼ばれる。

【文例】

*　　*Talbot.*　　God is our fortress, in whose conquering name
　　Let us resolve to *scale* their flinty bulwarks.
　　　　Bedford.　　Ascend, brave Talbot; we will follow thee.
　　　　　　　　——W. Shakespeare: *King Henry VI Part I*, II. i. 27-9

(トールボット：　神こそ我らが要塞、その戦勝をもたらす御名において
　　　　　　　　　彼らの堅固な塁壁を攻め登ると覚悟を決めましょう。
　ベッドフォード: 登れ、勇士トールボット、我々も後に続かん。)

次は名詞として用いた例である。

*　Each better knee was bared, to aid
　　The warriors in the escalade;
　　　　　——W. Scott: *The Lay of the Last Minstrel*, IV. xviii. 322-23

(各々の右膝は剥出しにしてあったが、
　それも城壁を攻め登る勇士たらんがために、)

III Siege Engine・攻城兵器

siege castle

攻城; 城攻め

　中世の城攻めで最も効果的な方法は、塔(tower*)など敵城の構造物の下の地中に「空間」(mine)を掘ってこしらえ(mining)、そこの天井が自然に崩落しないように、コールタールを塗った木の柱(prop)で暫定的に枠組みをつくり支え、後にそれに火を放ってその構造物を崩壊させる(slight)というものである。火を放つといっても、その場で着火に及ぶのではない。先ず掘るべき空間の場所へ到達するには、そこから距離を置いた地点から目的地へ向かって地中にトンネル(mine gallery)を掘りながら進むわけだが、そのトンネルを'sap'、それを掘る作業は'sapping'という。そのトンネルも途中で崩れるのを防ぐために、上記と同じく支柱で木枠を組みながら掘り進めるのである。最終的にはこれに火を放てば、崩壊を狙った構造物の下の空間まで延焼させることが出来るというわけである。そして、その一連の作業の課程で使用されるのが、上述の'cat*'や'bear*'などである。

　従って、岩山の上の城(rock-castle*)や、湖の中などの島の上に立つ城(island castle)や、あるいは、深い堀(moat*)や湿地に囲まれた城は、上記の'mining'に対して安全であった。しかし、その一方で、敵方のそういった隠密行動に対抗する唯一の防御策は、'countermine'（対抗道）を掘ることであった。つまり、自分たちも坑道を掘り進み、敵の掘った坑道へ押し入って、敵を殺すことである。また、その際に、敵方がどの位置に坑道を掘っているのかを察知することが必要で、そのための方法としては、「水を入れた容器(bowl)」を幾つか、それと疑わしき場所に置いておき、水平に波紋が起きるかどうかの監視をつづけていたのである。

　上記の攻城方法が成功を収めた例としては、1215年のロチェスター城(Rochester Castle*)と1224年のベッドフォード城(Bedford Castle*)の場合などが特に有名である。

　ちなみに、「城を攻める側」を'castle attackers'、「城を守る[攻められる]側」は'castle defenders'といい、その「城の攻守の戦い」を'siege warfare'と呼ぶ。また、城を要塞として役立たないほど破壊することを'slighting'といい、その動詞には'slight'を用いる。

Battering Ram; Battering-Ram／雄羊型破壁槌; ラム

siege engine

攻城兵器

敢えて'mediaeval war engine'ともいう。

中世に於いて城を攻撃する際に用いる大掛かりな兵器を一般に指していう。

特に13世紀のエドワード1世様式の城廓(Edwardian castle*)は、中世をを通じて最強にして最大級のものと考えられるが、その攻略のためには上述したように様々な攻城兵器が考案され、使用されるようになっていた。☞concentric castle

【文例】

* The drums rolled louder. Fires leaped up. <u>Great engines</u> crawled across the field....

　　　　　　　　——J.R.R. Tolkien: 'The Return of the King'

（太鼓は益々高く轟いた。火柱が何本も立ち上がった。巨大な攻城兵器は戦場を這うように進んで行った...）

* Ahead nearer the walls Elfhelm's men were among <u>the siege-engines</u>, hewing, slaying, driving their foes into the fire-pits.

　　　　　　　　——J.R.R. Tolkien: 'The Return of the King'

（前方で防壁にさらに近いところでは、エルフヘルムの家来たちが攻城兵器の間を動き回って、敵を切り倒し、殺し、火の穴へ追い立てたりしていた。）

付　録

- 本事典に引用した作家と作品の一覧
  A List of Authors Quoted in the Encyclopaedia

- 本事典で言及した城およびマナー・ハウスの所在地
  Gazetteer

- 参考書目
  Select Bibliography

- 索引
  Index

本事典に引用した作家と作品の一覧
(A List of Authors Quoted in the Encyclopaedia)

＊作品末尾の（　）内の数字は、引用されている本書のページを示す。

1. Blackmore, R. D.
    Lorna Doone　（53, 97, 265）

2. Boreman, Thomas
    Curiosities in the Tower of London　（236, 273, 274, 305）

3. Brontë, Charlotte
    Jane Eyre　（111, 152, 229）

4. Browning, Robert
    Dramatic Romances and lyrics
        'Childe Roland to the Dark Tower Came'　（136）

5. Buck, Pearl S.
    Death in the Castle　（24, 151, 192, 194, 196, 214, 215, 229, 232, 250, 292）

6. Burnett, Frances Hodgson
    The Secret Garden　（376）

7. Byron, George G.
    Tales
        'The Prisoner of Chillon'　（217, 220, 221, 234, 405）

8. Chaucer, Geoffrey
    The Canterbury Tales
        'The Knightes Tale'　（204）

9. Coleridge, Samuel T.
    Christabel　（377）

10. Dahl, Roald
    Two Fables
        'The Princess and the Poacher'　（222, 264）

A List of Authors Quoted in the Encyclopaedia

11. Davie, Elspeth

    The Panther Book of Scottish Short Stories
    'The Time Keeper' (152)

12. Dickens, Charles

    Christmas Stories
    'A Christmas Carol' (29, 223)
    Oliver Twist (229)

13. Doyle, Arthur Conan

    The Adventure of Sherlock Holmes
    'The Adventure of the Speckled Band' (376)
    The Hound of the Baskervilles (162, 388)

14. Follett, Ken

    The Pillars of the Earth (22, 24, 27, 33, 55, 58, 67, 111, 120, 126, 130, 146, 149, 150, 151, 164, 167, 179, 191, 192, 193, 194, 195, 196, 214, 219, 235, 240, 249, 255, 263, 264, 265, 295, 305, 307, 313, 314, 318, 319, 361, 362, 376, 377, 387, 388, 392, 393, 397, 398, 404, 405)

15. Garnett, David

    Lady into Fox (377)

16. Gissing, George

    The Private Papers of Henry Ryecroft (215)

17. Grahame, Kenneth

    The Wind in the Willows (50, 133, 192, 194, 214, 215, 224, 226, 234)

18. Hardy, Thomas

    Life's Little Ironies
    'For Conscience' Sake' (375)
    'The Son's Veto' (126)
    The Hand of Ethelberta (63, 89, 179, 191, 214, 242, 248, 320)

19. Hartley, Leslie P.

    The Traveling Grave and Other Stories
    'The Killing Bottle' (135, 249, 296, 362)

20. Hill, Susan

    I'm the King of the Castle   (69, 150, 214)

21. Hissey, James J.

    Through Ten English Counties   (23, 31, 82, 120, 154, 174, 179, 196, 361, 375)

    Untravelled England   (114, 244)

22. Jennings, Philip S. (ed.)

    Medieval Legends
        'Guigemar'   (296, 305)
        'Palamon and Arcite'   (232, 234)
        'The Story of Merlin'   (235, 265, 282, 296)
        'Parsival at the Castle of the Grail'   (134, 240, 361, 387)

23. Dr. Johnson

    A Journey to the Western Islands of Scotland   (302)

24. Jones, Gwyn & Jones, Thomas (trans.)

    The Mabinogion
        'The Lady of the Fountain'   (264)
        'Peredur Son of Efrawg'   (130, 158, 263)

25. Kelly, Harold

    London Cameos
        'The Sentry'   (49)

26. Lamb, Charles

    Tales from Shakespeare
        'Hamlet, Prince of Denmark'   (278)

27. Lamb, Mary Ann

    Mrs. Leicester's School
        'Sailor Uncle'   (375)

28. Lewis, Clive S.

    The Last Battle   (152, 229)

29. Lucas, Edward V.

> *English Leaves*
> 'The Mother of England' (393)
> 'England's Ancient Capital' (263)
> 'The Spire of England' (192)

30. Meredith, George

> *Short Stories*
> 'The Case of General Ople and Lady Camper' (128)

31. Mitford, Mary Russell

> *Our Village* (375)

32. Morton, H.V.

> *In Search of Scotland* (283)

33. Opie, Iona & Peter

> *The Classic Fairy Tales*
> 'The History of Jack and the Giants' (249)

34. Orwell, George

> *A Clergyman's Daughter* (166)

35. Peacock, Thomas L.

> *Sir Hornbook; or, Childe Launcelot's Expedition* (136, 303)

36. Rossetti, Christina

> *Goblin Market and Other Poems*
> 'Goblin Market' (121)

37. Ruskin, John

> *The King of the Golden River* (294)

38. Scott, Walter

> *Castle Dangerous* (25, 30, 49, 126, 128, 152, 195, 203, 223, 281, 296, 409)
> *Ivanhoe* (25, 30, 35, 53, 54, 55, 56, 58, 75, 82, 83, 93, 95, 114, 132, 134, 138, 140, 141, 144, 146, 151, 152, 158, 162, 166, 168, 175, 185, 193, 194, 203, 205, 208, 211, 214, 215, 218, 219, 222, 225, 227, 228, 235, 240, 245,

249, 253, 255, 263, 281, 282, 294, 296, 297, 311, 333, 361, 412, 416, 428, 429)

Kenilworth (30, 31, 38, 43, 53, 54, 62, 63, 74, 83, 86, 93, 96, 124, 131, 143, 215, 217, 219, 230, 232, 240, 263, 279, 294, 301, 307, 310, 363)

Marmion (25, 33, 35, 49, 50, 53, 115, 130, 131, 132, 134, 135, 145, 151, 154, 155, 160, 175, 179, 192, 204, 240, 245, 248, 263, 361, 384)

Quentin Durward (38, 50, 75, 78, 129, 204, 236, 245, 247, 249, 345)

The Lady of the Lake (132, 175, 216, 222, 305)

The Lay of the Last Minstrel (27, 31, 35, 53, 127, 130, 140, 167, 193, 215, 255, 283, 368, 369, 377, 429)

Waverley (141)

39. Shakespeare, William

All's Well that Ends Well (227)

Antony and Cleopatra (226)

Hamlet (231, 278)

King Henry IV Part I (149, 281)

King Henry VI Part I (127, 281, 428, 429)

King Richard II (50)

Measure for Measure (231)

Timon of Athens (266)

The Two Gentlemen of Verona (54)

40. Sideman, Belle B. (ed.)

The World's Best Fairy Tales
  'Jack and the Beanstalk' (26, 175)

41. Sisson, Rosemary Anne

The Impractical Chimney-Sweep (123)

42. Sterne, Laurence

The Life and Opinions of Tristram Shandy, Gentleman (57, 69, 120, 130, 237, 241, 244, 245, 246, 258, 259, 261, 262, 268, 273, 275, 277, 281, 282, 286, 287, 300, 409, 411, 414, 416, 421)

A List of Authors Quoted in the Encyclopaedia

43. Stevenson, Robert Louis

   A Child's Garden of Verses
      'Historical Associations'   (214, 221, 264)

   Edinburgh
      'Introductory'   (300)
      'The Old Town'   (152, 405)
      'The New Town'   (265, 284)
      'The Calton Hill'   (126, 268, 274)

44. Swift, Graham

   Learning to Swim and Other Stories
      'The Tunnel'   (375)

45. Thackeray, William Makepeace

   The Rose and the Ring   (216, 409)

46. Thoms, William J. (ed.)

   The Gallant History of Bevis of Southampton   (30, 216, 234)

47. Tolkien, John R.R.

   The Lord of the Rings
      'The Fellowship of the Ring'   (398, 421)
      'The Two Towers'   (53, 54, 61, 62, 120, 130, 151, 152, 158, 385, 421, 428)
      'The Return of the King'   (31, 70, 130, 229, 268, 300, 397, 414, 416, 421, 425, 431)

48. Wain, John

   Death of the Hind Legs and Other Stories
      'Darkness'   (33)

49. Walpole, Horace

   The Castle of Otranto   (25, 54, 152, 197, 229, 264)

50. Waugh, Evelyn

   Decline and Fall   (135)

   Mr. Loveday's Little Outing and Other Stories
      'Excursion in Reality'   (375)

'Winner Takes All'　(135, 375)

51. Wilde, Oscar

Complete Works of Oscar Wilde
'The Ballad of Reading Gaol'　(222, 232, 233)

Gazetteer

本事典で言及した城およびマナー・ハウスの所在地
(Gazetteer)

* 城の名称は'Dover Castle'の順序が通例だが、'Castle Rising'の順序を慣例とする場合もある。しかし、ここでは紛らわしさを避けて、後者の場合もRの語群に入れてある。且つ、末尾の [E] [I] [S] [W] の記号は、それぞれ'England' 'Ireland' 'Scotland' 'Wales'の略である。
* 末尾の( )内の数字は、解説文あるいは図版に言及のある本書のページを示す。

Acre: Castle Acre: Norfolk[E] (310)

Adare Manor: Limerick[I] (389)

Alnwick Castle: Northumberland[E] (27, 28, 40, 47, 57, 72, 87, 88, 89, 102, 107, 123, 124, 125, 147, 148, 153, 155, 176, 177, 228, 254, 256, 257, 276, 310, 400)

Arundel Castle: West Sussex[E] (326, 353)

Ashby(-de-ka-Zouch(e)) Castle: Leicestershire[E]　(93)

Avebury Manor: Wiltshire[E] (374)

Ballylee Castle: Galway[I] (365, 366)

Balmoral Castle: Grampian[S] (143)

Bamburgh Castle: Northumberland[E] (32, 38, 86, 171, 172, 209, 233, 266, 274)

Barrington Court: Somerset[E] (374)

Beaumaris Castle: Isle of Anglesey[W] (40, 42, 44, 77, 80, 91, 99, 108, 111, 164, 177, 249, 254, 293, 295, 306, 308, 345, 348, 349)

Bedford Castle: Bedfordshire[E] (430)

Belsay Castle: Northumberland[E] (368)

Berkeley Castle: Gloucestershire[E] (326)

Bishop's Palace: Somerset[E] (102, 182, 239)

Blair (Atholl) Castle: Perthshire[S] (140)

Bodiam Castle: East Sussex[E] (21, 47, 49, 56, 59, 68, 84, 95, 104, 106, 109, 111, 116, 137, 167, 170, 184, 185, 202, 210, 250, 254, 358, 359, 360)

Bolton Castle: North Yorkshire[E] (106, 210, 359)

Bowes Castle: North Yorkshire[E] (368)

Bradgate Park: Leicestershire[E] (375)
Breamore House: Hampshire[E]　(375)
Broughton Castle: Oxfordshire[E] (310)
Builth Castle: Powys[W] (306)
Bungay Castle: Suffolk[E] (310)
Caerlaverock Castle: Dumfries & Galloway[S] (44, 45, 94, 112, 117, 169, 186, 252, 413)
Caernarv[f]on Castle: Gwynedd[W] (20, 52, 59, 60, 65, 66, 67, 78, 79, 89, 90, 100, 105, 107, 108, 109, 121, 134, 136, 157, 159, 161, 173, 176, 178, 180, 182, 295, 306, 309, 339, 340, 341, 391, 394, 395, 400)
Caerphilly Castle: Mid Glamorgan[W] (21, 23, 42, 59, 74, 79, 85, 89, 91, 116, 251, 254, 259, 260, 310, 312, 344, 352)
Calshot Castle: Hampshire[E] (267)
Camber Castle: East Sussex[E] (184, 267, 268)
Cardiff Castle: South Glamorgan[W] (317, 326, 330)
Carisbrooke Castle: Isle of Wight[E] (287, 326)
Carlisle Castle: Cumbria[E] (23, 34, 39, 40, 41, 53, 101, 188, 197, 203, 209, 241, 279, 300, 405, 419)
Cawdor Castle: Highland[S] (365, 366)
Chepstow Castle: Gwent[W] (19, 20, 73, 74, 87, 116, 163, 310, 312)
Chester Castle: Cheshire[E] (306, 392, 397, 398, 404)
Chipchase Castle: Northumberland[E] (368)
Chirk Castle: Clwyd[W] (116)
Clara Castle: Kilkenny[I] (369)
Coity Castle: Mid Glamorgan[W] (323)
Colchester Castle: Essex[E] (209, 306, 403)
Conisbrough Castle: South Yorkshire[E] (67, 72, 75, 82, 83, 113, 115, 204, 210, 211, 212, 242, 264, 332, 333, 334, 335)
Conwy[Conway] Castle: Gwynedd[W] (52, 59, 117, 136, 254, 255, 293, 295, 306, 309, 313, 339, 341, 342, 391, 393)
Corfe Castle: Dorset[E] (89, 158, 242, 282, 306, 308, 319)

Gazetteer

Coxton Tower: Morayshire[S] (203)
Craigievar Castle: Grampian[S] (142, 364, 365)
Craigmillar Castle: Midlothian[S] (364)
Crathes Castle: Grampian[S] (142, 364, 367)
Criccieth Castle: Gwynedd[W] (20, 313)
Croft Castle: Herefordshire[E] (375)
Dacre Castle: Cumberland[E] (369)
Dartmouth Castle: Devon[E] (267)
Deal Castle: Kent[E] (184, 267, 268, 271, 292, 301, 302, 345)
Dolbadarn Castle: Gwynedd[W] (210, 212)
Doune Castle: Central[S] (45, 140)
Dover Castle: Kent[E] (21, 39, 55, 58, 71, 73, 77, 80, 104, 107, 118, 138, 146, 150, 176, 197, 199, 200, 202, 205, 206, 207, 236, 239, 244, 261, 264, 269, 270, 282, 306, 308, 344, 349, 350, 351, 418)
Duart Castle: Isle[Island] of Mull[S] (298)
Dumbarton Castle: Argyll & Bute[S] (36, 125, 285, 299)
Dungory Castle: Galway[I] (365)
Dunnottar Castle: Grampian[S] (139, 197, 283, 284, 364)
Dunster Castle: Somerset[E] (25, 310, 311)
Dunvegan Castle: Isle of Skye[S] (296, 297)
Durham Castle: Durham[E] (310, 317, 326, 330)
Edinburgh Castle: Lothian[S] (26, 32, 127, 128, 141, 182, 187, 219, 243, 247, 268, 273, 274, 277, 279, 283, 284, 382)
Eilean Donan Castle: Highland[S] (296, 297)
Exeter Castle: Devon[E] (403)
Farnham Castle: Surrey[E] (326)
Ferns Castle: Wexford[I] (138)
Flint Castle: Clwyd[W] (295, 306)
Fort Brockhurst: Hampshire[E] (302)
Framlingham Castle: Suffolk[E] (113, 117, 310, 339)
Gilling Castle: North Yorkshire[E] (368)

Glamis Castle: Tayside[S] (63, 365)
Glenbuchat Castle: Grampian[S] (364)
Godolphin House: Cornwall[E] (375)
Goodrich Castle: Hereford & Worcester[E] (74, 254, 306)
Haddon Hall: Derbyshire[E] (375, 384)
Harlech Castle: Gwynedd[W] (51, 87, 248, 283, 285, 293, 295, 306, 345, 352)
Hastings Castle: Sussex[E] (306)
Hedingham: Castle Hedingham: Essex[E] (137, 198, 199, 201, 206)
Hereford Castle: Herefordshire[E] (404)
Herstmonceux Castle: East Sussex[E] (110, 111, 359)
Horton Court: Avon[E] (374)
Hurst Castle: Hampshire[E] (267, 272)
Kenilworth Castle: Warwickshire[E] (29, 37, 38, 41, 72, 83, 93, 94, 123, 143, 229, 252, 254, 310, 311)
Kidwelly Castle: Dyfed[W] (20, 254, 310)
King John's Castle: Limerick[I] (112, 116, 171, 298, 339, 342, 412, 419, 422)
Lancaster Castle: Lancashire[E] (209)
Launceston Castle: Cornwall[E] (96, 210, 320, 321, 322, 326, 330)
Leeds Castle: Kent[E] (248, 251, 310, 312)
Lewes Castle: East Sussex[E] (254, 255, 326)
Lincoln Castle: Lincolnshire[E] (399, 403)
Little Moreton Hall: Cheshire[E] (375)
Loch Leven Castle: Tayside[S] (364)
Longleat House: Wiltshire[E] (63)
Loughor Castle: West Glamorgan[W] (323)
Ludlow Castle: Shropshire[E] (46, 82, 86, 104, 105, 139, 237)
Lytes Cary: Somerset[E] (389)
Maiden Castle: Dorset[E] (323)
Middleham Castle: North Yorkshire[E] (209)
Morpeth Castle: Tyne & Wear[E] (310)
Newcastle-upon-Tyne: Northumberland[E] (206)

Norwich Castle: Norfolk[E] (140, 209, 219, 220, 225, 404)

Nunney Castle: Somerset[E] (365)

Odiham Castle: Hampshire[E] (326)

Ogmore Castle: Mid Glamorgan[W] (323)

Okehampton Castle: Deven[E] (310)

Old Sarum (Castle): Wiltshire[E] (323)

Orchardton Tower: Dumfries & Galloway[S] (367)

Orford Castle: Suffolk[E] (306)

Oxford Castle: Oxfordshire[E] (210, 317, 326)

Pembroke Castle: Dyfed[W] (163, 210, 211, 254)

Pendennis Castle: Cornwall[E] (32, 137, 145, 184, 239, 260, 267, 269, 270, 271, 287, 288, 301, 303, 304, 306)

Penshurst Place: Kent[E] (375)

Pevensey Castle: East Sussex[E] (80, 92, 209, 306, 332, 411)

Pickering Castle: North Yorkshire[E] (36, 37, 68, 99, 231, 237, 317, 322, 326)

Pleshey Castle: Essex[E] (317)

Plumpton Place: East Sussex[E] (375)

Portchester Castle: Hampshire[E] (60, 66, 71, 80, 81, 92, 93, 97, 108, 119, 145, 198, 202, 206, 243, 306, 332, 336, 337, 338)

Portland Castle: Dorset[E] (188, 267, 272, 276, 277, 306)

Portsea Castle: Hampshire[E] (267)

Queenborough Castle: Kent[E] (306, 345, 353)

Raglan Castle: Gwent[W] (20)

Restormel Castle: Cornwall[E] (76, 96, 325, 326, 327, 328)

Rhuddlan Castle: Clwyd[W] (295, 306, 345)

Rising: Castle Rising: Norfolk[E] (206, 209, 323)

Rochester Castle: Kent[E] (113, 114, 138, 190, 205, 206, 207, 210, 403, 430)

Rockingham Castle: Northamptonshire[E] (20)

Rockstown Castle: Limerick[I] (365)

Rothesay Castle: Strathclyde[S] (45, 46, 70, 71, 230, 251)

Rushen: Castle Rushen: Isle of Man (239, 255, 258)

St. Mawes Castle: Cornwall[E] (184, 267)

St. Michael's Mount: Cornwall[E] (275)

Sandgate Castle: Kent[E] (267, 268)

Scarborough Castle: North Yorkshire[E] (306, 401)

Shirburn Castle: Oxfordshire[E] (310)

Sizergh Castle: Cumbria[E] (368)

Skenfrith Castle: Gwent[W] (210, 211)

Skipton Castle: North Yorkshire[E] (18, 27, 116, 117, 121, 122, 159, 163, 176, 182, 199, 217)

Southampton Castle: Hampshire[E] (306)

Stalker: Castle Stalker: Appin[S] (367)

Stirling Castle: Central[S] (18, 19, 42, 65, 101, 102, 116, 128, 186, 187, 201, 237, 266, 275, 278, 283, 285, 286, 293)

Stokesay Castle: Shropshire[E] (23, 84, 375, 379, 380, 381)

Tarset Castle: Northumberland[E] (368)

Tattershall Castle: Lincolnshire[E] (137, 310, 365)

Thoor Ballylee[Ballylee Castle]: Galway[I] (365, 366)

Threave Castle: Dumfries & Galloway[S] (364, 366)

Tonbridge Castle: Kent[E] (310)

Totnes Castle: Devon[E] (326)

Tower of London, the: London[E] (59, 61, 190, 205, 207, 208, 209, 225, 236, 273, 274, 305, 306, 307, 344, 351, 352, 392, 403)

Upton Castle: Pembrokeshire[W] (20)

Wallingford Castle: Berkshire[E] (317)

Walmer Castle: Kent[E] (184, 267, 306)

Warkworth Castle: Northumberland[E] (23, 52, 57, 68, 90, 178, 180, 200, 201, 202, 252, 354, 355, 356, 365, 383)

Warwick Castle: Warwickshire[E] (20, 48, 55, 72, 101, 113, 115, 116, 122, 147, 150, 153, 154, 163, 166, 168, 169, 170, 177, 183, 186, 213, 214, 218, 254, 257, 322, 382)

Wells Castle: Somerset[E] (20)

White Castle: Gwent[W] (20)

Gazetteer

Wightwick Manor: West Midlands[E] (374, 383)
Winchester Castle: Hampshire[E] (223, 224, 400, 404)
Windsor Castle: Berkshire[E] (38, 307, 317, 326, 331, 353, 356, 357)
Witley Park: Surrey[E] (375)
York Castle: North Yorkshire[E] (71, 76, 103, 125, 126, 146, 150, 153, 156, 157, 159, 173, 178, 220, 223, 258, 266, 306, 320, 326, 329, 392, 395, 396, 401, 402, 403, 404)

参考書目 (Select Bibliography)

1. 洋書

Ashe, Rosatind. *Literary Houses: Ten Famous Houses in Fiction*. Limpsfield: A Doragon's World, 1982.

Aslet, Clive & Powers, Alan. *The National Trust Book of The English House*. New York: Viking, 1985.

Ayres, James. *The Shell Book of The Home in Britain*. London: Faber & Faber, 1981.

Bailey, Brian. *English Manor Houses*. London: Robert Hale, 1983.

Biesty, Stephen. *Stephen Biesty's Cross-Sections Castle*. London: Dorling Kindersley, 1994.

Blackmore, David. *Arms & Armour of the English Civil Wars*. London: Royal Armouries, 1990.

Borg, Alan. *Arms & Armour in Britain*. London: Royal Armouries, 1979.

Bottomley, Frank. *The Castle Explorer's Guide*. London: Kayl & Ward, 1979.

Boutell, Charles. *Arms and Armour*, London: Reeves & Turner, 1901.

Braun, Hugh. *A Short history of English Architecture*. London: Faber & Faber, 1978.

Breffny, Brian. *Castles of Ireland*. London: Thames and Hudson, 1977.

Brown, R.Allen. *Castles from the Air*. Cambridge: Cambridge Univ., 1989.

Brunskill, R.W. *Traditional Buildings of Britain: An Introduction to Vernacular Architecture*. London: Victor Gollancz, 1988.

─────────. *Traditional Farm Buildings of Britain*. London: Victor Gollancz, 1987.

Burke, John. *An Illustrated History of England*. London: Collins, 1980.

─────────. *Life in the Castle in Medieval England*. London: Batsford, 1980.

Burnett, John. *A Social History of Housing 1815-1970*. London: Methuen, 1980.

Byam, M. *Arms & Armour*. London: Dorling Kindersley, 1989.

Clare, John D. *Knights in Armour*. London: Bodley Head, 1991.

Clout, Hugh (ed.) *The Times London History Atlas*. London: Times Books, 1991.

Select Bibliography

Crawford, P. *The Living Isles*. New York: Charles Scribner's Sons, 1987.

Clayton-Payne, Andrew. *Victorian Cottages*. London: Cassell, 1993.

Cook, Olive & Smith, Edwin. *The English House through Seven Centuries*. Harmondsworth: Penguin Books, 1984.

Cope, Anne (ed.) *Ireland Past and Present*. London: Multimedia Books, 1992.

Davies, D.W. *Dutch Influences on English Culture, 1558-1625*. Folgen Books, 1964.

Ditchfield, P.H. *The Manor Houses of England*. London: Studio Editions, 1994.

Dixon, Roger. & Muthesius, Stefan. *Victorian Architecture*. London: Thames & Hudson, 1978.

Duffy, C. *The Fortress in the Age of Vauban and Frederic the Great, 1660-1789*. London: Routledge & Kegan Paul, 1985.

Durant, David N. *The Handbook of British Architectural Styles*. London: Barrie $ Jenkins, 1922.

Evans, Joan (ed.) *The Flowering of the Middle Ages*. London: Thames & Hudson, 1966.

Fitzgerald, P. *Victoria's London*. Leadenhall Press, 1893.

FitzGerald, Roger. *Buildings of Britain*. London: Bloomsbury, 1995.

Fleming, John & Honour, Hugh & Pevsner, Nikolaus. *The Penguin Dictionary of Architecture*. London: Penguin Books, 1966.

Forde-Johnston, James. *A Guide to the Castles of England and Wales*. London: Constable, 1981.

Gascoigne, Christina. *Castles of Britain*. London: Thames & Hudson, 1975.

Girouard, Mark. *The English Town: A History of Urban Life*. New Haven & London: Yale U.P., 1990.

——————. *Life in the English Country House: A Social and Architectural History*. New York: Penguin Books, 1980.

——————. *The Return to Camelot*. New Haven & London: Yale UP, 1981.

Gotch, J.A. *The Growth of the English House*. London: Batsford, 1928.

Griesbach, C.B. *Historic Ornament: A Pictorial Archive*. New York: 1975.

Hammond, Peter. *Royal Armouries: Official Guide*. London: Trustees of the Royal Armouries, 1986.

Hart, H.Harold. *Weapons & Armour*. New York: Dover, 1978.

Hindley, Judy. *The Time Traveller Book of Knights and Castles*. London: Usborne, 1976

Hoar, Frank. *An Introduction to English Architecture*. London: Evans Brothers, 1963.

Hogg, Garry. *A guide to English Country Houses*. London: Hamlyn, 1969.

Humble, Richard. *English Castles*. New York: Harmony Books, 1984.

Hyams, E. *English Heritage*. London: B.T. Batsford, 1963.

Ingamells, John, dir. *The Wallace Collection: guide to the armouries*. London: Trustees of the Wallace Collection, 1982.

Jackson, Peter. *Walks in Old London*. London: Collins & Brown, 1993.

James, John. *Chartres: The Masons Who Built a Legend*. London: Routledge & Kegan Paul, 1985.

Johnson, Paul. *Castle of England, Scotland and Wales*. London: Weidenfeld & Nicolson, 1989.

Jones, Edward & Woodward, Christopher. *A Guide to the Architecture of London*. London: Phoenix Illustrated, 1983.

Keen, Maurice. *Chivalry*. New Haven & London: Yale UP, 1984.

King, D.J. Cathcart. *The Castle in England and Wales*. London: Routledge, 1988.

Dr. Tottenkamp, F. (the Rev. A. Löwy (trans.)). *The History of Chivalry and Armor*. New York: Portland House, 1988.

Lewis, Philippa. *Details: A Guide to House Design in Britain*. London: Prestel, 2003.

Lewis, Philippa. & Darley, Gillian. *Dictionary of Ornament*. New York: Pantheon Books, 1986.

Macaulay, David. *Castle*. London: Collins, 1977.

Mackenzie, D.M. & Westwood, L.J. *Background to Britain*. london: Macmillan, 1974.

Martindale, Andrew. *Gothic Art*. Norwich: Thames and Hudson, 1967.

Martin, Paul. *Arms and Armour: from the 9th to the 17th century*. Vermont & Tokyo: Charles E.Tuttle, 1968.

Marwick, Arthur, ed. *Britain Discovered: A pictorial atlas of our land and heritage*. London: Mitchell Beazley, 1982.

Select Bibliography

McNeill, Tom. *English Heritage Book of Castles*. London: B.T. Batsford, 1992.

Mee, Arthur, ed. *I See All:The Pictorial Dictionary.* 5 *vols*. London:The Educational Book.

Milton, Roger. *Heralds and History*. London: David & Charles, 1978.

Mitchell,R.J. & Leys, M.D.R. *A History of London Life*. London: Longmans Green, 1958.

Nellist, John B. *British Architecture and Its Background*. London: Macmillan, 1967.

Norman, A.V.B. & Wilson, G.M. compiled. *Treasures from the Tower of London (Arms and Armour)*. London: Lund Hamphries, 1982.

Oliver, Stefan. *An Introduction to Heraldry*. London: Quintet, 1987.

Oman, Charles. *Castles*. London: Great Western Railway, 1926.

Opie, I & Opie, P. *The Lore and Language of Schoolchildren*. Oxford: Oxford UP, 1959.

Panati, Charles. *The Browser's Book of Beginnings: Origins of Everything Under (and Including) the Sun*. Boston: Houghton Mifflin, 1984.

Parker, James. *A Glossary of Terms Used in Heraldry*. Tokyo: Charles E. Tuttle, 1982.

Parker, John Henry. *A Glossary of Aechitecture,Part I & Part II*. Oxford: Charles Tilt, 1836.

Parnell, Geoffrey. *English Heritage Book of The Tower of London*. London: B.T. Batsford, 1993.

Perkins, D.C. *Castles of Wales*. Hong Kong: Domino Books, 1991.

Pfaffenbichler, Matthias. *Medieval Craftsmen Armourers*. London: British Museum, 1992.

Pyne, William H. *Pyne's British Costumes*. Ware: Wordsworth, 1989.

Quennell, C.H.B. & Marjorie. *A History of Everyday Things in England*. 4 vols. London: Batsford, 1931.

Quiney, Anthony. *The Tradditional Buildings of England*. London: Thames & Hudson, 1990.

Reid, William. *Weapons through the Ages*. London: Peerage Books, 1984.

Richardson, C.J. *The Englishman's House*. London: John Camden Hotten.

Richardson, T & Watts, K.N., ed. *The Journal of the Arms & Armour Society, Vol. XIII*. London: Royal Armouries, 1990.

Room, Adrian. *Dictionary of Britain*. Oxford: Oxford UP, 1986.

Rowley, Trevor & Cyprien, Michael. *Traveller's Guide to Norman Britain*. London: Routledge & Kegan Paul, 1986.

Sancha, Sheila. *The Castle Story*. London: Collins, 1993.

Sheehy, Terence. *Ireland in Colour*. London: Batsford, 1975.

Smith, Charles H. *Ancient Costumes of Great Britain and Ireland, From the Druids to the Tudors*. London: Bracken Books, 1989.

Somerset Fry, Plantagenet. *The Kings & Queens of England & Scotland*. London: Dorling Kindersley, 1992.

Stone, Lilly C. *English Sports and Recreations*. Folger Books, 1979.

Strutt, Joseph. *The Sports and Pastimes of the People of England* (new edition by W. Hone). London: William Tegg, 1855.

Swaan, Wim. *Art & Architecture of the Late Middle Ages*. Ware: Omega Books, 1982.

Taylor, Arnold. *The Welsh Castles of Edward I*. London: Hambledon, 1986.

Thompson, M.W. *The Decline of the Castle*. Cambridge: Cambridge UP, 1987.

Timpson, John. *Timpson's England: a look beyond the obvious*. Norwich: Jarrold Colour, 1987.

Trevelyan, George M. *English Social History*. London: Longmans, 1944.

Unstead, R.J. *See Inside a Castle*. London: Kingfisher Books, 1986.

Vale, Edmund. *Curiosities of Town and Countryside*. London: B.T. Batsford, 1940.

Warner, G.T. & Marten C.H.K. *The Groundwork of British History*. London: Blackie, 1932.

Weinreb, B. & Hibbert, C., ed. *The London Encyclopaedia*. London: Macmillan, 1983.

White, John T. *Country London*. London: Routledge & Kegan Paul, 1984.

Watkin, David. *English Architecture: A concise history*. Norwich: Thames and Hudson, 1979.

Winter, Gordon. *The Country Life Picture Book of Britain*. London: Country Life Books, 1978.

Yarwood, Doreen. *Encyclopaedia of Architecture*. London: B.T. Batsford, 1985.
―――――――. *The Architecture of Europe*. London: Spring Books, 1987.
Young, Alan. *Tudor and Jacobean Tournaments*. London: George Philip, 1987.
Wallace Collection *Catalogues—European Arms and Armour, Vol.I,II,Supplement*. London: Trustees of the Wallace Collections, 1962.

2. 和書

池上俊一　『歴史としての身体―ヨーロッパ中世の深層を読む―』柏書房　1993。
市川定春　『武器甲冑図鑑』　新紀元社　2008。
上野美子　『ロビン・フッド伝説』　研究社　1988。
太田静六　『イギリスの古城』　吉川弘文館　1986。
大野真弓　『イギリス史』山川出版　1965。
加藤憲市　『英米文学植物民俗誌』　冨山房　1984。
川北　稔 編　『イギリス史』　山川出版　1998。
斎藤美洲 編著　『イギリス詩文選―風土と文学』中教出版　1956。
櫻庭信之　『イギリスの歴史と文学』　大修館　1977。
―――――　『ロンドン―紀行と探訪』　大修館　1985。
定松正・虎岩正純・蛭川久康・松村賢一 編　『イギリス文学地名事典』研究社　1992。
芹沢　栄　『イギリスの表情』開拓社　1972。
田中亮三　『図説英国貴族の城館: カントリー・ハウスのすべて』　河出書房新社　1999。
―――――　『英国貴族の邸宅』　小学館　1997。
出口保夫　『イギリス文学の基礎知識』　評論社　1977。
中川芳太郎　『英文學風物誌』　研究社　1977。
三浦一郎　『日本甲冑図鑑』　新紀元社　2010。
森　護　『英国紋章物語』　三省堂　1985。
―――――　『英国王室史事典』　大修館　1994。

フランソワ・イシェ（蔵持不三也 訳）『絵解き中世のヨーロッパ』　原書房　2006。

グラント・オーデン(堀越孝一 監訳) 『西洋騎士道事典』原書房　1991。
ルイ・カザミア(手塚リリ子・石川京子 共訳)『大英国(歴史と風景)』　白水社　1986。
ノーバート・ショウナワー（三村浩史 監訳）『世界のすまい6000年』③「西洋の都市住居」彰国社　1985。
ウォルター・スコット(日高只一 訳) 『アイヴンホー』(世界文學全集7)　新潮社　1929。
────────(朱牟田夏雄 訳) 『ケニルワースの城』(世界文學全集6) 集英社　1970。
────────(佐藤猛郎 訳) 『最後の吟遊詩人の歌』　評論社　1983。
────────(────) 『マーミオン』　成美堂　1995。
────────(────) 『湖上の美人』　あるば書房　2002。
ロレンス・スターン(朱牟田夏雄 訳) 『トリストラム・シャンディ』(上中下巻) 岩波書店　1969。
G. チョーサー（笹本長敬 訳）『カンタベリー物語(全訳)』　英宝社　2002。
ポール・ニコル(高山一彦 訳) 『英国史』　白水社　1974。
リチャード・バーバー(田口孝夫 訳) 『図説 騎士道物語──冒険とロマンスの時代』原書房　1996。
クリストファー・ヒバート(横山徳爾 訳) 『ロンドン　ある都市の伝記』　北星堂　1988。
ハインリヒ・プレティヒャ（平尾浩三 訳）『中世の旅　騎士と城』　白水社　2002。
ポール・ヴィノグラードフ(富沢霊岸・鈴木利章 訳) 『イギリス荘園の成立』　創文社　2008。
ヒュー・ブラウン(小野悦子 訳)　『英国建築物語』昌文社　1983。
ブルフィンチ(野上弥生子 訳) 『中世騎士物語』　岩波書店　1987。
エイザ・ブリッグズ(今井 宏/中野春夫/中野香織 訳) 『イングランド社会史』筑摩書房　2004。
ニコラス・ペヴスナー他(鈴木博之 監訳) 『世界建築事典』鹿島出版会　1984。
マーガレット＆アレクサンダー・ポーター（宮内悊 訳）『絵で見るイギリス人の住まい』(1－ハウス、2－インテリア) 相模書房　1984。

アンドレア・ポプキンズ(松田 英／都留久夫／山口恵理子 訳)『西洋騎士道大全』東洋書林　2005。

ビル・ライズベロ(下村純一・村田 宏 共訳)『図説西洋建築物語』　グラフ社　1982。

S.E. ラスムッセン(兼田啓一 訳)『ロンドン物語—その都市と建築の歴史』　中央公論美術出版　1990。

D. McDowall(大澤謙一 訳)『図説　イギリスの歴史』　東海大学出版会　1994。

『旅の世界史』(6. 城郭都市)　朝日新聞社　1992。

『ヨーロッパの文様事典』視覚デザイン研究所 編　2000。

3. ガイドブック類

Audley End. (by Chamberlin, Russell ad Gray, Richard) London: English Heritage, 1986.

Bridge House, Ambleside. The National Trust.

Cambridge: The City and the Colleges. London: Pitkin Pictorials, 1974.

Castle Combe:The Prettiest Village in England. Chippenham: Cameo Print, 1996.

A Guide to Bradford on Avon. Tourist Information Centre.

Illustrated Walks and Drives in the North York Moors. Oxford: Curtis Garratt, 1992.

A Jarrold Guide to the University City of Cambridge. Norwich: Jarrold, 1992.

The Lake District:Land of mountain, mere and fell. Kent: J. Salmon.

The North York Moors. York: North York Moors National Park, 1981.

Skipton:Gateway to the Dales. Tourist Information Centre.

Stourhead Garden. London: The National Trust, 1985.

4. 案内図典類

Book of British Villages. London: Drive, 1980.

Book of Country Walks. London: Drive, 1979.

Book of the British Countryside. London: Drive, 1973.

Hand-Picked Tours in Britain. London: Drive, 1977.

Illustrated Guide to Britain. London: Drive, 1977.

Illustrated Guide to Country Towns and Villages of Britain. London: Drive, 1985.
Treasures of Britain. London: Drive, 1968.

5. 写真やイラストを掲載している辞事典類

The American Heritage Dictionary of the English Language. American Heritage, 1973.
Dictionary of Britain. Oxford UP, 1976.
Dictionary of Ornament. (by Lewis, Philippa & Darley, Gillian)　Pantheon Books, 1986.
The English Duden: A Pictorial Dictionary. Bibliographisches Institute, 1960.
A Glossary of Architecture. (by John Henry Parker. 2 vols.) Charles Tilt. 1840.
The Golden Book Illustrated Dictionary. 6vols. Golden Press, 1961.
Illustrated Dictionary of Historic Architecture. (ed. Cyril M. Harris) Dover, 1977.
Longman Dictionary of Contemporary English. Longman, 1978.
Longman Dictionary of English Language and Culture. Longman, 1992.
Longman Lexicon of Contemporary English. Longman, 1981.
Longman New Universal Dictionary. Longan, 1982.
The New Oxford Illustrated Dictionary. Oxford UP, 1978.
Oxford Children's Picture Dictionary. Oxford UP, 1981.
Oxford Elementary Learner's Dictionary of English. Oxford UP, 1981.
Oxford English Picture Dictionary. Oxford UP, 1977.
Oxford Illustrated Dictionary. Oxford UP, 1962.
Oxford Picture Dictionary of American English. Oxford UP, 1978.
Pictorial English Word-book. Oxford UP, 1967.
The Pocket Dictionary of Art Terms. John Murray, 1980.
Room's Dictionary of Confusibles. Routledge & Kegan Paul, 1979.
Room's Dictionary of Distinguishables. Routledge & Kegan, 1981.
Visual Dictionary. Time-Life Educated Systems, 1982.
What's What:A Visual Glossary of the Physical World. (ed. Bragonier, Reginald,Jr. & Fisher, David) Ballantine Books, 1981.

索 引 (Index)

[A]

- adulterine castle 163
- allure 103
- almonor → dais 387
- alure 103
- alure-work → allure 103
- aluring → allure 103
- angle tower 109
  - → flanking tower 113
- angle turret 137
- anklet → fetters 221
- approach 62
- arbalest
  - → balistraria 181
  - → springal 417
- arbalestina 181
- arbalisteria 181
- arblast → springal 417
- arrière-ban → manor 371
- arrow-loop 179
- arrow-slit 179
- artiller 409
- artillery 408
  - → bastion 267
  - → battery 273
  - → gunloop 184
  - → history of the castle 291
- artillery fort → fort 301
- artilleryman 409
- auger → battering ram 420

[B]

- bailey
  - → motte-and-bailey castle 316
- bailey wall
  - → keep-and-bailey castle 333
- bailiff → manor 370
- balester 411
- balista 409
- balister 411
- balistraria 181
- balistrier 411
- ballista 409
- banquet → banquette 286
- banquett → covered-way 286
- banquette 286
- bar 401
- barbican 254
  - → defender 123
  - → gatehouse 18
- barmkin → peel tower 368
- barn
  - → keepless castle 339
  - → motte-and-bailey castle 316
- baron
  - → baronial castle 309
  - → manor 370

― 457 ―

baronial castle	309	→ motte-and-bailey castle	316
barrack		bear	424
→ concentric castle	343	belfrey	424
→ inner bailey	79	belfry	424
→ keep	190	berm(e)	243
→ motte-and-bailey castle	316	bishop → baronial castle	310
→ shell-keep castle	325	bombard → gunloop	184
bartisan	139	bore	425
bartizan	139	bower	
→ balistraria	181	→ keep	190
→ watch tower	120	→ manor	373
base court	86	bowloop	181
basement		→ arrow-loop	179
→ angle tower	109	bowslit	181
→ keep	190	branks	225
→ keep-and-bailey castle	332	brattice	280
basket boy → castellation	293	→ hoard	97
bastard feudalism → manor	372	breach → history of the castle	292
bastion	267	bread trencher → dais	386
→ enceinte	287	breast wall → crenel	157
batter	69	bretasche → brattice	280
battered base → batter	69	bulwark	281
battered plinth → plinth	71	buttery and larder → manor	373
battering ram	420	buttery & pantry	
battering wall → batter	69	→ concentric castle	343
battery	273	→ courtyard castle	358
battle → battled tower	154	→ manor	373
battled tower	154		
battlement(s)	151	**[C]**	
battlemented parapet	161		
→ bartisan	142	candle-snuffer turret	142
Bayeux tapestry		cannon	
		→ bastion	267

— 458 —

Index

→ battery	273
→ gunloop	184
casemated → bastion	268
castellan	313
→ gatehouse	19
castellated architecture	
→ castellation	292
castellation	292
castellum	
→ history of the castle	290
castle door	26
castle gate	25
castle portal → castle gate	25
castle(d) rock	283
castle wall → curtain	65
castle-yard → courtyard	361
cat; cat-house	426
catapult	413
catapulta → catapult	413
cathedral town → city-wall	392
causeway → entrance-tower	37
cell → ward	230
cellar → motte-and-bailey castle	315
central hearth → manor	373
cesspool → keep	190
chains	221
chamber	
→ courtyard castle	358
→ hall keep	209
→ keep	190
→ motte-and-bailey castle	315
→ shell-keep castle	325

→ tower keep	205
chapel	
→ angle tower	110
→ concentric castle	343
→ courtyard castle	358
→ forebuilding	206
→ keep	190
→ keepless castle	339
→ motte-and-bailey castle	316
→ shell-keep castle	325
chapel tower → angle tower	110
chatelain → castellan	313
chatelaine	
→ castellan	313
→ keepless castle	339
→ manor	372
chemise → outer curtain	85
citadel	299
city-gate	397
→ defender	123
city-wall	391
Clifford's Tower	
→ shell-keep castle	326
closed tower → wall tower	106
concentric castle	343
concentric walls	353
constable	313
→ gatehouse	19
→ royal castle	306
cop	155
copestone	161
coping	161

— 459 —

→ cop		155	→ balistraria	181
→ crenel		157	→ bowloop	181
coping-stone		161	→ cross-loop	181
corner tower		109	crosslet	181
→ dungeon		213	cross-loop	181
corner turret		137	cross-slit	
counterguard		258	→ cross-loop	181
countermine → siege castle		430	→ loop	174
counterpoise bridge			cross wall	206
→ drawbridge		239	crow's nest	122
counterscarp		243	Crusaders → concentric castle	344
court baron → manor		372	curtain	64
courtyard		361	curtain wall	64
courtyard castle		358	curtin(e) → curtain	64
→ angle tower		109		

【D】

covered-way	286
covert-way	286
crenel	157
crenelated battlement	
→ crenelation	162
crenelation	162
crenellate → battled tower	154
crenellated battlement	
→ crenelation	162
crenellated parapet	161
crenellated tower	154
crenellation	162
crenelle	157
cross arm	
→ cross-loop	181
→ loop	174
crossbow	

dais	384
dais end → manor	373
deas	384
death hole → concentric castle	343
defender	123
demesne → manor	370
demi-bastion	273
demilune	262
ditch	235
→ postern	52
ditcher → ditch	235
dominating tower → donjon	203
dongeoun → donjon	203
donjon	203
donjon-keep	203
donjon-tower	203

Index

doornail ················· 28
door-ward → porter ············· 29
double tower
   → barbican ············· 254
   → flanking tower ············ 113
   → wall tower ················· 106
double walls
   → concentric castle ············ 343
   → concentric walls ············ 353
drawbridge ················ 238
   → barbican ············· 254
   → gatehouse ············· 18
   → motte-and-bailey castle ··· 316
   → portcullis ············ 49
drop gate → portcullis ·········· 48
drum tower ············· 116
dungeon ················· 213
   → angle tower ············ 110
   → donjon ············· 203
   → flanking tower ············ 113
   → hall keep ············· 208
   → keep ················ 190
   → keep-and-bailey castle ······ 332
dungeon-grate ············· 217
dungeon-vault ············· 218

[E]

earth-and-palisade castle
   → motte-and-bailey castle ··· 317
earthwork castle → ringwork ··· 323
Edward I
   → concentric castle ············ 344
   → master-builder ············ 295
Edwardian castle
   → gatehouse ················· 20
   → siege engine ············· 431
Edwardian period
   → history of the castle ········ 291
embankment ················ 287
embattle → battled tower ········ 154
embattled parapet ················ 161
embattled tower················ 154
embrasure ················· 158
   → loop ················· 174
enceinte ················· 287
enceinte-wall → enceinte ········ 287
entrance passage
   → keep-gatehouse················ 44
entrance-tower ················· 37
entrye → manor················· 374
escalade ················· 429
escarp ················· 241
esplanade ················· 246
espringal(e) → springal············ 417
exterior wall ················· 74
extra-mural castle ··············· 404
eyelet; eyelet-hole ··············· 183

[F]

face
   → bastion ················ 267
   → demibastion ················ 273
   → ravelin ················ 260
feoff → manor················ 370

— 461 —

fetlock → fetters	221
fetter(s)	221
fetter-key → fetters	221
fetterlock → fetters	221
fief → manor	370
finial	160
firepot → hoard	98
fish-tail base → loop	174
fish-tail slit → loop	174
flank	
→ bastion	267
→ demibastion	273
→ flanking tower	113
flanked angle → bastion	267
flanking tower	112
→ city-wall	391
→ inner curtain	76
→ keepless castle	339
→ outer curtain	85
flying parapet	163
forebuilding	206
fort	301
fortalice	296
fortress	296
foss; fosse; fossè	244
free holder → manor	371
freeman → manor	370
free mason → master-builder	295

[G]

gallows → Gibbet irons	223
gaoler	234
garderobe	
→ angle tower	110
→ curtain	65
→ wall tower	107
garite; garret; garrette	
→ watch turret	148
garrison	
→ inner bailey	79
→ keep	190
→ motte-and-bailey castle	316
garrison quarters	
→ keep-and-bailey castle	332
gatehouse	18
gate of the castle	25
gate-tower	37
→ gatehouse	18
gate-ward → porter	29
gibbet → Gibbet irons	224
gibbet irons	223
glacis	245
gong farmer → curtain	65
gorge	119
granary	
→ motte-and-bailey castle	316
→ shell-keep castle	325
great chamber → keep	190
great hall	
→ concentric castle	343
→ courtyard castle	358
→ hall keep	208
→ inner bailey	79
→ keep	190

Index

→ keep-and-bailey castle ······ 332
→ keepless castle ··············· 339
→ tower keep ···················· 205
great tower··························· 207
Greek fire
  → artillery ······················ 408
  → trebuchet ···················· 418
grid system → city-wall ········· 391
guard-room
  → courtyard castle ············ 358
  → gatehouse ··················· 19
  → keep ·························· 190
  → keep-gatehouse············· 45
  → wall tower ··················· 107
guèrite → watch turret ········· 148
guest-chamber
  → keepless castle ············· 339
gun
  → bastion ······················· 267
  → battery ······················· 273
  → enceinte ····················· 287
  → platform ····················· 277
gun-battery → battery ··········· 273
gun embrasure → gunloop ······ 184
gun-fort → fort ···················· 301
gunhole → gunloop ··············· 184
gunloop ····························· 184
gunport ····························· 184
gunpowder
  → history of the castle ········ 291
gyve(s) → fetters ················· 221

[H]

half-moon ···························· 262
half-round tower
  → flanking tower ··············· 113
  → gatehouse ··················· 18
hall
  → motte-and-bailey castle ··· 316
  → shell-keep castle ············ 325
hall keep···························· 208
  → tower keep ·················· 205
handgun → gunloop ·············· 184
Henry VIII
  → concentric castle ············ 345
  → fort ··························· 301
  → gunloop ······················ 184
  → history of the castle ········ 292
  → royal castle ·················· 306
herrison → counterscarp ········ 244
high table → dais ················· 384
hoard ······························· 97
hoarding ···························· 97
  → brattice ······················ 280
  → putlog hole ·················· 97
hornwork ··························· 259
  → demibastion ················· 273
hourd → hoard ···················· 97

[I]

indentation → battlement ······· 151
infantry position → covered-way 286
inner bailey ························ 78

- 463 -

| → inner court ･･････････ 82
| → motte-and-bailey castle ･･･ 317
inner court ･･････････････････ 82
| → inner bailey ･･･････････ 78
inner courtyard ･･････････ 82, 362
| → inner bailey ･･･････････ 78
inner curtain ････････････････ 76
| → angle tower ･････････ 109
inner curtain wall ･･･････････ 76
inner gate → inner gatehouse ･･･ 39
inner gatehouse ･･･････････････ 39
inner gateway
| → inner gatehouse ･･････････ 39
inner keep ････････････････ 204
inner ward ･･･････････････ 78
| → inner court ･･････････ 82
| → middle bailey ･･･････ 89
intra-mural castle ･･･････････ 403
iron(s) ･････････････････････ 219
iron-studded door ････････････ 31
iron-studded gate ････････････ 33
island castle → siege castle ･･････ 430

[J]

jailer ･････････････････････ 234
jailor ･････････････････････ 234
Jim Crow → crow's nest ･･･････ 122

[K]

keep ･･････････････････････ 189
keep-and-bailey castle ･･････････ 332
keeper ････････････････････ 234

keep-gatehouse ･････････････ 43
keepless castle ･････････････ 339
kennel
| → inner bailey ･･････････ 79
| → motte-and-bailey castle ･･･ 316
kitchen
| → concentric castle ･････････ 343
| → courtyard castle ･･･････ 358
| → inner bailey ･･････････ 79
| → keep ･････････････････ 190
| → manor ･･･････････････ 373
| → motte-and-bailey castle ･･･ 316
| → shell-keep castle ･･････ 325

[L]

ladder → scaling ladder ･･････････ 427
latrine
| → angle tower ･････････ 110
| → curtain ････････････････ 65
| → wall tower ･････････ 107
lead roof → angle tower ･･････ 110
leads → angle tower ･････････ 110
lead shot → gunloop ･････････ 184
licence → crenelation ･･････････ 162
licence to crenellate → manor ･･･ 372
lifting bridge → drawbridge ･････ 238
linear castle ･････････････ 353
list wall → outer curtain ･･････ 85
Londinium
| → bar ････････････････ 401
| → city-wall ･････････････ 392
longbow

Index

→ bowloop	181
→ cross-loop	181
look-out	125
look-out point	125
→ crow's nest	122
loop	174
looped parapet	164
loophole	174
loopholed wall → loop	174
lord's solar	
→ concentric castle	343
→ keep-and-bailey castle	332
lower bailey → middle bailey	87

[M]

machecoulis → machicolation	164
machicolate → machicolation	166
machicolated parapet	
→ machicolation	165
machicolation	164
→ barbican	254
→ flying parapet	163
→ gatehouse	18
machicoule → machicolation	164
machicouli → machicolation	164
machicoulis → machicolation	164
main entrance	55
→ entrance-tower	37
→ postern	52
main gate	55
main gateway	55
manackles → shackles	226

mangon	411
mangona → mangonel	411
mangonel	411
manor	370
manor-court → manor	372
manor house	370
manorial court → manor	372
manorial-lord → manor	370
manorial system → manor	370
manor-lord → manor	370
manor-place → manor	370
manor-seat → manor	370
mask-battery	277
master-builder	294
Master James of St. George	
→ master-builder	295
master-mason → master-builder	294
mediaeval war engine → siege engine	431
merlon	155
→ hoard	98
meurtrière	169
mew → inner bailey	79
middle bailey	87
→ outer bailey	91
middle ward	87
mine → siege castle	430
mine gallery	
→ round keep	210
→ siege castle	430
mining → siege castle	430
minstrel[minstrel's; minstrels'] gallery	

— 465 —

……………………………… 388	→ motte-and-bailey castle … 315
missile ……………… 416	Norman keep → hall keep …… 208
missile weapon → missile ……… 416	
moat …………………………… 248	**【O】**
mote → motte-and-bailey castle 315	oath of allegiance → manor …… 371
mote-castle	oilet ……………………………… 183
→ motte-and-bailey castle … 316	oillet ……………………………… 183
motte → motte-and-bailey castle 315	→ loop …………………… 174
motte-and-bailey castle …………… 315	oillet-hole …………………… 183
motte-castle	onager…………………………… 415
→ motte-and-bailey castle … 316	open-backed tower …………… 117
mound-and-bailey castle → motte-	open field → manor ………… 371
and-bailey castle …………… 315	open-gorged tower …………… 117
mount-and-bailey castle	→ city-wall ………………… 391
→ motte-and-bailey castle … 315	→ wall tower ……………… 107
mouse ……………………………… 427	open tower → wall tower ……… 106
mural chamber → keep………… 190	oubliette ……………………… 227
mural tower …………………… 106	outer bailey …………………… 89
murder hole ………………… 169	→ middle bailey …………… 87
→ barbican………………… 254	→ motte-and-bailey castle … 317
→ gatehouse …………… 18	→ outer bailey …………… 91
musketeer → banquette ……… 286	outer court……………………… 93
	outer courtyard ……………… 93
【N】	outer curtain ………………… 85
nail-studded door ……………… 31	outer curtain wall ……………… 85
nail-studded gate ……………… 33	outer entrance → barbican …… 254
night-watch	outer gate
→ wakeman ……………… 129	→ barbican………………… 254
→ watch and ward ………… 131	→ outer gatehouse ………… 41
noose → battering ram ………… 420	outer gatehouse……………… 41
Norman Conquest	outer gateway
→ manor …………………… 370	→ outer gatehouse ………… 41

Index

outer tower → outer gatehouse	41
outer wall	95
outer ward	89
→ middle bailey	87
outer yard	93
outward court	93
outward wall	95
outwork	253
→ postern	52

[P]

pads → battering ram	420
pales → pallisade	280
palisade	
→ gatehouse	18
→ motte-and-bailey castle	315
→ ringwork	323
pallet → keep	190
pallisade	280
pallisado	280
parados	171
parapet	149
parapet walk	172
peasantry → manor	370
pedrero	417
peel → peel tower	368
peel tower	368
pele → peel tower	368
pele tower	368
penthouse	
→ battering ram	420
→ cat	426

pepper-box turret	143
perrier	417
petraria	417
petrary	417
platform	277
→ bastion	267
plinth	71
ploughland → manor	371
portcullis	47
→ barbican	254
→ gatehouse	18
portcullis chamber	
→ gatehouse	19
→ portcullis	49
porter	29
postern	51
postern-door → postern	51
postern-gate	51
postern-gatehouse	56
postern tower	
→ postern	51
→ postern-gatehouse	56
prison	
→ courtyard castle	358
→ forebuilding	206
→ gatehouse	19
→ ward	230
prison cell	232
prison tower → concentric castle	343
privy → curtain	65
projectile-throwing engine	
→ artillery	408

projecting engine → artillery	408
pulley → drawbridge	238
putlog hole	96

[Q]

quadrangle	362
quicklime	
→ hoard	98
→ machicolation	165
→ murder hole	169
→ trebuchet	418
quota of plots → manor	371

[R]

rack	224
rack-chamber → rack,the	224
ram → battering ram	420
ramp	61
rampart	263
rampart walk	288
rampier → rampart	263
rampire → rampart	263
ransom → dungeon	213
ransom prisoner → dungeon	213
ravelin	260
rectangular keep	
→ flanking tower	113
reed → angle tower	110
retainers → manor	372
revetment → scarp	242
ringbolt → irons	219
ring-wall → shell-keep castle	325

ringwork	323
ringwork castle → ringwork	323
rock-castle	
→ castle rock	283
→ siege castle	430
roofed walk → walk	100
roof walk	105
rough mason → master-builder	295
round keep	210
→ flanking tower	113
royal castle	305
royal charter → city-wall	392
royal fortalice	305
royal fortress	305
rush → angle tower	110

[S]

salient angle	
→ bastion	267
→ bore	426
→ ravelin	260
sally → sallyport	57
sallyport	57
sap → cat	427
sapper → cat	427
sapper's cat	426
sapper's mouse	427
sapper's tent	426
sapping → cat	427
scaffolding → putlog hole	97
scale	429
scaling ladder	427

→ finial	160
scarp	241
scolding bridle	225
scold's bit	225
scold's bridle	225
scorpio(n)	415
screens → manor	374
screens passage → manor	374
seige castle → scaling ladder	427
sentinel	126
sentry	126
sentry-box → sentinel	126
sentry walk → walk	100
serf → manor	370
shackle(s)	226
shaft	
→ curtain	65
→ keep	190
shell-keep → shell-keep castle	325
shell-keep castle	325
shell wall → shell-keep castle	326
shot-hole → gunloop	184
shutter → gunloop	184
siege artillery → artillery	408
siege castle	430
→ batter	69
→ battering ram	420
→ concentric castle	343
→ crenel	157
→ ditch	235
→ finial	160
→ hoard	97

→ machicolation	165
→ outer curtain	85
→ plinth	71
→ shell-keep castle	325
→ spur	74
→ wall tower	106
siege engine	431
→ batter	69
siege tower	424
siege warfare → siege castle	430
sighting slit → gunloop	184
skein	
→ ballista	410
→ mangonel	411
sleeping chambers	
→ keep-and-bailey castle	332
sliding gate → portcullis	47
slight → siege castle	430
slighting → siege castle	430
slip-knot → Gibbet irons	223
slit → loop	174
smithy	
→ concentric castle	343
→ courtyard castle	358
→ inner bailey	79
→ keepless castle	339
→ motte-and-bailey castle	316
solar	
→ courtyard castle	358
→ keep	190
→ keepless castle	339
→ manor	373

→ motte-and-bailey castle ⋯ 315
soldier's quarters
 → keepless castle ⋯ 339
sortie → barbican ⋯ 254
sow ⋯ 426
spike → finial ⋯ 160
spiral staircase
 → angle tower ⋯ 109
 → angle turret ⋯ 137
 → gatehouse ⋯ 19
 → keep ⋯ 190
 → minstrels' gallery ⋯ 388
 → turret ⋯ 134
 → vice ⋯ 144
splay
 → embrasure ⋯ 158
 → gunloop ⋯ 184
 → loop ⋯ 174
springal ⋯ 417
springald ⋯ 417
springle ⋯ 417
spur ⋯ 73
squint → manor ⋯ 373
stable
 → courtyard castle ⋯ 358
 → inner bailey ⋯ 80
 → keepless castle ⋯ 339
 → motte-and-bailey castle ⋯ 316
 → shell-keep castle ⋯ 325
stair turret
 → angle turret ⋯ 137
 → vice ⋯ 144

star fort
 → bastion ⋯ 268
 → ravelin ⋯ 260
star fortress
 → bastion ⋯ 268
 → ravelin ⋯ 260
steward ⋯ 314
 → baronial castle ⋯ 310
stockade → pal(l)isade ⋯ 280
stockado → pal(l)isade ⋯ 280
stone ball → gunloop ⋯ 184
stone-walled bailey ⋯ 99
storeroom(s)
 → hall keep ⋯ 208
 → keep-and-bailey castle ⋯ 332
 → tower keep ⋯ 205
strength ⋯ 305
stronghold
 → fortress ⋯ 296
 → history of the castle ⋯ 290
studded door ⋯ 31
 → gatehouse ⋯ 18
studded gate ⋯ 33
subtenant → manor ⋯ 370
surprise → barbican ⋯ 254
swallow's nest ⋯ 128
swinging shutter → crenel ⋯ 157

[T]

tenant-in-chief
 → baronial castle ⋯ 309
 → manor ⋯ 370

− 470 −

Index

→ royal castle ······ 305
terebra → battering ram ······ 420
terebrus → bore ······ 425
teretrus → bore ······ 425
thumbscrew ······ 226
tortoise → cat ······ 426
tower house ······ 364
　→ peel tower ······ 368
tower keep ······ 205
　→ angle tower ······ 112
　→ flanking tower ······ 113
　→ forebuilding ······ 206
　→ great tower ······ 207
　→ shell-keep castle ······ 325
tower walk ······ 105
town-gate ······ 397
town-wall ······ 391
trapdoor ······ 228
　→ angle tower ······ 110
　→ oubliette ······ 227
treadmill → castellation ······ 293
trebuchet ······ 418
trebucket ······ 418
trencher → dais ······ 386
trencherman → dais ······ 387
trestle table → dais ······ 386
trip stair → vice ······ 145
turning bridge → drawbridge ······ 239
turret ······ 134
turret chamber ······ 144
turreted tower
　→ angle turret ······ 137

→ keep ······ 191
turret-stair → vice ······ 144

[U]

unlicensed castle
　→ adulterine castle ······ 163
upper bailey → middle bailey ··· 87

[V]

vertical slit → cross-loop ······ 181
vice ······ 144
villein → manor ······ 370
vyce stair → vice ······ 144

[W]

wakeman ······ 129
walk ······ 100
walled city ······ 404
walled town ······ 404
wall-stair → keep ······ 191
wall tower ······ 106
　→ city-wall ······ 391
　→ concentric castle ······ 343
　→ flanking tower ······ 113
wall turret ······ 147
wall walk ······ 100
　→ parados ······ 171
ward ······ 129, 230
　→ watch and ward ······ 131
warder ······ 29, 129, 233
wardrobe → curtain ······ 66
war-head → brattice ······ 280

- 471 -

Wars of the Roses → bar	401
watch and ward	131
watcher	129
watchman	129
watch tower	120
→ bartisan	139
→ look-out	125
→ sentinel	126
watch turret	148
→ bartisan	139
water defence	252
water gate	59
weeper → walk	100
well	
→ inner bailey	79
→ keep	190
→ keepless castle	339
→ motte-and-bailey castle	316
well-chamber → keep-gatehouse	45
wicket	33
wicket door	33
windlass	
→ ballista	410
→ drawbridge	238
→ mangonel	411
→ springal	417
→ trebuchet	418
workshop	
→ concentric castle	343
→ courtyard castle	358
→ motte-and-bailey castle	316

[Y]

yatt	35
yett	35

あ と が き (Postface)

　本事典は、拙著『事典　英文学の背景』の「城廓・武具・騎士」の巻（凱風社：1992）を基にして、加筆したというよりは、むしろ、20年の歳月を置いて、新たに最初から書き下ろしたという方が、当を得ているように思われる。

　例えば、解説文全体の分量は旧版の約4倍に達し、項目によっては5倍に及ぶものになった。掲載する図版の点数も優に3倍を越える約1,000点で、しかもそのほとんど全てが、新たに撮影し直した写真を採用する結果になった。ただし、旧版のように全領域に亙って1巻の書とするには余りに分量過多におよび、上下2巻に分冊すること止むを得ずで、本書の図版の点数も、従って、609点とした。「城廓建築」の分野からほんの一例を示すと、'keep'（天守閣）などは旧版の5倍の25点、「城廓の発達」となると、それだけで約6倍の93点という具合である。

　それに加えて、引用した文学作品の数も増え、計82作品から延べ512編となり、さらに、引用文に対しては、旧版には付けなかった和訳も添えてある。

Acknowledgements

　これは著者にとっては、所謂'life's work'の2巻目になるが、これまで公私に亙りご教示ご指導を賜った方々のお名前だけでもここに記して、感謝の気持の一端を表したい。以下は、その謦咳に接した順序とするものである。

向台小学校：桃原先生
荻窪高等学校：小松庄治先生
駿台予備学校：畠山　裕先生
埼玉大学：和田善太郎先生、山口静一先生
成城学園高等学校：穂積重正先生、新垣淑明先生、今野　俶先生、白岩圭介先生
東洋大学：高橋利治先生
挿画家：黒沢充夫先生
東洋女子短期大学：馬渡　房先生、木内信敬先生

東洋学園大学：中地 晃先生
東京医科歯科大学：岡本良平先生
山川医院：山川晃弘先生
中央大学：飛田茂雄先生

　総原稿量約3,000枚、図版約1,000点に及ぶ著者のライフワークの上巻が、こうして上梓出来たのは、偏に日外アソシエーツ株式会社社長の大高利夫氏のお蔭である。同社での前著3巻に引きつづいて、本事典の執筆に深いご理解を示され、激励に加うるに広範囲に亘る貴重なご助言まで——本書のタイトルも氏のご発案による——下さった氏に、衷心より拝謝申し上げるものである。
　また、「文学の背景に関わる書」として、事典にして且つ辞典の性格をも併せ持つ本書の編集・制作に於いて、見出し語および図版の組み方にも、細心の注意を払われた編集者の尾崎 稔氏にも、深く感謝申し上げるものである。氏の文学・文化研究へのご理解がなければ、著者の意向もこのような形では実現されなかったと思われる。

2013年11月15日

三谷康之

写真・イラストについて（数字は掲載した図版の通し番号を示す）

著者：1～609のうち下記のものを除く全部、および口絵。
黒沢充夫 氏：181,504
白岩圭介 氏：22
高橋威足 氏：238
平賀かおる 氏：449
英国政府観光庁：217, 419, 445, 536, 537, 562, 580
British Council：561, 566

他からの転載（詳細は参考書目を参照）
  Castle in England and Wales, The：494
  Castles of Britain：319, 462
  Decline of the Castle,The：165,480
  Doré Illustrarions for Ariosto's "Orlando Furioso"：605
  English Heritage Book of Castles：563, 564
  Guide to the Castles of England and Wales, A：488
  History of Everyday Things in England, A：*Vol.I*：607
  Illustrated History of England, An：609
  Lay of the Last Minstrel, The (Riverside Press)：200, 569
  See Inside a Castle：599
  Time Traveller Book of Knights and Castles：565
  Tower of London, The：516
  Weapons & Armor：559, 606
  Weapons through the Ages：593
  Welsh Castles of Edward I, The：571
  （絵）はがき：33, 42, 48, 96, 104, 119, 168, 301, 320, 364, 371, 382, 390, 416, 429, 436, 440, 447, 451, 465, 473, 482, 501, 517, 531, 538, 541, 542, 572
  パンフレット：108, 131, 332, 370, 381, 398, 434, 464, 481, 500, 510, 530, 570, 591, 602
  プリント絵：433, 441

著者略歴

三谷 康之（みたに・やすゆき）
1941年生まれ。埼玉大学教養学部イギリス文化課程卒業。成城学園高等学校教諭、東洋女子短期大学英語英文科教授を経て、2002～10年まで東洋学園大学現代経営学部教授。
1975～76年まで成城学園在外研究にて、英文学の背景の研究調査のためイギリスおよびヨーロッパにてフィールド・ワーク。1994～95年まで東洋学園在外研究にて、ケンブリッジ大学客員研究員。

主要著書
<単著>
『事典 英文学の背景――住宅・教会・橋』(1991年、凱風社)
『事典 英文学の背景――城廓・武具・騎士』(1992年、凱風社)
『事典 英文学の背景――田園・自然』(1994年、凱風社)
『イギリス観察学入門』(1996年、丸善ライブラリー)
『イギリスの窓文化』(1996年、開文社出版)
『童話の国イギリス』(1997年、PHP研究所)
『イギリスを語る映画』(2000年、スクリーンプレイ出版)
『イギリス紅茶事典――文学にみる食文化』(2002年、日外アソシエーツ)
『事典・イギリスの橋――英文学の背景としての橋と文化』(2004年、日外アソシエーツ)
『イギリス「窓」事典――文学にみる窓文化』(2007年、日外アソシエーツ)
<共著>
『キープ――写真で見る英語百科』(1992年、研究社)
『現代英米情報辞典』(2000年、研究社出版)

イギリスの城廓事典―英文学の背景を知る

2013年11月25日　第1刷発行

著　者／三谷康之
発行者／大高利夫
発　行／日外アソシエーツ株式会社
　　　　〒143-8550 東京都大田区大森北1-23-8 第3下川ビル
　　　　電話 (03)3763-5241(代表)　FAX(03)3764-0845
　　　　URL　http://www.nichigai.co.jp/
発売元／株式会社紀伊國屋書店
　　　　〒163-8636 東京都新宿区新宿3-17-7
　　　　電話 (03)3354-0131(代表)
　　　　ホールセール部(営業)　電話 (03)6910-0519

組版処理／有限会社デジタル工房
印刷・製本／光写真印刷株式会社
装　丁／赤田麻衣子

©MITANI Yasuyuki 2013
不許複製・禁無断転載
《中性紙三菱クリームエレガ使用》
《落丁・乱丁本はお取り替えいたします》
ISBN978-4-8169-2440-8　　　　Printed in Japan, 2013

イギリス「窓」事典―文学にみる窓文化

三谷康之 著　A5・480頁　定価9,600円（本体9,143円）　2007.12刊

イギリス文学や映画に登場する多種多様なイギリスの「窓」をビジュアルに紹介する事典。一般家屋から教会建築・歴史的建造物まで、40種・330に及ぶ西洋建築特有の「窓」と、その周辺用語360余りを収録。シェイクスピア、ディケンズ、ブロンテなどの実際の文学作品から「窓」にまつわる文例のべ423編を掲載し、どのように表現されているかをわかりやすく解説。写真・イラストを添え、日本人がイメージしにくいイギリスの「窓」文化を視覚的に理解できる。

事典・イギリスの橋
―英文学の背景としての橋と文化

三谷康之 著　A5・280頁　定価6,930円（本体6,600円）　2004.11刊

礼拝堂橋、戦橋（いくさばし）、屋根つき橋などイギリスの100の橋が登場する英文学作品の原文・翻訳を交え、「橋」にまつわるイギリス文化を解説。特有の風俗習慣・語彙・建築文化も詳しく紹介。写真・図版200点を収録。著者長年のフィールドワークを集大成した、異文化へのかけ橋。

イギリス紅茶事典―文学にみる食文化

三谷康之 著　A5・270頁　定価6,930円（本体6,600円）　2002.5刊

イギリス文学に頻出する「紅茶のある風景」。童話・童謡・詩・小説・戯曲・エッセイ・紀行文といった実際の文学作品から紅茶に関わる原文を引用し、歴史、作法、茶器など諸々の紅茶用語を解説するとともにその文化的背景も詳しく説明した事典。写真・イラスト多数掲載。イギリス文化への理解を深める一冊。

英米文学研究文献要覧2005～2009

安藤勝 編　B5・850頁　定価39,900円（本体38,000円）　2011.7刊

2005～2009年に発表された英米文学に関する図書・研究論文15,501点の文献目録。シェイクスピア、デフォーなどの古典からドリス・レッシング、マイケル・オンダーチェ、ジュンパ・ラヒリなどの現代作家まで、作家別・作品別に分類・整理。「作家名索引（和文）」「作品名・書名索引（原題／邦題）」「著者名索引」「収録誌名一覧」付き。

データベースカンパニー
日外アソシエーツ

〒143-8550　東京都大田区大森北1-23-8
TEL.(03)3763-5241　FAX.(03)3764-0845　http://www.nichigai.co.jp/